LA
ÚLTIMA VIDA
DEL
Príncipe
Alastor

RBA MOLINO

LA
ÚLTIMA VIDA
DEL
Príncipe
Alastor

ALEXANDRA
BRACKEN

Traducción de Raquel Valle Bosch

RBA

Título original inglés: *The Last Life of Prince Alastor.*
Autora: Alexandra Bracken.

© Alexandra Bracken, 2019.

© de la ilustración de la cubierta: Marco Marella y Erwin Madrid, 2019.
Diseño de la cubierta: Marci Senders.
Letra de la cubierta: Molly Jacques.

Reproducidas con permiso de Disney • Hyperion Books.
Todos los derechos reservados.

Adaptación de la cubierta: Lookatcia.com.

© de la traducción: Raquel Valle Bosch, 2019.
© de esta edición: RBA Libros, S.A., 2019.
Diagonal, 189 - 08018 Barcelona.
rbalibros.com

Primera edición: mayo de 2019.

RBA MOLINO
REF.: MONL435
ISBN: 978-84-272-1335-7
DEPÓSITO LEGAL: B.9.713-2019

COMPOSICIÓN • EL TALLER DEL LLIBRE

Impreso en España • *Printed in Spain*

Para Susan Dennard,
una auténtica maga de las palabras.

DICIEMBRE DE 1690
LOCALIDAD DE SOUTH PORT
COLONIA DE PLYMOUTH

U na voz atravesó el crepúsculo nevado. Era apenas un rumor débil y quejumbroso. Al principio, Alastor se sorprendió de que hubiera podido superar el viaje a través de los espejos. No obstante, aquel lamento había logrado acaparar la atención de todos sus sentidos y siguió haciéndolo mientras Alastor, sentado ante la lumbre crepitante de magia verde, daba buena cuenta de su vespertino festín de puré de calabaza y murciélagos asesinos.

—Ayudadme...

Podría haberlo confundido con el desagradable murmullo del viento al soplar a través de su torre de no ser porque aquellas palabras estaban teñidas de un dolor magnético.

De una desesperación espléndida.

De la promesa de una magia poderosa puesta a su alcance.

—¡Ayudadme, os lo ruego!

«Lo haré —pensó el maléfico con una sonrisa de satisfacción—. Scrá un placer».

Y así fue cómo Alastor, príncipe del reino, dejó a un lado su cuchillo de plata y se puso de pie para ir al encuentro de la atadura mágica que lo aguardaba en la superficie del espejo. Cuando el deseo de un mortal era lo suficientemente intenso, se creaba una cinta resplandeciente de energía esmeralda que Alastor podía seguir hasta su origen.

Descolgó una cadena de plata de su gancho en la pared y se la pasó por la cabeza. El pequeño farol que pendía del collar repiqueteó contra los botones en forma de araña de su abrigo. Alastor se deleitó con el temblor del cristal del espejo cuando lo atravesó.

—Ayudadme...

Siguió el rastro de la voz suplicante a través de los sinuosos túneles por donde discurrían los caminos del espejo. La fuerza de ese sufrimiento, de esa ira, hacía que la cinta brillara aún más entre la niebla y las sombras. Al verla resplandecer, la emoción recorría todo su cuerpo.

«¿Qué tipo de vil mortal —se preguntó— poseería el potencial para tantísima magia?». Alguien con una responsabilidad inmensa, sin lugar a dudas, con un formidable poder sobre las vidas de otras personas. ¿Un rey, tal vez? ¿O puede que incluso un emperador?

¡Oh, cómo iba a alardear delante de sus hermanos, hasta que sus corazones oscuros estallaran de rabia y de celos! Se aseguraría de que la abundante magia propiciada por este pacto los llevara a maldecir el día que hicieron caso omiso de esa llamada en concreto. Sus hermanos, a menudo, delegaban la tarea de salir a buscar magia en sus numerosos sirvientes. Andaban demasiado atareados organizando bailes y batiéndose en duelo con troles como para ocuparse de aquello para lo que habían nacido (aparte de para gobernar sobre los malignos inferiores, por supuesto). Como Alastor ya había aprendido, si ansiabas el poder, debías hacerte con él por tus propios medios.

Sin embargo, en cuanto llegó al portal que daba acceso al mundo de los humanos supo que sus fantasías solo habían sido un delirio.

El espejo humano era pequeño, del tamaño de los que aquellos hombres atacados por las pulgas solían utilizar para afeitarse el rostro. Alastor nunca había comprendido esa costumbre, puesto que el vello facial, a menudo, mejoraba el aspecto de los rasgos de rata de muchos humanos y los hacía más soportables para la refinada mirada de los malignos. Aquel espejo, no obstante, no estaba siendo utilizado en aquel momento.

Se agarró al marco. Reflexionó. Observó desde detrás del cristal, a escondidas. Una ráfaga de aire gélido lo envolvió y cubrió la superficie del portal como si fuera escarcha. A su espalda, el calor húmedo y acogedor del Mundo de Abajo lo apremiaba a regresar.

¡Un espejo para el afeitado, ni más ni menos! Un espejo que servía de ventana a lo que parecía ser una lúgubre choza de madera oscura, en vez de un espejo dorado con vistas a un rutilante salón palaciego.

—Ayudadme... Ayudadnos a todos...

Debería haber regresado a la comodidad de su torre y su puré de calabaza y haber dejado al mortal con su aflicción. No obstante, sus manos estaban pegadas al marco y sus garras se clavaban en la madera. Ya había llegado hasta allí, ¿verdad? Y por bajo que fuera el rango de ese humano despreciable, la fuerza de su deseo había encendido la atadura como una antorcha.

Alastor supuso, con un resoplido displicente, que todos los humanos, desde el campesino más humilde hasta el rey, anhelaban, odiaban, temían y sufrían, solo que en distinto grado. Esa era la danza de la existencia humana. Iban de desgracia en desgracia, cambiando de compañeros y rivales mientras deambulaban a lo largo de unos años cada vez más breves.

La posibilidad de magia poderosa seguía ahí, si Alastor lograba descubrir qué deseo había sido lo suficientemente intenso como para convocarlo en primer lugar, lo exprimiría del detestable corazón de aquel hombre, como si fueran las últimas gotas de un escarabajo carroñero, hasta obtener el pacto.

Deslizándose entre los estrechos límites del marco del espejo, Alastor tomó la forma que adoptaba en el mundo de los mortales: la de un zorro de pelaje marfil. A los humanos solían disgustarles las criaturas oscuras y feroces, pero la transformación también tenía por objeto esquivar el hechizo de glamur que perseguía a todos los malignos en el reino de los humanos. La maldición de la invisibilidad de su verdadero aspecto había sido el regalo de despedida de los Antiguos antes de amurallarse en su propio reino.

«El hecho de que solo los maléficos pudieran transformarse era una prueba de su superioridad», pensó Alastor mientras se dejaba caer al suelo sin hacer ruido. Otros malignos se veían forzados a recurrir al ruido y las sombras para infundir temor en el corazón de los humanos. Aunque el miedo podía ser una emoción poderosa, la magia que los malignos inferiores obtenían de ese sentimiento humano era apenas una llama en comparación con el incendio descontrolado que provocaba cada uno de los pactos firmados por los maléficos.

El viento aullaba entre las rendijas de las paredes inclinadas de la casa. El frío lo aguijoneó desde todos los ángulos, como un millar de flechas. El aire gélido a punto estuvo de hacerle dar media vuelta, pero en cuanto sus garras tocaron el suelo, llegó hasta él una oleada tras otra de congoja. De angustia. La casa estaba tan llena de ella que podía haber servido para empapelar las paredes. Alastor levantó la garra y abrió el pequeño farol que llevaba colgado al pecho.

El aire supuraba magia. La energía relucía y se arremolinaba al tiempo que fluía hacia el interior del recipiente hechizado. Mientras esperaba a que terminara de recogerse, el maléfico estudió su entorno.

La única fuente de luz de la habitación procedía de la chimenea, donde el fuego estaba extinguiéndose. La chimenea de Alastor era una estructura imponente que dominaba la estancia como un ogro de mirada fulminante. El maléfico había ordenado a los trasgos que la elaboraran con el mejor vidrio de dragón y le incrustaran corazones de elfo petrificados. Este hogar, en cambio, era poco más que un montón de piedras chamuscadas, y la figura que estaba sentada ante él era, a su modo de ver, aún menos impactante.

Se trataba de un ser informe envuelto en una colcha descolorida. ¿Una mujer, tal vez? Ahora la magia parecía surgir únicamente de ella. Fluía desde sus hombros en grandes oleadas temblorosas. Un dolor aterrador, ciertamente. Hacer un pacto con un ser tan vulnerable sería pan comido. Sin embargo, la atadura no conducía hasta ella, sino hacia el exterior. El deseo de la mujer no era, al parecer, uno que Alastor pudiera cumplir, pues de lo contrario el maléfico habría oído también su voz a través del espejo. Sabía que no debía demorarse más en aquel lugar, pero se trataba de una escena curiosa y a Alastor lo curioso le resultaba irresistible. Una cacerola había caído de lado junto a la mujer. Estaba completamente vacía.

El fuego de los humanos era muy raro, sorprendentemente ineficiente en comparación con la magia utilizada en el Mundo de Abajo para calentarse, cocinar e iluminarse. Mucho más débil y necesitado de recursos, por añadidura. Las últimas llamas sobrevivían gracias a unas cuantas ramitas finas y a lo que la mujer iba echando. Trozos de encaje. Un gorro de punto demasiado pequeño para la cabeza de ella. Un par de zapatos más cortos que el dedo pulgar de un adulto.

Alastor no quería seguir mirando y no tuvo que hacerlo porque la mujer, exhausta, emitió un débil suspiro y se desplomó en el suelo.

El viento abrió la puerta de golpe con un rugido estremecedor. Un aire helado estalló alrededor del maléfico y lo cegó momentáneamente con un muro de blancura interminable. Alastor se deslizó al exterior a regañadientes.

Los humanos lo llamaban... nieve. Sus labios retrocedieron y dejaron al descubierto sus colmillos. Cómo aborrecía la nieve. Cómo se le quedaban sus copos pegados al abrigo, cómo le picaba en los ojos, cómo lo hacía tiritar como a un duende al que estuvieran a punto de arrancarle un cuerno.

Lo único bueno de la nieve era que le permitía camuflarse mejor: en un paisaje como aquel, un zorro blanco podía recorrer largas distancias en busca de su presa sin temor a ser visto.

Cuando volvió a hallar la atadura a través del viento huracanado tenía las zarpas cubiertas de escarcha. Sin embargo, no necesitaba ir muy lejos. En cuestión de instantes se dio cuenta de que ya no oía el lamento del hombre en su mente, sino con sus puntiagudas orejas.

—Lo siento... tan profundamente... mi hija...

La silueta del hombre era oscura tras el velo de la tormenta invernal. Su capa y su sombrero de color negro no lo protegían de la ventisca, pero no parecía importarle. Ni siquiera levantó la vista cuando Alastor se le acercó por detrás. El brillo esmeralda de la magia que desprendía su farol se derramó sobre la nieve, pero el hombre no lo vio. A Alastor le pareció que eso tampoco le importaba demasiado.

Delante del hombre había un pequeño hoyo excavado en el suelo que se estaba llenando de nieve rápidamente. Al lado, un pequeño baúl de madera. En la tapa, tallado con gran esmero, se leía el nombre *Charity*.

No debían de estar lejos del océano. A pesar del intenso aroma a escarcha que flotaba en el aire, la sensible nariz de Alastor detectó la salobridad de las revueltas aguas del mar. La tierra apilada junto al hombre estaba mezclada con arena y piedras.

Ante esta perspectiva, se sintió aún más complacido. Sabía, por su experiencia de siglos, que en ese tipo de suelos las cosechas eran escasas. Poca comida significaba poca esperanza. Aunque, extrañamente, parecía haber docenas de pequeñas matas, pimpollos sin hojas casi enterrados bajo la nieve.

Se dio cuenta de que no eran lo que parecía. Por un momento se quedó sin aliento.

No eran retoños de plantas. Eran lápidas.

Esperó a que el hombre hubiera hecho descender la caja, tan sumamente pequeña, dentro del hoyo. A que hubiera vuelto a cubrirla con nieve manchada de tierra. Hasta cierto punto esperaba que el hombre empezara a lamentarse de nuevo. El hielo había cristalizado en sus pestañas y los copos de nieve se habían quedado pegados a sus húmedas mejillas. El hombre se sentó. Tenía las manos cuarteadas y rojas de frío y su aliento entrecortado formaba nubes blancas a su alrededor.

—Una dolorosa pérdida —dijo al fin Alastor.

El hombre levantó la vista. Su expresión era la de un humano perdido en una pesadilla. Sin embargo, la visión del hermoso animal que tenía ante sí no lo llenó —como era de esperar— de asombro, sino que reaccionó cubriéndose el rostro con el brazo y gritando horrorizado.

—¡Retroceded, demonio! —exclamó con voz ahogada—. ¡Un zorro... parlante! Por ventura las fiebres se han abatido ahora también sobre mí...

Al observarlo más de cerca, Alastor percibió el deterioro en la figura de aquel hombre. Tenía la piel pegada a los huesos, agrietada y aparentemente exangüe. Sus ojos de humano, ya de por sí vidriosos, se habían hundido aún más en sus cuencas. El hambre y el sufrimiento lo habían vaciado por dentro, dejando —bien lo sabía el maléfico— más espacio para tomar en consideración la oportunidad que ahora se le brindaba.

El hombre alargó la mano para tocar el mechón de pelo que tenía Alastor en la cabeza y al momento la apartó como si se hubiera quemado.

—Sois de verdad...

—Ciertamente. No obstante, no soy un demonio —dijo Alastor, puesto que tal cosa era, a todos los fines y efectos, la verdad—. Un demonio no iría a vuestro encuentro en estos tiempos de inmensa penuria.

—Es precisamente en tiempos como estos cuando el demonio vendría —repuso el hombre con voz ronca—. Ahora que flaquea mi corazón y mi fe se tambalea.

«Ajá. Buena observación. Muy acertada». Alastor modificó levemente su estrategia.

—No soy un demonio, pero sí un ser que entiende de negocios —expuso, afectando inocencia mientras se lamía las patas—. Oí vuestros lamentos y me acerqué sin más intención que la de ofreceros mis servicios. Mi nombre es Alastor. ¿Cuál es vuestro nombre?

El hombre no se lo dijo. Se quedó sentado con rostro inexpresivo, mirando hacia la extensión de tumbas que tenía ante sí. Con una de sus manos acariciaba un corte en la tela de su capa. Después, sin mediar palabra, se desanudó los cordones de alrededor del cuello y cubrió la figura de Alastor con el tejido de lana. Aunque estaba húmeda por la nieve, la prenda aún desprendía calor y olía al cuerpo del hombre.

—¿Qué... qué significa esto? —farfulló Alastor, demasiado sorprendido como para desprenderse de la capa.

—Os estáis congelando, criatura —respondió el hombre con sencillez. Se frotó las finas mangas de la camisa, sucias de hollín y tierra—. Con que uno de los dos perezca de frío es suficiente.

Alastor se quedó sin habla por un momento. El mortal bajó la voz.

—Es lo mejor. Queda solo la comida justa para que mi esposa pueda sobrevivir al invierno. Necesitará conservar las fuerzas para ahuyentar la enfermedad.

—Habéis perdido una hija —dijo Alastor, recobrando la voz—. Y también otros vástagos, al parecer... Cómo pesa el corazón sabiéndolo. Cómo enferma. Y, sin embargo, no tenéis por qué echaros al suelo y morir junto a ellos.

—Sois un demonio —susurró el hombre con el rostro desencajado—. ¿Qué sabréis vos del dolor?

—Únicamente —contestó Alastor— que he ayudado a muchos a abandonar su oscuridad.

—¿Podéis devolverme a aquellos que me han sido arrebatados por esta tierra salvaje e inhóspita? ¿Podéis hacer que jamás me siguieran allende los mares?

Alastor comprendió en ese momento por qué había sido tan poderosa la aflicción de aquel hombre, tan similar a la de los reyes, reinas y generales con los que había coincidido. Entrelazado con todo aquello estaba el peso de su responsabilidad para con los demás. La culpa.

—No puedo hacer regresar a los muertos tal como fueron en vida —dijo Alastor—. Y, sin duda, no deseáis perturbarlos.

Al darse cuenta de que seguía debajo de la capa del hombre, Alastor dio un paso para quitársela de encima. El frío lo mordió una vez más. Su propio aliento convertía el aire en niebla. Apoyó una de sus zarpas en el desgarrón del tejido. Con la otra abrió el farol y dejó salir una pizca de magia. El hombre se quedó con los ojos como platos al ver cómo el tejido volvía a coserse.

—Brujería —resolló.

Alastor negó con la cabeza.

—Posibilidad. Yo hago remiendos. Concedo deseos y buena suerte. Lo que vuestra alma ansía más desesperadamente está a vuestro alcance. Olvidad vuestras nociones de lo que es el bien y el mal y contemplad el don que se os brinda. Optad por haceros con él... ¿cómo os llamáis?

—Honor —respondió el hombre—. Honor Redding.

Alastor logró contener a duras penas una expresión de disgusto. ¡Qué nombre tan absolutamente repulsivo! Los humanos y sus ironías. Como si entre ellos existiera el honor.

—¿Se trata de... una transacción comercial? —preguntó Honor con un hilo de voz.

Alastor enhebró la aguja con gran rapidez.

—Sí. Una transacción. Me limitaré a prestar mis servicios a cambio de algo que tenga valor para mí.

Honor negó con la cabeza. Del ala de su sombrero cayó nieve.

—No poseo nada de valor que pueda ser intercambiado.

—¿Acaso no poseéis vuestra vida? —preguntó Alastor.

Honor se quedó perplejo.

—No necesito esta vida —aclaró Alastor—, sino solo la promesa de que me serviréis en mi reino cuando vuestra vida en este haya concluido, antes de que paséis a la siguiente. Labores domésticas, en realidad.

Honor cerró los ojos, como si pudiera imaginárselo.

—¿Hasta... hasta cuándo estaría a vuestro servicio?

—Hasta que yo me diera por satisfecho —respondió Alastor con sencillez.

Él, por supuesto, jamás se daba por satisfecho, pero eso era lo divertido de jugar con los humanos. A menudo no sabían qué preguntas formular y nunca parecían capaces de prever todas las consecuencias de una determinada opción.

—Es solo que... Algo así... A mí me han enseñado que ese tipo de tratos son funestos —dijo Honor con la voz ronca.

Pero había hambre en sus ojos. La necesidad de sobrevivir. El afán por cuidar de quienes lo rodeaban, de quienes lo habían seguido hasta aquella tierra ingrata.

Alastor sonrió para sus adentros con satisfacción. Era una objeción frecuente y sabía con exactitud cómo responder.

—¿Qué puede tener de malo una decisión tomada con pureza de corazón y la mejor de las intenciones? —preguntó Alastor—. ¿Permitiréis que prosiga este sufrimiento, teniendo como tenéis la posibilidad de darle fin? ¿Cuándo impediréis estas muertes innecesarias?

El hombre, muy debilitado, contempló la nueva tumba y apartó la nieve que había caído sobre ella.

—Honor Redding —dijo Alastor—, ¿quién quedará para enterraros cuando todos aquellos a quienes amáis hayan fenecido?

El hombre, tembloroso, soltó aire.

—¿Podríais conseguir que nadie de este pueblo pereciera de enfermedad? —preguntó Honor.

Botarate. Una persona de peor calidad humana por lo menos habría sabido que debía pedir más. Podría haber negociado hasta conseguir que nadie muriera de forma prematura antes de alcanzar la vejez. Habría requerido más magia, sin embargo, y Alastor podría haber pedido más cosas a cambio.

—Ciertamente —respondió Alastor. Los maléficos se ocupaban de las maldiciones y dejaban los conjuros y hechizos a las brujas. Era bastante fácil adaptarse para que cupieran más... necesidades íntegras como esta. Echaría un maleficio que impidiera a las enfermedades cruzar los límites del pueblo, de tal suerte que la fiebre y las infecciones no pudieran penetrar en él.

La nieve caía en silencio entre ambos. El cielo oscurecía a medida que se aproximaba la noche.

—¿Tenemos un pacto? —preguntó Alastor.

Honor respiró hondo y contestó:

—Decidme qué debo hacer.

1

Un acuerdo maligno

La superficie del espejo se onduló y exhaló un soplo de aire cálido que olía a agrio. Los rociadores del techo aún estaban apagando la última de las velas que Nell y su padre, Henry Bellegrave, habían encendido para llevar a cabo el conjuro.

La oscuridad del interior del vidrio ondulante me devolvió una mirada amenazadora cuando di un paso adelante. Mi rostro fue distorsionándose en el reflejo hasta que pareció que yo rugía.

Ojalá mi familia pudiera verme ahora. «El pobrecillo Prosper —solían decir mis tías— se ahoga en un vaso de agua». Jamás habrían creído que estaría dispuesto a seguir a Pyra o que sería capaz de encontrar a Prue, mi hermana gemela, entre las sombras que pudieran estar aguardando en el Mundo de Abajo.

No me conocían lo más mínimo. Había cometido errores, había sido engañado, pero no era una víctima indefensa en aquella historia.

En ese momento, lo único que sentía era rabia. Contra mí. Contra mi familia. Contra Nell. Contra Alastor. Contra los malignos que no nos dejaban en paz a los humanos.

«Espera».

Di un paso atrás, frustrado.

—¿Qué pasa?

«El pacto. Debemos fijar sus términos».

—¿En serio? ¿Ahora? ¡Vamos a perderles la pista!

«Sí, en serio, forúnculo pusilánime. Dejar las cosas claras desde el principio evitará problemas más adelante. Además —prosiguió Alastor de mala gana—, necesito la magia generada por el acuerdo para abrir un portal directo al espejo a través del cual accederemos. Hay un maleficio sobre los caminos de los espejos para que los humanos que consigan entrar se queden atrapados allí para siempre, y me parece a mí que tenemos cosas mejores que hacer que flotar en una oscuridad perpetua, Gusano».

De acuerdo. Era justo.

—Quiero tu ayuda para rescatar a Prue del Mundo de Abajo, en las circunstancias que sea...

«Me parece aceptable».

—No he terminado —dije—. Quiero que también me garantices que nos ayudarás a regresar al reino de los humanos y que no nos dejarás tirados ahí abajo ni en los caminos de los espejos.

«Buena jugada, Gusano. Estás aprendiendo a negociar como un maligno».

Apreté los dientes con tanta fuerza que casi me dolía la mandíbula.

—No me parezco ni me pareceré jamás en nada a un maligno. Lo único que sabéis hacer es causar dolor y destruir todo lo bueno. Pero no voy a seguir siendo tu marioneta.

Alastor se quedó callado.

—También quiero que se termine el rencor que le tienes a mi familia —añadí— y que los dejes en paz.

Se rio en tono burlón dentro de mi cabeza y se me puso la piel de gallina.

«**No. Te concederé las dos primeras peticiones a cambio de que prometas servirme eternamente en el Mundo de Abajo tras tu muerte en el reino de los mortales**».

Al oírlo, sentí que me faltaba el aire. Eternamente... Eso era mucho tiempo. En realidad, era tantísimo tiempo que el concepto *mucho tiempo* se quedaba corto y perdía su sentido. Mi vida tras la muerte iba a consistir en pulirle las botas hasta dejarlas relucientes y cocinar para él las cosas repugnantes que comían en el Mundo de Abajo.

«**Oh, no, Gusano. Para hacer eso tengo a los duendes. De lo que tú te ocuparías es de mis nidos de víboras de fuego y después, tras demostrar tu valía, tendrías el privilegio de prepararme mis hadas crujientes favoritas. Chillan y muerden cuando les arrancas las alas, pero en cuanto las metes en el horno se quedan en silencio**».

Puse los ojos en blanco y apreté los puños. El castigo no sería hacer ninguna de esas tareas. No. Lo que de verdad me hundía en la miseria era saber que me vería obligado a oírle hablar una y otra vez sobre su «oscura magnificencia» hasta que, probablemente, deseara poder volver a morirme para huir de él aunque fuera unos segundos.

No me podía creer que hubiera sido tan estúpido de pensar, ni por un instante, que Alastor podría rechazar el contrato que le ofrecía, en plan: «¿Sabes qué? Por una vez voy a escoger la senda del bien y voy a ayudaros a tu hermana y a ti a salir de esta situación espantosa que soy directamente responsable de haber provocado».

Pero esa era la diferencia entre los humanos y los malignos. Las personas tenemos la capacidad de hacer el bien. Los malignos, no.

«¡Cómo se desmorona tu valor ante esta perspectiva! —dijo Alastor—. **Es lo único que te pido y, sin embargo, estás perdiendo unos segundos preciosos como si no tuvieras nada de lo que preocuparte. Como si supieras con absoluta certeza que el corazón de tu hermana es lo bastante fuerte para sobrevivir a los sombríos rigores del Mundo de Abajo».**

Sentí mi propio corazón estamparse de golpe contra mis costillas.

Aunque se había sometido a varias intervenciones quirúrgicas y los médicos ya le habían dado el alta, Prue había nacido con una enfermedad cardiaca que había estado a punto de acabar con su vida. Era imposible saber si era solo su fortaleza innata y la pericia de los médicos lo que la había ayudado a sobrevivir, o si también tenía algo que ver la suerte mágica y sobrenatural de los Redding.

En el segundo caso... ¿Qué le sucedería a Prue si Alastor lograba liberarse de mi cuerpo y se llevaba consigo toda la buena fortuna de la familia? ¿Y si el Mundo de Abajo era tan aterrador que...?

No. Negué con la cabeza para apartar ese pensamiento horrible. Prudence era fuerte. Siempre había sido la mejor de los dos en todos los aspectos importantes. Me había sacado de un montón de líos. Ahora me tocaba a mí rescatarla a ella, y así lo haría.

«Te ayudaré a rescatar a tu hermana y me aseguraré de que ambos volváis aquí juntos. A cambio, me quedaré con tu alma. ¿Aceptas estas condiciones?».

Un momento. Al pensar en cómo Alastor había jurado vengarse de mi familia me acordé de otra promesa. Honor Redding ya había comprometido el alma de toda su familia y sus descendientes, incluida la mía, siglos atrás. No estaba dándole al maligno nada más que lo que ya tenía.

«¡Maldita sea! —farfulló Alastor, que sin duda había oído mis pensamientos. Se había embelesado tanto con la idea de atormentarme que se le había pasado por alto ese detalle. Esta vez era yo el que sonreía con suficiencia—. **¡No! En ese caso exijo otra cosa...».**

El fuerte ruido de la puerta del camerino al ser aporreada me sacó de mis pensamientos con un sobresalto. Volví la cabeza de golpe y sentí que se me encogía el corazón mientras alguien gritaba: «¿Hay alguien ahí? ¡Apartaos de la puerta, que vamos a entrar!».

—¡Acepto las condiciones iniciales! —dije—. Pero ¡date prisa!

Un fogonazo de luz verde apareció en mitad de mi pecho y luego se hinchó formando zarcillos. Me sobresalté y me alejé de un brinco del espejo mientras los relucientes hilillos se anudaban entre sí sobre mi piel y se filtraban en ella.

Magia. Nunca antes había visto una tonalidad de verde como esa —no al menos en mis cajas de pinturas o lápices de colores—. Y, desde luego, no era un tono que existiera en la naturaleza. Parecía casi... eléctrico. Los últimos vestigios de magia flotaron a mi alrededor como chispas y fueron deslizándose hacia el espejo.

«**Estupendo** —dijo Alastor, enfurruñado—. **Está claro que el tiempo que llevo habitando tu mente obtusa ha embotado temporalmente la mía. Cuanto antes salga de aquí, mejor**».

Sí. Eso ya lo veríamos.

Un hormigueo me recorrió el brazo cuando Alastor tomó el control de este. A mi espalda, los golpes en la puerta del camerino se intensificaron como el retumbar de un latido. Aun así, no pude apartar la mirada del espejo cuando toqué su tembloroso cristal con el dedo y saltó de él una chispa de esa misma magia verde.

Respiré hondo y cerré los ojos.

«**¿Siempre cierras los ojos cuando estás asustado?** —preguntó Alastor—. **Ábrelos de par en par y mira fijamente a tu miedo hasta que te obedezca**».

Apreté los dientes.

—No tengo miedo.

«**De momento**».

Para cuando la puerta se abrió de golpe y los bomberos entraron en tromba, el espejo ya se había cerrado detrás de mí.

2

Donde viven los malignos

Pasar a través del portal del espejo es como quedar atrapado entre un latido y el siguiente. Durante un único y desconcertante segundo, no hay nada más que negrura: ni aire, ni luz, ni sonido. No caes, ni vuelas, ni te mueves en absoluto.

Ni siquiera estás seguro de seguir teniendo cuerpo.

Y en el preciso instante en el que empiezas a preocuparte, cuando los bordes difuminados de tus pensamientos comienzan a tener cada vez menos sentido, estalla todo.

Algo salido de la nada me agarró del cuello y tiró de mí con tanta fuerza que sentí que las mejillas y los labios se me separaban de los dientes. Prismas de luz arcoíris giraban en torno a mí, dando vueltas cada vez más rápido. Tenía el estómago revuelto y no podía cerrar los ojos, de los que me caían lágrimas a raudales. Un rugido se apoderó de mis oídos, ahogando el estruendo de mis pulsaciones y las carcajadas de júbilo de Alastor.

Al terminar, no me apeé: me echaron.

Los ojos y la boca se me cerraron de golpe mientras todo el aire arremolinado detonaba repentinamente y se deshacía de mí con un chasquido estrepitoso.

—¡Al! —logré articular con voz ahogada.

Choqué con las rodillas contra una superficie de madera, que se hizo astillas. Cuando por fin aterricé, fue con un nauseabundo y sonoro ruido de salpicaduras.

Barro de color marrón y algo, cuyo olor se parecía sospechosamente al de eso que expulsamos los humanos por ciertos orificios de nuestro cuerpo, salió disparado en todas direcciones a consecuencia del impacto. El charco me rodeaba la cintura, como si estuviera en la ciénaga más repugnante posible. Tosí y tuve arcadas. Cuando rocé el turbio líquido con las manos, se me pegaron trozos flotantes de... algo.

«¡Ay! —exclamó Alastor con melancolía—. **Huele a hogar, ¿verdad?**».

A lo que olía era a vómito, en realidad. A vómito de varios días atrás, dejado al aire libre y a merced del sol.

Conteniendo el aliento, conseguí ponerme de pie del todo, con los ojos cerrados, mientras el apestoso líquido me chorreaba por el cuerpo. El suelo que pisaba era sólido, por lo menos, y, una vez en pie, el humeante veneno que me rodeaba me llegaba solo hasta las rodillas. Mejor. Creo.

Avancé con cautela, volviendo el cuello para observar las sombras que se cernían sobre mí. Solo había un pequeño rayo de luz verde iluminando el espacio, suficiente para vislumbrar lo básico.

Habíamos caído a través de algún tipo de asiento de madera. Agarré las dos piezas más grandes y, al unirlas, apareció el elocuente círculo que formaban.

Oh.

No.

Era una...

Iba a llevarme las manos a la cara, pero me acordé justo a tiempo de qué era lo que las ensuciaba. Empecé a limpiármelas en la camiseta, pero me di cuenta de que estaba manchada de lo mismo. Y entonces, como la otra única opción era ponerme a chillar, respiré hondo.

—Al... —empecé.

«¿Sí, Gusano?», preguntó, haciéndose el inocente.

—¿Por qué —dije, con sabor a vómito en la boca— nos has hecho viajar a través del espejo de una letrina? ¿Por qué? ¿Por qué?

«No tengo por qué explicarte todas mis decisiones, pero hemos llegado por aquí porque este es mi retrete particular. Le eché una maldición para que solo yo pudiera abrir la puerta. Es el único espejo de todo el reino que sé con absoluta certeza que no se halla bajo la vigilancia de Pyra o su séquito de viles traidores, puesto que nadie más conoce su existencia».

—¿Construiste tu salida de emergencia en el cuarto de baño?

«Muchos malignos inferiores y plebeyos aspiraban a ocupar mi lugar e imitaban amablemente mis magníficos atuendos hechos a medida y mis ademanes, pero ¿acaso querría alguno de ellos venir a ver esto?».

No era mucho lo que yo podría —o querría— elogiar de

Alastor, pero esto sí debía concedérselo: su instinto de supervivencia podría rivalizar con el de una cucaracha.

—¿Y de verdad no te importa que tus súbditos te vean por primera vez en más de tres siglos cubierto de... esto? —No fui capaz de pronunciar la palabra.

«¡Ni por asomo, Gusano! Jamás se me ocurriría anunciar mi presencia con un aspecto tan abominable y degradante como el de un joven mortal. No, esperaré a liberarme de la prisión de tu cuerpo y a recuperar mi auténtico y aterrador aspecto antes de conceder al reino la gracia de regocijarse por mi regreso. Será pronto».

—¿Cómo de pronto? —pregunté, con la inquietud cosquilleándome por la piel igual que miles de arañas.

Noté en mi mente cómo se formaba la curva de su sonrisa de superioridad y sacudí la cabeza.

No: yo tenía mi propia respuesta a esa pregunta. ¿Cómo de pronto? Ni un segundo antes de que yo rescatara a Prue y regresara con ella al mundo de los humanos. Descubrir cómo romper el pacto entre mi familia y Alastor para protegernos a todos de su venganza tenía que ir en segundo lugar.

Los Redding: la típica familia americana que había llegado a un acuerdo con un parásito diabólico para destruir a sus rivales y asegurarse un futuro opulento, y que después había sido tan estúpida de intentar romper el pacto para evitar sus consecuencias. Por mucho que yo quisiera a mis padres y a mi hermana, el dedo con el que yo señalaba a Alastor daba media vuelta y apuntaba hacia mí.

Si Alastor era como una cucaracha, mis antepasados habían sido como la peste negra. Puede que Alastor hubiera huido despavorido a esconderse, pero los Redding no se habían dado por satisfechos hasta haber aniquilado a cualquiera que osara interponerse en su camino.

—Más te vale no salir nunca de mi cabeza —aseguré—, porque en cuanto lo hagas voy a retorcerte el cuello, y el pelaje blanco que lo recubre, por todo esto.

«Jamás me aburriría de ver cómo lo intentas —dijo Alastor—. **¿Tienes previsto quedarte aquí abajo y regodearte en estas húmedas ofrendas, o te ayudo a salir?».**

«No necesito tu ayuda», respondí con el pensamiento. Con los ojos irritados por los gases, alargué el brazo y busqué a tientas la repisa en la que había estado apoyado el asiento. Rocé una superficie de piedra con las yemas de los dedos. Tierra firme.

«¿Y ahora qué vas a hacer, Gusano? —se preguntó Alastor—. **Creo recordar tu turbación ante la perspectiva de tener que trepar por una cuerda en... ¿cómo lo llamáis los humanos? Ah, sí. Dedicación física».**

La sopa de desechos y lodo se movía en torno a mis rodillas. Noté con el pie una hendidura en la pared. Tenía las dos manos encima de la plataforma.

«Educación física», lo corregí. Habría puesto los ojos en blanco, pero tenía la sensación de que estaban a punto de derretirse y salírseme de las órbitas.

«¿Educación? ¿Y qué os enseñan? Algunos seres, como yo mismo, nacen con grandes aptitudes físicas, y otros, como tú, nacen sin ellas. Debes aceptar las cartas que el destino te ha repartido o hacer un pacto conmigo para subir de categoría». Eso no era cierto en absoluto. Incluso los mejores atletas necesitan aumentar su resistencia a base de tiempo y, con casi todo lo demás, simplemente desarrollas una mayor tolerancia. **Soportas que toda la parentela te llame inútil hasta que deja de afectarte.** Aprendes a callarte mientras los profesores te regañan por haber vuelto a suspender un examen. **Te acostumbras al maligno que habla dentro de tu cabeza lo suficiente como para poder seguir adelante en vez de quedarte hecho un ovillo atormentado.**

Yo tenía una gran tolerancia a muchas cosas. Y desde luego no iba a ser el Redding que murió de hambre y sed en una letrina, muchas gracias.

Al impulsarme hacia arriba, me temblaron los brazos. Las suelas de mis zapatillas mojadas resbalaron contra la pared mientras trataba de encontrar un apoyo. Cuando al fin me dejé caer sobre el suelo liso y compacto de tierra, el corazón me iba a mil por hora y no sentía los dedos.

La letrina en sí no era mayor que un ataúd. Había un pequeño corte en forma de media luna en la sencilla puerta de madera y a través de él se filtraba aquella escalofriante luz verde. Me puse de puntillas y miré.

Ante nosotros se extendía un largo callejón que se adentraba en la oscuridad formando una curva. Un vapor tenue y maloliente silbaba entre las grietas que separaban los adoquines del suelo. Las paredes de los edificios situados junto a la letrina parecían inclinarse sobre el callejón como buitres al acecho, esperando a ver qué presa podría aparecer por allí.

Al ver que no surgía nada de entre las sombras circundantes, empujé lentamente la vieja puerta. Solo había un lugar adonde ir: adelante.

Me quité el jersey empapado y lo arrojé a un lado. Para cuando llegué a lo que supuse que sería el final del callejón, la niebla se había hecho más espesa y había adquirido un brillo verde a la luz de una farola cercana que titilaba con llama mágica. Ese tono esmeralda eléctrico caía sobre todo el reino como un manto de cieno. Al parecer, allí no había fuego de verdad y, sin saber muy bien por qué, eso me sorprendía.

Tomé una buena bocanada de aire mientras estudiaba lo que alcanzaba a ver del reino. Pintarlo sería fácil. Solo necesitaría tres colores: negro siniestro, plateado mate y ese verde fluorescente sobrenatural.

Creo que nunca había apreciado de verdad la gran cantidad de colores vivos e intensos que hay en el mundo de los humanos hasta haber llegado allí, a aquel lugar teñido de una oscuridad abrumadora.

«**Hay una piedra a tus pies** —dijo Alastor—. **Cógela con la mano y lánzala contra la pared que tienes a la derecha**».

Yo ya sabía que me iba a arrepentir antes incluso de que la piedra abandonara mi mano, pero de todos modos obedecí. La piedra repiqueteó al chocar con las otras y, sin más, la construcción se disolvió en un millar de murciélagos azabache.

—¡Uf! —farfullé. Me protegí la cara y la cabeza con los brazos pero no sirvió de nada. Sus alas revoloteaban contra mi piel, pinchándola como espinas de cactus—. ¿Por qué... por qué me has pedido que haga eso?

Ahogué un pequeño grito de dolor cuando una de esas minúsculas alas con garras se enganchó al lóbulo de mi oreja y tiró.

—¡Lárgate!

Aquellos murciélagos hacían que los que tenemos en el

mundo de los humanos parecieran ratoncitos voladores. Eran del tamaño de un halcón. No me sorprendí cuando noté unos colmillos que perforaban mi brazo y la sensación de que me chupaban la sangre.

Con la mano que tenía libre agarré esa figura inquieta, me la arranqué del brazo y la lancé con fuerza contra los otros murciélagos. El batir de sus alas hacía subir el vapor en forma de remolinos y, al levantarse esa pesada capa, pude ver lo que había más allá. Abrí los ojos de par en par mientras levantaba la vista.

Y después la levanté aún más.

«**Por esto** —respondió Alastor con la voz henchida de orgullo—. **Bienvenido al Mundo de Abajo, Gusano**».

3

El reino de las torres oscuras

El reino me miraba amenazador, oscuro e inquietante entre el resplandor mágico de las farolas y las luces de la ciudad que se alzaba ante nosotros.

Alastor inspiró con avidez. Su respiración era la de alguien que veía por primera vez su hogar después de trescientos veinticinco años.

Estábamos a los pies de lo que parecía una pequeña montaña, la cual se curvaba sobre sí misma como una manzana putrefacta. Además de aquel en el que estábamos, había tres niveles —calles— más que lo rodeaban, conectados entre sí por un laberinto de peldaños y escaleras de piedra. Con cada terraza, los edificios se volvían más altos y estrechos.

Todos los edificios estaban construidos con la misma piedra negra y mortero. Rocé con la mano la pared de un *pub;* el GRIM GRAYSCALE'S, si nos fiábamos de su letrero torcido.

Las piedras del edificio habían sido talladas de una en una para darles la forma de prisma rectangular de un ladrillo, pero eran suaves al tacto. De hecho, ahora que me fijaba bien en ellas, el *pub* y las demás construcciones similares parecían versiones más lúgubres y tenebrosas de las casas coloniales que había en Salem. O en Redhood.

Pero la diferencia residía en que en el Mundo de Abajo todo era un poco raro, como si alguien hubiera intentado copiarle los deberes a otra persona leyéndolos del revés. Las ventanas habían quedado torcidas. Las puertas eran demasiado estrechas y demasiado altas. Era como contemplar una versión mal hecha de nuestro mundo.

«Sí, bueno. Si vives en los Llanos, por lo general no dispones del efectivo necesario para adquirir las casas más bonitas de los peldaños superiores, en las Escalas o la Corona; son el tercer y cuarto nivel, ¿ves? El Palacio Astado se halla en la cúspide, detrás del velo de niebla».

Supuse que por *peldaños* se refería a las calles. La que estaba justo encima de la nuestra tenía un aspecto más o menos igual, con algunas formas extrañas e imprecisas que no podía ver bien del todo. El tercer peldaño, las Escalas, tenía versiones más logradas de las casas de allí abajo, pero estaban apiladas las unas encima de las otras: tres, cuatro, cinco pisos de altura. Cada nivel de cada una de aquellas casas tambaleantes poseía su propio tejado, y todos ellos se enroscaban hacia arriba como una zarpa en posición de agarre.

«Estás sobrecogido por esta oscura majestuosidad —dijo Alastor—. **Lo comprendo. Contempla mi reino y tiembla, mortal...».**

—¿Qué pasa con la calle de encima de todo? ¿Qué son todos esos árboles enormes? —lo interrumpí, señalándolos. Parecían más altos y anchos incluso que las secuoyas de California, solo que sin hojas.

Puede que fuera la distancia, pero la corteza que los recubría parecía petrificada. A gran parte de los árboles les faltaban trozos, como si los hubieran mordisqueado unos cuervos gigantes. Sus ramas, largas y finas, se proyectaban hacia el cielo como las patas de una araña muerta tendida de espalda.

«**No son árboles, escoria desleal** —respondió Alastor exasperado—. **Aquí no crece nada tan repulsivo como una planta. Eso es la Corona: ¿ves que las torres están dispuestas en círculo, como si fueran las puntas de una tiara? Allí es donde residen las familias nobles de malignos. Allí sigue mi propia torre, esperándome. Es aquella, justo en el centro. Solo que...**».

—Solo que... ¿qué? —lo apremié.

Su torre era más alta que las demás, por supuesto, y sus puntas oscuras subían y subían entre el vapor que flotaba en el aire hasta desaparecer en él. Parecía haber también una especie de escalera de metal que la envolvía como una serpiente capturando a su presa.

«**Hay... muchas menos torres de lo que recuerdo. No estaban tan inclinadas. Y hay algo verdaderamente raro...**».

—No sé qué puede tener de raro nada de esto —dije.

«**Lo raro** —prosiguió, sin hacerme caso— **es que encima de cada torre debería haber una masa de magia resplandeciente, como unos ojos que vigilan el reino. Allí es donde las familias guardaban sus reservas, para mantenerlas a distancia de los envidiosos plebeyos de los Llanos**».

—Vaya, veo que el tema de los plebeyos va en serio —musité.

El estado de los edificios del peldaño en el que nos encontrábamos reflejaba un deterioro y una dejadez que me revolvían el estómago. Aquí abajo los malignos debían de vivir rodeados de niebla y con el miedo constante a que aquellos tejados inclinados se les cayeran encima. Aunque a mí no es que me importaran mucho las condiciones de vida de los malignos.

Para nada.

«Por supuesto, a veces nos rebajamos a venir aquí para disfrutar del placer de mezclarnos con los malignos inferiores. No hay lugar en todo el reino donde sirvan un jugo de escarabajo mejor, básicamente porque contiene las lágrimas del desdichado ser que te lo sirve».

Lo ignoré. Mis ojos se habían adaptado por fin a la oscuridad y en lo alto de todo de la Corona ahora podía discernir las líneas de las cadenas que envolvían varias de las torres. La mayoría parecía ir desde la parte superior de las estructuras hasta el suelo. Entre ellas, apareciendo y desapareciendo tras el vapor, había unas construcciones que parecían haber sido talladas en un único bloque inmenso de piedra. A la sombra de las grandiosas torres, parecían sumamente sencillas. Casi primitivas.

—Muy bien —dije.

Había desperdiciado el tiempo contemplándolas, pero es que era difícil apartar la vista de ellas. Cada vez que parpadeaba me parecía captar algo nuevo. Las gárgolas de dragones de piedra que decoraban el tejado de una de las casas. Los filos centelleantes de las puntas de los edificios, esperando a perforar el tierno vientre de cualquier criatura que osara aterrizar en ellos. Una cerca de metal rematada con calaveras de distintas formas y tamaños. Estandartes de color naranja a lo lejos.

Por primera vez, estaba viendo —haciendo, en realidad— algo que ningún otro Redding había hecho antes. Ni ningún Redding ni ningún otro humano.

«No lamento en absoluto decepcionarte, pero hay veintisiete personas que han terminado en el Mundo de Abajo por accidente tras caer por un portal de espejo abierto. No eres ni el primero ni el único».

—¿De verdad? —pregunté mientras observaba fijamente las torres—. ¿Y qué les pasó?

«A uno se lo comió un trol, otro logró huir pero un aullador lo trajo de vuelta a rastras, y en cuanto a los demás...».

—¿Sabes qué? —dije—. Da igual. Puedo vivir sin saberlo.

Finalmente, logré arrancar la vista de las torres y la devolví a la calle vacía donde nos encontrábamos. Iba a tener que conservar en la memoria todos los detalles posibles de este lugar para tratar de dibujarlo más adelante. Y después tendría que enterrar los bocetos para que nadie creyera que me había pasado al lado oscuro y me encerraran en mi habitación para siempre jamás.

«Es hora de ir tirando», pensé. Prue nos esperaba. Cada segundo transcurrido suponía un mayor peligro de que mi hermana sufriera algún daño. O, ya puestos, de que se la comiera un trol. Echaba de menos aquellos maravillosos instantes previos a descubrir que esa era una posibilidad real.

—Salgamos de aquí antes de que la hora de descanso, o

lo que sea, se termine —dije—. ¿Crees que Pyra la encerraría en el Palacio Aplastado?

«Astado, Gusano, el Palacio Astado. Aunque entiendo que te sientas aplastado por su majestuosidad...».

Me volví para buscar la escalera más cercana desde la que iniciar lo que prometía ser un largo ascenso, pero me detuve en seco. Me di cuenta de golpe y se ralentizaron a la vez mis pasos y la sangre que corría por mis venas. Miré de nuevo, con los ojos entrecerrados. Pero cuando la nube de vapor y polvo volvió a levantarse, me pareció que faltaba algo más.

—¿El palacio tiene una maldición o algo? —pregunté—. ¿Se supone que el ojo humano no debería poder verlo?

El peldaño situado sobre el lugar donde antes se habían erguido las torres estaba bordeado por un muro de piedra bajo, detrás del cual solo había cielo.

«No —respondió Alastor con un hilo de voz—, **no la tiene».**

El palacio ya no estaba allí.

—¿Al? ¿Sigues conmigo?

Le di una patada a un pedrusco y lo observé rodar calle abajo hasta desaparecer entre un montón de cubos de metal vapuleados. La comida que hubieran podido contener había desaparecido hacía ya tiempo, devorada por la putrefacción o por las docenas de ratas que correteaban por los bordes de la calle.

Al no haber madera, todo —desde las carretas vacías de las que no tiraba ningún animal hasta las puertas, los letreros y los escuálidos puestos de venta— estaba labrado en metal.

Por supuesto, Alastor seguía conmigo. El maléfico hablaba de las emociones humanas como si fueran sabores: un dolor agrio, una furia metálica, un desafío salado. Pero yo sentía las emociones de él como si fueran el paso de las estaciones. En ese momento era invierno en mi mente. Todos y cada uno de sus últimos pensamientos parecían estar recubiertos por la escarcha del terror.

«¿No vas a abandonar ese diminutivo ponzoñoso?».

Por fin. Si algo había cuya aparición podía dar por descontada era su ego.

—No hay tiempo para lamentaciones. Si el palacio ha desaparecido, ¿dónde puede haber encerrado Pyra a Prue?

«¿Lamentaciones? No soy ningún estúpido...».

—No, me refiero a que no podemos dedicarnos a dar vueltas sin rumbo mientras te compadeces de ti mismo.

Sentí su desdén.

«Lógicamente, un mortal jamás lo entendería».

—Sí que lo entiendo —repliqué—. Pero... Eh, mira. Ahí hay una rata comiéndose otra rata. A ti te encantan ese tipo de cosas. ¿No te sientes mejor?

Suspiró.

«Ciertamente».

Una de las ratas desencajó su mandíbula como una serpiente y devoró entera a la rata rival. Di un generoso paso atrás y luego crucé al otro lado de la calle desierta. Ocultándome entre las sombras, me apoyé contra una pila de enormes jaulas vacías. Cerca de allí se abrió una nueva grieta entre los adoquines, de la que emergió una sibilante pared de vapor. Pegué un brinco cuando un pedazo de pergamino descolorido se cayó de una puerta cercana y me azotó el rostro.

«Cerrado por orden de la reina. Permaneced en los Llanos y os arriesgaréis a ser devorados por el Vacío», leí. Al pie aparecía un sello de cera negro en forma de calavera astada con una corona encima, seguido de las palabras «Larga sea su cólera».

—¿Qué es el Vacío?

Alastor se fijó en algo completamente distinto del pergamino.

«¡Cómo osa presentarse como reina cuando, bajo su supuesto reinado, el Palacio Astado ha caído por primera vez en más de cinco mil años!».

Al fijarme, vi que el cartel estaba por todas partes. Clavado en las puertas, empapelando las ventanas, volando como plantas rodadoras entre los vapores apremiantes que emergían del suelo. Alastor se equivocaba. Los malignos no estaban descansando. Sencillamente, no estaban en ese peldaño.

—Es espeluznante —susurré.

«Gracias», dijo Alastor.

—Involuntariamente espeluznante —me corregí—. ¿De verdad no sabes qué es el Vacío?

Un hormigueo frío recorrió toda mi piel y se me pusieron de punta los pelos del cogote. Se me aguzaron todos los sentidos y los vapores se aquietaron justo lo suficiente para que mis orejas detectaran aquel sonido.

Eran pasos.

Me di la vuelta, examinando frenéticamente con los ojos los edificios cercanos. Todas las puertas estaban cerradas con cadenas y verjas de metal impedían el acceso a los callejones. No había escondite posible.

Otro paso, más cerca esta vez.

—¿Qué hago? —pregunté casi sin aliento.

«**Dentro de ese tonel** —respondió Alastor. Su miedo desataba el mío—. **¡Rápido!**».

Había dos toneles de metal volcados en la calle. Quité la tapa de uno de ellos y me ahogué en su acre hedor avinagrado mientras entraba en él a rastras y tiraba después frenéticamente de la tapa para volver a cerrarlo desde el interior.

Un delgado rayo de luz verde se filtraba a través de una grieta en la costura del tonel. Acerqué un ojo a la rendija y contuve el aliento.

Un hocico oscuro y alargado apareció entre el vapor y olfateó con fuerza. La baba le goteaba por los largos colmillos, resbalaba por su enmarañado pelaje negro y silbaba como el ácido al caer sobre los adoquines.

El pulso empezó a vibrarme como un violín cuando el enorme perro pasó junto al tonel, con sus garras como hojas de cuchillo chasqueando y arañando sobre los escombros de la calle. Lo seguía de cerca otro perro que solo se detuvo a agarrar una de las ratas carmesíes. El posterior chillido agónico me heló la sangre.

Las palabras parecían brotar de ellos como la sangre de una herida recién abierta. «Cazad a Alastor. Capturad al chico. Cazad a Alastor. Capturad al chico...».

Eran aulladores.

A Nell y a mí nos había perseguido por Salem una jauría de aulladores. Los habían enviado en busca de Alastor.

«**Quédate quieto** —me ordenó Alastor—. **Mantén la calma**».

Apreté los puños para que dejaran de temblarme las manos. Uno de los aulladores llevaba entre los dientes el jersey que yo me había quitado.

Maldita sea. ¿Por qué no me lo habría dejado puesto? Lo único que habían tenido que hacer era rastrear el olor a desechos y fango...

«Este tonel antes contenía jugo de escarabajo —dijo Alastor—. El olor aún es lo bastante fuerte para camuflar el tuyo».

Conseguí tomar una pequeña y temblorosa bocanada de aire cuando finalmente pasaron de largo, avanzando pesadamente calle abajo. Tenía los ojos llenos de lágrimas por el hedor a vinagre y me arriesgué a apartar la vista para enjugármelas en el brazo. Cuando volví a mirar, había un maligno distinto en la calle.

Su figura era semejante a la de un humano, pero debía de medir casi dos metros y medio —y aún podía crecer más—. Me tapé la boca con la mano cuando vi su largo torso contorsionarse y extenderse como masilla para inspeccionar algo que había en el suelo.

Una gota de sangre.

Me llevé la otra mano a la herida que me había dejado el murciélago. «¡Estúpido, estúpido, estúpido!». Si podían seguir mi rastro por mi olor a humano, como había dicho Alastor, también podían hacerlo por mi sangre. Y con todo lo que había andado, seguro que les había dejado un rastro de lo más práctico.

Uno de los largos dedos del maligno rozó el suelo para recoger la mancha de encima de las piedras. Su boca ocupaba casi su cabeza entera y se abría de par en par, como si tuviera una bisagra, dejando a la vista hileras de dientes en forma de sierra. De ella salió, serpenteante, una lengua negra que lamió la sangre. El maligno ronroneó al saborearla.

Cada centímetro de su piel arrugada era de un verde enfermizo. Estaba totalmente calvo, salvo por los largos y finos mechones negros que le resbalaban sobre los hombros hasta la serpiente disecada que llevaba por cinturón. La espada que tenía amarrada a la cadera estaba dentada como una sierra. Polillas brillantes se aferraban a la espalda de su larga gabardina negra, royendo los cortes y agujeros que esta ya tenía.

Cuando el maligno se dio la vuelta, vi que llevaba una botellita atada a la correa de cuero que cruzaba su pecho huesudo. Brillaba con algunas volutas de magia que iban de acá para allá.

Una teja de pizarra cayó del *pub* y se estrelló contra el suelo. El maligno se volvió hacia el ruido; en su rostro, dos solapas de piel se levantaron para dejar al descubierto ocho ojos. Los aulladores volvieron precipitadamente a su lado, gruñendo.

«¿Qué... es... eso?», le pregunté con el pensamiento a Al.

«Un demonio necrófago —respondió—. Ten cuidado. Para ellos un humano es poco más que un tropezón de carne».

—Picajoso... Sé que estás ahí —dijo el demonio con voz borboteante—. También sé algo más: no podrás esconderte para siempre. Ríndete ahora y puede que la reina permita a tu hermana, la del pelo rojo como la sangre, conservar la vida... o, al menos, el resto de sus dedos.

La rabia se apoderó de mí y necesité hasta la última gota de dominio de mí mismo para quedarme allí, acurrucado e impotente.

«Resiste, Prosperity. No sucumbas a sus palabras de escarnio. Pyra sabe que solo puede utilizar a tu hermana en provecho propio mientras esté ilesa. Resiste».

Me obligué a soltar aire por la nariz, con los ojos cerrados. Sentí como si transcurriera una hora entera antes de que los pasos arrastrados del demonio se apagaran en la distancia y dejara de oírse el jadeo pesado de los aulladores. Para entonces tenía calambres en los músculos y me sentía un poco aturdido por el fuerte olor. Empecé a levantarme, pero entonces oí un estruendo a lo lejos.

«Y ahora, ¿qué?», pregunté, mientras una nueva oleada de rabia me inundaba. No podíamos seguir perdiendo el tiempo allí metidos, escondidos como un ratón en su madriguera. No logré ver nada a través de la grieta en la costura del tonel. Debía de haber sido una tormenta.

«No —dijo Alastor—. Espera. El suelo ha temblado igual que cuando hay pisadas. Quédate en silencio un instante más».

Y ese fue, por supuesto, el instante preciso en el que mi estómago vacío, más que a hacer ruiditos, se puso a rugir.

—¡Has sido tú! —dije entre dientes.

«¡Has sido tú!», replicó Alastor.

La tapa se abrió con un chirrido. Una tenue luz verde se derramó por el interior del tonel, pero enseguida la bloqueó la mano inmensa que entró en él y se cerró en torno a mi garganta.

4

Vampiro a la pira

Los malignos tenían una amplia selección de respuestas al terror: todo un despliegue de recursos. Escupir, arrojar plumas envenenadas, derretirse, volverse invisibles, transformarse. Los humanos, por desgracia, estaban limitados a dos: luchar o huir.

Lamentablemente, el chico no tenía ninguna de estas opciones a su disposición cuando la ogresa lo sacó del tonel y lo sostuvo colgando en el aire. Las uñas de Prosper y sus débiles dedos de mortal de nada le sirvieron cuando intentó liberarse a arañazos. La ogresa lo agarró todavía más fuerte mientras se lo acercaba a los ojos para observarlo con atención.

El chico pensó que los ogros se parecían a las ranas del mundo de los humanos y Alastor consideró que tal vez se apreciaba cierta semejanza. Su piel era lisa y de un color que mezclaba muy acertadamente el gris, el marrón y el verde. Unas manchas que parecían pecas recubrían el lugar donde su boca sobresalía de forma pronunciada, como un pico. Dos pequeños colmillos emergían a ambos lados.

—¿No sabes leer los carteles, maligno? —preguntó la ogresa—. ¿O alguien te ha lanzado una pulsión de muerte que te ha impulsado a regresar aquí? El Vacío llegará a este lugar en cuestión de días, tal vez horas. Quicklance, ¡mira! Te dije que encontraríamos a algún loco vagabundeando por aquí. Este apesta a jugo de escarabajo. ¡Se le ha subido tanto a la cabeza que no se da cuenta del peligro que lo acecha!

A Alastor lo alarmó lo bien que hablaba la ogresa, el esmero con el que escogía las palabras, aunque las pronunciara algo distorsionadas por culpa de sus enormes colmillos. A los ogros, debido a su escasa inteligencia y a su complexión extraordinariamente robusta, solo se les encomendaban tareas mecánicas, como apilar piedras o sostener con los hombros los edificios que amenazaban ruina. Era todo lo que su cerebro, del tamaño del de un sapo, era capaz de abarcar. ¿Por qué se habría molestado alguien en emprender la ingrata tarea de educarlos?

Más abajo, en esa misma calle, apareció otro ogro. Salía del edificio abandonado que acababa de inspeccionar.

Como si el veneno de un escorpión de fuego hubiera sacudido todo su cuerpo, un pensamiento a medio elaborar acabó al fin de tomar forma. Alastor se dio cuenta de lo que realmente había detrás de sus cada vez mayores escalofríos de consternación.

Los ogros vestían una armadura de piel de dragón casi

impenetrable y una banda de seda de araña de color naranja que les iba del hombro a la cadera. En otras palabras, el uniforme de la Guardia del Rey, los guerreros más leales y mortíferos del monarca, unos combatientes de élite que no dudarían en destrozar a quien supusiera una amenaza o en dar la vida por defender a su señor. La Guardia de su padre la habían integrado mayoritariamente licántropos que habían sobrevivido a su primer brote de mal de luna y regresado tras este con una mente clarividente y fácil de moldear.

Pensar que Pyra había concedido semejante honor a los ogros... En esos momentos, Alastor añoró su forma física con más intensidad que nunca, aunque solo fuera para poder vomitar. ¿Las antiguas fuerzas de su padre estaban tan mermadas como para que Pyra concediera esa distinción a malignos inferiores? ¿Qué vendría después? ¿Un duende supervisando las cámaras acorazadas reales?

«Al... Al... AL... ¡ALASTOR!». La voz del chico se coló al fin en sus pensamientos. «¿Me ayudas? ¿Podrías?».

—Di... ¿Qué clase de maligno eres tú? —inquirió la ogresa.

«**Ni una palabra**», le advirtió Alastor.

El muchacho estaba recubierto de excrementos y del agrio olor a jugo de escarabajo. Cabía la posibilidad de que los ogros no se dieran cuenta de que era un humano hasta después de arrancarle la costra de suciedad.

Un tercer ogro bajó la cabeza para mirar al chico directamente a la cara. El aliento pútrido que exhaló entre los colmillos hizo que al muchacho se le revolviera el estómago.

—¿Veis esa piel tan pálida? ¿Por debajo de la porquería? Es un vampiro.

«**Tienes una palidez cadavérica**», observó Alastor.

«¡No estamos en verano! —replicó el joven, indignado—. ¡Es normal que esté pálido!».

—Ooooh —dijeron los demás.

—Pero sus dientes... —La ogresa sujetó el rostro de Prosper y le abrió la boca a la fuerza con los pulgares—. Con esto no podría cortar ni una lombriz. He visto víboras de sangre con colmillos más grandes.

—No, no, ya lo tengo, ¿no lo ves, Orca? —dijo el otro—. Se ha cortado los colmillos. Se ha embadurnado de excrementos para pasar desapercibido mientras todos los demás de su clase eran capturados. Se cree que nos engaña, que es más listo que nosotros, pero ¡se equivoca! ¡Es una sanguijuela!

—Esto... —empezó Prosper—. Esperad un segundo...

«**Que te confundan con un noble vampiro es un honor, Gusano**».

Orca estrechó el cerco de su mano sobre el cuello del chico hasta que a este empezó a faltarle el aire.

«¿Y si salimos corriendo? —preguntó el joven—. ¿Puedes usar tus poderes?».

«**No sin darme a conocer** —dijo Alastor—. **Dame tiempo. Hallaré una solución**».

Alastor percibía el conflicto interno del muchacho, su falta de confianza, pero lo apartó de su mente. Era astuto, el más astuto de todos sus hermanos, puede que incluso de los de su clase. Sin lugar a dudas, si de algo era capaz Alastor incluso en ese momento tan desdichado de su vida era de superar a tres ogros gracias a su ingenio.

—Espléndido —dijo Orca con una sonrisa cada vez mayor—. Si nos damos prisa, llegaremos a tiempo para el fuego.

—Adelante con el plan, cuando quieras, Al —susurró el chico—. Cuando tú quieras.

La carreta se tambaleaba sobre los adoquines mientras emprendía el largo y tortuoso camino alrededor de la montaña. En vez de alargar el trayecto recorriendo el segundo peldaño, el Cementerio, la carretera se dividía de un modo que Alastor no recordaba. El nuevo camino, que estaba asfaltado, era tan liso como los del mundo de los humanos. Se descubrió a sí mismo odiándolo para así tener donde proyectar toda la rabia que le quemaba por dentro.

«¿Qué era ese peldaño?», preguntó Prosper mientras trataba de estirar el cuello.

Los ogros habían arrojado al chico a la parte posterior de una carreta en forma de jaula y le habían encadenado las manos al techo.

«El Cementerio, es decir, los mercados. Allí se puede comprar todo tipo de cosas, desde ropa hasta veneno o almas. Los puestos están construidos entre los huesos de los numerosos enemigos que alguna vez han intentado asaltar el Palacio Astado. Ninguno de ellos logró pasar de las Puertas de Sangre, que separan esta calle de la siguiente, las Escalas, y sus esqueletos se quedaron allí donde cayeron».

Por lo menos las Puertas de Sangre seguían siendo tan aterradoras y resplandecientes como él las recordaba. Negras bisagras de metal reforzaban los fragmentos de roca y hueso que formaban el muro. Encima de este había hileras de dientes que en su momento habían pertenecido a Squiggle, el dragón de compañía preferido de su bisabuelo. Alastor se sintió reconfortado al ver que seguían manchadas de rojo por la sangre de incontables adversarios. Al menos podía confiar en que ciertas cosas nunca cambian.

Cada vez que la carreta se tambaleaba, las articulaciones de los brazos de Prosper se estiraban dolorosamente. Alastor absorbía con avidez la magia generada por ese sufrimiento. Ahora ya no faltaba mucho. El hecho de estar en su reino, con toda la magia que sus habitantes extraían de la tierra y el aire, iba a darle ese último empujón que necesitaba para poder manifestar su forma física.

El muchacho aún no sabía que debía temer ese momento que se aproximaba a toda velocidad. Estaba demasiado absorto en su desasosiego ante lo que lo rodeaba y no podía dejar de mirar por encima del hombro a los dos reptiles de piedra que tiraban de la carreta. Estaban a poca altura del suelo y avanzaban reptando a un ritmo constante, retorciendo y enroscando sus cuerpos mientras superaban con facilidad el ascenso vertical.

«¿Son dragones?».

Alastor decidió satisfacer la curiosidad del muchacho.

«Son poco más que primos lejanos de los dragones que antaño dominaron el cielo. Los dos últimos grandes dragones se mataron el uno al otro en una pelea a muerte».

El chico puso a prueba su paciencia una vez más al deslizar su mirada hacia los ogros, que resoplaban y resollaban para seguirle el ritmo a la carreta. Alastor se dio cuenta de que lo irritaba la falta de respuesta del chico. Empezó de nuevo: **«Ah, fíjate bien ahora, a tu derecha se alzan las Montañas de la Daga Negra, renombradas por su sobrecogedora belleza».**

El muchacho se volvió para contemplarlas a través de la espesa neblina.

Alastor esperó a que los inhóspitos picos se dejaran ver entre el vapor que clareaba.

Y esperó.

«No quisiera ser maleducado —empezó Prosper—, pero ¿es ese el aspecto que se supone que deberían tener?».

Todo lo que los limitados ojos del joven alcanzaban a vislumbrar era un muro de oscuridad que se extendía desde el cielo hasta el lugar donde debería haber estado el suelo situado más allá de los Llanos. Rodeaba la ciudad y era imposible ver más allá o a través del mismo. Más que reflejar la luz del reino y devolvérsela, parecía que la devorara.

«Debe de ser... Eso debe de ser una nueva fortificación».

Las ruedas de metal de la carreta se detuvieron con un chirrido a la entrada de las Escalas.

Ese nivel del reino siempre había estado destinado a los malignos que no eran ni nobles ni inferiores. Estaba integrado casi en su totalidad por pequeños vampiros, malignos comerciantes que estaban forrados de dinero y magia pero no podían pertenecer a la nobleza.

Muchos creían que el nombre del peldaño hacía referencia a las numerosas escaleras de mano que había allí, pero en realidad era una alusión a los malignos que trataban de escalar —trepar— por la jerarquía social como una cepa invasora.

Sin embargo, los malignos que salían de las casas no eran vampiros. Allí había licántropos, ogros, duendes, grims, chapoteadores, trasgos e incluso cloaqueros. ¡Cloaqueros, que no servían más que para alimentarse de la inmundicia que pudiera haber por las calles!

Alastor observó con espanto creciente cómo estos malignos agarraban cubos y escobas. Un demonio necrófago alargó el brazo para encender las farolas del peldaño con cerillas y leña. Todo ello eran cosas para las que un maligno digno de ese nombre habría utilizado magia. Otros empezaron a limpiar las paredes de las casas y a sacar fuentes de comida deforme y chamuscada, que obviamente habían cocinado ellos mismos, para... compartirla.

Los anuncios que colgaban de las farolas se agitaban ruidosamente a cada momento. Se desplegaban con un chasquido y mostraban, todos a la vez, el primer mensaje: «Los Llanos permanecen cerrados». Volvían a enrollarse y después se extendían con un nuevo texto: «El racionamiento de magia sigue en vigor hasta nueva orden. ¡Juntos venceremos!».

—¡Toma ya! —murmuró el chico, observando como se enroscaban los carteles una vez más.

Esta vez, cuando se desplegaron, fue para exhibir un grabado. La hermana de Alastor, con su oscura forma natural, se erguía sobre la figura de una niña de cabello cobrizo tumbada bocabajo; el cuello de la muchacha quedaba aplastado bajo la bota salpicada de cuchillas de Pyra. «¡Vuestra reina se alza victoriosa!».

Cada cambio en el contenido de los carteles mostraba una nueva imagen: la joven humana estrangulada, colgada de los dedos de los pies, estirada sobre una cama de pinchos. Aburrido, la verdad. Pero la furia callada del chico envolvía a Alastor, cada vez más estrechamente, hasta que el muchacho empezó a temblar por la necesidad de golpear algo.

«**Solo busca mortificarte** —dijo Alastor, compadeciéndose de él—. **No muerdas el anzuelo**».

—Eso a los malignos se os da muy bien —dijo el muchacho con voz crispada.

Sus palabras estaban mezcladas con algo cuyo sabor se parecía sospechosamente al del odio. Alastor se estremeció ante su fuerza. El último grabado mostraba el rostro del chico —aunque su nariz parecía más bien el pomo de una puerta, y sus orejas, un par de alas— acompañado de las palabras «Si veis a este llorica, ¡denunciadlo a la Guardia de la Reina!».

Junto a la carreta, la puerta de la taberna Poisonmaker's Inn se abrió con un fuerte golpe. El chico dio un brinco cuando dos malignos delgados, de aspecto aproximadamente similar al de un humano, fueron arrojados a la cenagosa alcantarilla. Los malignos se dieron la vuelta y se alejaron arrastrándose a cuatro patas mientras dos ogros más salían tras ellos a grandes zancadas. Uno de los ogros tiró una moneda de plata en dirección a un licántropo que llevaba un delantal hecho jirones.

—No, por favor, osss habéisss equivocado de malignosss —dijo uno de ellos, con un débil hilo de voz—. Te... tened piedad.

Aquellos malignos se habían preocupado de recubrirse con algo que parecía pintura gris moteada. Lo que les quedaba de esa sustancia en el rostro se había emborronado y dejaba al descubierto la piel de color blanco óseo de debajo. Todos sus rasgos faciales eran puntiagudos, desde la barbilla acabada en punta hasta la forma de la boca y sus largas orejas en forma de hoja de cuchillo. Sus ojos eran dos bolas rojas vidriosas que emitían destellos bajo los párpados.

Vampiros.

«¡**Meantongue**! ¡**Rotlash**! —masculló Alastor, incapaz de contenerse—. **¡No permitáis que os traten de este modo! ¡Sois malignos de noble estirpe!**».

—Lo sssiento —dijo el otro vampiro—. Lo sssiento muchísssimo.

El chico levantó una de sus cejas recubiertas de porquería seca. «¿Los conoces?».

«**Estudiamos juntos. Sus familias poseen las más prestigiosas hilaturas de seda de araña y supervisan el tesoro. Pero ¡visten como plebeyos! ¡Y se han pintado... con plata de trasgo!**».

De eso precisamente habían acusado los ogros al muchacho.

—Te... tened piedad —imitó burlón el ogro, haciendo como si se acobardara.

Los malignos que se movían a su alrededor ni siquiera se detenían tras vaciar sus cubos de desechos y jugo de escarabajo agriado sobre los vampiros humillados. Simplemente pasaban a su siguiente tarea.

En el interior de Prosperity Redding, Alastor se sentía como una pluma flotando en el viento, como si nunca fuera a volver a pisar tierra firme.

Uno de los ogros le pegó un pisotón a Meantongue y le arrancó el gorro negro de la cabeza.

—¿La misma piedad que mostrasteis con los de mi clase, escupiéndonos durante siglos desde vuestra torre? Mirad a vuestro alrededor, milord. Puede que sea esta vuestra última ocasión de contemplar el reino.

Tiró del vampiro para obligarlo a ponerse de pie, ignorando como este enseñaba sus afilados dientes y bufaba.

Prosper se volvió para mirar adelante y trató de no encogerse mientras la carreta se bamboleaba.

«¡**Míralos**! —dijo Alastor enfurecido—. ¡**Amedrentándose como pulgas aplastadas con el dedo!**».

Los ogros les colocaron a los vampiros una abrazadera de metal en el cuello y los colgaron de los barrotes que formaban los lados de la carreta.

Rotlash resopló lastimeramente y se mordió el labio inferior con un colmillo.

—Osss arrancaré la piel a tirasss.

Los ogros se limitaron a reírse. Uno de ellos le clavó un dedo carnoso a Meantongue, que se había quedado petrificado de terror. Al notar el pinchazo, el maligno se agitó y tiró de sus cadenas, intentando darse la vuelta.

—¡Capturadlo a él y a mí sssoltadme! ¡Osss ayudaré a encontrar a losss que essstán essscondidosss!

—¡Meantongue! —chilló el otro vampiro, dándole una patada sin fuerza—. ¡Miserable gusano criminal y barrigón!

Tras echar un último vistazo a los vampiros, el ogro inspiró profundamente y sonrió mientras decía:

—¡Qué delicia! Ya huelo el humo.

—¡Bruto! —Rotlash era el que iba ataviado con una camisa de mangas abullonadas y pantalones holgados, no el que lucía vestido y gorro. Susurró entre dientes—: Para empezar, este plan tan brillante se te ocurrió a ti. ¿Qué vamos a hacer ahora, Meanie?

—Deberíamos haber huido con los demás cuando tuvimos ocasión —respondió el otro vampiro en voz baja.

—Pero tal vez essstaríamosss muertosss. Nadie sssabe adónde van losss malignosss cuando el Vacío ssse abate sssobre ellosss —dijo Rotlash apesadumbrado—. ¿Y tú qué dicesss, maligno?

El muchacho se enderezó al darse cuenta de que Rotlash se dirigía a él. Pero un desagradable pavor se había apoderado de Alastor al oír las palabras del vampiro.

«**Pregúntales qué es el Vacío, Gusano**».

«No puedo. Si lo hago, sabrán que no soy de aquí».

Alastor pensó, muy a su pesar, que desde luego no podía quejarse de que el chico no estuviera aprendiendo.

—¿Y? —insistió Meantongue, entrecerrando sus ojos de color rojo rubí.

Alastor estaba a punto de soplarle una réplica cuando el muchacho abrió la boca y dijo, en un arranque de pánico e inspiración:

—Mip bup bedup. Badadum.

«**¡Por los cuatro reinos! ¿Qué ha sido eso?**», farfulló Al.

«Parte de mi disfraz —respondió el joven orgulloso—, para que no se den cuenta de que soy un humano».

Alastor se preguntó quiénes eran más tontos: ¿los vampiros o los humanos?

Meantongue hizo chascar la lengua con desprecio y se volvió hacia Rotlash encogiéndose de hombros.

—Lo que nosss quedaba por sssoportar. Viajamosss con una dessspreciable babosssa de cloaca.

Alastor ya tenía la respuesta: los vampiros. Los vampiros ganaban el campeonato a la mayor estupidez.

—Ojalá el Vacío no ssse hubiera llevado al rey —prosiguió Meantongue—. Debería haber enviado a un sssubalterno a recaudar el impuesssto sssobre la magia en las ciénagasss. Asssí no nosss veríamosss en esssta sssituación.

El chico se quedó helado y, en su interior, a Alastor le sucedió lo mismo.

Interesante. Así que Pyra no había matado a su padre para robarle la magia, como Alastor había creído.

—La reina sssabe qué esss lo que lo causssa, pero esss demasssiado tarde para ponerle freno, creo yo —dijo Rotlash. Pareció casi reconfortado por su siguiente frase—: Todosss morirán con nosssotrosss.

Un enorme puño verde golpeó con fuerza los barrotes de la carreta.

—¡Basta! ¡Cerrad el pico!

Todos sus ocupantes se quedaron en silencio. Solo se oía el aliento sibilante de los vampiros y el débil ruido metálico de las cadenas del chico, de las que él intentaba tirar nuevamente. Parecieron verlo todos a la vez: unas pequeñas motas pálidas que hicieron aparición entre las nubes de vapor que flotaban a su lado.

Cenizas. Lo único que quedaba de los vampiros que los habían precedido.

La calle se ensanchaba para dar cabida a la plaza de la Medianoche y a los malignos silenciosos y de aspecto casi apático que se habían reunido allí. En el centro, donde debería haberse alzado una estatua del padre de Alastor, había algo mucho más aterrador: una larga columna de madera. Varios grilletes y cadenas de metal clavados a la columna a martillazos aguardaban ahora, oscilantes, a sus siguientes víctimas.

La mirada del chico bajó hasta la plataforma construida alrededor de la columna. Parecía... Era prácticamente igual que...

La plataforma había sido anteriormente una valla blanca, como las que Alastor había visto en Salem. Debajo de esta había más madera, en grandes cantidades: viejas puertas, sillas, mesillas, juguetes e incluso cucharas. Entre las grietas que separaban los distintos objetos asomaba el heno, listo para servir de combustible al fuego. A su alrededor se habían colocado aros de ramas con espinas a modo de alambrada.

Alastor había supuesto que los ogros se referían al fuego mágico, que incineraba al instante a aquellos a quienes atrapaba. Pero no. No iban a ser ejecutados mediante magia, ni envenenados o pasados a cuchillo, sino quemados con fuego de los mortales. El tipo de fuego con el que seguías con vida el tiempo suficiente para sentir cómo te devoraba su calor abrasador.

El mismo sistema al que habían recurrido los Redding para matar a aquella joven sirvienta inocente. Aquella noche, su recuerdo, recorrió el cuerpo de Alastor y lo atravesó.

Las llamas.

La negrura interminable y sin fondo del Entremundos, el espacio entre los distintos reinos que había sido su hogar durante tres siglos mientras dormía.

El rostro de Honor Redding.

La carreta se detuvo con un crujido. Meantongue gimió y se llevó la mano al rostro.

«¿Cuál es el plan, Al?», preguntó el chico con el pensamiento mientras su cuerpo se estremecía levemente de miedo.

«¡Estoy pensando! ¡Cállate!».

Mientras la multitud crecía a su alrededor, se les acercó

otro ogro que también vestía el uniforme de la Guardia de la Reina. La ogresa golpeó a los otros en la espalda antes de agacharse para observar el interior de la carreta.

—Ya sabéis lo que tenéis que hacer, sanguijuelas. Disculpaos por haber abusado de la magia o iréis a la hoguera.

«¿Cómo?», el chico tomó aire de golpe, mientras que Alastor no pudo evitar un chillido: «¡¿**PEDIR DISCULPAS?!**».

«¿Me estás diciendo que lo único que tenemos que hacer para evitar que nos quemen en la hoguera es disculparnos? —preguntó el chico—. ¿Y hay malignos que no eligen esa opción?».

«¡**Un maligno de verdad jamás pide disculpas!**», exclamó Alastor, sofocado de odio.

—¡Jamásss pediremosss dissssculpasss a ssseresss como vosssotrosss! —replicó Rotlash entre dientes.

«¡**Sí! ¡Ciertamente, amigos, ciertamente! ¡Jamás os disculpéis, no os rindáis jamás!**».

«¿Me estás tomando el pelo en toda la cara? —murmuró el chico—. ¿En serio?».

—Muy bien —dijo el ogro—. Pues me aseguraré de que el fuego arda lento, para que la reina os oiga chillar de dolor desde el corazón de la ciudad.

—Larga sea su cólera —respondieron solemnes los otros ogros.

«¡**Y a quién le importa esa reina impostora!** —Alastor hizo retumbar su voz a través del chico—. **¿Acaso no sienten la magnificencia del ser que tienen ante sí? ¡Los ahorcaré con sus propias tripas! ¡Qué insolencia! Déjame salir, Gusano. ¡Prosperity, hazme caso!**».

«Ni hablar».

El seguro de la carreta se descorrió y cayó al suelo con la pesadez de un cuerpo sin consciencia. Los ogros introdujeron los brazos entre los barrotes para abrir los grilletes y las abrazaderas.

Un ladrido nítido se alzó sobre los murmullos aburridos de la muchedumbre. Prosper se dio la vuelta justo a tiempo de ver al demonio necrófago y los aulladores de los Llanos cruzando la plaza a empujones.

El demonio se fue derecho al ogro más cercano y señaló directamente al chico. El cuerpo de Prosper se bloqueó de pánico. Los aulladores cerraron los colmillos ruidosamente y lanzaron gotas de su tóxica saliva, controlándose a duras penas ante la presencia de los demás ogros.

—No, Sinstar —dijo el ogro—. Es una sanguijuela.

Uno de los ogros hizo marchar al muchacho hacia la pira. Prosper se resistió al brutal agarre, tratando de ver qué sucedía con el demonio necrófago. Su corazón se estrellaba cada vez más fuerte contra la prisión de su caja torácica.

Y, mientras tanto, Alastor se enfurecía. Con su hermana. Con aquellos ogros. Con todos y cada uno de los malignos que los rodeaban. La mente del chico era un torbellino de miedo y planes a medio elaborar mientras a Rotlash lo arrastraban hasta la pira el primero, maldiciendo y lamentándose entre dientes. La escena tuvo por respuesta el silencio de los malignos que la observaban.

¿Ni siquiera un cántico emocionado de los espectadores? ¿Ni siquiera un murmullo de satisfacción ante aquella imagen? ¡Aquello era intolerable!

—Pido dis... —empezó Prosper, pero Alastor no pudo soportarlo ni un instante más.

Su voz explotó fuera del chico:

«**¡Oídme, súbditos desagradecidos, insensatos, raticidas!**».

La satisfacción lo invadió mientras la plaza de la Medianoche se quedaba en el más absoluto silencio. Los ogros, el demonio necrófago, los aulladores: todos se volvieron hacia el muchacho.

«**Soy yo, Alastor, príncipe heredero del reino, maestro coleccionista de almas, comandante del primer batallón de malignos, vuestro eterno príncipe de las pesadillas que acechan en todos los sueños oscuros**».

El chico se revolvió contra el control de Alastor. Bien valía el esfuerzo que requería resistir apenas un poco más.

«**Servís a una reina advenediza, que ha traicionado a vuestra clase al elevaros por encima de la posición que os corresponde por nacimiento. No temáis. Yo restableceré el orden en nuestro reino**».

«¡Para! —suplicó el chico—. ¡Ganas de matarnos no les faltan!».

Los malignos empezaron a moverse, su mirada cada vez más fija. Meantongue se quedó boquiabierto y, de la sorpresa, se le salió la lengua de la boca.

«**Pese al trato sumamente injusto que habéis dispensado a vuestro heredero al trono, me esfuerzo por contemplar con afecto vuestros rostros repulsivos, oh, mis queridos y serviles súbditos. Si ahora os inclináis ante mí y os sometéis por completo, contemplaré la posibilidad de perdonaros la vida cuando recupere el Trono Negro. Quienes me prestéis atención y volváis a vuestras obligaciones no perderéis garra alguna cuando tome represalias. En todo** caso, ciertamente no más de una. Al fin y al cabo, todo crimen exige su castigo».

Alastor esperaba vítores arrebatados, gritos de alegría ante la perspectiva de verse liberados de la existencia tediosa y carente de magia a la que Pyra los había condenado.

Sin embargo, el demonio necrófago, Sinstar, señaló a Prosper y rompió el silencio:

—¡Os he dicho que este era el joven humano! ¡Capturadlo en nombre de la reina!

Bueno... Aquello era ciertamente... Esto era... Los pensamientos de Alastor parecían disolverse como la arena, precisamente mientras el ogro rodeaba el pecho de Prosper con sus brazos carnosos.

«¡Serás idiota! —le espetó Prosper—. ¡Me dijiste que no ibas a hacer esto! ¡Se suponía que íbamos a colaborar!».

Los pies del chico patalearon en el aire mientras el ogro lo obligaba a avanzar.

Alastor, al parecer, había visto cumplido su deseo. La multitud murmuraba y parloteaba entre dientes mirándolo. Sin embargo, no mostraban alegría, ni siquiera alivio por la llegada de su salvador. Manifestaban odio. Esta emoción los envolvía como las nubes de tormenta del mundo de los humanos, oscura y amenazadora.

«¿Acaso...? —pensó el maléfico, anonadado—. ¿Acaso no quieren que vuelva? ¿Yo?».

Prosper consiguió volverse sobre sí mismo y golpear al ogro directamente en los ojos. Estos explotaron como globos rellenos de pus y le salpicaron en la cara.

—¡Qué asco! —exclamó Prosper, tratando de limpiarse de los dedos la sustancia viscosa—. Maldita sea, cuánto lo siento...

El ogro aulló furioso y lo dejó caer.

—¡Tardarán semanas en volver a salirme!

Prosper se estrelló contra el suelo y gateó entre piernas y manos que trataban de agarrarlo hasta que se encontró debajo del nido de leños y trozos de madera que constituía la pira.

—¡Daré contigo, maldita rata mortal! —dijo Sinstar mientras le arrancaba de las manos una antorcha encendida a un duende perplejo—. ¡Esta vez no te escaparás!

Prosper se dio la vuelta, respirando con gran rapidez. El demonio alargó el brazo; su extremidad extensible fue serpenteando entre los malignos que se interponían entre él y la pira mientras sostenía la antorcha en alto como una aguja llameante.

«Piensa —se dijo Alastor, tratando de idear una escapatoria para ambos—. Utiliza tu poder, solo por esta vez...».

Lo sintió agrupándose en el centro de sí mismo, listo para desatarse sobre sus ingratos súbditos. Pero en ese segundo tembloroso previo a que pudiera liberar toda su fuerza, una oleada de magia verde pura y crepitante estalló en la plaza, impidiendo al chico ver a los demás y arrebatándoles a ambos esa última pizca de sentido.

5

Un peligro peliagudo

L a luz explotó sobre nosotros como una estrella supernova. La presión del estallido resonó en oleadas vertiginosas. Después, tan rápido como había llegado, la luz desapareció súbitamente, y lo único que quedó fue una oscuridad total y absoluta.

«¿Qué es eso? ¿Algún tipo de maldición?», pregunté.

«¿Y qué más da? ¡Corre!».

Avancé arrastrándome entre el vallado y los muebles desvencijados, serpenteando a través de la pira. Un segundo demasiado tarde, me di cuenta de que esconderme debajo de una pila de cachivaches increíblemente inflamables probablemente no era la mejor idea que se me habría podido ocurrir.

—El Vacío... ¡Es el Vacío! —gritó un maligno.

—Mis ojos..., ¡hay cuatro que me arden!

—¡Por los reinos!

—¡El Vacío!

A través de la maraña de la pila de trastos, vi huir zarpas, pies y pezuñas. En algún punto detrás de mí, la madera crujía cuando los malignos tropezaban con la pira.

—¡No es el Vacío! —gritó uno de los ogros—. ¡Calmaos!

Y no lo era. El aire ya empezaba a iluminarse a medida que reaparecían las farolas. El manto sobrenatural de oscuridad se estaba levantando.

Eso significaba que el tiempo del que disponía para huir se terminaba.

Aún no había llegado al borde de la pira cuando olí a humo por primera vez. Sinstar había prendido la pila de madera.

—¡El mortal! ¡Capturad al mortal! —vociferaba Sinstar por encima de los gritos.

Los aulladores avanzaban a zarpazos entre la madera que ardía detrás de mí, buscándome.

Finalmente, me escurrí entre una cabecera de cama y un letrero de Halloween y me vi de nuevo en la plaza. Mis manos resbalaron por la mugre del suelo de la calle. Ahogué un grito cuando la bota con tacón de un maligno me pisoteó los dedos, que tenía extendidos. Las piedras me magullaban las rodillas y me arañaban la piel.

«¡Sigue adelante, Gusano! En aquel callejón, allí delante... ¡hay una escalera que conduce al tejado de la carnicería!».

—¿Por qué —exhalé entre dientes— debería volver a hacerte caso alguna vez en la vida?

«¿Tienes alguna otra opción en estos momentos?».

Una mano con garras me rozó la cara, recortándome algunos mechones del flequillo. Giré a la derecha a toda velocidad y choqué contra las ruedas de una carreta. «Uf. Por los pelos».

Avancé tambaleándome todo lo rápido que me permitían mis piernas maltrechas.

—¡Los prisioneros! ¡Sujetadlos! —gritó un ogro—. ¡Cuidado con los dientes de las sanguijuelas!

El callejón que Alastor me había indicado estaba a unos tres metros y medio de distancia. Entre su entrada estrecha y tortuosa y yo, sin embargo, había cajas llenas de ratas chillonas de color carmesí y una pequeña duende de ojos muy abiertos que sostenía con fuerza un letrero en el que ofrecía dichas ratas por un penique negro o su equivalente en magia.

Me di cuenta en cuanto la maligna me vio. Levantó indignada su pequeño hocico, del que goteaba una gran cantidad de mocos azules.

Levanté la mano y me llevé el dedo a los labios en un gesto de desesperación. Sentía como si pudiera ver el grito creciéndole en el vientre, subiéndole por el cuerpo como el humo.

Otro maligno se tropezó con mi espalda y cayó al suelo con un gruñido. Seguí adelante, adelante, adelante, mientras la primera nota del chillido de la duende cortaba el aire.

Una mano me cayó sobre el cuello y tiró. No hacia atrás, ni hacia delante, sino a un lado. Mis ojos debían de sufrir todavía las secuelas de la explosión, porque todo lo que alcancé a ver en la oscuridad que iba disipándose fue a un ser con forma humana vestido totalmente de negro.

La figura volvió a estirarme del cuello de la camisa, esta vez lo bastante fuerte como para rasgármelo, y me hizo un gesto con la otra mano para que siguiera en esa dirección.

«**Gusano, ni se te ocurra...**».

Puede que la duende les hablara a las ratas en susurros, pero en ese momento no se limitó a dar voces, sino que gritó con todas sus fuerzas.

—¡El humano! ¡Se está escapando!

Nadie la oyó, o nadie le hizo caso. El pánico que se había apoderado de los malignos estaba empezando a infectarme incluso a mí.

—¡Mis pequeñines! ¿Dónde están?

—¡No podemos quedarnos aquí!

—¡El Vacío! ¡Que el Gran Demonio se apiade de nosotros!

Si mirabas más allá de los hocicos y las escamas, todo lo que quedaba era una emoción muy familiar y muy humana: terror.

La figura oscura seguía esperando con la mano extendida.

La observé mientras el corazón me latía con fuerza y Al gritaba «**¡Corre, estúpido!**», una y otra vez, como una canción puesta en bucle. No podía verle la cara a la figura porque llevaba un pasamontañas, pero sus guantes despedían unos últimos destellos de magia. Aun así, vacilé. Tras el espectáculo que había protagonizado Alastor, ¿qué maligno querría ayudarnos?

No sé por qué estiré la mano y tomé la que se me ofrecía. Me sentía imprudente y temerario, como si hubiera saltado por un acantilado tras tomar carrerilla confiando en que algún fuerte viento me sostuviera. Pero lo que sí sabía a ciencia cierta, gracias a varios años supermaravillosos sufriendo *bullying* en el colegio, era lo siguiente: sería mucho más fácil, llegado el momento, enfrentarme a un único maligno que a centenares de ellos.

Corrimos, avanzando a empellones entre los malignos que vaciaban la plaza a través de las numerosas calles laterales que desembocaban en ella. Yo jadeaba, llenándome los pulmones de vapor una y otra vez. Me pregunté si me asfixiaría antes de conseguir escapar.

La figura oscura parecía tener aún menos idea que yo de hacia dónde ir. Su silueta aparecía y desaparecía entre los últimos malignos presas del pánico, que empezaban a bajar por una calle para luego cambiar rápidamente de opinión y tomar la siguiente. Lo que fuera que hubiera dentro del saco de cuero negro que aquel ser llevaba al hombro tintineaba y repiqueteaba.

Alastor se agitó de repente en mi interior cuando pasamos por delante de un solar vacío entre edificios inclinados.

«Detente, Gusano... ¡Gira aquí! Puedes esconderte aquí durante un rato y estarás a salvo. El olor a tierra abonada enmascarará tu olor corporal».

Mis pies se detuvieron muy a mi pesar. Me aproximé a la valla que rodeaba el solar y miré por encima de los pinchos letales que la remataban. Lo único que alcanzaba a ver era un cobertizo al fondo y un suelo de tierra con hoyos poco profundos.

—¡Espera! —avisé a la figura de negro—. ¡Podemos escondernos aquí!

La oscura figura vaciló y después anduvo hacia mí con una renuencia obvia y los hombros hundidos.

Aparté los tallos de plantas trepadoras y los capullos de flores negras que estrangulaban el pasador de la puerta, arrancándolos allí donde pude. Pero las bisagras estaban tan herrumbrosas que dudé de que una motosierra pudiera atravesarlas.

«Tienes dos pies y dos manos, ¿verdad? ¡Trepa!».

Me sujeté a la parte superior de la valla, evitando con cuidado los pinchos que la coronaban. De un salto, pasé al otro lado. Mi salvador no me siguió.

—Vamos —dije—. Has sido tú quien ha causado la gran distracción, ¿verdad? Al menos descansa aquí unos minutos para que te pueda dar las gracias.

La figura enmascarada no respondió, pero al final se agarró al borde de la valla para saltar por encima. Aterrizó con un golpe seco sobre la tierra compacta.

Me di la vuelta para observar el solar. El pequeño cobertizo estaba construido con los mismos ladrillos de piedra y las mismas tejas que el resto de la ciudad, pero su superficie había quedado oscurecida por el polvo y el hollín de una chimenea cercana. No parecía que hubiera sido ocupado por ningún maligno últimamente, pero la espesa tela de araña que cubría las ventanas no me permitía mirar dentro para cerciorarme.

El pomo de la puerta, en forma de reptil, no se movió, así que tuve que empujar la puerta con el hombro para entrar. La puerta se abrió de golpe entre una nube de polvo y astillas. Entré a trompicones, moviendo la mano para limpiar las telarañas que había en mi camino.

En el interior, tres de las cuatro paredes estaban forradas de estanterías, la mayoría de las cuales contenían los restos momificados de lo que en su momento debieron de ser sapos y arañas.

En la cuarta pared había un banco de trabajo integrado, sobre el que se amontonaba un gran número de cestos de rejilla y grandes lámparas que aún chisporroteaban con algunos rescoldos de magia. Le di un golpecito a una, que pareció revivir un poco. Las oleadas de calor que emitió provocaron que me arrepintiera al instante. Me incliné para estudiar los trozos, extrañamente familiares, que había en uno de los cestos. Su superficie blanca, como de cáscara, estaba atravesada por venas carmesíes. Un mal presentimiento me golpeó en la boca del estómago.

—Al... ¿qué es este sitio? —pregunté.

«Aquí es donde criaba a mis premiadas víboras de sangre».

Cerré los ojos y respiré profundamente por la nariz.

—Cómo te odio.

«Hace siglos que no utilizo este criadero —dijo Al con un pequeño suspiro—. **Supongo que albergaba la esperanza de que alguien se hubiera ocupado de él».**

Lo siento, pero yo no iba a derramar ni una lágrima por unas serpientes monstruosas.

«No importa. Cuando recupere mi aspecto y el lugar que me corresponde legítimamente en el reino, le pondré tu nombre al benjamín de la primera camada. Llevará ese nombre mientras sus hermanos se abstengan de comérselo».

Un leve chasquido distrajo mi atención del maléfico y la dirigió de nuevo a la puerta del cobertizo. El extraño remoloneaba por allí, como aferrándose a las últimas sombras que le proporcionaba.

—Entra y cierra la puerta —le dije mientras me sentaba en el suelo—. Puede que pasemos aquí un buen rato.

Nada.

—Vamos, no pasa nada —dije—. No voy a hacer ninguna estupidez. Solo quiero saber a quién le estoy dando las gracias.

Silencio.

¿Y si era otro humano perdido en el Mundo de Abajo? ¿Alguien que hubiera olvidado cómo se habla el lenguaje humano?

«Imposible. La magia del reino garantiza que todos oigamos a los demás hablando en el mismo idioma».

El extraño había permanecido callado tanto tiempo que di un respingo cuando arrancó a hablar al fin.

—No creo que me estés agradeciendo nada dentro de un segundo...

Un momento. Esa voz.

«¿Lo es? ¿Puede serlo?».

Mi salvador se alejó de la puerta del cobertizo y se apartó el pasamontañas de la cara y el pelo. Y entonces ya no fue solo su voz lo que me resultó familiar. También conocía su cara. Y sus gafas brillantes.

No era un salvador.

Ni siquiera era un amigo.

Era Nell.

6

Fatigas y tormentos

—¿Qué haces aquí? —Las palabras se me escaparon de la boca.

—¿Tú qué crees? —preguntó Nell mientras se acariciaba con la mano los apretados rizos negros que se había recogido en un moño a la altura de la nuca. Algunos mechones ya se le habían soltado y oscilaron cuando inclinó la cabeza para mirarme con atención—. ¿Por qué estás cubierto de... eso?

Nos quedamos mirándonos el uno al otro.

—Voy... de incógnito —respondí—. ¿A ti qué más te da?

Arrugó la nariz.

—Vale. Así que no ha tenido nada que ver con la letrina hasta la que os he rastreado a los dos. Seguro.

—Si ya lo sabías, ¿para qué preguntas? —murmuré mientras me cruzaba de brazos. La miré, entrecerrando los ojos, a través de las sombras—. ¿Y tú por qué vas vestida como una espía?

Era la única manera que se me ocurría de describir lo que llevaba puesto: iba de negro de pies a cabeza. Vaqueros negros, botas negras, jersey negro y un inquietante pasamontañas también negro. Nell era normalmente una explosión de colores y estampados. Ahora parecía... apagada.

—¿Has decidido participar en el proyecto artístico de Norton? —No logré contener la oleada de rabia que recorría mi cuerpo—. Déjame adivinar: lo ves todo negro desde que los planes de tu padre fracasaron estrepitosamente.

Nell se enderezó y cruzó a su vez los brazos.

—Soy yo quien contribuyó a que fracasaran, ¿recuerdas?

—¡Tú tienes la culpa de que hayan capturado a Prue y de que estemos metidos en este lío!

Mientras lo decía, yo ya sabía que no era del todo cierto. Pero las palabras me hervían por dentro y no podía dejar de revivir el último instante previo a que el espejo engullera a mi hermana por completo.

Nell me había arrojado el grimorio de su madre, a sabiendas de que estaba hechizado para que ardiera en caso de caer en manos de un maligno. Había intentado obligar a los ogros y a Pyra a marcharse. Y, desde luego, no había terminado el conjuro que le habría quitado a Alastor todos sus poderes y habría provocado que ambos muriéramos. Aun así:

1. Nell me había ocultado su verdadero plan.
2. Nell había preparado todos los ingredientes del ritual.
3. Nell me había hecho creer que era amiga mía.

—¿Yo? —replicó Nell—. ¡Tu familia es la que lo empezó todo cuando decidió ir a por los Bellegrave! Su codicia es...

—Ya estamos otra vez en las mismas —dije—. ¿Has venido hasta aquí para volver a tener conmigo la misma discusión que ya hemos tenido cinco veces? ¿Sabes qué? Si es eso, ¿por qué no te largas? Vuélvete al reino de los humanos. Aquí no te quiere ni te necesita nadie.

—Uy, sí, ya he visto lo poco que necesitabas mi ayuda allí en la plaza —dijo Nell, subiéndose las gafas por el puente de la nariz—. Si no fuera por mí, ahora mismo serías ceniza.

No. Me las habría arreglado para salir de aquel embrollo. Y también iba a arreglármelas para salir de este embrollo aún mayor.

—Lárgate.

—¡Estupendo! —resopló—. Estaba empezando a aburrirme de ver como estabas a punto de morir. Que tengas suerte. —Nell fue hacia la puerta pero al instante se dio la vuelta otra vez—. Supongo que ni siquiera la necesitas, teniendo en cuenta todas las vidas que tu familia destruyó para obtenerla en cantidades sobrenaturales.

Yo estaba echando humo. ¿De verdad creía Nell que a mí no me atormentaba pensar en todo lo que mi familia había hecho? ¿Qué necesitaba para darse cuenta de que yo no era como ellos, nunca lo había sido y nunca lo sería?

Lo cierto era que Nell jamás había querido ser amiga mía. Nunca había confiado en mí de verdad.

Iba a demostrarle que se equivocaba.

«**¡Qué maravilla!** —dijo Alastor, con un suspiro de alegría, al ver marcharse a Nell—. **La historia siempre se repite. Ambos creéis estar por encima de todo esto y, sin embargo, estáis atrapados en la misma danza que bailaron los Redding y los Bellegrave que os precedieron**».

Eso era...

Me quedé inmóvil. Eso no podía ser cierto. Estábamos discutiendo porque teníamos una razón válida para hacerlo, porque su traición había sido épica. Nell y su padre me habían engañado, me habían mentido a la cara una y otra vez diciéndome que eran de mi familia y que iban a ayudarme.

«Vamos, pero si intentó ayudarte a escapar en Salem —susurró una vocecita en mi interior—, antes de que llegara Prue, antes de que te hirieran, antes de que Nell convocara a Pyra...».

Sacudí la cabeza, pero el recuerdo, una vez aflorado, echó raíces.

«Creo que deberías marcharte —me había dicho Nell—. Irte. Volver con tu familia».

Si le hubiera hecho caso, la historia podría haber acabado en Redhood. Mi familia habría terminado el conjuro para echar a Alastor de mi cuerpo y destruirlo, y Prue estaría en casa, sana y salva. Pensar en ello me hizo añorar a mis padres y nuestro hogar tan intensamente que sentí que me dolía el pecho.

«¿Qué estás haciendo?», me pregunté a mí mismo.

¿Qué estábamos haciendo? Nell y yo no éramos malignos. Nosotros éramos mejores que ellos, porque teníamos la capacidad de perdonar. Alastor siempre estaba hablando de lo débil que era el corazón de los humanos, de lo fácil que resultaba moldearlo con sus elaboradas manipulaciones y distorsiones. Pero esa misma cualidad era la razón por la que no teníamos por qué ser víctimas del pasado.

Nell había ayudado a su padre con su plan, pero solo porque le habían dicho que, si lo hacía, su madre volvería a la vida. Y, a decir verdad, yo podría haberme esmerado bastante más para comprobar su verdadera identidad en vez de dar por buenas sus palabras.

Mi padre siempre repetía que no se podía saber cómo era una persona solo por lo que decía, que era necesario observar sus acciones para averiguar qué albergaba realmente su corazón. Aquí tenía un ejemplo perfecto. Nell había venido a ayudarme ¿y ahora yo le decía que se marchara porque había herido mis sentimientos?

Salí corriendo del cobertizo, con la esperanza de dar con ella antes de que desapareciera entre la oscuridad del Mundo de Abajo.

—¡Espera...!

Mis pies frenaron en seco.

Nell estaba apoyada en la pared del cobertizo con los ojos cerrados con fuerza. Su nuez subía y bajaba cada vez que tragaba saliva con dificultad.

«No se ha ido», pensé con inmenso alivio. Todavía podíamos arreglarlo...

«**¡Oh, qué bien, qué bonito!** —dijo Alastor con voz de aburrimiento—. **Intenta no ponerte asquerosamente sentimental, ¿de acuerdo?**».

Nell abrió los ojos y vi mi propia infelicidad reflejada en ellos. Sus labios se separaron, sin que llegara a decir nada, para luego volver a cerrarse. Repitió ese gesto una y otra vez. Buscaba las palabras adecuadas y luego cambiaba de opinión.

—¿Lo lamentas? —le pregunté. El vapor se movía silenciosamente sobre la valla y extendía sus largos dedos pálidos en paralelo al suelo. Por encima de nosotros, un cuervo empezó a graznar—. ¿Lamentas lo que hiciste, o solo te doy pena?

La cara de Nell era un mosaico de dolor, aunque ella intentaba mantener la compostura. Yo sabía cómo la dibujaría exactamente: el profundo paréntesis alrededor de su boca, la arruga en su entrecejo, su manera de mover los ojos de un lado a otro sin despegar la mirada del suelo.

—Quiero que sepas que... —empezó, en voz inusualmente baja—. Yo no sabía que te iba a hacer daño y tampoco estaba al corriente de que Henry le había ofrecido nuestra vida a Pyra si las cosas salían mal... Él me dijo que tú te alegrarías de que te sacáramos al maligno de dentro y que después podríamos volver a nuestra vida de siempre. También me dijo que el maléfico podía hacer que mi madre volviera.

Ese era el trato que había puesto en riesgo su vida, así como la de su padre, para ayudar a Pyra a obtener los poderes de Alastor. A cambio, Pyra iba a concederles a todos ellos la fortuna y la buena suerte de las que habían gozado los Redding durante siglos. Pero la hermana de Alastor había mentido en cuanto a su capacidad de hacer regresar a la madre que Nell había conocido; su alma habría retornado más oscura y retorcida.

El corazón se me encogió, lo que hizo que me resultara difícil pronunciar mis siguientes palabras.

—Entonces, ¿por qué llevarlo en secreto? No tenías por qué contarme mentiras ni fingir que yo te caía bien. Puede que mi familia tenga menos ética que un zombi rabioso y hambriento, pero por lo menos son sinceros en cuanto a lo mucho que me detestan.

Finalmente, vi un fulgor en sus ojos. Aquella era la Nell que yo conocía.

—Teníamos que mantenerlo en secreto. Si Alastor hubiera sabido lo que planeábamos, habría sido capaz de cualquier cosa con tal de impedirlo. Y cuando descubrimos que estaba utilizando tu cuerpo para hacer incursiones nocturnas a escondidas, creí que eso demostraba que Henry tenía razón.

«Acepta su ayuda, Gusano. Sus repulsivos polvos mágicos y sus conjuros de tres al cuarto puede que sean suficientes para distraer a los otros malignos mientras nos escapamos. Una bruja es un buen partido».

«¿Podrías dejar de pensar en ti mismo por un segundo? Uno solo. Inténtalo».

«Hecho. Hecho otra vez. Y otra. ¿Seguimos jugando a esto? Acaba de pasar otro segundo...».

Dejé de escucharle. Nell debió de pensar que mi mueca de desagrado iba dirigida a ella, porque estrechó aún más los brazos sobre sí misma y apartó la mirada de nuevo.

—Nunca te he odiado. No sé qué decir, salvo que lo siento. Y no sé cómo compensarte, aparte de ayudarte a recuperar a tu hermana y hacer cuanto esté en mi mano para romper los pactos que nuestras familias han firmado con los maléficos. Tiene que haber alguna manera de hacerlo. Sé que no volverás a ser amigo mío, pero... ¿podríamos al menos colaborar para pararle los pies a Pyra?

Sentí un gran alivio.

—Sí —respondí con una sonrisa—. Me gusta la idea.

«Jamás lo conseguiréis —dijo Alastor entre dientes—. Los contratos suscritos con un maléfico solo pueden romperlos los maléficos. **Es un poder que tenemos en exclusiva, como el de abrir portales de espejo... Espera un momento... ¿Cómo ha conseguido la brujita esta llegar al Mundo de Abajo?».**

Le repetí la pregunta a Nell, quien se quitó la mochila del hombro y rebuscó en su interior hasta dar con un librito negro encuadernado en piel y con el título en letras doradas. *Fatigas y tormentos: guía para brujas sobre cómo afrontar la maldad y el caos,* segunda edición, de B. Z. Elderflower.

B. Z. Elderflower... ¿De qué me sonaba ese nombre?

Nell fue pasando las desgastadas páginas con el pulgar hasta encontrar una que había señalado.

—«Conocer el conjuro exacto está, por supuesto, prohibido, pero las brujas pueden utilizar sus poderes para guiar a un maligno a través de los interconectados pasadizos de espejo y conducirlo directamente hasta donde ellas...».

Nell levantó la vista, con el sentimiento de culpa escrito en el rostro.

—Es lo que hice en el instituto. Mi... Henry encontró una anotación del conjuro para que yo la utilizara... Vale, aquí está. «Cierto es que las brujas no pueden abrir ni cerrar portales de espejo, a diferencia de los perversos y sombríos maléficos, que sí pueden. No obstante, gracias a su titánica ignorancia...». Me encanta como escribe, ¿a ti no?

—Muy evocadora —aseguré, mientras sentía a Alastor sulfurarse dentro de mi mente.

—«Gracias a su titánica ignorancia —siguió leyendo Nell—, desconocen que existen dos fáciles soluciones alternativas. Las brujas no pueden abrir portales, pero sí lanzar un sencillo conjuro de repetición para reiterar cualquier maldición que un maléfico haya llevado a cabo, incluidas las que permiten abrir un pasadizo. Y, por supuesto, los portales abiertos se pueden desviar fácilmente al Entremundos con las siguientes palabras mágicas...». Básicamente, en el tiempo que tardé en escapar de Henry e ir a mi taquilla a buscar el kit de emergencia, el portal ya se había cerrado. Después tuve que esperar a que los bomberos se hubieran alejado lo suficiente antes de hacer el conjuro de repetición. Es la única razón por la que me he quedado tan atrás. Y después solo he tenido que utilizar un pequeño conjuro de seguimiento para descubrir dónde estabais.

«**Así revienten todas las brujas** —masculló Alastor— **cubiertas de forúnculos purulentos**».

—Gracias una vez más —dije. Luego observé su mochila—. ¿Tu kit de emergencia no incluirá por casualidad agua o algo que comer, verdad? Adivina a quién no se le ocurrió pensar en nada de eso antes de lanzarse de cabeza al reino de los demonios a través de un portal mágico.

Nell nos condujo de nuevo al interior del cobertizo, donde puso una barrita de cereales y una botella de agua encima del banco de trabajo. Los señaló en silencio.

—Vamos a tener que racionar el agua —anunció—. No me había dado cuenta de que aquí abajo no hay suministro.

—Vale —dije con la boca llena de avena y chocolate—, pero ¿por qué pensaste de entrada que podrías necesitar un kit de emergencia?

—Por si acaso el Aquelarre Supremo... —Nell se calló de golpe—. Por si acaso surge algún imprevisto, supongo.

Abrió las demás hebillas de la mochila y dejó a la vista más bolsas herméticas llenas de comida y varios frascos de hierbas y ampollas de líquido de aspecto desagradable. De nuevo, me sentí completamente idiota por haberme lanzado al Mundo de Abajo sin provisiones, por no hablar de una muda de ropa.

Cuando terminó de redistribuir el contenido de su mochila, Nell lanzó una mirada a la mugrienta ventana del cobertizo. La luz verde que se filtraba a través de ella intensificaba el color de su piel oscura y se reflejaba en los cristales de sus gafas. Por un instante, ocultó sus ojos.

La observé mientras me terminaba el último bocado de la barrita de cereales. Durante la mayor parte de mi vida, Prue había sido mi única amiga. Hubo también otros niños en el campamento de verano, pero siempre supe que solo eran amables conmigo porque sus padres se lo habían dicho o por mi apellido. Todo eso había cambiado algunas semanas atrás, cuando conocí a Nell.

—Los amigos se cuentan la verdad —dije—. Si queremos que esto funcione, no podemos tener secretos. No voy a engañarte: eres sin duda la parte más útil de esta alianza y el antiguo Prosper probablemente solo te habría hecho perder el tiempo. Pero confío sinceramente en que seremos capaces de rescatar a Prue y descubrir cómo romper nuestros pactos conjuntamente.

—¿Qué tenía de malo el «antiguo Prosper»? —dijo Nell, desconcertada.

—¿De verdad necesitas preguntármelo? —respondí, mientras enumeraba mentalmente todas las ocasiones en las que Nell había tenido que salvarme en Salem. Aquel Prosper había sido básicamente un cero a la izquierda, mientras que el de ahora estaba resuelto a rescatar a las personas a las que amaba, sin importarle los peligros ni las criaturas ponzoñosas que el Mundo de Abajo pudiera azuzar contra él—. Creo que deberíamos volver a intentar lo de ser amigos. —Le tendió la mano—. Soy Prosper. Encantado de volver a conocerte.

—Yo soy Nell Bishop.

Una sonrisa iluminó su cara mientras me daba la mano decididamente y me la estrechaba con fuerza.

No Bellegrave. Bishop.

«Enternecedor. Creo que voy a vomitar».

—Los malignos tienen un nombre verdadero, ¿no es así? Pues muy bien: mi verdadero nombre es Nell Bishop —declaró—. Es el único que va a tener poder sobre mí. No voy a permitir que tres siglos de rivalidad entre familias nos destrocen la vida. Como dijo Shakespeare, «no rigen nuestro destino las estrellas, sino nosotros mismos».

—Solo vamos a reescribir unos cuantos destinos, nada del otro mundo —dije—. Pero primero deberíamos descubrir dónde tiene Pyra encarcelada a Prue. El lugar más lógico, el antiguo palacio, parece ser que ya no existe. De hecho, al parecer han cambiado muchísimas cosas en comparación con lo que recuerda Alastor, así que no esperes gran cosa de él en esta inquietante aventura.

—No me sorprende. Por cierto —Nell se inclinó hacia mí y clavó sus ojos en los míos—, eres la sabandija más ególatra y delirante que jamás se haya arrastrado por los suelos. El discursito ese que has soltado... pero ¿tú de qué vas?

«Ni por asomo se me ocurre a qué podría estar refiriéndose —dijo Alastor, haciéndose el digno—. Diría, sin embargo, que algo debe de saber la brujita sobre sabandijas, ya que desciende de ellas...».

—Sin duda se ha cargado la poca protección que pudiéramos tener —dije—. Espero que tengas más sustancia explosiva de esa de color verde. Entre eso que llaman el Vacío y los malignos, me parece que nos va a hacer falta.

Nell se estremeció.

—En realidad, acabo de utilizar la poca que me quedaba. Se me cayó la botella por accidente, de ahí la enorme explosión.

Más bien la enorme advertencia.

—No pasa nada —dije—. Tienes más ases mágicos debajo de la manga, ¿verdad?

Esta vez Nell soltó un largo suspiro y me cogió la mochila de las manos.

—Hay algo más que debes saber. ¿Recuerdas que te dije que la fuente del poder de las brujas es la luna? ¿Que la luna repone nuestra magia innata cada noche?

Asentí con la cabeza.

—Sí. ¿Qué pasa?

—¿Te has dado cuenta de que aquí no hay luna? —preguntó.

Todos mis pensamientos se detuvieron de golpe con un chirrido. Me acerqué a la ventana y traté de apartar suficientes telarañas como para poder ver el cielo otra vez. Había supuesto que el vapor cubría la luna o que esta tenía fases, como en nuestro mundo. Pero, en efecto, no había luna.

«**Tampoco hay sol** —dijo Alastor con alegría—. **El Mundo de Abajo es un remanso de interminable oscuridad**».

Nell se apretaba el libro contra el pecho cuando la miré. Normalmente era ella la que llevaba la voz cantante cuando hacíamos planes y, aunque sin duda había tenido momen tos de incertidumbre y vacilación en Salem, nunca la había visto así. Angustiada. Insegura.

—Sé que podré utilizar algo de magia, pero no sé cuánto tardará en acabarse. Puede que... no sea suficiente.

—Eso es mejor que nada —dije, tratando de animarla. Aparté de mí el nerviosismo que empezaba a notar en el estómago—. Solo significa que tendremos que darnos prisa, lo cual me parece bien. No quiero estar aquí ni un segundo más de lo imprescindible.

Las escenas de los carteles de color naranja se repetían sin cesar en mi mente. Prue pisoteada, Prue torturada, Prue muerta.

—¿La sabandija de verdad no tiene ni idea de dónde buscar? —preguntó Nell.

«Nunca se me agotan las ideas, es solo que algunas tardan más en llegar que otras. De hecho, estaba a punto de proponeros que bajáramos al segundo peldaño, el Cementerio. Allí podremos obtener más información sobre el paradero de tu hermana, así como acerca del Vacío».

—¿Has oído hablar de un lugar llamado el Cementerio? —pregunté—. ¿Dice el libro algo al respecto?

—Goody Elderflower hizo viajes secretos al Mundo de Abajo para recabar información... Es asombrosa, ni te lo imaginas —dijo Nell mientras hojeaba de nuevo entre sus capítulos—. Tiene que haber algo...

Nell pasaba las páginas cada vez más frenética, agarrada al libro como si fuera una cuerda salvavidas en mitad de una marea letal. Finalmente, levantó la vista y se mordió el labio. Supuse que eso significaba que no.

«Es el peldaño de los mercados, como ya te he dicho an-

tes —indicó Alastor con impaciencia—. **¿La brujita se va a poner a contrastar cada pequeño detalle en ese infernal tocho suyo? ¿Se ha dejado la audacia en el mundo de los humanos, además del entendimiento?**».

«Ni que fueras tú un ejemplo de valentía —repliqué—. He visto palomas más atrevidas que tú».

«**Naturalmente** —observó Alastor—. **Las palomas carroñeras son capaces de arrancarle los ojos a picotazos a un maligno si se interpone en su camino**».

Sacudí la cabeza, pero cuanto más intentaba arrancarme de la mente la observación de Alastor, como si fuera una astilla de madera, más profundamente parecía clavarse. No culpaba a Nell por estar algo nerviosa; imaginaba que si el Mundo de Abajo era peligroso para un humano, debía de serlo el doble para una bruja, en caso de ser capturada.

«**Bueno** —dijo Alastor, con su voz resbalando por mi mente como la seda—, **parece que vas a tener que confiar en mí**».

Claro. Con la de razones que me había dado para hacerlo.

7

Squiggle y Scum

El Mercado de Neverwoe había sido en su momento toda una leyenda en la mente del joven Alastor.

Cuando aún era del tamaño de un bigote de gato y permanecía al cuidado de las nodrizas araña y su niñera duende, se había maravillado ante la visión de la resplandeciente carpa plateada desde la seguridad de su cuna de telarañas. Una y otra vez, la carpa había llamado su atención como una moneda de plata extraviada en el fondo de un cubo de jugo de escarabajo.

Desde la torre de la guardería del Palacio Astado, siglos atrás, Alastor, encaramado a un baúl que había arrastrado hasta la ventana, observaba como otros malignos entraban y salían apresuradamente de la carpa. Otros mercados, como el Bazar de los Venenos, el Mercado de la Carne e incluso Las Sederías, habían construido sus puestos al aire libre, sirviéndose de los huesos que hubiera disponibles, o bien tenían carpas más pequeñas y menos lujosas. El Mercado de Neverwoe era el único que crecía cada año que pasaba, hasta que, al final, sus propietarios pudieron adquirir el mejor campo de huesos de todos los que había.

Aquello no había hecho sino exacerbar la curiosidad de Alastor: ¿qué podía ser tan maravilloso como para reportar tantos beneficios? El suntuoso tejido de la carpa impedía que desde las torres y el palacio pudieran verse sus mercancías, lo que invitaba a sus ocupantes a adivinar qué se vendía allí y a bajar al Cementerio a comprobarlo con sus propios ojos.

—Los malignos de alta cuna no se dedican al comercio —lo había reprendido su niñera duende mientras lo hacía bajar del alféizar de la ventana—. Si necesitáis cualquier cosa, yo os la compraré. Oh, sí, Bonesitter se encargará.

Por la noche, Alastor había soñado con las montañas de piedras preciosas, grandes como calaveras, que con toda seguridad albergaría el Mercado. Con espectáculos mordaces que ridiculizaran a su despiadado padre por no haber sido capaz de recuperar el territorio de la orilla meridional del dominio de Gotwart, la gran dama de los troles del puente. Con retratos, tal vez, de su temible madre, recientemente fallecida, quien había sido el faro de medianoche del reino, tan hermosa como feroz. Con armas vivientes, sometidas a maldiciones, que debieran ser alimentadas con sangre a intervalos regulares. Las posibilidades eran infinitas.

Con todo, la realidad del Mercado había resultado ser muchísimo más atrayente que todas las cosas que él había imaginado. Alastor podía contener a duras penas el deseo de volver a visitarlo.

«Si es que aún existe...». ¡Oh, cómo detestaba esta nueva voz, presa de las dudas, que resonaba en su cabeza! Estaba empezando a parecerse a la conciencia —inútil a la par que inoportuna— de los humanos.

En el pasado, el Mercado de Neverwoe había estado a salvo de los malignos inferiores que, al parecer, dominaban ahora el Mundo de Abajo: no se les permitía ir al reino de los humanos a recoger magia, que era con lo que se abonaba el precio de la entrada. Si su hermana no había aplastado Neverwoe con su ridículo «racionamiento» de magia, no le cabía duda de que lo encontraría como mínimo un poco cambiado.

Alastor estaba descubriendo que lo único que detestaba aún más que esa voz inconveniente eran los cambios.

Sin embargo... Lo primero era lo primero. Tenían que pagar la entrada.

«¿Lleva la brujita algún bote o ampolla vacía en su aborrecible mochila?».

Prosper repitió la pregunta. La joven bruja le echó una mirada suspicaz.

—Por supuesto que no. ¿Para qué iba a traer un recipiente vacío pudiendo traer pócimas, ungüentos o elixires?

Si Alastor hubiera tenido ojos, puede que los hubiera puesto en blanco.

«Pregúntale si lleva sal protectora».

El chico, cada vez más irritado por su rol de mensajero, obedeció. Nell se estrechó aún más la capa robada que la envolvía y cruzó los brazos.

—Sí. ¿Y?

«La sal solo les hace daño a las arpías, esas sanguijuelas. A los demás no nos hace nada. Si hicimos correr ese rumor

fue solo porque la sal es muy difícil de conseguir en el Mundo de Abajo y sirve para que los caracoles de ciénaga suelten hasta la última gota de su agria esencia. Así que resulta muchísimo más fácil obtenerla en el reino de los humanos, donde nos la echan encima».

El muchacho suspiró al ver como a Nell se le desencajaba de rabia el rostro. La joven bruja se sacó el libro del bolsillo de la capa, en busca sin duda del argumento perfecto para rebatir aquellas palabras.

«No tenemos tiempo. Tira la sal y quédate con el frasco vacío en la mano».

Nell había traído consigo sal suficiente para deshidratar dos veces a todos y cada uno de los caracoles de ciénaga del reino. Su rostro reflejaba una furia manifiesta mientras la dejaba caer sobre los adoquines. La sal formó un montoncito a sus pies, que atrajo de inmediato la atención de varias ratas de sangre.

—No sé si quiero saber qué es lo que me vas a obligar a hacer con esto —comentó el chico, mortificado.

«Lo único que necesito es que te estés quieto y no se te caiga. A ver si lo consigues pese a la torpeza de tus extremidades».

Tiempo atrás, en la que tal vez fuera la única muestra de inteligencia de su maldita existencia, Bune, el hermano de Alastor, había entregado un portal de espejo particular a los Maestros de Neverwoe a cambio de tener libre acceso al Mercado durante toda la eternidad. Alastor pensó que ojalá se le hubiera ocurrido antes a él aquel pacto, para poder aprovecharlo en aquel momento. No obstante, había aprendido la lección de la pira y decidió que era más prudente permanecer escondido en el interior del chico hasta que estuviera completamente recuperado y listo para manifestar una forma física.

Se dijo que esa era la única forma de pagar el precio. Las brujas no podían extraer hebras de su magia para que las utilizaran otras personas como si tal cosa: formaban parte de ellas mismas de un modo demasiado íntimo. Los malignos, en cambio, se limitaban a recoger, almacenar y utilizar la magia generada a partir de todas esas magníficas emociones humanas: el miedo, el odio, la ira.

De mala gana, Alastor soltó la última pizca de magia que había logrado generar con el nuevo contrato del muchacho. El frasco se calentó a su contacto, poniendo a prueba la capacidad del vidrio de los mortales para contener las volutas de poder que ahora se enroscaban alrededor del brazo del joven. La imagen hizo que el maligno echara de menos el viejo farol que lo acompañaba en todos sus viajes al reino de los humanos.

El muchacho, impactado, soltó el frasco involuntariamente, lo que obligó a Nell a saltar adelante y atraparlo a apenas unos centímetros de hacerse añicos contra los adoquines del suelo. Ambos soltaron el aliento que habían contenido mientras se miraban fijamente a los ojos.

«¡Ten cuidado, Gusano! —le soltó Alastor—. No me queda mucha más. Con esta cantidad debería ser suficiente para comprar como mínimo una hora dentro de la carpa».

El muchacho y la bruja se quedaron quietos, encogidos a un lado del callejón, mientras una manada de licántropos pasaba de largo corriendo en dirección contraria. Eran muchos los malignos que habían dejado atrás sus capas y sus

sombreros de cucurucho al abandonar la plaza de la Medianoche tras el susto que les había dado Nell. Los dos humanos habían escogido prendas gruesas y estaban sudando
bajo las profundas capuchas. Alastor solo deseaba que el
hedor a trasgo fuera suficiente para camuflar su olor a mortales.

—¿Vamos a necesitar más de una hora? —pregunto el chico en un susurro.

**«Va a tener que ser suficiente. Y ahora, adelante, Gusa-
no, si te atreves. Neverwoe te está esperando».**

Alastor guio al muchacho y a la joven bruja por una serie
de escaleras, talladas en la ladera de la montaña, que conectaban las Escalas y el Cementerio. Consciente de que era
altamente probable que Pyra tuviera a patrullas de la Guardia de la Reina buscándolos, así como al demonio necrófago Sinstar, los hizo ir por los antiguos senderos medio
derruidos que habían caído en desuso. Y, mientras tanto, se
resistió a la tentación de tomar nuevamente el control del
cuerpo del muchacho para hacerle andar más rápido.

Por suerte, la entrada secreta que había tallado en las
piedras de las Puertas de Sangre seguía allí y se abrió al primer empujón con carrerilla que el joven le propinó con su
hombro enclenque.

—¿De verdad que eso... es un mercado? —susurró Nell
mientras se inclinaba sobre la escalera.

Los vapores se disiparon, lo que les proporcionó una vista despejada del Cementerio.

—¡Toma ya! —fue todo lo que el cerebro del chico alcanzó a articular.

«En efecto. Es de una belleza arrebatadora, ¿verdad?».

—A mí me parece más adecuado el adjetivo *macabro*.

La mayoría de los huesos se habían destinado a la construcción de la estructura de los puestos de los comerciantes. Los fémures constituían los pilares más estables, pero las ocasionales calaveras aportaban un toque de extravagancia, en opinión de Alastor. Los mercados más antiguos, como el Bazar de los Venenos de las viudas carmesíes, se habían quedado los esqueletos más grandes y mejor conservados. Sus propietarios colocaban tejidos muy elaborados sobre las cajas torácicas y habían construidos las mesas y las estanterías en el interior de lo que en su día habían sido enemigos acérrimos: troles, jabalíes de guerra, varios gigantes ahora ya extinguidos y grifos.

Los humanos se mantuvieron pegados al lado de la calle más próximo a la montaña y corrieron tras los puestos vacíos con letreros de «Cerrado hasta que vuelva a haber magia».

¡Cobardes! ¿Abandonaban sus negocios por ese supuesto enemigo al que llamaban «el Vacío»? Alastor no podía entenderlo, del mismo modo que no comprendía la afición del muchacho a pulir sus dientes romos e inútiles.

Prosper se volvió; había captado su atención un movimiento a la derecha de ambos. Como Alastor había supuesto, el Bazar de los Venenos seguía abierto. Una de las viudas estaba al aire libre, reptando sobre los adoquines y contemplando también los puestos vacíos.

Las viudas carmesíes eran unas bestias brutales que no temían a ningún maligno. Poseían cuerpo de serpiente y brazos y cabeza de mujer como resultado de alguna antigua maldición. Nadie se demoraba demasiado en su presencia por miedo a perder la vida o a contagiarse de su infortunio. Los largos velos carmesíes con los que se cubrían el rostro servían para proteger a los demás malignos de sus mortíferos ojos, capaces de conseguir con una sola mirada que un corazón dejara de palpitar.

Alastor captó otro detalle peculiar: aquella viuda llevaba una pequeña insignia prendida de una corona colocada sobre su velo. Se trataba de un pequeño retrato de su hermana con su verdadera forma, de un distintivo familiar que se entregaba solo a los malignos más apreciados y queridos.

¿Y su hermana se lo había dado a las viudas? ¿Había aceptado a esos seres retorcidos de un modo tan público y notorio?

Ahora verdaderamente se sentía como si estuviera atrapado en una pesadilla. Una de la que no estaba seguro de poder despertarse algún día.

«**Mira adelante, Gusano** —acertó a decir—. **A no ser que desees ser aplastado como un ídem**».

El muchacho tragó saliva y, afortunadamente, le hizo caso. La viuda siguió adelante, en dirección el enorme puesto, envuelto en su característico terciopelo rojo, que compartía con otras de su clase. Los humanos prosiguieron hasta dejar atrás la curva de la montaña, donde la carpa plateada de Neverwoe los aguardaba.

Prosper y la joven bruja se quedaron helados cuando finalmente apareció ante ellos. Alastor volvió a desear haber recuperado su propia forma, nada más que para poder deleitarse con la expresión de su rostro. No obstante, tuvo que conformarse con beberse a sorbos el asombro que empapaba al chico por dentro.

—Pero si son... —masculló Prosper.

«Así es».

Dos cráneos de dragón, ambos del tamaño de un edificio y pintados de plata, les devolvían la mirada desde sus cuencas oscuras y vacías. Tenían la boca abierta como si estuvieran articulando sus últimos gritos de agonía, aunque les habían arrancado los dientes mucho tiempo atrás para rematar con pinchos la parte superior de las Puertas de Sangre. Aquellas calaveras constituían el acceso al Mercado de Neverwoe, pero los malignos instruidos sabían que si atravesaban la mandíbula de la derecha, perteneciente a Scum, les caería en la cabeza un cubo de babas.

«Son Squiggle y Scum. Mascotas de mi bisabuelo y los dos últimos grandes dragones. Eran hermanos. Lograron huir de sus respectivas jaulas y se batieron en duelo durante siete días y siete noches en el cielo antes de morir el uno a manos del otro y estrellarse contra el suelo. Del impacto hicieron un agujero en la montaña, debo añadir. Sus cadáveres en descomposición quedaron entrelazados para siempre jamás. Hermanos: no puedes tolerarlos en vida ni evitarlos tras la muerte, al parecer».

El chico, vacilante, tocó el hueso y luego apartó la mano como si se hubiera quemado.

—Parece que hemos llegado justo a tiempo —dijo Nell mientras señalaba con la cabeza el letrero que descansaba entre ambos cráneos.

«¡Un último día de maldades antes de que caiga el telón y la magia desaparezca! Venid uno, venid todos y dejad vuestras preocupaciones en manos del Vacío... ¡si es que osáis!».

—¿Qué estamos buscando? —preguntó Prosper.

«A un maligno llamado el Erudito. Tiene una caseta hacia el final del mercado donde compra y vende información».

—No tenemos nada con lo que pagar esa información —dijo Prosper, como si Alastor no lo supiera de sobras.

«Sí que lo tenemos. Las transacciones son solo de información: un secreto a cambio de otro. Alguno de sus numerosos espías le habrá dicho donde tiene Pyra encerrada a tu hermana. Por cierto, Gusano...».

—¿Sí?

«No te distraigas con las maravillas que hay ahí dentro. Verás muchas cosas que te asombrarán y sorprenderán. Trata de no quedar en evidencia ni perder la compostura».

—De acuerdo —contestó Prosper. Se volvió hacia la entrada de Squiggle—. Ahora al menos has despertado mi curiosidad.

Pasaron a través de la abertura de la izquierda. Andando por lo que había sido la garganta del dragón, llegaron finalmente hasta una resplandeciente cortina. Alastor se relajó cuando el sonido amortiguado de cierta música llegó a los oídos del muchacho, pero lo sorprendió —y mucho— que este reconociera súbitamente la melodía.

—¿Oyes esa canción...? —susurró la joven bruja mientras buscaba al muchacho en la oscuridad—. Suena muy parecido a...

Una larga mano surgió entre las tiras de la cortina. Su piel era del color de las manzanas golpeadas, roja con manchas de color marrón amarillento. Todas y cada una de sus largas uñas habían crecido en forma de espiral y el paso de los siglos las había endurecido hasta hacerlas resistentes como piedras.

«**Sigue** —apremió Alastor al muchacho—. **El tiempo se termina y no podemos demorarnos. El Mercado no permanecerá abierto toda la eternidad que vas a necesitar para recuperar el coraje**».

La palma de la mano estaba vuelta hacia arriba, en posición de espera. Como Prosper no se aproximó lo bastante rápido, empezó a hacerle gestos para que avanzara, moviendo los dedos de uno en uno.

«Espero que tengas razón», le dijo a Alastor con el pensamiento.

«**Siempre tengo razón** —repuso Alastor—. **En mayor o menor cantidad, pero siempre la tengo**».

Con cautela, como si temiera que aquellas uñas pudieran cortar su pálida piel como una cuchilla, el muchacho se acercó a la mano y colocó en su interior el frasco de magia. Al aproximarse, Alastor se dio cuenta de que el maligno llevaba las zarpas pintadas. En cada una de ellas había una palabra diferente o un pequeño cúmulo de estrellas. «Prestad atención, soñadores, no vayáis a caer dormidos».

El maligno cerró el puño y lo ocultó nuevamente en la oscuridad. La bruja dio un respingo cuando la cortina volvió a cerrarse.

El muchacho abrió la boca; con toda probabilidad para soltar alguna estupidez. Antes de que llegara a hacerlo, no obstante, el mismo maligno que acababa de salir de la carpa echó la cortina a un lado.

Satisfecho con lo ofrecido, dobló el dedo y los invitó a entrar.

8

El Mercado
de Neverwoe

El tejido recuperó su lugar a sus espaldas y los sumió en la oscuridad de la estancia.

La joven bruja buscó con la mirada al maligno que los había hecho entrar. Los mortales, tanto los normales y corrientes como las brujas, no estaban acostumbrados a ver en la oscuridad, a distinguir las sombras que acechaban entre las sombras.

—Y ahora, ¿qué? —preguntó Prosper.

De repente apareció ante ellos una caja de metal que flotaba sobre una nube iridiscente de magia. Su pesada tapa se abrió con un crujido y dejó al descubierto las dos pulseras de plata que había en su interior.

Al chico le dio un doloroso vuelco el corazón cuando oyó decir a una voz sin cuerpo:

—Poneos una. Son vuestros billetes de entrada.

Ambos humanos hicieron lo que se les pedía. Solo la joven bruja se molestó en examinar la suya antes de colocársela obedientemente. Prosper ahogó un grito cuando el metal se encogió en torno a su muñeca, resplandeciendo. Nell olisqueó la suya.

—Está hechizada —confirmó.

Prosper levantó el brazo.

—¿Tú crees?

Una vez que la bruja, haciendo de tripas corazón, se hubo puesto la pulsera, la misma voz advirtió:

—Habéis pagado una hora de estancia en Neverwoe. Si permanecéis más tiempo del indicado, la pulsera os apretará más... y más... hasta que os marchéis de aquí con una parte del cuerpo menos que al llegar. —La voz se aceleró para añadir—: Son de aplicación los términos y procedimientos de actuación habituales. Correrán de vuestra cuenta los servicios de limpieza que resulten necesarios, incluido fregar charcos de sangre, barrer plumas o localizar dedos perdidos. Por favor, confirmad verbalmente que comprendéis estos términos.

—Sí —dijo el chico.

—Sí —declaró la bruja mientras observaba la pulsera con gran recelo.

—¡Espléndido! En tal caso, relajaos, abandonad la tristeza y las preocupaciones, ¡y preparaos para la aventura de vuestra vida eterna!

De repente, nuevas notas de una melodía desconocida aparecieron de la nada y se pusieron a dar vueltas por todas partes. Las inquietantes voces de los fantasmas emergían de la oscuridad junto a los propios espectros, cuyo aspecto era más bien aburrido.

Yo solo quiero sembrar el caos,

yo solo quiero causar gran daño.

Pero no quiero arrasar solito,

yo quiero hordas de mil malignos.

Quiero llevar este canto a gente,

a la que pudiera aterrorizar.

¡Yo quiero asustar a un millón de humanos!

¡Y así más magia poder crear!

—Espera —empezó Prosper—. Han fusilado completamente...

—¿Dónde habrán oído esta canción? —intervino Nell—. ¿Y cómo?

«**¿Conocéis esta canción?**», preguntó Alastor.

Era una novedad en Neverwoe, sin duda, pero le parecía de lo más improbable que aquellos dos mortales hubieran oído antes esa melodía tan original y creativa.

Los cambios, no obstante, no terminaban aquí.

Las luces brillaban de forma intermitente a su alrededor, cegando momentáneamente al chico con las espirales que formaban sus prismas. La cortina situada al otro extremo de la estancia cayó al suelo y reveló un túnel donde giraban más luces. Las propias paredes se curvaban y se daban la vuelta sobre una tarima, que, en cuanto el humano la pisó, empezó a avanzar sola.

Alastor supuso que en los cerca de trescientos años durante los que él había estado ausente los Maestros habrían introducido algunas mejoras en el Mercado, pero aquello le parecía un poco... ¿excesivo?

A través de los ojos del muchacho, Alastor observó cómo

se derramaban sobre la parte superior del túnel contornos de serpientes, escorpiones y espectros. Estaban todos tan absortos que nadie, ni siquiera la bruja, se percató de que un Maestro salía de una bolsa de sombras y entraba en el túnel junto con ellos.

—¡Bienvenidos, monstruos y bichejos! —cacareó.

La bruja dio un respingo otra vez y buscó con la mano la mochila que llevaba escondida bajo la capa. Al muchacho se le escapó un pequeño grito de sorpresa y a Alastor, aunque el maligno lo negaría hasta el fin de sus días, le sucedió lo mismo.

«¿Qué...? ¿Quién es ese?», preguntó el chico.

«**Un Maestro** —respondió Alastor, sintiéndose magnánimo ahora que volvían a estar en un lugar muy querido por él—. **Una alegre raza de embaucadores. Normalmente son invisibles, salvo cuando se los necesita**».

«¿Van a intentar comérseme si descubren que soy un humano?».

Ni que comérselo fuera lo peor que podrían hacerle.

«**Claro que no. Son malignos que se dedican a los negocios. Primero te extraerían los órganos y los huesos para venderlos aquí**».

Al parecer, los Maestros habían aparecido un día, sin más. Eran de aspecto casi humano, pero las características de su piel, seca y arrugada, pegada a los músculos y a los huesos, eran como las de un pellejo de reptil desgastado. Sus grandes ojos observaban desde unas características matas indomables de pelo canoso. Las nubes de pelo blanco se extendían desde la coronilla hasta la totalidad de la mitad inferior de su rostro.

—Esto... ¿hola? —susurró el muchacho.

El Maestro flotaba a su lado, con las piernas encogidas y la espalda encorvada. Les tendió una mano con unas uñas tan largas que se enroscaban sobre sí mismas.

—Habéis emprendido un viaje de espanto a un lugar donde no hay problemas, ni preocupaciones ni, en efecto, tampoco tristeza —dijo el Maestro con voz ronca—. ¡Todos vuestros deseos cobrarán vida por un día más! Vamos, perdeos en las profundidades del placer antes de que la reina se lleve nuestra magia. No hay límites a vuestra diversión, solo algunas normas sencillas que os pedimos que cumpláis...

Otro Maestro abrió una bolsa de sombras y asomó la cabeza para decir:

—Respetad las normas, demostrad buenos modales.

—Prohibido dar empujones —dijo una Maestra.

—Y totalmente prohibido pelearse —añadió un tercer Maestro, asomando de su bolsa solo un dedo, con el que hacía el gesto de negar.

—Están jugando con los viajes interdimensionales —le susurró Nell al chico, sobrecogida—. Están cortando y remendando el tejido del tiempo y el espacio para desplazarse con rapidez.

—Los artículos se pagarán mediante sangre, trueque, magia o moneda —dijo el primer Maestro—. Y en el mismo momento de la compra.

—Y, mis queridísimos malignos, si se os ha pasado por la cabeza la idea de robar... apartadla de vuestra mente de inmediato, o sentiréis el aguijón letal de la magia que hemos utilizado para proteger las mercancías —dijo otra Maestra, dejando la mitad de su forma física dentro y la otra mitad fuera de su bolsa.

—Todas las ventas son tan definitivas como la tumba y no se devuelve el dinero por los colmillos, extremidades o almuerzos que se pierdan en los trayectos —dijo el primer Maestro con dulzura, volviendo a abrir una bolsa de sombras.

Gracias al comentario de la bruja, Alastor se preguntó, por primera vez, cómo era posible que los Maestros pudieran jugar a abrir y cerrar bolsas con la facilidad con la que una bruja destierra lo que sea al Entremundos.

Curioso.

—Mantened todas las patas, zarpas y demás extremidades dentro de las atracciones en todo momento —dijo la Maestra, volviendo a deslizarse dentro de su bolsa—. Si ignoráis estas instrucciones, correréis un grave peligro.

La pulsera de Prosper subió de temperatura y se activó mientras las voces incorpóreas declaraban:

—Vuestra hora empieza... ahora.

Por lo menos una parte de la entrada a Neverwoe seguía siendo la misma: el suelo desapareció súbitamente bajo sus pies. El muchacho cayó sobre el tobogán de hueso con un fuerte «¡ufff!» y fue incapaz de recuperar el aliento mientras daba vueltas y más vueltas. La bruja lo seguía a poca distancia, con un fuerte chillido.

Cuando los cuerpos de los dragones, al caer, se habían estrellado contra la montaña, habían destruido una zona entera del segundo peldaño y creado una especie de media calle entre los Llanos y el Cementerio.

El chico salió despedido al final del tobogán y aterrizó sobre un cojín colocado estratégicamente. Tres Maestros aparecieron de la nada; dos para ayudarlo a incorporarse y otro para limpiarle el polvo de la capa. El muchacho agarró su capucha con fuerza, tratando de impedir que se le resbalara, mientras uno de los Maestros intentaba mirar debajo de ella.

—No seas tímido —dijo el Maestro—. Aquí todos somos malignos.

El chico abrió la boca, pero de esta no salió sonido alguno. Alastor sintió que el muchacho se había dado cuenta de algo mientras observaba con atención al Maestro, y que ese algo no le había gustado ni a él ni, al parecer, al Maestro. El maligno soltó al muchacho, se alejó teatralmente y se lanzó al interior de una bolsa de sombras.

La joven bruja consiguió aterrizar con un poco más de elegancia y se zafó de las manos que trataban de ayudarla.

—¿Estás bien? —le preguntó Prosper en un susurro, sujetándola mientras recuperaba el equilibrio.

Nell asintió con la cabeza.

—¿Podemos acabar con esto? Parece el sueño de un maligno, que es tanto como decir que es una pesadilla para nosotros.

Desde donde estaban, en la entrada, ya quedaba patente que aquel había dejado de ser el Mercado donde Alastor, tiempo atrás, había dedicado miles de horas a explorar los puestos. Había crecido, como un lobezno que se convierte en un lobo adulto y adquiere así nuevos dientes y un pelaje mejor. La explosión de colores y sonidos vibrantes y tintineantes que los rodeaba era un asalto para los sentidos y hacía que aquellos sencillos puestos repletos de curiosidades y diversión que Alastor recordaba pareciesen ahora casi pintorescos en comparación.

Los Maestros tenían más visitantes, lo cual suponía, naturalmente, más magia, lo que a su vez implicaba que, sencillamente, podían hacer más cosas. Podían estirar los límites de la imaginación y descubrir atracciones con las que enganchar a los malignos una y otra vez, hasta convertirlos en adictos a aquellas sensaciones. Aquella era la razón de ser de Neverwoe: hallar un sinfín de sorpresas y entretenimientos hasta que se terminaba el tiempo por el que habías pagado.

Aunque los cambios en el Mercado lo hacían sentir algo incómodo, Alastor se alegró de ver que había varios centenares de malignos correteando por allí y otros más entrando tras ellos. Por lo menos algunos malignos tenían ganas de dejar atrás los problemas del reinado de Pyra y el Vacío, fuera lo que fuese este último. Esa era la actitud que se esperaba de un maligno. No aceptar la realidad, sino evitarla, hasta que cualquier problema al que se enfrentase se solucionara por sí solo.

«Esto es... bastante diferente de como lo recuerdo», admitió Alastor. Era tan... brillante. Ruidoso. Había una manada de licántropos en una plataforma que colgaba de la cresta de la columna vertebral de Scum, aullando una canción, punteando un violín maltrecho, fabricado con tripas de trol, y tocando un acordeón sibilante construido con pulmones de jabalíes de guerra recién nacidos. Los malignos que deambulaban a su alrededor aplaudieron cuando empezó otra canción.

Una de las Maestras apareció encima de una enorme cuba de magia que daba vueltas y despedía destellos. Cogió la botella de los visitantes y vertió en su interior el precio de la entrada. Esa pequeña cantidad fue suficiente para conseguir que las hebras de luz alimentadas con magia titilaran y que la cuba escupiera burbujas iridiscentes que flotaron hacia los dos pasillos separados, las dos avenidas de diversión distintas.

Adentrarse en lo que había sido el vientre de Squiggle, ahora cubierto de una curiosa seda con rayas de color esmeralda y negro, conducía a los malignos a toda una serie de atracciones distintas. Espacios donde podías dar forma mágicamente a tu enemigo con cera y redistribuir las partes de su cuerpo; competiciones de tirachinas de las hadas con distintos premios a los que optar; carreras de reptiles de piedra; pozos y toboganes de cieno; pesca de frutas en zumo de la risa (esta era bastante difícil, ya que implicaba agarrar con los dientes una fruta jugosa antes de caer presa de unos ataques de risa incontrolables por culpa del líquido).

También había letreros que indicaban nuevas atracciones. El chico se inclinó hacia ese pasillo y sus ojos volvieron a agrandarse cuando tanto él como Alastor entrevieron lo que había en su interior. Contenía un enorme circuito de hueso en el que cestas repletas de malignos subían y daban vueltas sobre sí mismas una y otra vez a un ritmo rápido. Otro artilugio permitía a los malignos ponerse unas alas de acero falsas, encadenarse y ser lanzados por el aire como si volaran. Planeaban por encima de Neverwoe gritando, meciéndose, tirándose de cabeza. Otro letrero prometía una caseta donde podías pasear por dentro de tus propios sueños o visitar a un antepasado fallecido tiempo atrás.

La pintura nueva y brillante, las carpas a rayas, las tiras y más tiras de luces mágicas donde antes había habido hadas atrapadas en esferas de cristal: era todo bastante más llamativo de lo que Alastor recordaba. De hecho, el antiguo letrero que rezaba «MERCADO DE NEVERWOE» había sido sustituido por otro donde ponía «PARK-E DE NEVERWOE».

—*Park-e* —leyó el muchacho—. ¿Cómo en *parque de atracciones?*

«Ahí pone claramente "park-e", Gusano. Ya veo que algunas cosas escapan a tu limitada inteligencia de mortal, pero deberías esforzarte por estar a la altura. No desdeñes a los Maestros por ser unos genios».

—Todo esto me resulta muy familiar —dijo la joven bruja mirando a Prosper—, ¿verdad?

—Es una manera de decirlo —respondió el muchacho—. La otra es llamarlo *copia descarada*.

«Descarado lo serás tú, abominable zoquete mugriento. ¿Podrías tomar de una vez el camino de la derecha? Allí es donde estaba la mayoría de los puestos del mercado y donde encontraremos al Erudito, si es que sigue aquí».

Antes de que el chico pudiera dar un paso más, un clamor de aire mezclado con vapor y sonido restalló por encima de sus cabezas. Pequeños vagones de metal corrían por una pista de hueso que Alastor no había visto antes, tomando velocidad a medida que la pendiente se volvía más pronunciada. Los malignos montados en ellos daban gritos de alegría cuando pasaron por su lado.

«Eh, Al —empezó el chico—, ¿qué me has dicho que les había sucedido a los humanos que habían llegado al Mundo de Abajo por accidente?».

«No me aburras con preguntas irrelevantes. A uno se lo comió...».

«No, ese no. Los otros».

«Pues los demás... —Alastor empezó a buscar en su larga memoria, tratando de localizar a los humanos en cuestión. Al no recordar nada, pergeñó torpemente una respuesta razonable—: **Los demás se perdieron en la oscuridad del Mundo de Abajo**».

«Vaya, vaya... —dijo el muchacho—. ¿Y nunca más se supo de ellos?».

«**¿Qué estás insinuando? Pensándolo bien, prefiero no saberlo. Tú sigue adelante por el camino de la derecha antes de que termines despilfarrando la hora que tenemos, ¿vale?**».

El muchacho, afortunadamente, le hizo caso.

—Espera —dijo Nell, agarrando a Prosper del brazo cuando este dio un paso hacia la entrada de aquel pasillo.

Tras rebuscar en su mochila, la joven bruja sacó un pequeño frasco de polvo plateado y lo sujetó con fuerza con el puño.

—¿Qué es esto? —preguntó Prosper mientras lo levantaba.

La bruja le agarró la mano antes de que pudiera agitar el pequeño recipiente.

—Es una salida de emergencia —respondió en voz baja—. Por si nos hiciera falta. Yo también tengo una. No la sueltes, ¿de acuerdo?

El Mercado se extendía ante ellos como la lengua negra de una víbora. Al menos eso coincidía bastante con lo que Alastor recordaba. En vez de piedra cincelada o metal moldeado, los letreros de los tenderetes latían con las cintas de magia que fluían a través de ellos, iluminando las mesas con artículos en venta mientras la esencia verde viajaba por los bordes de las casetas. Hadas del tamaño de un puño sorbían el poder de esas líneas relucientes, ajenas a los malignos que bullían a su alrededor con cestos de alambre comprando frenéticamente la última unidad de cada uno de los productos expuestos.

Como era de esperar, en los primeros puestos solo se vendía comida y bebida. Tenían algo que Alastor reconoció, por su estancia en Salem, como granos de maíz que habían estallado, con la única diferencia de que estos estaban regados con la sangre melosa de unos escarabajos venenosos. Al lado había murciélagos asados en espetones, esperando a ser condimentados y luego devorados por los licántropos que merodeaban por allí gruñendo de impaciencia.

Un Maestro salió de una bolsa y apareció directamente en su camino. Sostenía con ambas manos una bandeja rebosante de copas de cristal rellenas de una bebida verde iridiscente.

—Magia líquida —anunció el Maestro—. ¡Cortesía de la casa! ¡Bebed, saciad vuestra sed, sed temibles, que mañana cerramos!

Le puso al muchacho una copa en las manos y se marchó dando vueltas, esquivando a los malignos que corrían hacia él para poder probar la bebida.

Prosper olisqueó el líquido.

—¿De verdad vas a beberte eso? —susurró Nell—. Parece Mountain Dew.

«Pruébalo. Tengo que conocer el sabor de la magia pura en forma líquida».

El chico tomó un sorbo y tosió; se golpeó el pecho. Alastor se estremeció. ¿Cómo podía la magia ser tan asquerosamente dulce?

—Es que es Mountain Dew. Ahora en serio, ¿qué está pasando aquí?

«¿Qué es esto de... Mountain Dew? ¿De qué estáis hablando?».

Tras abandonar el resto de la copa en una repisa de la caseta, Prosper respondió con el pensamiento: «Es una bebida del mundo de los humanos. Todo todito lo que hay aquí parece traído del mundo de los humanos. Los "Maestros" os están tomando el pelo. ¿Tienen algún portal para poder abastecerse?».

Disponían del portal que Bune les había ofrecido. Pero, seguramente, la respuesta era *no*. Los Maestros siempre vendían herramientas y comida de lo más interesantes. Cosas que no se podían encontrar en ninguna otra parte del Mundo de Abajo y que podías utilizar para impresionar a los otros malignos y conseguir que se pusieran verdes de envidia.

«No estás en lo cierto, Gusano. Los Maestros son listos, han inventado todo esto ellos mismos...».

—¿Eso de ahí es una caja de Cheerios? —dijo Nell mientras señalaba una caseta donde ponía «CRUJIENTES Y CROCANTES»—. ¡Y eso es una sudadera de NASCAR!

La extraña prenda por la que se peleaban dos trasgos en aquel momento era la única de ese tipo en un expositor lleno de ropa que les resultaba espantosamente conocida: las camisas de cuadros escoceses que eran tan populares entre los mortales, chaquetas de piel de borreguillo e incluso disfraces de calabaza. Un ogro se había abrochado los tirantes negros de la calabaza hueca sobre las orejas y estaba dándose la vuelta para que sus amigos pudieran admirarlo.

—¡Y aquí, un hermoso sombrero! —dijo uno de los comerciantes, un trasgo al que le faltaban varios dedos.

Estiró los brazos con orgullo para exhibir un objeto rectangular que parecía fabricado con un fino material marrón.

—Es una bolsa de la compra —susurró Nell.

Prosper le pidió por gestos que guardara silencio mientras observaba como un maligno dejaba caer ruidosamente unas monedas de oro sobre un mostrador, le arrancaba de las manos a otro maligno un objeto que parecía un disco brillante y lo levantaba hacia la luz, moviéndolo y doblándolo hasta que su superficie mostró un arcoíris.

Otro maligno, que iba encapuchado, sostenía una especie de barra roja. Cuando pulsó el botón que esta tenía a un lado, su rostro circular se iluminó con un haz de luz dorada.

«**¿Qué locura es esta?**», preguntó Alastor.

«Una linterna —le contestó Prosper con el pensamiento—. No me habías contado que a los malignos les gustan los cachivaches y la comida de los humanos. ¡Podríamos haber traído cosas para venderlas!».

Desde siempre... Durante todos aquellos siglos, los Maestros habían estado vendiéndoles a los malignos artículos del reino de los humanos. Alastor sabía que no debería haberles creído cuando aseguraron haber hallado un antiguo tesoro escondido en uno de los pozos de lava.

A decir verdad, no había entendido la pregunta de Prosper sobre los humanos desaparecidos en el Mundo de Abajo hasta ese preciso instante, al ver a un licántropo intentar infructuosamente utilizar lo que Alastor ahora sabía que era una caja «de cartón» para deslizarse por el suelo. En el Mundo de Abajo, el tiempo no transcurría del mismo modo que en el mundo de los mortales. Un humano podía permanecer en aquel reino y vivir una vida inexplicablemente larga. Tal vez los Maestros en un principio habían querido el espejo de Bune como un medio para escapar, ¿o quizá aquel trato los había atrapado allí abajo para siempre?

El muchacho negó con la cabeza.

«Has dicho que el Erudito está hacia el final del Mercado, ¿verdad?».

«Correcto».

Avanzó varios escalones más, empujado por la multitud en todos los sentidos. En cuestión de segundos, ambos se dieron cuenta de que Nell ya no estaba con ellos.

—¡Nell! —la llamó Prosper con un susurro.

La joven bruja se había quedado inmóvil bajo su capa con capucha, incapaz de apartar los ojos de la caseta que había al otro lado de la abarrotada pasarela.

Aquel puesto no constaba más que de una pared de jaulas de cristal apiladas, cada una de las cuales contenía un animal distinto. Un... Oh.

El duende encargado de la caseta acercó un palo a las jaulas y golpeó una con un toque de magia. El animal se transformó, desapareciendo momentáneamente en una nube de luz trémula antes de recuperar su forma arácnida.

—Los Maestros los compraron creyendo que se podían amaestrar, pero no se dejan —le estaba contando el duende al cliente que tenía delante—. Ahora puede comprarlos usted, si tiene suficientes peniques negros.

Alastor reconoció la gran tarántula peluda.

Y también la bolita de pelo negro que se lanzaba contra la barrera de cristal con sus minúsculas alas y garras, tratando de escapar desesperadamente.

—Sapo —dijo Nell.

9

Sapo y la traición

Nell trató de embestir al dueño del puesto, un duende sentado en equilibrio sobre un taburete alto para que se lo viera por encima del mostrador. A duras penas logré agarrarla de la capa a tiempo de detenerla. Yo mismo, mientras tiraba de ella, tuve que contenerme para no abalanzarme contra el duende.

—Espera un momento —le susurré al oído—. Mira.

El maligno alto y de piel grisácea que apoyaba sus brazos huesudos en el mostrador guardaba una semejanza aterradora con una mantis religiosa, salvo por su rostro humanoide. Estaba muy concentrado negociando con el duende. Ambos gesticulaban en dirección a las jaulas y a los suplantadores que contenían.

—¡No podemos esperar! ¡Tiene a Sapo y a Eleanor! —me contestó Nell entre dientes.

El duende no tenía solo esos dos suplantadores: había ocho en total, repartidos por las jaulas de cristal. Un loro, una rana, algo que parecía un reptil que hubiera preferido el pelo a las escamas, una serpiente con un penacho de plumas sorprendentemente brillantes en la cabeza y un cachorro de carlino de relucientes ojos verdes.

Nell soltó un leve resoplido de frustración y se cruzó de brazos. Me alejé con ella en dirección a un puesto donde vendían pinturas al óleo incompletas de vampiros y otros malignos elegantemente vestidos.

Sapo y Eleanor habían desaparecido del mundo de los humanos en los días previos a la confrontación con Pyra, pero Nell no parecía preocupada, así que yo tampoco me inquieté. Todas las mañanas yo veía a Sapo marcharse por la ventana abierta para ir a cazar su desayuno, hacer sus cosas o visitar a Missy en la tienda. Iba y venía a su aire.

Era evidente que deberíamos habernos preocupado un poquito más.

«**Te lo dije** —señaló Alastor—. **Lo mejor que se puede hacer con ellos es escabecharlos y asarlos sobre un buen fuego**».

«También me dijiste que en el Mundo de Abajo no eran "mejores que los ratones", así que ¿por qué los venden al mejor postor?».

Alastor se quedó callado un instante.

«**Yo tal vez... exageré su irrelevancia y olvidé mencionar que son muy escasos. También pueden ser muy entretenidos, si se los tortura adecuadamente...**».

—¿Quién los capturó y los trajo al Mundo de Abajo, para empezar? —pregunté en un susurro.

Nell me miró a los ojos. Aunque la capucha le ensombrecía el rostro, sus ojos ardían de furia.

—Nightlock. Tuvo que ser él. ¡Le retorceré su maldito cuello de pollo!

Inesperadamente, alguien dio un empujón a Nell, que chocó de lado contra mí. Estiré los brazos para sostenerla mientras una maligna pasaba por delante de nosotros a toda velocidad y se dirigía a la caseta. Su capa de un intenso verde esmeralda destacaba en un mar de tonos negros, carmesíes y lilas apagados.

La maligna era demasiado bajita —la frente le llegaba a duras penas al borde del mostrador— para establecer contacto visual con el duende. Eso no le impidió estampar ruidosamente un saco de monedas sobre el mostrador y anunciar:

—¡Me los llevo todos!

Uno de los suplantadores, el que había escogido la forma de un original loro rojo, se puso a graznar y a batir las alas. La voz amortiguada con la que pronunciaba «¡Flooo-ra! ¡Flooo-ra!» se oía justo por encima del alboroto de todas las personas que charlaban a nuestro alrededor.

El duende bajó la vista hacia el mostrador y miró a la maligna de la capa verde a través de unas gafas enormes que hacían que sus inmensos ojos amarillos parecieran los de una rana. De su protuberante narizota roja fluía un chorro de mocos azules que se limpiaba a lametazos. Volvió a colgarse las gafas de los cuernos. Negó con la cabeza y tiró el saco de monedas al suelo, lo cual enfureció a la maligna.

—¿Aquí no se viene a hacer negocios? —quiso saber.

—Este maligno acaba de recomprar todos estos bichos

para su señor —le dijo el duende mientras señalaba al maligno de las extremidades largas y finas como palos.

«**Es un grendel** —especificó Alastor—. **Valen para poco más que limpiar chimeneas y exterminar las plagas de murciélagos asesinos de las torres**».

Con toda la atención puesta en lo que estaba sucediendo en el mostrador, nadie se percató de que se abría una bolsa de aire y uno de los Maestros alargaba la mano para agarrar el saco de monedas. Se lo llevó hacia el portal y la bolsa de aire volvió a cerrarse.

Me quedé boquiabierto. ¿De modo que los Maestros podían robar, pero los demás malignos no?

—Demasiado tarde —ronroneó el grendel—. Ya he pagado el precio de todos. Mi ilustre patrón tiene previsto celebrar una cena de gala esta noche en honor a la reina.

—Yo lo haré picadillo a él —refunfuñó Nell revolviéndose contra mí, que aún la tenía agarrada de la capa.

—¡Los suplantadores no se comen! —La voz de la maligna de la capa verde era como la de un niño pequeño o un personaje de dibujos animados. Su tono empalagoso contrastaba totalmente con el gruñido ronco del otro maligno—. ¡Son seres inteligentes y sensibles que merecen ser tratados con respeto!

El grendel soltó unas sonoras carcajadas.

—Son una plaga peligrosa —terció el duende—. Sí que lo son.

—Y un manjar exquisito —añadió el grendel, agachándose para mirar a los ojos a la maligna de la capa verde—. Solo son amigos de las brujas. ¿Usted lo es?

Nell se puso tensa.

—No... no... —farfulló la maligna—. ¡Claro que no!

—Entonces no hay problema —sentenció el grendel.

El maligno le lanzó un saco de terciopelo lleno de monedas, y luego otro, al duende. El taburete donde este último estaba sentado se puso a oscilar peligrosamente con el movimiento del vendedor para atrapar las bolsas.

—Manda los suplantadores al domicilio de mi patrón antes del mediodía, Croakswell.

El duende, que ya estaba contando las monedas, asintió vigorosamente con la cabeza.

—Un honor hacer negocios con usted, desde luego. Es usted ciertamente un gran señor. Este duende le estará eternamente agradecido por su compra...

«¡Los duendes no pueden dirigir ningún tipo de negocio! —exclamo Alastor furioso—. ¡Para lo único que valen es para fregar letrinas! ¡De verdad!».

—El pájaro... —empezó la maligna de la capa verde, con voz levemente temblorosa—. ¿Puedo quedarme ese por lo menos?

El maligno de piel gris se detuvo. Hizo tamborilear uno de sus huesudos dedos sobre su puntiagudo mentón.

—Claro que sí, pequeña. Venga a nuestra casa de Grave Street. Es la que tiene muchos capiteles.

La maligna de la capa verde dejó caer los hombros en un gesto de evidente alivio.

—Gracias...

—Le diré al cocinero que prepare el ave a su gusto. ¿Cómo quiere la carne? ¿Poco hecha? ¿Al punto?

En el segundo que tardó la maligna en asimilar lo que acababan de decirle, a mí se me hizo un nudo en el estómago. Alastor ni siquiera se molestó en disimular sus carcajadas.

La maligna emitió un lamento angustioso y se abalanzó contra el comprador de los suplantadores, pero no llegó muy lejos. En cuanto uno de sus pies se separó de la tarima del Mercado, dos Maestros reaparecieron nuevamente y bloquearon el espacio entre ella y el maligno de piel gris.

—Está prohibido pelearse —advirtió uno de ellos. Su voz era el eco de un eco.

—¡Echadla! —exigió el grendel—. ¡Ha incumplido las normas!

Los dos Maestros lo señalaron con el dedo e hicieron gestos de negación.

—Nadie nos dice lo que tenemos que hacer.

—Cla... claro que no... —respondió rápidamente el grendel—. Termino mis compras y me voy. Les doy las gracias por un espléndido último día de Mercado...

Uno de los Maestros se inclinó hacia delante desde debajo de su capa y entrecerró un ojo para mirarlo. La mata de pelo de su barba parecía crepitar con chispas de magia.

—Los pelotas nos gustan aún menos que los ladrones.

El grendel huyó como si estuviera pisando un río de ácido.

Nell resopló de frustración. Se puso de puntillas para poder ver por encima de la multitud, que se estaba dispersando. Sapo se había dejado caer dentro de la jaula. Después, sus brillantes ojos verdes se dilataron y, a continuación, apretó su rostro peludo contra el cristal. Nos estaba mirando fijamente.

—¿Qué hacemos? —susurró Nell mientras observaba el frasco negro que aún llevaba en la mano.

Yo me sentía como si la cabeza me diera vueltas a toda velocidad mientras trataba de trazar algún tipo de plan. Podíamos probar a liberar a Sapo, Eleanor y todos los demás suplantadores y arriesgarnos a comprobar si de verdad existía algún tipo de medida de seguridad mágica que impidiera los robos. Podíamos incluso esperar a que los transportaran fuera de los límites de Neverwoe e intentar recuperarlos entonces. En ambos casos podía suceder que nos capturaran, e incluso nos mataran, pero la idea de que los suplantadores acabasen siendo parte del festín de un monstruo —y, posiblemente, de un banquete especial en honor a la reina— hacía que me hirviera la sangre.

Todas las opciones que saltaban a la vista requerían permanecer en el Mercado más tiempo del que nos quedaba. Y cuando Neverwoe cerrase sus puertas, ¿cómo podríamos localizar al Erudito para obtener la información que necesitábamos sobre el paradero de Prue?

No es que deseara contribuir a la mortandad, precisamente, pero pensé que tal vez existiera la posibilidad de matar (metafóricamente) dos pájaros (que no fueran suplantadores) de un tiro (metafórico también) si seguíamos al grendel hasta la casa donde servía. Allí podríamos rescatar a los suplantadores y, quizá, seguir luego a Pyra hasta el lugar donde tuviera prisionera a Prue.

El plan podía salir de muchas maneras distintas. Era arriesgado, sobre todo teniendo en cuenta que disponíamos de una opción sólida y concreta para obtener información a pocos metros de distancia, en el propio Mercado.

«Coincido».

«A ti te da igual que se coman a los suplantadores, así que mejor guárdate tus opiniones para ti mismo».

Nell empezó a avanzar entre la multitud, que se estaba dispersando. Justo entonces el duende levantó el brazo y tiró de una cuerda que estaba por encima de su cabeza. La cortina del puesto cayó de golpe y bloqueó la visión de las jaulas. Una manita apareció entre los pliegues y colgó un cartel de «Existencias agotadas» en el mostrador de metal.

Negué con la cabeza. Solo había una manera de conseguirlo, y me gustaba igual de poco que los malignos:

—Deberíamos separarnos.

«¿Cómo? ¡Ni hablar!».

—¿Cómo? —dijo Nell en voz muy baja—. ¡Ni hablar!

«¿A quién vamos a utilizar de escudo humano si alguien intenta apuñalarte?».

—Será solo unos minutos —le dije a Nell—. Tú te quedas aquí, vigilando a Sapo y a los demás suplantadores para asegurarte de que no salgan del mercado sin que nosotros sepamos a dónde se los llevan. Yo hablaré con el Erudito y conseguiré respuestas sobre el paradero de Prue. Y luego nos reencontramos aquí, en unos... ¿diez minutos?

Bajé la vista sin recordar que no llevaba reloj. La pulsera de entrada me devolvió la mirada. Un escalofrío de terror me recorrió la nuca. En algún momento, la pulsera había pasado del color plata a un tono rosado cada vez más vivo. El metal aumentaba de temperatura a cada segundo que transcurría.

No pasaba nada.

Todo iba bien.

Completamente bien.

—De acuerdo —aceptó Nell mientras se subía la capucha—. Pero date prisa, ¿vale?

Me di la vuelta en dirección a los malignos que iban de un lado a otro y el trajín de bolsas, tarros y marmitas que se llenaban de los productos adquiridos. Con las burbujas mágicas brillantes y algunas tiras de bombillas como únicas luces, los puntos más alejados de las dos hileras de puestos parecían perderse en la oscuridad.

—Vale —prometí—. Me daré mucha prisa.

Delante de la caseta del Erudito había una cola formada por cuatro malignos. La cortina estaba echada, pero de vez en cuando se movía para dejar entrar o salir de sus profundidades a algún maligno. Me puse al final de la cola con los brazos cruzados, intentando evitar todo contacto visual, pero era casi imposible no mirar a nadie.

Un maligno con la piel plateada y orejas de elefantito salió del puesto hecho una furia y resoplando de frustración. Yo ya había visto antes a varios como él, pero ninguno llevaba un vestido de terciopelo aplastado. Las cadenas de oro que colgaban entre los colmillos que se curvaban sobre su mentón puntiagudo tintinearon como si subrayaran cada una de sus palabras.

—¡Embustero asqueroso!

«Los trasgos nunca se toman bien las malas noticias —observó Alastor—. **Su mal carácter ha impedido a los de su clase progresar desde hace siglos».**

No entendí muy bien a qué se refería hasta que de repente el trasgo se dio la vuelta y desenvainó una espada larga y delgada que llevaba a la cintura. Los Maestros aparecieron al instante. Sus manos, de uñas como cuerdas, agarraban varias armas de filo, desde cuchillos de cocina hasta cimitarras.

El trasgo dio un paso atrás pero no bajó la espada. Se limitó a blandirla en dirección a quienes hacíamos cola.

—¡Es un charlatán! —dijo. Su voz estruendosa temblaba de rabia—. ¡No le deis lo que os pide! ¡No vende más que mentiras!

—¡Cierra el pico, cotorra! —le espetó la ogresa que estaba al principio de la cola.

Llevaba un hermoso vestido de terciopelo rojo y el pelo trenzado. Además, nos sacaba una cabeza y los hombros a todos los demás, incluido un maligno más pequeño, de aspecto felino, que se veía obligado a apartarse rápidamente a cada momento para evitar que lo pisaran.

—¡Siguiente! —llamó una voz desde el interior.

Los Maestros se separaron para dejar pasar a la ogresa. El trasgo se quedó con la espada en la mano, temblando de rabia. La ogresa estiró el brazo y le dio un capirotazo en el hocico.

—¡Babosa amargada! —le gritó el trasgo.

Antes de que a los Maestros les diera tiempo a desarmarlo, el trasgo le hizo un corte en el brazo a la ogresa con la punta de la espada. Del pequeño tajo empezó a salir sangre azul a borbotones. La ogresa ahogó un grito de perplejidad y se llevó la gruesa mano a la herida, como si se estuviera muriendo.

—Esperad... esperad... —dijo el trasgo con los ojos brillantes—. No era mi intención hacer eso... Yo no quería...

Los Maestros aparecieron a su alrededor, estrechando el cerco cada vez más, como un nudo corredizo.

—Yo...

El resto de su súplica quedó cortado cuando los Maestros lo echaron de la tarima y lo llevaron a rastras hasta una bolsa. El clamor de los malignos de alrededor se apagó y se hizo un silencio sepulcral.

«¿Qué... van a hacer con él?», le pregunté a Alastor, tratando de mantener la cabeza gacha. Con el rabillo del ojo vi al pequeño maligno de aspecto felino levantar el brazo y alcanzar el monedero de seda que colgaba de la cadera de la ogresa.

«Lanzarlo por un acantilado, probablemente. ¡Oh, no...! ¡No seas tonto, maligno!».

En el mismo instante en que el maligno que parecía un gato cortaba el fondo del monedero con una de sus garras, su pulsera de entrada se calentó hasta alcanzar un color rojo incandescente. El brazalete se fue estrechando hasta que, finalmente, la zarpa quedó separada del resto del cuerpo.

El maligno se puso a aullar y a dar saltos, hasta que un Maestro lo agarró desde una bolsa y lo arrastró hacia dentro.

La mano de otro Maestro recogió las monedas que habían caído al suelo sin que lo viera la ogresa, furiosa y distraída. Justo antes de que la bolsa de aire oscuro se cerrara, el Maestro me lanzó una mirada cargada de significado.

Una mirada de reconocimiento.

Sabían que yo era humano.

El Maestro debió de leerme en la cara que yo ataba cabos, incluso aunque la capucha me cubriera el rostro. Se llevó un dedo a la boca, que tenía rodeada de barba, y me guiñó un ojo de manera exagerada. Después se incorporó y la bolsa de aire volvió a sellarse.

Me obligué a mí mismo a cerrar la boca y a mirar hacia otro lado, aunque las piezas del rompecabezas estaban empezando a encajar.

Los Maestros habían afirmado que existía una maldición que impedía a todos los malignos robar. ¿Cabía la posibilidad de que los Maestros se hubieran asegurado de no estar incluidos en esa norma? ¿O era tan sencillo como que la norma no les afectaba porque ellos no eran malignos?

«¿O quizá —reflexionó Alastor— **lo que pasa es que la maldición está ligada a las pulseras de entrada? Todas las opciones son posibles, pero no te recomiendo que las explores, y tampoco creo que tu almibarado corazón sea capaz de cometer un robo»**.

Mantuve la cabeza gacha y fui colocando un pie delante del otro hasta ponerme el primero de la fila. El maligno que había tenido delante apartó la cortina emocionado y literalmente rebotó con otro ser que estaba esperando. Este último tenía escamas y crestas verdes a juego a lo largo de la espalda, como un dinosaurio.

—¡Siguieeente!

Mi corazón dio un último golpe sordo antes de acelerar y convertirse en un galope total. Tenía la garganta tan tensa que ni siquiera podía tragar saliva.

«Intenta no mirar al Erudito a los ojos. A ninguno de ellos».

Asentí con la cabeza, más para mí mismo que en respuesta a Al. Con los puños cerrados a ambos lados del cuerpo, entré en el puesto.

10

El Erudito

No me importa reconocer que, de no haber sido porque nada más mirar al Erudito me quedé sin fuerzas en todo el cuerpo, probablemente habría echado a correr para cruzar la cortina en dirección contraria y salir de allí.

Tras el mostrador de aquella caseta, flanqueada por pilas en equilibrio inestable de libros encuadernados en piel que parecían más gruesos que mi brazo, se hallaba una araña de casi dos metros de altura recubierta de rígidos pelos negros. Ocho ojos redondos y vidriosos me observaban mientras yo me obligaba a mí mismo a avanzar. Una fina capa de polvo blanco procedente de su anticuada peluca le recubría los hombros y las curvadas pinzas.

Sus patas no pararon de moverse en todo el tiempo que permanecí allí. Una pasaba las páginas del enorme volumen que tenía abierto ante sí, otra le iba recolocando la peluca, la tercera blandía la pluma con la que escribía, la cuarta se movía hacia una jaula colocada a su lado en el mostrador. La punta de esta última pata era más fina que la de las otras siete y tenía una forma ligeramente curvada.

Esa pata era la que el Erudito deslizaba dentro de la pequeña jaula para luego introducir su punta en forma de gancho en la oreja de una cabeza humana momificada.

La piel que envolvía la calavera como si estuviera plastificada se había marchitado hasta convertirse en una capa reseca y sin sangre. La cabeza estaba calva y tan arrugada como la pequeña porción de cuello que la unía a una base de latón. Sus brillantes ojos verdes... No, en realidad no eran ojos, sino cuentas de cristal colocadas para que lo parecieran. Tenía los dos párpados abiertos, igual que la boca, resquebrajada por una sonrisa que dejaba al descubierto dos únicos dientes amarillos y un montón de encías.

Fue la cabeza, no la araña, la que preguntó:

—¿Qué buscas, Alastor el Perdido?

Las palabras sonaron secas y crispadas, como si la cabeza estuviera aspirando grandes cantidades de polvo al hablar y necesitara un sorbo de agua que nunca fuera a conseguir.

Gruesas velas blancas flotaban en el aire a nuestro alrededor. Una gota de cera caliente cayó encima de la peluca de la araña —del Erudito— y la hizo humear como la mecha de una vela apagada.

—No soy Alastor... —empecé.

La araña volvió a meterle una pata en la oreja a la cabeza, con tanta fuerza que la hizo tambalearse sobre su soporte. Intenté controlar las arcadas.

—Las mentiras son tediosas y aburridas, saco de carne fofa. Deseo dirigirme al antiguo príncipe, no a un picajoso babeante de baja estofa.

¿Saco de carne fofa? Hice una mueca y la voz de Alastor se elevó en mi interior como un nido de avispones.

—**¿Cómo que «antiguo» príncipe?**

La araña no podía parpadear, lo que contribuía a su expresión de desdén e incredulidad.

—¿Acaso hay algún otro modo de definirte, teniendo en cuenta que has perdido tu cuerpo, tu reino y siglos de tiempo?

—**Pero ¡no fue por decisión propia! He vuelto, ¿no es así?**

—Sin embargo, el reino no te ha esperado —dijo la cabeza.

Alastor soltó una bocanada de aire, caliente y apestoso, por mi nariz. Sorprendentemente, pareció aceptar aquella sentencia, o como mínimo consideró que no valía la pena ponerse a discutir.

«¿Podríamos no disgustar a este terrorífico maligno con forma de araña? —supliqué—. Por favor».

Al parecer, Alastor también consideró que había llegado el momento de distender la situación, o por lo menos de introducir un pequeño cambio de estrategia.

—**Erudito, ¿cómo están los Bosques Viscosos de tu juventud? ¿Has regresado últimamente a visitar tu antiguo nido?**

—Los Bosques Viscosos quedaron reducidos a cenizas cuando los incendiaste para echarnos de allí —respondió con frialdad la cabeza parlante del Erudito—. Los de tu clase necesitaban nuevas cuidadoras para sus guarderías. ¿O ya lo has olvidado?

«Oh, no».

—**Ah, sí** —dijo Alastor débilmente—. **Cómo pasa el tiempo... Qué rápido olvidamos...**

—Yo no olvido nada —sentenció el Erudito mientras tocaba los volúmenes situados a su espalda—. Conozco la triste historia de tu vida al completo y creo que podría predecir sin grandes dificultades cómo va a terminar.

Alastor se enfureció, pero, con gran sorpresa por mi parte, logró mantener un tono de voz neutro cuando decidió ir al grano.

—**Supongo que vas a venderle a Pyra la información sobre mi presencia aquí.**

—Oí los rumores de tu reaparición y... —La cabeza cortada cayó a un lado, lo que obligó a la araña a hacer una pausa para enderezarla—. Y tuve que comprar e intercambiar muchos secretos para averiguar tu forma maldita. Ciertamente, venderé esta información más adelante a quien esté dispuesto a pagar el precio que yo pida. Puede que te dé tiempo a escapar, siempre y cuando tu saco de carne no flaquee y se quede sin fuerzas.

Aparté a Alastor a un lado el tiempo suficiente para decir:

—Por favor, no me llames saco de carne...

Tanto la araña como la cabeza cortada me miraron fijamente. Una de las patas de la araña empezó a tamborilear sobre el mostrador, como si quisiera demostrar cuán rápido podría apuñalarme y atravesarme la piel, el músculo y el hueso.

—**Buscamos información sobre el paradero de una prisionera humana, Prudence Fidelia Redding, traída al Mundo de Abajo por mi hermana** —explicó Alastor—. **Ha sido hace apenas unas horas. ¿Posees ese conocimiento?**

Las pinzas de la araña chasquearon cuando esta utilizó una pata distinta para pasar las páginas de su libro abierto.

—Lo poseo.

—**¿Qué quieres a cambio de esta información?**

Los ojos de la cabeza cortada se entrecerraron, seguramente porque los ocho de la araña no podían hacerlo.

—Ya conoces el precio, príncipe perdido. Una letra a cambio de una respuesta.

«¿Una letra? ¿Para qué quiere una letra?», pregunté extrañado.

Al me hizo negar con la cabeza, lo bastante fuerte como para que se me cayera la capucha.

—**No, seguro que hay algo más que desees... ¿Qué te parecería una tienda en Dread Lane, o... o un ducado? Tendríamos que esperar a que recupere el trono de manos de mi malvada hermana, por supuesto.**

—Si se llama Pyra la Conquistadora es por algo. No solo porque le guste como suena, como en tu caso.

Menudo mal bicho, la araña monstruosa esa. Si hubiera tenido el control de mi cuerpo, me habría encogido en solidaridad con Alastor.

—**¡Cómo osas hablarme así!**

—Puedo hablarte como me plazca, ahora que has sido señalado como humano en el *Libro de los malignos.*

Esta vez Al se estremeció.

—**¡No! ¡Eso sí que no!**

—Sí, eso sí que sí. —El Erudito parecía alegrarse mucho de darle esta información y se frotaba las pinzas satisfecho—. Una de las primeras medidas que tomó la reina Pyra fue despojarte de tu título. Mírate ahora, asustado y temeroso.

El Erudito apoyó sus dos patas delanteras con más fuerza sobre el mostrador. Se incorporó para poder elevarse por encima de nosotros; vi mi pálido reflejo en cada uno de sus ojos.

—**Yo no me asusto nunca** —respondió Alastor con desdén.

—Sí, pero ya has intercambiado conmigo cuatro letras a cambio de rumores y favores. ¿Cuántas letras tiene tu verdadero nombre? ¿Puedes arriesgarte a perder otra, sabiendo que yo podría adivinar tu nombre a partir de esta última pista?

Ah. Las letras de su nombre.

Alastor el Idiota estaba intercambiando trocitos de su verdadero nombre. Si lo que había leído era cierto, cualquiera que llegara a conocer ese nombre podría controlar al maléfico y doblegar su voluntad. Lo que también significaba que, si el Erudito lo descubría ahora, probablemente sería capaz de manejarme como a una marioneta a mí también.

O...

O. Una pequeña rendija de alegría se abrió paso en mi interior. Intenté proteger de Alastor ese pensamiento, pero el maléfico estaba dando vueltas como un remolino de electricidad estática dentro de mi mente, obviamente atrapado en sus propios pensamientos.

Si Nell y yo lográramos descubrir por nuestra cuenta su verdadero nombre, ¿no sería esa la solución a nuestros problemas? Podríamos obligarlo a romper los pactos que él y Pyra habían firmado con nuestras respectivas familias y salvarnos a nosotros mismos y a todos los demás.

En mi mente, Alastor estaba hecho un torbellino de reflexiones sombrías.

«Al, es demasiado peligroso —le dije con el pensamiento—. Todavía no estamos tan desesperados como para hacer eso. Podemos seguir a los suplantadores y ver si eso nos conduce hasta la reina. Vayámonos antes de que el Erudito nos delate y le diga a Pyra que estamos aquí».

Alastor reaccionó con sorpresa.

«¿Tú te rendirías tan fácilmente? ¿Delante de esta alimaña insolente?».

¿Para evitar que nos manipularan como a títeres y tener la oportunidad de ser yo el primero en descubrir su nombre? Sí, claro que lo haría.

Pero antes de que me diera tiempo a decir nada, las palabras de Alastor saltaron a mi boca.

—La O —dijo Alastor de repente—. **Y ahora dime dónde podemos encontrar a la humana.**

Sentí una punzada de terror en la boca del estómago. Debería haberlo imaginado. La única vez que yo hubiera querido que actuara egoístamente y no soltara prenda para proteger su propio pellejo, iba y hacía justo lo contrario. Si se hubiera tratado de cualquier otra persona, lo habría considerado un acto de generosidad.

Las pinzas del Erudito chasquearon alegremente mientras una de las patas pasaba rápidamente las páginas del libro y otra recorría una lista de nombres. La araña se detuvo cerca del final de la página e introdujo la punta de la pata en un tintero. Pude echar un vistazo a lo que había allí escrito antes de que el libro se cerrara de golpe.

Alastor, príncipe de los malignos: H, C, N, T, O

- *Un duende palaciego oyó por casualidad a otro decir que le parecía que el nombre terminaba en -anda o -anta.*
- *En honor a su tío, el difunto duque, existe la tradición familiar de que los nombres verdaderos empiecen por H.*

Ahogué un sonido de frustración.

¿H... anda? ¿H... anta? Ese nombre me resultaba familiar. Sonaba casi como...

El hedor a leche agria que desprendía la araña me rodeó como una nube cuando el Erudito se sacudió las moscas y el polvo de la espalda. Me limpié la asquerosa mezcla que me había caído en la capa y las ideas que estaba hilvanando en aquel momento quedaron interrumpidas.

—¿Y bien? —insistió Alastor—. ¿Tenemos un trato, no es así?

—Sí —respondió con desprecio la cabeza parlante—. ¡Cómo sois los maléficos con los tratos! Encontraréis a la humana en la torre más alta de la Prisión de Skullcrush, donde en su día estuvo la reina encerrada por sus hermanos.

Bueno, «la torre más alta de la Prisión de Skullcrush» no sonaba muy divertido, pero al menos...

—Pobre mortal, desdichado... —prosiguió la cabeza parlante—. Incluso sabiendo esto, jamás lograrás entrar. Han destruido todos los puentes que conducen a la prisión y la reina ha puesto a sus mejores guardias a vigilar su único portal de espejo. Pero... hay otra manera de acceder. Una vía que ha quedado descuidada.

Apreté los dientes. ¿Había algún tipo de norma que obligara a los malignos a hablar diez segundos más de la cuenta y de la manera más melodramática posible?

—Muy bien, ¿cuál es? —pregunté.

El Erudito volvió a clavarle una pata a la cabeza parlante y, aunque la araña carecía de expresión en el rostro, deduje que me estaba mirando con repugnancia.

—¿Me tomas por idiota, mortal? Si quieres esa información, paga por ella. La pregunta de Alastor el Perdido no era lo bastante concreta.

Dentro de las largas mangas de la capa, apreté los puños. Debería haberlo sabido. De verdad que debería, considerando mi amplia experiencia con los trucos de Alastor. Ni *justo* ni *correcto* eran palabras que formaran parte del vocabulario de un maligno y, francamente, dudaba de que pudieran ni tan siquiera comprender esos conceptos. Les habría dicho que eran lo peor de lo peor, pero se lo habrían tomado como un cumplido.

No creía que nunca hubiera odiado nada tanto como odiaba a aquellos malignos. Incluso mi abuela parecía un ángel en comparación con ellos.

Mientras estaba allí, viendo al Erudito recolocarse la peluca de nuevo, una idea se perfiló nítidamente en mi mente. Mientras estuviera en el Mundo de Abajo, tendría que ser mejor que los malignos. Mejor, más listo, más rápido.

Los malignos tenían la ética de un parásito de ciénaga. Es decir, ninguna en absoluto. Si querían seguir infravalorándome, allá ellos. La única manera de timar a un timador consiste en hacerle creer desde el principio que tú no serías capaz de hacer lo mismo. La diferencia residía en que yo lo haría por una buena causa.

La furia brillante de Alastor corrió por mis venas, abrasándolas.

—¡Maldita hiena retorcida! Como dato para la posteridad, quiero que conste que si permití que mi padre encerrara a Pyra en la torre fue por su propia seguridad, ¡para que mis hermanos no pudieran hacerle ningún daño antes de que manifestara una forma animal!

El Erudito optó por no responder. Alastor, abatido, volvió a calmarse en mi mente.

—Quiero saber dónde está esa entrada secreta a la prisión —le dije al Erudito—. ¿Qué tipo de información pides a cambio?

«Gusano, estás jugando a un juego cuyas reglas ignoras —me avisó Alastor—. No posees ni sabes nada que le pudiera interesar».

—Por esta vez, voy a hacerte caso, mortal, y te diré que la información que buscas debe intercambiarse por algo de la misma importancia. Un secreto largamente guardado pondría fin a tus problemas más inmediatos. Pero debes saber algo: soy capaz de detectar cualquier mentira y me resultaría muy fácil arrojar una pulsión de muerte sobre tu lamentable vida.

Fue la manera que tuvo el Erudito —o, más bien, la cabeza cortada— de decir «algo de la misma importancia» lo que avivó las brasas de aquella idea. ¿Una ubicación secreta a cambio de otra?

«Tú no conoces ningún lugar secreto en este reino, Gusano».

Sí, sí lo conocía. Me invadió una oleada de satisfacción.

—Conozco el lugar donde Alastor tiene en secreto un portal de espejo que solo utiliza él. Creo que es el tipo de información que podría resultar de lo más práctico tener al alcance de la mano (o de la pata). Con todo el asunto este del Vacío, disponer de una ruta de huida particular podría ser clave.

«**Gusano...** —La voz de Alastor era como un veneno helado—. **Te arrancaré los intestinos del vientre y te estrangularé con ellos. Conocerás un sufrimiento como nunca antes...**».

«Le echaste una maldición para que solo pudieras entrar tú —le recordé—. Así que nadie más va a poder utilizarlo. Pero eso no hace falta que se lo digamos al Erudito».

Por un momento, Alastor se quedó sin habla.

«**¿Y no se te ha ocurrido pensar que podríamos necesitar ese portal para regresar al mundo de los humanos?**».

Mientras el Erudito me observaba atentamente, respondí a Alastor con el pensamiento.

«¿Se supone que tengo que creerme que solo tienes un portal de espejo escondido en todo el reino?».

«**¡Por supuesto que tengo más de uno!** —estalló Alastor—. **Pero ¡eso no te da derecho a vender un secreto que no es tuyo!**».

«Lo que es mío es literalmente tuyo, colega. Y viceversa».

—Me sorprendes —dijo el Erudito—. Acepto. Formula tu pregunta.

Me asaltó una punzada de remordimiento, pero la aparté de mi mente enseguida. ¿Por qué debería sentirme culpable? Mi idea había funcionado. Si Alastor de verdad creía que yo no haría cualquier cosa con tal de salvar a Prue, le esperaba una desagradable sorpresa.

Me llevó varios segundos elaborar cuidadosamente la pregunta, intentando escoger las palabras adecuadas para que el Erudito no tuviera manera de salirse por la tangente con la respuesta.

—Quiero saber todo lo que sabes sobre cómo acceder a la Prisión de Skullcrush.

El Erudito señaló un letrero desgastado situado sobre su cabeza que rezaba «EL PAGO DEBE ABONARSE POR ANTICIPADO».

—De acuerdo —respondí—. Su espejo secreto está en una letrina de los Llanos, en el callejón situado junto al Grim Green...

«¡**Grim Grayscale's!**».

—El Grim Grayscale's. Es un pub —terminé.

La cabeza cortada resopló.

—Era de esperar. Un lugar de lo más apropiado. Seguro que allí se siente como pez en el agua.

Me quedé boquiabierto ante semejante insulto.

—He aquí toda la información que poseo sobre la entrada oculta: se trata de un secreto protegido ferozmente, conocido solo por la reina Pyra...

—¿Me tomas el pelo? —lo interrumpí—. ¡Yo te he dado una información valiosa!

—... y todos y cada uno de los duendes a los que al nacer se les asignó la prisión como lugar de trabajo. Eso significa, mortal, todos los duendes cuyo nombre termina en *lock*.

Solté aire por la nariz, hecho una furia. Cualquier diminuto escrúpulo que pudiera sentir por haber engañado al Erudito se disipó. Al menos la información que yo le había dado a él era aún menos útil que la que él me había proporcionado a mí.

—¿Dices en serio que mi hermana ha recurrido a un lugar de tan triste recuerdo como Skullcrush? —intervino Alastor, haciéndose con el control de mi voz una vez más—. **Los monstruos de esa prisión...**

—Ahora la obedecen —terminó la cabeza parlante—. Y la adoran como jamás adoraron a tu aborrecible padre, quien nunca los comprendió y por eso los llevó allí. Los monstruos no dudarán en despedazarte si Pyra se lo pide. Supongo que, para entonces, de nada habrán servido los esfuerzos por obtener tu verdadero nombre.

—Jamás me capturarán.

Tal como le iban las cosas con ese ego que se gastaba, aquella afirmación resultaba más que discutible.

—Es o ellos o el Vacío —dijo el Erudito—. Y ella es nuestra única posibilidad de sobrevivir a este último. Si de verdad amas este reino como dices amarlo, ayudarás a Pyra en vez de enfrentarte a ella.

De modo que Pyra tenía un plan para lo que fuese que resultara ser el Vacío aquel. Me asaltó un recuerdo del camerino del teatro, pero era tan impreciso que se me fue de la mente enseguida. Me daba igual. No íbamos a quedarnos en el Mundo de Abajo tanto tiempo como para llegar a averiguar cuál era su perverso plan.

—Este es mi reino —dijo Alastor. Sus palabras me helaban la garganta—. **Es mío.**

—Y ese ha sido siempre el problema. Eres joven para ser un maligno; solo tiene ochocientos años. Todavía no lo ves.

Alastor resopló, pero reservó sus palabras para mí solo.

«Lo veo todo, incluido un problema más bien gordo: ¿cómo vamos a encontrar un duende cuyo nombre termine

en *lock?* —refunfuñó Alastor—. **Hay muchísimos por todas partes, y todos responden cuando se les llama "criado" o "eh, tú"».**

No podía creerme que no se diera cuenta.

«Ya conocemos a un duende con un nombre así».

—¡Nightlock!

Me volví hacia la entrada de la carpa al oír una discusión que subía de tono en el exterior. Reconocí como mínimo una de las voces: se trataba del maligno que había comprado los suplantadores.

El Erudito se apoyó en el mostrador y se subió encima. Me aparté de un salto para evitar su enorme cuerpo y me agaché entre dos de sus patas mientras él asomaba la cabeza tras la cortina.

—Te lo advierto, amigo maligno, no insultes a mi magnífico patrón —vociferaba el sirviente—. Te hago saber que se merece todo lo que la reina le ha dado y más aún. ¡Te exijo que renuncies a ese juego de porcelana de huesos ahora mismo!

«¿El grendel trabaja para Nightlock? ¿Esa rata rastrera?».

Imposible. Imposible. Esa palabra no dejaba de darme vueltas en la cabeza. Era el golpe de suerte más raro de mi vida, siendo como era el único miembro con gafe de una familia extraordinariamente afortunada.

Es más: todo cuadraba. El duende, al venderle los suplantadores al grendel, había mencionado que el misterioso patrón de este estaba recomprando unos artículos que previamente había vendido. Nell tenía razón. Nightlock había tenido tanto la ocasión como un móvil para capturar a los suplantadores en el reino de los humanos y llevárselos al Mundo de Abajo.

Increíble. ¿Recuperaría a los suplantadores y además conseguiría la clave para encontrar la entrada secreta a la prisión en un solo viaje?

«¿Nightlock ha ascendido tanto como para tener sirvientes? ¿Y casa propia? —dijo Alastor escandalizado—. **El día ya no puede empeorar».**

Mientras el Erudito se asomaba un poco más al exterior, se me ocurrió una idea de cómo podría suceder tal cosa.

Antes de poder pensar en ello con detenimiento, antes de poder enumerar los miles de motivos por los que era una mala idea, ya estaba haciéndolo. Con los ojos clavados en la araña, retrocedí lentamente entre sus patas, evitando el pelo áspero que le recubría el cuerpo.

—¿Ahora trabajas para Nightlock, verdad? —preguntó el Erudito mientras salía del todo de la caseta.

En cuanto se cerró la cortina, corrí hacia el libro. El corazón me latía tan rápido y con tanta fuerza que casi no podía ni respirar.

«¿Qué haces?», me preguntó Alastor.

El Erudito se había dejado el libro abierto por la página con las notas sobre el verdadero nombre de Alastor.

Me volví a mirar la entrada de la caseta otra vez, con la adrenalina corriéndome por las venas. El retumbar de la sangre en mis oídos ni siquiera me permitía oír la discusión que mantenían los malignos delante del puesto.

Alastor se quedó sin aliento.

«No serás capaz».

No tenía tiempo para quedarme allí, leer el texto y arriesgarme a que me pillaran. Solo me daba tiempo a arrancar la hoja y llevármela para enseñársela a Nell.

Si me equivocaba con lo de que la maldición de los Maestros para evitar robos no afectaba a los humanos, estaba a punto de quedarme sin mano. La mano que utilizaba para escribir.

Para dibujar y pintar.

El cuerpo entero se me quedó helado con solo pensarlo, pero mi mente estaba demasiado asustada como para imaginárselo de verdad o pararse a pensar cómo les explicaría a mis padres que me faltara una parte del cuerpo.

Pero si yo tenía razón...

Los héroes no piensan. Los héroes actúan y punto: se sacrifican por un bien superior. En este caso, no se trataba únicamente de rescatar a mi propia familia, sino también de ayudar a Nell a librarse del terrible pacto firmado por su padre.

—Me lo exiges, ¿verdad? Pues yo le eché la zarpa encima primero, así que más te vale irte olvidando de él.

—¡Así caigas en los pozos de lava! Quiero ese juego de té y lucharé por él en nombre de mi patrón hasta mi último aliento...

Fijé la mirada en la pulsera mientras acercaba la mano a la hoja, esperando que percibiera mis intenciones y subiera de temperatura. La notaba muy caliente, pero ya hacía unos minutos que me pasaba y era porque se nos estaba acabando el tiempo asignado.

Inspiré aire profundamente.

El papel, de tan antiguo, era quebradizo. Se rasgó con facilidad, silencioso como un susurro. Se me nubló la vista de pánico, pero cuando recuperé la visión tenía la hoja en la mano y mi mano seguía pegada a mi cuerpo.

«¡Inconcebible! —exclamó Alastor furioso—. ¡Debería denunciarte! Y la desfachatez de los Maestros... ¡Son mortales! ¡Humanos! ¡Llevan siglos forrándose a costa de los malignos!».

Cerré el libro. La cabeza cortada había estado observándome todo el rato, con la boca abierta en una sonrisa extraña.

—No me delates, compañero —le pedí en un murmullo mientras me metía la hoja en el bolsillo de la capa—. Siento que... que te hayas quedado sin cuerpo.

«¡Deja de hablar con la cabeza del muerto, rabadilla descerebrada, y márchate antes de que el Erudito vuelva y descubra lo que has hecho!».

El pulso seguía golpeándome como ondas eléctricas. A cada paso que daba me parecía estar volando en vez de andando. Por lo menos hasta que el Erudito dio media vuelta y entró de nuevo en la caseta.

—¿Eres tan estúpido como para quedarte aquí y poner a prueba mi paciencia? Hay más clientes esperando y el mercado cierra esta noche.

La araña señaló las cortinas con una pata.

—Intenta seguir con vida, Alastor el Perdido. Tengo planes para ti. Y ahora, ponte bien la ropa y márchate, saco de carne fofa.

Me subí nuevamente la capucha para taparme el rostro. Y entonces, antes de que nos diera tiempo a replicar a ninguno de los dos, la cabeza cortada abrió la boca y gritó:

—¡Siguiente!

11

Amigo o maligno

Nell no estaba donde yo la había dejado.

La encontré a pocos metros del puesto del Erudito, con la vista clavada en la entrada de Neverwoe.

Rodeé su brazo con el mío y traté de hacerla avanzar. Se puso rígida y me agarró el brazo como si fuera a intentar tumbarme de espalda. No tenía ningunas ganas de confirmar que Nell sería capaz de tirarme al suelo, así como tampoco me apetecía lo más mínimo esperar a ver cuánto tardaba el Erudito en descubrir que a su espeluznante libro de secretos insidiosos le faltaba una página, de modo que susurré:

—Soy yo. Tenemos que irnos. Ya.

Como si quisiera darme la razón, mi pulsera subió de temperatura hasta hacerme daño. Nell soltó un pequeño grito y se miró la suya.

—Buena idea —dijo—. ¿Hay alguna otra salida que no sea por la que hemos entrado?

«**Sí** —empezó Alastor, que aún sonaba irritado—, **si seguís recto...**».

Otra voz resonó sobre el barullo del mercado y ahogó la de Alastor:

—¡Se han iniciado las evacuaciones obligatorias del Cementerio! ¡En nombre de la reina, cierren este Mercado inmediatamente y lleven la magia restante al punto de recogida! ¡Los malignos que no cooperen voluntariamente serán arrojados a una celda en contra de su voluntad!

Un gran número de ogros —todos con bandas de color naranja cruzándoles la armadura— atravesaron el Mercado apresuradamente e inundaron el pasillo de los puestos de los vendedores. Varios de los guardias abrieron de golpe las cortinas y sacaron a rastras a los malignos, que pataleaban y protestaban al verse separados de sus momentos de diversión. Otros derribaron las estructuras de hueso y arrancaron las tiras de luces mágicas, por lo que solo quedaron las burbujas luminosas para alumbrar el camino. Los Maestros aparecían y desaparecían en el aire a su alrededor, tratando de evitar que los ogros arrasaran con el Mercado a base de pisotones y puñetazos.

Saltaba a la vista que había una salida cerca, porque los malignos pasaban de largo a toda prisa por delante de nosotros, corriendo, con las mercancías apiladas en montones peligrosamente altos. Su miedo se notaba en el aire. Igual de poderosa era la fuerza de sus codos, hombros y rodillas al chocar contra nosotros, amenazando con arrastrarnos con ellos.

—¡Mira! —susurró Nell mientras señalaba justo detrás de ellos.

Un perro negro y peludo saltó sobre una de las mesas que habían quedado vacías y se puso a olisquearla. Levantó la cabeza y nos miró directamente; a continuación, soltó un ladrido ensordecedor. Sentí que empezaba a perder sensibilidad en las manos cuando otro aullador se subió a una silla de un salto para ver qué era lo que había encontrado. Subpar no andaba lejos.

«¡**Sinstar**!», me corrigió Alastor.

De acuerdo, Sinstar. El demonio sostenía un farol encendido con una llama de fuego real y llevaba ya en la mano su espada de filo retorcido.

En vez de preguntarle a Al hacia dónde ir, seguimos a un trasgo de aspecto nervioso que cruzó corriendo el último puesto del Mercado, giró bruscamente a la izquierda entre las sombras y tiró de una cortina para dejar al descubierto unas tambaleantes escaleras con incrustaciones de hueso.

—¿Dónde están los suplantadores? —pregunté en un susurro.

—Seguí al maligno por el Mercado y oí la dirección que le daba al repartidor—contestó Nell, también en un susurro. La voz le tembló al añadir—: La cena es en cinco horas.

Eché a correr escalera arriba, pero empezaron a dolerme los pulmones y no pude seguir el ritmo de Nell. La vi alejarse más y más, hasta que la perdí de vista entre las cabezas de los malignos más cercanos. Iba a llamarla a gritos, pero recordé justo a tiempo por qué era una pésima idea.

«¿Me echas una mano?», le pedí a Alastor con el pensamiento mientras echaba la vista atrás, por encima del hombro, en busca de cualquier rastro de Sinstar.

Un trasgo me pasó por debajo de las piernas y me desequilibró. Estiré el brazo y de un modo u otro logré asirme a la barandilla antes de la caída definitiva.

«Como bien has demostrado hoy, eres perfectamente capaz de cuidar de ti mismo», respondió Alastor sarcásticamente.

A nuestros pies, Neverwoe estaba quedando reducida a añicos; las estructuras de hueso se desmoronaban como un castillo de naipes. Entrecerré los ojos y miré en la oscuridad hacia el lugar donde los ogros se habían congregado en torno a la cuba de magia transparente de la entrada. Uno de ellos dirigía las hebras de magia desde la cuba hacia una serie de faroles, frascos y esferas.

Zona a zona, las luces de fiesta fueron apagándose, las atracciones dejaron de funcionar y el silencio lo cubrió todo como un manto.

A los Maestros no se los veía por ningún lado.

—¡Muévete! ¡Quítate de en medio!

Me di la vuelta, siguiendo el rastro de la voz atiplada de Sinstar. Los aulladores y él subían a empujones, como flechas oscuras, entre el impetuoso nudo de malignos que había detrás de mí. Respirando todo lo profundamente que pude, me agaché debajo del brazo de un ogro y traté de abrirme camino zigzagueando entre los malignos que se habían quedado atascados en la parte superior de la escalera.

—¡Por el Gran Demonio! —exclamó un duende mientras yo le pasaba por encima—. El Vacío... no va a terminar nunca, ¿verdad? ¡Se llevará el reino entero!

—¡No! La reina nos salvará —le respondió un licántropo—. Tiene un plan para todos nosotros.

Claro. Y ese plan suponía mi muerte prematura. Lo que yo no entendía era el porqué.

«¿A qué te refieres?», preguntó Alastor.

«En Salem dijo que quería abrir la puerta entre el Mundo de Abajo y el reino de los Antiguos, ¿recuerdas? ¿Por qué necesita la magia y las fuerzas vitales tuyas y de tus hermanos para hacerlo?».

El maléfico no pudo darme ninguna respuesta. Noté que su presencia se recogía en un ovillo protector.

Logré abrirme paso subrepticiamente, haciendo caso omiso de sus gruñidos, entre una pareja de malignos increíblemente altos y peludos. Al final de la escalera había otra carpa. Supe que el mundo exterior estaba cerca cuando las primeras espirales de vapor se deslizaron sigilosas por debajo de sus paredes de lona.

Justo cuando me disponía a tocar la tela, una mano se cerró sobre mi brazo y tiró bruscamente de mí hacia la izquierda, llevándome hacia el centro de la carpa, que estaba a oscuras, y apartándome de los malignos.

—Por aquí —dijo Nell.

Levantó del suelo una de las estacas para así crear nuestra propia salida. Reptamos por debajo y volvimos a colocar la estaca con cuidado para dejarlo todo como estaba. Me puse de pie poco a poco, con cuidado de no arañarme la espalda contra la cara dentada de la montaña. El reducido espacio entre esta y la parte exterior de la carpa nos obligó a andar de lado para alejarnos del lugar al que llegaban los malignos desde el Mercado. Estábamos en el estrecho hueco entre la carpa y la ladera de la montaña.

Un sonido susurrante, como un silbido amortiguado, nos interrumpió. Nell y yo nos volvimos, buscando su procedencia. Finalmente, una pequeña figura cubierta con una capa asomó la cabeza por una estrecha grieta en la ladera de la montaña y una voz melosa que me resultaba familiar dijo:

—¡Ven, ven, Goody Bishop! ¡Por aquí!

«Es la maligna que quería comprar los suplantadores», observó Alastor.

—No me llames así, Flora —dijo Nell en voz muy baja.

Al ver mi expresión de contrariedad, trató de tranquilizarme.

—No pasa nada. Vamos a colaborar para rescatar a los suplantadores. Podemos confiar en ella.

«Igual que confiaste en la brujita, ¿verdad?».

Ignoré las palabras de burla de Alastor y seguí a la figura de la capa a través de una gran hendidura en la cara de la montaña, girando y deslizándome lentamente por ella. Las rocas me arañaban desde todos los ángulos, obligándome a contener el aliento, hasta que, de repente, el espacio se ensanchó para formar una especie de caverna. Mientras mis ojos se adaptaban a la oscuridad, más profunda, de aquel lugar, discerní unos escalones de piedra derruidos al otro lado. Parecían tan antiguos como la montaña.

—¿Qué es este lugar? —pregunté.

«Tengo la misma pregunta», dijo Alastor, que sonaba un poco desconcertado.

—Hay muchos pasadizos como este ocultos en la montaña. Casi todo el mundo ha olvidado que existen —trinó la pequeña maligna—. Por aquí, amigos, os llevaré a mi refugio especial.

—No voy a ir a ningún lado hasta que me digas quién eres y por qué te importan tanto los suplantadores —repliqué—. ¿Y por qué deberíamos perder el tiempo en tu refugio cuando faltan pocas horas para que se los coman? Deberíamos ir allí ahora mismo. ¿Cuál era la dirección?

Nell levantó las cejas y señaló con la cabeza en dirección a la maligna. Me volví justo en el momento en el que esta se bajaba la capucha.

Lo primero en lo que me fijé fue en su piel. Era del color de la madera joven: marrón pálido, atravesado por riachuelos de verde claro. Los colores se entremezclaban como si los hubieran pintado sobre la textura cerosa de su piel.

La forma de su cabeza me recordó extrañamente a los bulbos que mi madre plantaba siempre en primavera. Encima de la cabeza tenía varios mechones de pelo verde, prácticamente de punta, salpicados con pequeños capullos de flores blancas.

La línea severa de su boca sin labios se curvaba en una sonrisa. Hacía destellar unos dientes lisos y nacarados que debían de ser más grandes y rectos que los míos.

Alastor resopló al verla. A mí se me puso la piel de gallina por la intensidad de su rechazo.

—Me llamo Flora la Leaf —dijo la maligna—. Vamos a ir a mi refugio secreto porque Goody Bishop dice que no habéis descansado en todo el tiempo que lleváis aquí, así que vosotros dormiréis y yo encontraré la manera de entrar en esa casa espantosa para rescatar a nuestros valerosos suplantadores.

—Por favor —dijo Nell en voz baja—, no me llames así. Soy solo Nell.

Flora puso cara de extrañeza.

—Pero tú eres una bruja... ¿no?

—¿Y qué clase de maligna eres tú?

No pude evitar que se me escaparan estas palabras de la boca. ¿Y si era de las que sueltan fragancias venenosas o acechan por los jardines para robar niños?

Me recordaba mucho a... Era casi igual que aquellos seres mágicos de los bosques de la mitología griega, las ninfas. Un momento. ¿Una dríade?

—**¡No es una maligna!** —exclamó Al, temblando de rabia.

—¡Usted perdone! —Los ojos de Flora, que un momento antes eran de un intenso verde esmeralda bajo sus pestañas como briznas de hierba, ahora relucían con un tono de cieno casi tóxico de tan brillante—. ¡Soy una elfa! ¡Los elfos creamos, los malignos solo destruís!

—Un momento —dije, levantando las manos.

Los.

Elfos.

Existían.

—¿Los elfos existen?

Era increíble. La de años que me había pasado jugando al *Conquerer's Saga,* la de veces que había leído *El Señor de los Anillos,* la de elfos de plastilina que había modelado para que cabalgaran a lomos de los ponis de porcelana que mi abuela me regalaba, y a nadie, ni a Nell, ni a Alastor, se le había ocurrido decirme: «Ah, por cierto, Prosper, la especie que te gustaría ser si no fueras humano y quisieras tener la agudeza auditiva de los animales y reflejos rápidos como un rayo...».

«**¿Has acabado?**».

«... esos seres existen, Prosper, y en realidad se parecen más a una muñeca trol que a un semidiós pero ¡aun así son geniales y fabulosos!».

Me volví hacia Nell, profundamente dolido.

—¿Por qué no me habías hablado de los elfos?

Nell entornó los ojos para mirarme a través de sus gafas polvorientas.

—¿Estás bien?

—Lo veo demacrado, como si fuera a emprenderla a mordiscos con su propia mano de un momento a otro —dijo Flora en un supuesto susurro que oí perfectamente.

Me di cuenta de que había estado mirando fijamente a Flora todo el rato. Tenía la mano ya levantada y estaba a punto de tocarle el pelo despeinado cuando la aparté, horrorizado.

—Bueno, tal vez esté... un poco deshidratado —admití con un hilo de voz—. Y cansado.

La elfa soltó un fuerte hipido, que la sacudió tan violentamente que sus pies se levantaron del suelo. Con el segundo hipido, el que dio un bote fui yo.

—¿Va todo bien? —le preguntó Nell mientras le apoyaba una mano en el hombro.

Incluso yo le sacaba una cabeza a Flora.

—¡Oh, rayos! Lo siento. Disculpadme.

Flora se encogió de hombros, avergonzada, mientras se

agachaba a recoger las florecillas que se le habían caído del pelo. Debajo de la capa llevaba una sencilla túnica de color claro bordada con hojas y tallos de enredadera. Iba descalza, pero a juzgar por lo gruesas y oscuras que eran las plantas de sus pies, no necesitaba zapatos.

—¿Te sucede... con frecuencia? —preguntó Nell con cautela.

—Solo cuando estoy nerviosa. O enfadada. O emocionada. —Flora se llevó un dedo a la boca—. A veces también cuando estoy contenta.

—Ah —dijo Nell tras un largo silencio—. Bueno... ¿Vamos al refugio? —Me miró y, sin duda, vio el descontento reflejado en mi cara, porque añadió—: Cuéntame lo que hayas averiguado sobre Prue y a partir de ahí podemos trazar un plan.

Asentí con la cabeza, pero en mi pecho crecía la sensación de ahogo al pensar en esperar aunque solo fuera una hora antes de ir en busca de los suplantadores y obligar a Nightlock a darnos la información que necesitábamos.

—¿Prue? ¿Prue de pruna? ¡Me encantan las prunas! Aunque no puedo comerlas —dijo Flora con voz triste—. Me hacen producir demasiada música.

No deseaba ninguna explicación sobre su definición del término *música*, puesto que ya me había hecho cierta idea al respecto.

—Prue es mi hermana —le dije—. La ha capturado Pyra.

—¿Y qué interés podría tener la reina del Mundo de Abajo en una joven humana? —preguntó Flora—. Todo el mundo sabe que lo único que quiere es al chico que lleva a su hermano dentro... Oh.

El silencio que siguió a sus palabras solo fue interrumpido por otro hipido.

Le devolví la mirada, asimilando la incómoda visión de sus ojos al entornarse. Un crujido, como el de unas ramillas al rozarse entre sí, ascendió como un silbido desde su garganta.

—¿Eres un maligno?

—Es solo una situación provisional —intenté explicar.

El silbido se intensificó. Y, de repente, sus dientes ya no me parecieron tan lisos.

«**Solo comen plantas, Gusano** —dijo Alastor con voz de aburrimiento—. **Cuéntale que una vez di muerte a cien de sus antepasados y utilicé la leña de sus cadáveres para calentar mi torre todo el invierno. Ya verás cómo se asusta**».

Y qué más. Ni loco le diría eso.

—No pasa nada, de verdad —le dijo Nell a la elfa—. Prosper sigue siendo Prosper. Básicamente. Es decir, el noventa por ciento del tiempo, por lo menos.

Flora levantó un puño y mostró una pulsera que parecía recubierta de afiladas espinas de oro. Me puse pálido.

«**Por los reinos, pero ¡si los elfos andan siempre jactándose de estar a favor de la paz y la felicidad! ¡Puaj!** —Alastor se estremeció—. **A esta seguro que la podaron del árbol por violenta**».

¿Por eso odiaban los malignos a los elfos? ¿Porque a los elfos les gustaban las cosas alegres y luminosas?

«**Lo único bueno que tienen los elfos es que son unos artesanos extraordinarios. Si no necesitáramos joyas o armas exquisitamente forjadas, de calidad superior a la que los gremios del Mundo de Abajo son capaces de ofrecer uti-**

lizando la magia, ya habríamos expulsado a los elfos de todos los reinos».

«¿Por qué?», quise saber, intentando mantenerme a cierta distancia de Flora mientras subíamos apresuradamente por la escalera.

Cuando llegamos al final, a lo que supuse que serían las Escalas, Flora se volvió para mirarme otra vez y levantó su diminuto puño nuevamente en señal de advertencia.

«Porque son insoportables —respondió Alastor—, pero sobre todo porque nunca hemos podido utilizar su limitada magia como hemos hecho con la de los humanos. Los elfos solo controlan las plantas y por aquí abajo de eso no tenemos mucho. E insisten en "ayudar" a nuestros enemigos. Humanos, brujas y suplantadores por igual. Seguro que quieren destruirnos antes de que nosotros los destruyamos a ellos».

A mí eso me sonaba a razonamiento circular. «No todo el mundo se comporta como los malignos».

«¿Seguro? ¿Y entonces por qué tantos humanos aspiran a comportarse como hacemos nosotros?».

Era un pensamiento desagradable, pero... no falso. Era como si los malignos tuvieran lo peor de los humanos pero carecieran de nuestra capacidad para sentir compasión o cambiar.

«¿A qué se parecen más los elfos, a los humanos o a los malignos?», pregunté mientras seguía a Flora, que nos llevaba por una serie de túneles estrechos.

«Ni a los unos ni a los otros. Son algo totalmente distinto».

Eso era lo único que necesitaba confirmar: que no intentaría comerme ni quemarme vivo ni hacerme picadillo como todo el mundo pretendía en el Mundo de Abajo. Al menos no de momento.

—Entonces... —dije mientras nos desplazábamos lentamente—, ¿el suplantador que intentaste rescatar, el loro, es tuyo?

Los ojos de Flora eran dos rendijas luminosas en la oscuridad y la luz mágica de Nell arrojaba justo el resplandor suficiente para poner de manifiesto su profundo recelo. Se me cayó el alma a los pies.

«Deja de intentar caerle simpático a la elfa».

—Esos suplantadores son amigos míos. No son mascotas. No pertenecen a nadie, tampoco a las brujas que los cuidan. Yo he tenido a Ribbit conmigo desde que abandonó a su bruja y voló hasta mi acogedora cabaña en los bosques de invierno.

—¿Que Ribbit abandonó a su bruja? —repitió Nell, incrédula—. Los suplantadores se quedan en las familias de brujas durante generaciones. Deben de ser los seres más leales sobre la faz de la Tierra. Esa bruja debió de pasarse al lado oscuro o algo.

Flora se encogió de hombros sin energía.

—Ribbit nunca habla de ello. Se pone demasiado triste.

—Entonces, ¿vives en nuestro mundo? —pregunté—. ¿Y cómo es? ¿Lo ves todo en alta definición? ¿Puedes leerme el pensamiento? ¿Por qué los humanos no os podemos ver nunca?

El aire que había estado entrando y saliendo de la nariz de Flora se relajó, como también lo hicieron las duras líneas de su frente. Miró fijamente la mano que yo, sin darme cuenta, había vuelto a levantar para tocarle el hombro.

—Eh...

—Los elfos viven en nuestro mundo principalmente, Prosper —se apresuró a intervenir Nell—. Cuidan de la naturaleza, pero muchos de ellos son artistas y artesanos magníficos. En Salem había un elfo que creaba unas joyas asombrosas. Missy le puso glamur para que pudiera venderlas en las ferias callejeras. No estoy segura de qué es lo que le pasó.

Yo estaba empezando a odiar con toda mi alma los silencios de Alastor. Eran más elocuentes que cualquiera de sus explicaciones.

«¿Mataste tú a ese elfo?». Otro pensamiento, aún más escalofriante, cruzó mi mente. «¿Me obligaste a hacerlo a mí?».

«No. Pero vi al demonio necrófago que lo hizo. Tal vez... No se lo cuentes a la brujita».

No lo hice.

Al final, Flora nos llevó hasta el final de los túneles y salimos a lo que parecía la boca de una alcantarilla o un desagüe para las aguas de lluvia. Nell apagó la luz de su puño y subió tras la elfa. Yo conseguí pasar a presión por la abertura en la roca y arrastrarme hasta la calzada de adoquines.

Los vapores silbaban a través de las fisuras de las piedras más cercanas. Era el único sonido a nuestro alrededor.

Las casas del tercer nivel tenían las mismas líneas oscuras que las anticuadas construcciones de piedra de los Llanos, pero la gran cantidad de pisos apilados hacía que los edificios se alzaran imponentes sobre nosotros. Todas las ventanas por delante de las cuales pasamos estaban a oscuras, salvo unas cuantas que tenían cortinas de encaje negro y velas encendidas. No parecía que hubiera ni rastro de magia a la vista.

Un leve murmullo flotó en el aire y nos pasó de largo. El sonido resonó al rebotar en las casas torcidas y las paredes en diagonal, ampliándose y subiendo de volumen con el transcurso de cada segundo.

—¿Eso es una tormenta? —pregunté.

«Es probable que solo sean movimientos de la lava muy por debajo de nosotros», dijo Alastor.

¿Lava? ¿Además de los monstruos, las maldiciones y la magia, iba a tener que preocuparme por la lava?

«Por supuesto. No tenemos sol, Gusano. ¿De qué otra manera podría calentarse el reino, si no fuera por el calor que sube entre las fisuras?».

Así que los vapores eran por eso. El calor residual que desprendía la lava. Perfecto. Quizá había inhalado más de la cuenta y había empezado a sufrir alucinaciones.

Sin embargo, el murmullo no se detuvo. En el aire espeso, algo empezó a agitarse. Daba la sensación de que los edificios se tambaleaban, chocando entre sí como los dientes al castañetear.

El murmullo se convirtió en un rugido ensordecedor y aquel balanceo dejó de ser una sensación. La calle se movió bajo nuestros pies, haciendo que yo terminara en el suelo y que Nell cayera de rodillas. A nuestro alrededor se estamparon contra el suelo trozos de los tejados más cercanos, obligándome a rodar rápidamente a la derecha para evitar que me aplastaran. Los cristales saltaron hechos pedazos, estallando hacia fuera de las casas como una terrible tormenta helada.

Un relámpago azul azotó el cielo e iluminó la expresión petrificada de Flora. Se arrastró hacia el borde de la calle, donde las inmensas puertas de piedra y metal que rodeaban el peldaño estaban quedando hechas trizas.

«¡Las Puertas de Sangre! ¡Imposible! ¡No puede ser! ¡Ni siquiera los ejército de troles podrían echarlas abajo!».

El terror de Alastor acrecentó el mío. Se me aceleró el pulso. Las Puertas de Sangre cedieron y se rompieron en pedazos; las piedras quedaron reducidas a polvo. Mientras desaparecía sobre el saliente, la muralla negra que envolvía el muro exterior de la montaña avanzó, devorando los Llanos hasta que no quedó siquiera un farol que señalara donde había estado ese peldaño.

«No... imposible...».

Mi corazón dio un vuelco bruscamente al notar el dolor y la incredulidad en la voz de Alastor.

Cuando las réplicas empezaron a remitir y el aire, por fin, dejó de aullar, Flora respiró hondo y soltó un leve hipido. Tenía el rostro extrañamente inexpresivo mientras observaba la negrura sin fondo que ahora rodeaba el Cementerio como un ejército al asedio.

—¿Qué ha sido eso? —exclamó Nell—. ¿Un terremoto?

Flora negó con la cabeza.

—No. Es el Vacío.

12

Un lugar olvidado

De cerca, las extrañas chozas de piedra que había visto desde los Llanos prácticamente parecían hongos. Con sus techos colgantes y sus piedras sin tallar, no solo aparentaban ser de una época diferente a la de los demás edificios, sino proceder de un mundo completamente distinto. No me sorprendía que Flora las hubiera escogido como escondrijo. Los pocos malignos que había en el peldaño no se dignaban a mirarlas dos veces.

«Por supuesto que no. Es evidente que son tumbas para los muertos antiguos. A nadie le agradan los lugares embrujados, salvo que sea uno mismo quien los embruje».

—Me gusta cómo has arreglado este sitio —dijo Nell al fin.

Los dos estábamos agachados para no golpearnos la cabeza contra el techo.

A decir verdad, yo no sabía muy bien qué era lo que le

gustaba. Aparte de una manta en el suelo, una maceta con un brote diminuto y un farol que se estaba apagando, no había gran cosa que ver, y mucho menos admirar.

Un momento.

Me froté los ojos y me los limpié de la costra que los cubría. No eran imaginaciones mías: sobre el suelo y las paredes recubiertas de arcilla, alguien había labrado unos tallos que formaban curvas y espirales. Las flores que brotaban de ellos eran tan detalladas que cuando alargué la mano para tocar una casi esperaba que el tacto de sus pétalos fuera suave. Había sol, nubes, montañas, ríos. Debía de ser la Tierra, porque ciertamente no era el Mundo de Abajo.

—¡Hala, cómo mola! —dije mientras me inclinaba para ver la decoración desde más cerca—. Debiste de tardar mucho en hacerlo.

La elfa estaba en silencio, mirándome con aquellos ojos refulgentes.

—No lo hice yo. Los malignos no aprecian el arte, así que no finjas que tú sí. Solo veis belleza en el dolor.

«No es cierto. También la veo en el brillo de los peniques negros, en el oscuro horizonte del Mundo de Abajo y en la sangre humeante de mis enemigos. ¡Ah! Y en los sombreros. Con un sombrero bien estructurado y equilibrado puedes llegar muy lejos en esta vasta eternidad».

—No soy un maligno —le recordé.

—Eso es justo lo que diría un maligno embustero...

—Flora —la interrumpió Nell—, ibas a contarnos algo sobre el Vacío. ¿Sabes qué es? ¿Qué lo causa?

Flora me lanzó una última y larga mirada. Después fue a

sentarse en su manta. Acarició las hojas a medio marchitar de su maceta.

—El Vacío es el castigo de los malignos por lo que le han hecho a este reino.

Presintiendo que iba a ser una larga historia, me senté en el suelo con las piernas cruzadas y apoyé la cabeza en la pared. Nell hizo lo mismo, arrastrando su mochila tras ella. La abrió y extrajo de su interior comida y agua para todos. Flora, agradecida, cogió un poco de agua para su planta, pero no comió nada.

—Cada reino tiene su propia magia intrínseca, que es la que los Antiguos utilizaron para crearlo —explicó Flora—. Es una corriente que fluye a través de todas las cosas, cohesionándolo todo. Hace salir el sol, renueva la vegetación con el paso de las estaciones y nutre a sus seres. Esa magia son las raíces profundas de las que todo brota en cada reino. Los Antiguos fueron unos arquitectos cuidadosos y otorgaron a cada uno de los reinos ni más ni menos de lo necesario para sostenerse.

Sonaba casi como si los Antiguos hubieran creado los reinos del mismo modo que te inventarías un mundo a partir de cero en un juego de ordenador.

—¿La Tierra también?

Flora se negó a mirarme y prefirió contestar a Nell, como si la pregunta la hubiese formulado ella.

—La magia de la Tierra está en las personas, en sus almas. Por eso los malignos pueden obtener magia a partir de las emociones humanas. Esos sentimientos tienen su origen en la esencia de cada persona.

«Menudo aburrimiento, Gusano. Haz que siga hablando del Vacío».

Pero Flora no había terminado.

—El mundo de los humanos es un reino, pero no lo crearon los Antiguos. Estos lo descubrieron durante una de sus exploraciones de las distintas realidades y decidieron utilizarlo como simiente para construir otros reinos. Esa es la razón por la que todos los reinos recordados están conectados con el mundo de los humanos. Su estabilidad lo convierte en un buen apoyo.

Eso no coincidía en absoluto con lo que el tío Bar... con lo que Henry Bellegrave y Nell me habían contado sobre los reinos y, a juzgar por la cara de Nell, para ella esta información también constituía toda una novedad.

«Es perfectamente posible que esté mintiendo —dijo Alastor con cierta amargura en la voz—, pero los Antiguos adoraban a los elfos y sentían predilección por ellos. Puede que posean el conocimiento verdadero que se nos vedó a todos los demás».

—Un momento... Pero los Antiguos concedieron a las brujas sus poderes y obligaciones —dijo Nell—. Y las brujas obtienen su poder de la luna.

Sentí cierta incomodidad al oírle decir «las brujas obtienen» en vez de «obtenemos».

Flora cogió el farol y abrió su puertecilla. Sacó una pequeña hebra de magia de su interior y acarició las hojas de la plantita.

Me di cuenta de que la estaba alimentando de la única manera posible en un reino sin agua ni luz del sol. Al emparse de magia, las hojas de la planta revivieron y cambiaron su enfermizo color amarillento por un intenso verde esmeralda.

—¿Los Antiguos crearon a las brujas? —preguntó Flora—. ¿O simplemente las descubrieron y les pidieron ayuda para proteger el reino de los humanos? Todo eso ha quedado olvidado por el paso del tiempo.

—Pero ellos les dieron los suplantadores a las brujas, ¿verdad? —insistió Nell.

Flora asintió con la cabeza.

—Como compañeros y protectores, para darles las gracias y pedirles perdón por... —La elfa levantó la vista. Sus ojos brillaban en la oscuridad—. Bueno, da igual. La Tierra sufre y se pone enferma por el empecinamiento de los humanos en el abuso y despilfarro de sus recursos naturales, pero los malignos han hecho algo mucho peor. Han agotado todas las reservas de magia de este reino. Por eso fueron al reino de los humanos a robarles la suya, pero siguió sin ser suficiente para satisfacer su codicia. Por ello, excavaron más y más en las profundidades de este reino para hallar los últimos vestigios de magia en sus cimientos, y también se hicieron con ella.

Normal que se hubieran visto obligados a racionar la magia.

—Aquí se ha muerto la vida y ahora el reino entero se está muriendo con ella —dijo Flora, cuya expresión se había endurecido—. ¿Y para qué? ¿Para no tener que coser su propia ropa? ¿Para encender las farolas? ¿Para tirar de las carretas? ¿Para divertirse en mercados como el de Neverwoe? Los malignos que están en el poder encarcelaron a los otros, los obligaron a ponerse a su servicio y tomaron las almas humanas como rehenes, obligándolos a hacer todo lo demás. Y, mientras tanto, la magia almacenada en sus cámaras acorazadas fue menguando mientras el supuesto rey se dedicaba a cosas como librar guerras sin sentido, mover las montañas para colocarlas a su gusto o llenar armarios con ropas que nunca llegó a ponerse.

«¡**Cómo se atreve!** —protestó Alastor—. **¡El reino es nuestro! ¡Podemos usar la magia como nos plazca!**».

—Ya sabes —dijo Flora lanzándole otra mirada a Nell— que la magia, una vez utilizada, desaparece. A este reino no le queda ninguna esperanza. El Vacío es el mundo que se derrumba sobre sí mismo cuando desaparece la última pizca de magia de cada lugar.

«**Eso es... Eso es imposible...** —dijo Alastor débilmente—. **Un reino no puede derrumbarse**».

—No me extraña que adoren a Pyra —dije, atando por fin los cabos sueltos—. Ha revolucionado la manera de hacer las cosas y es la única que les da esperanzas de que el problema pueda solucionarse.

—Nos contó que estaba creando una especie de llave para abrir el reino de los Antiguos y llevarse su magia —dijo Nell.

Flora se sentó con la espalda más recta.

—No sé cómo va a poder crearla. Con una llave de sangre se puede abrir un reino cerrado a cal y canto, pero ello exige sacrificar magia, un acto del que esos monstruos mercenarios son incapaces. La magia que poseen en su interior es su fuerza vital. Todo el resto de la magia que utilizan y controlan es robada.

Nell y yo, aparentemente, nos dimos cuenta a la vez. Nos miramos en el tenue resplandor de la choza.

—Pyra ya ha conseguido el «sacrificio» de la magia y la fuerza vital de sus otros hermanos —empecé.

—Porque utilizó sus verdaderos nombres para obligarlos

a sacrificarlas —terminó Nell—. Uf, es una idea perversa pero... al mismo tiempo es genial, debo admitirlo.

«Una idea apropiadamente astuta —intervino Alastor—. **Creo que la apreciaría más si no fuera yo una de sus víctimas potenciales».**

Nell, sin embargo, se serenó al instante al ocurrírsele otra cosa.

—Pyra dijo que había averiguado el verdadero nombre de Alastor gracias a su antigua niñera y que en un principio solo quería quedarse con la magia de Alastor para manifestar su propia forma animal. Debió de darle ese nombre a Goody Prufrock o a Honor Redding, pero el conjuro no funcionó como ella quería. Cuando el Vacío empeoró, su necesidad del poder de Alastor cambió. Y ahora Pyra se ha dado cuenta de que en realidad no necesita ningún conjuro para obligar a sus otros hermanos a sacrificarse. Solo necesita sus nombres verdaderos.

—Pero el conjuro que Pyra te pidió que hicieras —empecé, intentando quitarme de la cabeza la imagen del camerino— parecía similar al que intentó Goody Prufrock. ¿Ibas a atrapar a Alastor dentro de mí para siempre, verdad?

Nell bajó la mirada y su expresión hizo que se me encogiera el corazón.

—Pyra necesitaba asegurarse de que Alastor no pudiera abandonar tu cuerpo y huir. Ahora me doy cuenta de que no pensaba matarte para matarlo a él. Pyra necesitaba que Alastor estuviera atrapado el tiempo suficiente para obligarlo a renunciar a su fuerza vital, que es todo lo que él tiene en estos momentos, hasta que esté lo bastante fuerte como para recuperar su forma física.

—Ah, ¿o sea que al final no iba a morirme? —pregunté. La idea me resultaba extrañamente tranquilizadora.

Nell hizo un gesto de dolor.

—La extracción probablemente te habría matado a ti también. Debido a la naturaleza de la maldición de Alastor, estáis los dos unidos.

«**Sí** —dijo Alastor sombríamente—, **pero no por mucho tiempo**».

Tal vez fueran imaginaciones mías, pero sentí que su rabia de repente era más pronunciada y se estaba materializando en algo de bordes puntiagudos y afilados.

—Eso no importa —dijo Flora, poniéndose en pie—. Jamás abrirán el reino de los Antiguos, ni con llave ni sin ella. El reino de los malignos está perdido. Solo tenemos que asegurarnos de no estar aquí cuando se desplome definitivamente.

—¿Cuánto falta para eso? —pregunté.

Cada segundo que pasaba lo vivía como si fueran los últimos latidos de un corazón agonizante.

La elfa se dirigió a la puerta de la choza mientras se estrechaba la capa en torno al cuerpo y se echaba la capucha sobre sus brotes de pelo.

—Días. Tal vez menos.

13

El hueso que canta

Aquellas palabras se me clavaron como un cuchillo entre las costillas, pero dentro de mi cabeza Alastor se envolvió en un nudo espinoso de negación e ira.

«**Puedo salvar mi reino** —dijo. Sus palabras hervían de rabia en mis oídos—. **Y lo haré**».

—Voy a inspeccionar la casa —nos dijo Flora mientras se guardaba la plantita en un bolsillo de la capa—. Tengo que descubrir la manera de entrar a buscar a los suplantadores.

—Podemos cuidarla mientras estés fuera —me ofrecí—, así no se estropeará de tanto ir de un lado para otro.

Flora me miró horrorizada ante la idea.

—Jamás dejaría una planta tan poderosa en tus manos, taimado.

Miré la plantita, de apenas un dedo de altura, y luego a ella. Dos veces.

—Volveré pronto con la información sobre cómo acceder —prosiguió Flora—. Maligno, si tocas cualquier cosa, lo sabré.

Levanté las manos y señalé la nada absoluta que nos rodeaba.

—No tardes —le dijo Nell a Flora—. Si no descubres la manera de entrar en menos de media hora, vuelve e iremos todos juntos.

Flora le lanzó una mirada tranquilizadora a Nell por encima del hombro.

—Te prometo que tendré cuidado, Goody Bishop.

—No... —empezó Nell, pero la elfa ya había salido al exterior y estaba corriendo—... me llames así.

Apoyé la cabeza contra la pared y me acerqué las rodillas al pecho. Estaba tratando de asimilar todo lo que nos había dicho Flora cuando otra preocupación se abrió camino en mi interior.

—¿Seguro que aquí estamos a salvo? Si Sunburn nos localiza, seremos una presa fácil.

—¿Te refieres a Sinstar?

—Sí, vale, como se llame. ¿Este lugar es seguro?

«De verdad, Gusano. Lo mínimo es recordar el nombre de tus enemigos para poder pronunciarlo a gritos mientras les propinas la estocada mortal».

—Creo que aquí estaremos a salvo por un tiempo —dijo Nell mientras empezaba a comerse una barrita de cereales—. Como hemos huido por la montaña, nos habrá perdido el rastro.

«Más le vale tener razón, porque de lo contrario nos abrirán en canal».

Tomé un buen trago de agua de la botella y después utilicé un poco más para lavarme la cara. La mugre solidificada se deshizo y volví a sentirme casi humano.

Casi.

Seguía teniendo un nudo en el estómago. Ni siquiera podía mirar la barrita de cereales que Nell me había puesto en las manos. Aquel peso tan familiar había vuelto y crecía desde lo más hondo de mi pecho, impidiéndome ignorarlo.

Me puse en pie de un salto y desentumecí los brazos y los hombros. Sabía que era absurdo y que necesitaba descansar mientras tuviera ocasión, aunque solo fuera por cómo me dolían las piernas y las plantas de los pies, que tenía llenas de ampollas, de haber andado tanto. Pero era como si cada vez que intentaba quedarme quieto alguien soltara un enjambre de avispas dentro de mi cabeza. Todas me picaban con el mismo pensamiento doloroso: «Prue necesita mi ayuda».

—Prosper —dijo Nell mientras me agarraba de la muñeca—, para ya. En serio. Me estás mareando con esos pasos.

Me puse colorado al notar su contacto. Aparté el brazo y me volví hacia el otro lado de la estancia.

—No puedo evitarlo —respondí—. Me arrancaría la piel a tiras a mí mismo con tal de tener algo que hacer en este momento. ¿No deberíamos ir a buscar a Flora?

«¡Al fin, un poco de cordura! Sabía que en algún sitio tenías que tenerla, sepultada bajo tambaleantes montones de apocamiento».

—¿Por qué no hablamos primero de lo que te dijo el Erudito? —propuso Nell—. Y, de verdad, deberías comer algo para no desmayarte de agotamiento y obligarme a llevarte en brazos por todo el reino.

Aunque al viejo Prosper aquella situación le habría parecido de lo más realista, el nuevo no estaba dispuesto a ser un lastre para nadie.

—No necesito comida —respondí con voz cortante—. Lo que tenemos que hacer es ir a la casa y punto. El Erudito me ha dicho que Prue está en la torre más alta de la Prisión de Skullcrush y que, aparte de un portal de espejo fuertemente vigilado, solo hay otra manera de acceder a la fortaleza.

Nell se acercó el farol de Flora lo suficiente como para que su espeluznante brillo verde le tiñera la piel de esmeralda. Se quitó las gafas y las limpió por el lado menos sucio de su enorme capa. Tenía el volumen de *Fatigas y tormentos* abierto en el regazo.

—¿No ha especificado dónde?

—Lo ignoraba —dije, sintiendo otra oleada de rabia por el engaño por omisión del Erudito—. Me ha dicho que eso solo lo saben Pyra y los duendes que trabajan limpiando la prisión. Los duendes cuyo nombre termina en *lock*.

Levantó ambas cejas mientras volvía a ponerse las gafas.

—¿Lock? ¿Cómo nuestra queridísima rata de cloaca Nightlock?

Asentí con la cabeza.

—Increíble —dijo Nell lentamente—. Goody Elderflower dice que los duendes empiezan a trabajar muy jóvenes, pero ¿se les asigna un trabajo al nacer y en función del nombre que tengan? ¿Ni siquiera pueden elegir? Es una barbaridad, incluso tratándose de malignos.

«**¡Las cosas son así!** —dijo Alastor, a la defensiva—. **¡Son como tienen que ser! ¡Y tampoco es que ellos se quejen de la vida que les ha tocado en suerte!**».

Negué con la cabeza.

«¿Alguna vez les has preguntado si les parecía bien? ¿Han tenido opción en algún momento?».

«**Por supuesto que no. Cada maligno tiene el papel que le corresponde. Los ogros construyen cosas. Los trasgos exploran. Los maléficos mandan. Puede que el verdadero motivo de la caída del reino sea que Pyra ha destruido estas bases**».

O, según lo que nos había contado Flora, tal vez su cooperación y el racionamiento de la magia eran la única razón por la que todavía quedaba en pie una parte del reino.

—Siento que tengamos que desviarnos de la búsqueda de Prue —dijo Nell en voz muy baja.

—En realidad, ni siquiera es un desvío —respondí—. Después de rescatar a los suplantadores secuestraremos a Nightlock durante su propia cena de gala. Lo obligaremos a ir a la Prisión de Skullcrush con nosotros... Al, ¿en qué peldaño está eso?

«**La prisión se halla al otro lado de la montaña, en la Corona** —dijo Alastor. Su voz sonaba frágil, como si aún estuviera tratando de asimilar lo que sucedía—. **El peldaño superior a este, donde antes se alzaban las torres. Mi tatarabuelo quería que los prisioneros se vieran obligados a admirar el Palacio Astado constantemente y a contemplar su propia insignificancia**».

Bueno, eso sonaba lógico.

—Así que haremos que Nightlock nos enseñe cómo acceder, lo tendremos controlado para que no pueda avisar a nadie, entraremos en la torre y luego conseguiré que salgamos —dijo Nell.

—¿Cómo lo harás? —pregunté.

Sus manos se movieron inquietas por los bordes del libro.

—Ya sé que te prometí que no habría más secretos, pero... por si nos pasara algo, creo que es mejor que el maligno aquí presente no lo sepa.

Era una decisión perfectamente razonable y yo lo sabía. Aun así, a cierta parte de mí —la parte que aún sentía resquemor por todo lo sucedido— no le gustaba lo más mínimo. Sin embargo, le había prometido a Nell que empezaríamos de cero y, aunque un Redding podría tener motivos para desconfiar de una Bellegrave, y viceversa, un Redding no tenía por qué dudar de la palabra de una Bishop. En concreto, de la palabra de una Bishop cuya vida estaba igual de amenazada que la mía gracias al trato firmado por su padre.

—¿Puedo hacerte una pregunta? —empecé. Volví a sentarme, esta vez justo delante de ella. Nell hojeó el libro con el pulgar—. Si me ayudas y te enfrentas a Pyra... ¿significa eso que podrías morir? Porque las palabras de tu padre sonaron como si realmente pudieras perder la vida. Y yo no quiero que te mueras por nada del mundo.

—Yo tampoco quiero que te mueras tú por nada del mundo —dijo Nell, recolocándose las gafas—. La verdad es que no lo sé. Me enfrenté a ella activamente cuando... cuando te lancé el grimorio de mi madre para que ardiera, y aquí estoy, vivita y coleando. Puede que, mientras Pyra tenga alguna posibilidad de éxito, a mí no vaya a pasarme nada.

La hoja robada se arrugó cuando me la saqué del bolsillo de la capa. No había momento mejor que aquel.

—En cuanto a los contratos —dije—, se me ha ocurrido una idea.

«Otra vez no —murmuró Alastor—. **Ahogaré hasta el último pensamiento que tengas al respecto, si no me dejas alternativa. Yo quiero asustar a un millón de humanos...»**.

Incluso oyéndole cantar desafinadamente, pude concentrarme lo suficiente para añadir:

—Si averiguamos el verdadero nombre de Alastor, seremos nosotros quienes podremos obligarlo a romper los pactos.

A Nell se le iluminó la cara de alegría.

—¿Alastor podría romper un pacto creado por Pyra?

«**Al ser el maléfico más poderoso, sí. Es decir, no, rotundamente no, seguro que no podría**».

—Sí podría —dije, mientras alisaba la hoja en el suelo y la colocaba entre ambos—. Estas son las notas del Erudito sobre su nombre, incluidas varias letras.

—Vaya —dijo Nell, leyendo las pulcras anotaciones del Erudito—. ¿Qué información necesitaba Alastor tan desesperadamente como para dar letras de su verdadero nombre a cambio?

Alastor se había quedado sospechosamente callado.

—Le ha dado una más a cambio de información sobre Prue, por sorprendente que pueda resultar —le dije.

Nell me miró con la incredulidad más absoluta.

—Lo sé, pero es parte de nuestro acuerdo que debe ayudarme a llevar a Prue de vuelta a nuestro mundo —añadí—. No tenía muchas opciones. He tenido que desvelar la ubicación de la letrina secreta de Alastor para obtener la información sobre Nightlock y la manera de entrar en Skullcrush.

—¿Y Alastor ha aceptado?

Nell estaba tan sorprendida que daba la sensación de que habría podido tirarla al suelo de un capirotazo.

Negué con la cabeza.

—Sí, claro. Por supuesto que no.

La piel de su entrecejo se arrugó. No entendí esa expresión para nada. ¿Por qué parecía sorprenderla más que Alastor se hubiera negado a ayudarme que el hecho de que sí lo hiciera?

—Creo que el Erudito tiene razón con lo de que su nombre empieza por *H* —dije—. Estoy casi seguro de que Pyra me visitaba en sueños cuando estábamos en nuestro mundo y utilizaba ese nombre, tal vez para intentar despertarlo mientras dormía.

—El hueso que canta —dijo Nell mientras se le iluminaba la cara—. No es de extrañar que me preguntaras por ello.

«**¿Mi hermana** —empezó Alastor en un tono de voz escalofriantemente bajo— **te visitó en sueños mientras yo dormía y no se te ocurrió decírmelo?**».

«No me di cuenta de que era ella hasta que la vi bajo su forma animal y creo que, por entonces, solo trataba de despertarte», le contesté al maligno.

—En cualquier caso, es evidente que no se llama «hueso que canta», pero sí algo parecido —le dije a Nell—. Sé que no es gran cosa, pero por algo se empieza. Solo tenemos que asegurarnos de que Pyra no lo utilice antes de que podamos hacerlo nosotros.

—Estoy de acuerdo —dijo Nell. Dobló la hoja y la guardó

debajo de la tapa de su libro—. No puedo ni imaginar qué tipo de información has tenido que darle al Erudito para conseguir que te entregara esta hoja. Dime por favor que no ha sido nada que se te pueda volver literalmente en contra en el futuro.

Me encogí de hombros.

—No le he dado nada a cambio.

Nell levantó la vista con la misma expresión de perplejidad de antes.

Las palabras le salieron de la boca a trompicones por la sorpresa.

—¿La has... robado?

Por algún motivo, se me subieron los colores.

—Los Maestros son humanos. O lo eran. Tal vez sean los humanos que llegaron al reino por accidente.

Casi me decepcionó que Nell no se sorprendiera.

—Me lo imaginaba. Mi percepción mágica es más débil aquí, pero aun así he tenido la sensación de que no eran malignos. De todos modos, ¿qué tiene eso que ver con todo lo demás?

—Vi a uno de los Maestros robar una cosa y me di cuenta de que la maldición solo afectaba a los malignos —contesté con una sonrisa—. Es decir, que tú y yo podríamos coger todo lo que necesitáramos, incluida esa hoja.

—No, quiero decir, me... me sorprende que te la hayas llevado sin más —dijo Nell lentamente, frunciendo el ceño—. Tratándose de... en fin, siendo quien tú eres.

Se me borró la sonrisa.

—¿Qué quieres decir? —pregunté. Mis manos se agarraron con fuerza a mis rodillas—. ¿No crees que esté dispuesto a hacer lo que sea con tal de salvar a todo el mundo y llevar a Prue de vuelta a casa?

—Eso no es lo que yo... —Nell bajó la mirada a la hoja y recorrió con el dedo su borde rasgado—. Qué más da.

—No me vengas con que «qué más da» —dije—. Si tienes algo que decir, dilo. Como habrías hecho antes, cuando no tenías reparos en recordarme lo idiota que soy.

—Ya te he dicho que lo sentía —dijo.

—Lo sé —respondí. Mis palabras habían perdido rápidamente su acaloramiento—. Y la mayoría de las veces, cuando me reprochabas algo, llevabas razón. Tengo la sensación de que estamos discutiendo y no entiendo por qué.

«**Porque tú eres un Redding y ella, una Bellegrave** —dijo Alastor con un suspiro de felicidad—, **y ambos estáis condenados a odiaros mutuamente para siempre**».

No era cierto. En ese preciso instante, yo era solo Prosper y ella, solo Nell, y había algo que iba mal.

Nell me miró y luego volvió a fijar la mirada en el libro. Una expresión muy seria se había quedado fijada en su rostro.

Algo iba mal de verdad.

—Nell, ¿qué te pasa? —le pregunté, con más suavidad que antes—. Ya sé que las cosas no son ninguna maravilla ahora mismo, que estamos atrapados en este reino demoniaco al borde de la autodestrucción, pero te agarras a ese libro como si fuera un chaleco salvavidas. ¿Es lo de estar aquí, en el Mundo de Abajo? ¿Estás preocupada por el pacto?

Nell negó con la cabeza.

—¿Tiene algo que ver con lo de que no quieras que Flora

te llame Goody Bishop? —me aventuré, a falta de algo mejor que intentar.

Aunque la pregunta la había formulado yo mismo, creo que nada podía haberme preparado para la voz apagada y desgarradora con la que dijo:

—Sí.

14

Hija de la luna

Pasó un buen rato antes de que Nell pudiera seguir hablando. Parecía que estuviera ensayando mentalmente su explicación, probando todos los formatos posibles, como haría para interpretar un papel en una obra.

Cerró el libro, pero con el dedo se puso a repasar distraídamente las letras doradas del *tormentos* de la cubierta.

—¿Te estás... muriendo? —logré preguntarle.

«Por favor, por favor, que no sea eso», pensé.

Nell se quedó boquiabierta.

—¡No! ¡Nada de eso! Lo que pasa es que es complicado y no sé por dónde empezar.

—Tal vez por todo el tema este de que no te llamen Goody —dije con cautela.

Por fin me decidí a darle un bocado a la barrita de cereales. Nell asintió con la cabeza y respiró hondo.

—No quiero que Flora utilice el tratamiento «Goody» porque está reservado a las brujas que han terminado su formación.

Al momento, la tensión de mi espalda se relajó. Suspiré aliviado. Si eso era todo, entonces...

—Y yo no voy a acabar mi formación nunca.

Me atraganté con los cereales. Nell se acercó y me dio unos golpecitos en la espalda. Estaba todavía tosiendo y con los ojos llenos de lágrimas cuando le pregunté:

—¿Hablas en serio?

He aquí una lista de las primeras cosas que supe sobre Nell:

1. Nell era una actriz asombrosa.
2. A Nell le encantaba ir vestida con colores vivos y mezclar distintos estampados, y la ropa siempre le quedaba bien.
3. ell vivía en una casa encantada de verdad y le gustaba mucho dirigirla.
4. Nell era una bruja.
5. A Nell lo de ser bruja se le daba muy bien.
6. Nell estaba orgullosísima de ser una bruja.

«**Reconozco que estoy intrigado** —dijo Alastor, dando vueltas por mi mente—. **Pero agradecería que hubiera una bruja menos en los reinos. Son una amenaza para nosotros y tenemos más que suficiente**».

—Sé que te conté por encima cómo era lo de ser bruja —dijo Nell—. Lo de que heredamos esa capacidad de nuestra madre. Pero eso no es todo. Todos los aquelarres de América están bajo la supervisión del Aquelarre Supremo. Ellas fijan las normas que todas debemos cumplir y organizan las pruebas, que es lo que determina si una bruja puede dejar de estar bajo tutela y unirse a un aquelarre o bien iniciar el suyo propio.

—De acuerdo —dije—. Te sigo. ¿Y dónde está la sede del Aquelarre Supremo?

—En la ciudad de Nueva York —contestó Nell—. Allí está también la Academia Media Luna.

—¿Existe una escuela de brujería de verdad? —pregunté—. ¡Bestial!

«*Bestial* es un término reservado únicamente a los mejores malignos. No manches esa excelsa palabra con tu sucia boca de mortal».

Sin ningunas ganas de explicarle a un demonio de ocho siglos los matices expresivos del habla coloquial de los adolescentes actuales y viendo la expresión de contrariedad de Nell, me apresuré a añadir:

—No digo bestial en el mal sentido, como si las brujas fuerais unas bestias, sino bestial en el sentido de genial o alucinante.

A Nell casi se le escapó una sonrisa.

—Pues desde luego no tiene nada de genial ni de alucinante. La Academia Media Luna es para brujas «descarriadas» que necesitan «una disciplina estricta para convertirse en miembros respetables de nuestra sociedad secreta». También van allí las brujas huérfanas o abandonadas, e incluso las brujas muy jóvenes que desconocen su legado. Las llamamos hijas de la luna, ya que normalmente no tienen madre ni ningún aquelarre cercano que pueda educarlas. Es donde... donde acabaré yo. Con suerte.

—Pero tú no eres huérfana —dije frunciendo el ceño—. Tienes a Missy y al aquelarre de Salem, ¿no?

—Pertenezco a la primera categoría, Prosper. La de las descarriadas. He roto la primera norma de la brujería...

«¿La de ser siempre una plaga de cascarrabias insoportables que invade los cuatro reinos?».

—He ayudado a un maligno —dijo con profunda tristeza—. He guiado a tres malignos a través del portal de espejo para que pudieran encontrarnos. Hice el conjuro que Pyra me pidió con el grimorio de mi madre.

Uf. Menudo panorama.

—Pero también me has ayudado a mí. Eso tiene que contar para algo, ¿no?

Se encogió de hombros débilmente.

—No creo que en el Aquelarre Supremo les importe gran cosa. Si asumo mi responsabilidad y me defiendo en el juicio, lo mejor que podría sucederme es tener que irme de Salem y vivir en la Academia Media Luna durante varios años para terminar mi escolarización. Lo peor sería que me echaran un maleficio que me quitaría toda la magia. Para siempre.

Vaya. A lo mejor las brujas sí que eran un poco bestias, la verdad.

—Pero eso es pasarse —repliqué—. Te habían dicho que Pyra podría devolverle la vida a tu madre. ¿Quién rechazaría ese pacto?

—¿Tú lo harías? —Nell me devolvió la pregunta.

Me señalé a mí mismo.

—¿Por casualidad no habrás oído hablar de cierto muchacho que acaba de hacer un pacto con un parásito diabólico para intentar salvar a su hermana?

Por fin, Nell soltó una pequeña carcajada.

—Mal de muchos... consuelo de tontos. O de todos, quizá.

La miré.

—Eres una de las personas más inteligentes y valerosas que he conocido en mi vida. Por eso no puedo creer que vayas a... rendirte sin luchar para poder terminar tus estudios de brujería. ¿De verdad es tan terrible la Academia Media Luna?

—Es un lugar deprimente. Frío. Para las brujas es el equivalente al hombre del saco: «Si te portas mal acabarás en la Academia Media Luna», nos advierten. Pero no es solo eso —dijo Nell, apretando el libro con una mano. La voz se le tensó al seguir hablando—: Presentarme ante el Aquelarre Supremo y contar lo que hice... incluso aunque no me quitaran los poderes, sería una deshonra para la memoria de mi madre. Era una bruja muy respetada, la líder del aquelarre de Salem. No puedo hacerle eso. Es mejor que... abandone mis estudios y me vaya a vivir con Missy. Que siga con mi vida.

«Su vergüenza sabe a pimienta», observó Alastor.

Sentí que se me partía el corazón. Algo sabía yo sobre ser la oveja negra de la familia.

—Nell... No sé qué decir. No es que mi opinión importe mucho, teniendo en cuenta que no tengo ni idea de lo que es, uno, ser una bruja; dos, perder a tu madre; y tres, enfrentarte a una decisión como esta, pero es que... no es justo.

—Es lo mejor —insistió Nell, con el mismo tono de desolación en la voz—. Yo sabía que colaborar con Henry y Pyra estaba mal, pero aun así lo hice porque quería a toda costa volver a tener a mi madre conmigo. ¿Y si vuelvo a caer en la tentación otra vez, porque... porque te pase algo malo a ti, o a Missy, o a Sapo?

«**Por eso se aferra al libro de ese modo** —dijo Alastor—. **Recurre a él para confirmar sus pensamientos y convicciones, para no apartarse del camino que otras brujas han decidido que es el correcto y adecuado. La vida es una hoja en blanco en la que escribimos nuestro destino. Vivir la vida siguiendo el libro de otros no es vida».**

Por más que me costara admitirlo, Alastor tenía buen ojo para este tipo de cosas. Era capaz de detectar las debilidades de una persona en cuestión de segundos. Por supuesto, su peor defecto era su incapacidad para reconocerlas en sí mismo.

No sabía muy bien qué decir, pero deseaba tanto poder ayudar a Nell que sentía un nudo en la boca del estómago.

—Tienes todo mi apoyo, decidas lo que decidas. Pero todo lo sucedido es aún muy reciente... No es necesario que tomes una decisión ahora mismo, ¿verdad?

Negó con la cabeza.

—No, pero estoy segura de que a estas alturas el Aquelarre Supremo ya lo sabe todo. Cada día que deje pasar empeorará mi situación.

Pues vaya con las brujas... Supongo que tantos siglos de ser quemadas en la hoguera, ahorcadas y asfixiadas acaba endureciéndole el corazón a cualquiera.

Lo que fuera que Nell estuviese a punto de decir a continuación quedó interrumpido por la súbita reaparición de Flora, que entró en la choza a la velocidad del rayo y si no me pisoteó las manos fue de puro milagro.

Nell se secó la cara disimuladamente con la manga de la capa antes de preguntar:

—¿Has descubierto la manera de entrar?

A Flora le brillaban los ojos.

—Sí, desde luego.

Ayudé a Nell a guardar de nuevo en la mochila todo lo que había sacado, casi sin atreverme a tocar los frascos y ampollas de pociones y polvos.

No tenía ni idea de cómo era el Aquelarre Supremo ni de si rebelarse contra las normas iba a servir para algo que no fuera causarle más problemas a Nell. Tal vez la situación de verdad era tan mala como ella me la había planteado y no se trataba de ningún cuento inventado para meterles miedo a las brujitas pequeñas.

—De acuerdo —dije—. Pongámonos en marcha.

Pero mientras pisábamos de nuevo las Escalas desiertas, no pude dejar de pensar que si algo era así de importante para ti, tenías que luchar y luchar y luchar para conservarlo —para protegerlo— por todos los medios a tu alcance.

ENERO DE 1692
LOCALIDAD DE SOUTH PORT
COLONIA DE LA BAHÍA DE MASSACHUSETTS

L a verdad que Alastor había terminado por aprender era la siguiente: la infelicidad humana era insondable y se retroalimentaba a sí misma, garantizando así su supervivencia. En el preciso instante en que un mortal creía que el motivo de su desesperación había desaparecido, otro malestar brotaba en su vida como una mala hierba. Algunos eran pequeños, como un picor que no remite. Otros se enconaban y crecían como una enfermedad letal. Alastor siempre encontraría con quien hacer tratos en aquel reino por la sencilla razón de que el sufrimiento humano no tenía fin.

Así, había descubierto también otra verdad con el paso de los siglos: una vez que un humano firmaba un pacto y obtenía lo que buscaba, invariablemente le surgía otra necesidad, otro deseo que perseguir. Tras un éxito, los humanos eran mucho más proclives a aceptar otro contrato.

Esa, se decía a sí mismo, era la razón por la que volvía una y otra vez a aquella inhóspita tierra nevada para visitar a Honor Redding.

Cada pocas quincenas se veía a sí mismo observando a Honor, a su esposa Silence y a su bebé recién nacido a través de la resquebrajada ventana de su casa, que estaba en constante proceso de ampliación. En parte disfrutaba al comprobar que su magia había funcionado, incluso aunque ello supusiera que los humanos prosperaban gracias a ella. Honor había llegado a colgar un espejo en el exterior, entre los árboles, para evitar que Alastor pudiera ser visto por alguien en contra de su voluntad.

En las ocasiones en las que Honor se daba cuenta de que Alastor estaba allí, sacaba agua y provisiones y se sentaba con él un rato, charlando de todo tipo de temas. Temas tediosos, en verdad: una familia de humanos que se mudaba, el nuevo nombre de la colonia, el comercio. A veces, Honor le pedía consejo y Alastor se descubría a sí mismo accediendo a su petición sin exigir a cambio el precio habitual.

Suponía que le gustaba la llaneza de aquel humano; Alastor estaba tan acostumbrado a las confabulaciones secretas de los malignos que le resultaba un auténtico alivio estar en compañía de un ser que no tenía intención de aniquilarlo.

Honor siempre preguntaba primero por la salud y la familia de Alastor, un hábito que el maléfico no comprendía. Los malignos eran mucho más robustos que los humanos, así que, más que padecer enfermedades, las causaban. Por otro lado, veían a cada uno de sus familiares como un rival y una amenaza.

Más misterioso aún era el hecho de que Alastor, en ocasiones, terminara respondiendo a esas preguntas con sinceridad.

Alastor tenía su propia pregunta, una en concreto que siempre formulaba al final de cada visita: «¿Qué es lo que más desea vuestro corazón?».

Honor siempre respondía igual: «Mi corazón está lleno y no hay nada más que yo pudiera desear».

Ah, como si eso pudiera ser cierto en el caso de los humanos.

Alastor sabía que solo era cuestión de tiempo que Honor volviera a necesitar sus servicios. Y casi un año después de su primera visita, ese momento llegó al fin.

El maléfico observó como Honor se sentaba detrás de un escritorio que, pese a su escasa inteligencia de mortal, había conseguido construir él mismo. Leía atentamente lo que parecía ser una carta, acercándola a la luz de una vela encendida en el borde del escritorio. Era de noche, ya tarde, casi a la hora de las brujas. Su esposa y su hijo —quien guardaba un extraño parecido con un topo, según la irrefutable opinión de Alastor— dormían un sueño sin sueños en la nueva habitación, separada del resto de la casa, que Honor había construido.

Como si hubiera percibido su oscura presencia, Honor levantó la vista y se volvió hacia la ventana, expectante.

Aunque se lo veía flaco y ojeroso, en su rostro se dibujó una sonrisa. Se puso de pie y se dirigió a la ventana para abrirla.

—¡Hacía meses que no veníais, amigo! Temía que os hubiera acaecido algún percance —dijo mientras daba un paso atrás para que Alastor pudiera entrar de un salto.

—¿Cuántas veces me obligaréis a recordaros que no soy vuestro «amigo»? —protestó Alastor.

Honor se rio.

—Vinisteis a mí en mi hora de mayor infortunio. Vos sois el más fiel de los amigos.

—Aparte del fuego y el veneno, existen pocas maneras de hacer daño a un ser como yo —dijo Alastor.

—Parecéis exhausto. Venid, aproximaos al fuego y entrad en calor.

Contraviniendo su instinto, que parecía indicarle que estaba cometiendo una estupidez y debería volver a casa, Alastor accedió. Se sacudió los últimos restos de nieve sobre la espantosa alfombra de Honor y fue a secar su pelaje en el cálido resplandor de la chimenea.

—No hay nada nuevo, son los mismos agravios de siempre —dijo Alastor—. Mis hermanos me atormentan, deseosos de ocupar mi lugar como heredero, y mi padre menosprecia mis esfuerzos.

Honor se sentó a su lado en el suelo.

—Esos lamentos del corazón son motivo de auténtica congoja, pues dependen de que otros enmienden su conducta, lo cual no podéis controlar vos,

Las arrugas del rostro del joven se hicieron más profundas, como si se hubiera quedado atrapado en la red de sus propios pensamientos.

—¿Qué os importuna a vos? —preguntó Alastor.

Su pelaje se había secado y recuperado su antiguo esplendor; aun así, el maligno no lograba abandonar el remanso de calor que emanaba del fuego de la chimenea.

—Ah... Es solo que... —La voz de Honor se apagó—. No

os inquietéis, Alastor. Todo pasará, también estos quebraderos de cabeza. Habladme de vuestros viajes. Hace siglos que no recibimos correspondencia alguna. Preciso angustiosamente una historia bien narrada.

Las sospechas de Alastor se hicieron más intensas.

—¿No os llega correspondencia alguna? No me digáis que ello se debe a la intromisión de la otra familia.

Honor había mencionado a otra familia, los Bellegrave, una o dos veces con anterioridad. Habían hecho juntos el viaje por mar y habían trabajado primero como amigos y luego como rivales para obtener tierra e influencia. Alastor sabía cuál era el siguiente paso: convertirse en enemigos.

Los bellacos andaban claramente detrás de las posesiones de Honor y en una ocasión habían matado a todos los animales de los Redding y culpado después a los lobos. Los depredadores habían sido ellos mismos. Alastor reconocía a la perfección aquella estrategia; echar a los ocupantes de sus legítimos domicilios mediante la manipulación y el miedo era una táctica habitual de los poltergeists y las comadrejas malignas.

Tras un largo silencio, Honor prosiguió:

—Hace ya tiempo de la última vez que hablamos. Hacia finales de noviembre, alguien... un Bellegrave... destruyó la comida que habíamos recolectado y almacenado para sobrevivir durante el invierno. Hemos hecho todo lo posible para acumular nuevas provisiones, pero hoy han caído las primeras nieves y nuestra esperanza de salir airosos se desvanece. Temo que lo siguiente que hagan sea prender fuego a las casas de los Redding.

—¿No podéis enfrentaros a ellos?—preguntó Alastor—. ¿Exigirles que respondan de sus actos?

—Los Bellegrave son superiores en número a los hombres y mujeres Redding. Gracias a vos, los niños crecen fuertes, pero no podemos darle un mosquete a un bebé.

A los malignos les enseñaban a luchar desde la guardería. Era verdaderamente asombroso que los humanos hubieran sobrevivido tanto tiempo.

—Si han destruido vuestras provisiones, ¿cómo os habéis alimentado?

—Nos han ayudado las tribus locales, con las que hemos intercambiado distintos utensilios por grano. Pero no podemos pedirles más de lo que nos ofrecen. Desconfían de nosotros y con razón, puesto que son muchos los ingleses que han incumplido sus compromisos con ellos o les han robado sus tierras. Principalmente, mi esposa, Silence, prepara las hojas de las calabazas de nuestros huertos como buenamente puede. Nuestros cultivos han sido destruidos también.

A Alastor se le pusieron los pelos de punta.

—¡Pues entonces defendeos! ¡Responded a sus afrentas con vuestros propios ataques! ¿Por qué consentís que os arranquen de vuestras tierras como si fuerais malas hierbas?

Honor sonrió débilmente. Su tristeza sabía a polvo.

—Buscar venganza está mal.

De entre todos los conceptos humanos más ridículos, absurdos y faltos de sentido... Afortunadamente, Alastor sabía también cómo abordar este punto débil.

—Darles una buena lección para que aprendan a respetaros no es venganza, sino puro sentido común —sostuvo Alastor—. Sois el líder de esta pequeña porción de tierra.

Habéis aliviado el dolor de muchos, habéis acogido a los pobres y los desamparados. ¿Permitiréis que os expulsen de vuestras tierras? ¿Consentiréis que esos necios erráticos y cerriles os inflijan daño, os condenen al hambre y maten a vuestra familia por mera codicia? Ellos no poseen vuestro discernimiento entre el bien y el mal. Deben aprenderlo. Debéis enseñárselo.

Honor negó con la cabeza.

—Debo poner la otra mejilla. No puedo devolverles el daño causado.

Alastor necesitó hacer acopio de paciencia para no resoplar exasperado. ¡Humanos! Vivir para ver.

—Si vos no podéis —dijo Alastor, alcanzando al fin la rendija que había estado esperando—, permitid que lo haga yo.

Honor se volvió horrorizado.

—No. No. No es por eso por lo que busco vuestra compañía. No tenéis que hacer esas cosas.

Uno sí tenía que hacerlas, y constantemente, si pretendía vivir la vida a la que estaba acostumbrado en el Mundo de Abajo. Alastor sintió una punzada de inquietud al oír las palabras de Honor; una desagradable comezón de remordimiento, un temblor de incertidumbre en cuanto a todas esas cosas de sí mismo que daba por seguras.

Una pequeña parte del maléfico odiaba a Honor por ello, por hacerle sentir todas aquellas cosas. Ahora no podía dejar el asunto sin más. Tendría que abordarlo desde otro punto de vista.

—¿Y si no se causara daño alguno a los implicados? —sugirió—. ¿Y si cada vez que un Bellegrave hiciera algo para perjudicar a vuestra familia, todas las personas que llevan el apellido Redding vieran su fortuna multiplicada por diez? Así se premiaría vuestra buena conducta, lo que serviría para enseñar a los Bellegrave lo que vos no habéis sido capaz.

Honor no dijo que no. Miró el fuego y su expresión pasó del rechazo a la reflexión. Alastor intentó no mirar el desgastado abrigo del hombre. Los botones que le faltaban.

Pese a su aparente hambre y su lucha por la supervivencia, Honor todavía poseía en su interior un porte orgulloso. No se trataba de una flor languideciente que hubiera sido arrancada de su antiguo mundo para asentarse en otro nuevo. Esa decisión requería un tipo muy concreto de hambre: de libertad, de control, de dominio sobre cosas que anteriormente le habían sido vedadas.

Con la vara de medir de la moralidad humana, Honor era «bueno» de forma innata. Con la utilizada por los malignos para valorarse a sí mismos, ya se lo habrían servido como alimento a algún dragón para ahorrarse la molestia de oírle decir lo que pensaba.

La ambición era enemiga de la dignidad. Alastor se preguntó qué instinto triunfaría en el corazón de Honor Redding.

—¿Podéis hacer eso?

—Por supuesto —respondió Alastor—, si estáis dispuesto a abonar su precio. En cuanto al pago, ¿los miembros de vuestra familia, vuestra amadísima esposa, vuestro hijo y los que tengáis en el futuro, podrían tal vez unirse a vos mientras prestáis servicio temporalmente? Para que pudierais permanecer unidos, por supuesto, durante ese tiempo.

No le dijo que la suerte no podía crearse, solo arrebatarse a los demás. Con cada aumento en la buena fortuna de los Redding, los Bellegrave verían disminuir la suya. Eso satisfacía el deseo de venganza de Alastor, y Honor no tardaría en comprobar las ventajas de devolver los golpes en vez de acobardarse como un gusano.

—Yo... —empezó Honor—. Sin duda es tentador...

—Creer que no lo merecéis es lo que siempre os impedirá cumplir vuestros sueños —advirtió Alastor—. Aceptad el regalo que os ofrezco. Agarradlo. ¿O tenéis miedo de lo lejos que podría llevaros? ¿De lo mucho que podríais llegar a prosperar?

El rostro de Honor se endureció como el acero. Alastor había cavado hondo hasta dar con el orgullo que siempre había sospechado que residía en su interior.

—No tengo miedo de nada. Haré lo que sea necesario para proteger a mi familia, sea cual sea el precio.

Alastor volvió su rostro hacia el calor del fuego y se relamió los colmillos de gozo.

15

Grimhold

Alastor permaneció en silencio mientras subíamos fatigosamente por la colina, con la capa bien anudada al cuello y la capucha subida. Durante varios de aquellos largos minutos de ascenso, lo único que se oía era el graznido de los cuervos posados en las farolas o el batir de sus grandes alas cuando bajaban en picado a cazar alguna de las ratas carmesíes que correteaban por la calle.

Y entonces, de repente, los malignos que vivían en las Escalas salieron de sus casas todos a la vez. Algunos llevaban baúles y muebles a la espalda. Otros aparecían con obras de arte, bandejas, estatuas o joyas entre los brazos.

Nell y yo nos acercamos el uno a la otra. El corazón se me aceleró un poco más, hasta hacerme sentir como si llevara colgado un letrero de neón con el texto «AQUÍ UN HUMANO. SOY TU CENA».

Me obligué a respirar hondo y relajar la tensión de los hombros. Estaba haciéndolo. Estábamos haciéndolo.

Entrar en la casa, rescatar a los suplantadores, secuestrar a Nightlock y luego ir en busca de Prue.

Era el principio del final.

Mientras subía por la serpenteante calle que conducía a la Corona, el peldaño donde en su día se habían alzado las torres, sentí como crecía mi confianza y aumentaba mi capacidad de concentración. Prue me necesitaba. Mi familia me necesitaba...

Algo pesado —el borde de un espejo— me golpeó el cráneo y me hizo caer de lado, encima de Nell.

Un maligno de aspecto cadavérico, un demonio necrófago, miró por encima de su marco dorado con una mueca burlona y dijo:

—Usted disculpe, señor. No lo había visto.

Me agarré la capucha y me la bajé aún más sobre la dolorida cabeza. El demonio hizo una pequeña inclinación de cabeza, como disculpándose, y me limpió el polvo del hombro antes de seguir su camino.

Tal vez esa mueca de burla no era más que... ¿su cara normal?

—¡Todos los malignos deben mantener la calma!

Un ogro con armadura estaba de pie en uno de los muchos tramos de escalera tallados en la montaña y hacía pasar a los malignos en dirección a la Corona de uno en uno. Se había puesto las manos en forma de bocina junto a la boca para amplificar su voz, pero apenas se le oía entre el estrépito de pezuñas y pisadas y el chirriar de las carretas de metal cubiertas al ser cargadas.

Nell me agarró del brazo y me arrastró hacia la escalera.

«**No respires cuando pases al lado del ogro**», me advirtió Alastor.

No me dio tiempo de advertir a su vez a Nell, más allá de hacerle un gesto señalándole mi cara. Respiré hondo y contuve la respiración hasta que el pecho empezó a dolerme. El ogro no bajó la mirada ni una sola vez cuando pasamos por debajo de sus brazos, con los que gesticulaba para controlar el paso entre dos licántropos.

Cuando llegamos a la Corona, el aire retenido estaba a punto de estallarme en los pulmones.

«¿Puedo soltarlo ya?».

«**Por supuesto. Ni siquiera tenías por qué aguantar la respiración, para empezar**».

Dichoso...

«¡Creía que tenía que hacerlo para evitar que se dieran cuenta de que soy un humano!».

«**Solo estaba poniendo a prueba tu docilidad**».

La ira me quemaba por dentro, ardiente y afilada.

«Me permito recordarte, Al, que si me capturan o me comen vivo, tú correrás la misma suerte que yo».

«**Al menos mi poder provocaría una indigestión espantosa. Al final, tú no serías más que una flatulencia, un hedor puntual en un reino inmortal...**».

—¡Esto no es una competición! —le espeté.

Flora se dio la vuelta de golpe y resopló:

—¡Silencio!

Oculta entre las sombras de su capucha, Nell me miró preocupada. Le quité importancia con un gesto de la cabeza. No era una competición.

Porque, fuera como fuese, yo iba a ganar.

—¡Esta calle debe ser evacuada por orden de la reina! Dirigíos al refugio de la antigua prisión. ¡Allí estaréis a salvo, al amparo de la reina! —gritó otro ogro—. ¡No permitirá que os pase nada malo!

«**¿Están evacuando a los malignos a Skullcrush?**», preguntó Alastor, súbitamente alarmado.

Eso parecía.

«**No puede ser... La situación no puede estar tan mal**».

Yo me estaba concentrando en un problema distinto, pero relacionado con el anterior: si estaban evacuando a todos los malignos del reino a la Prisión de Skullcrush, eso significaba que todos y cada uno de ellos se interponía literalmente entre Prue y yo.

Huir y regresar al mundo de los humanos estaba a punto de volverse significativamente más difícil, en especial si en toda la cárcel no había más que un único espejo que pudiéramos utilizar para viajar.

Rodeé a un duende que arrastraba un baúl el doble de alto que él. Las lágrimas se acumulaban en sus ojos, aferradas a sus párpados inferiores.

—Ella... ella nos salvará, Gory, ya lo verás... No llores, amiga, no, no llores...

Creo que Gory era la salamandra enroscada dentro del recipiente de vidrio que el duende había atado encima del baúl de metal. El bulto arañaba el suelo y repiqueteaba sobre los adoquines, hasta que un licántropo se agachó y se lo echó al hombro, con la salamandra y todo.

—Vamos, Webslaw, sube —gruñó el lobo con suavidad, mientras volvía a detenerse para que el obeso duende pudiera subirse a sus brazos y desde allí trepar hasta el otro hombro—. Ya queda poco para llegar a la prisión. Allí estarás a salvo.

«**¿Qué está haciendo? No es propio de un maligno ayudar a otro maligno y, sin embargo...** —Una emoción repentina me pegó un puñetazo en el estómago, pero no tenía su origen en mí. La perplejidad le duró a Alastor todavía un poco más—. **Tienen que saber que yo los salvaré de esto. Los salvaré a ellos y a mi reino**».

—¿Sabes? —murmuré, sintiendo que la furia del maligno me palpitaba en el cráneo—. Tal vez el problema no sea que todos los demás hayan cambiado, sino que tú no lo has hecho.

Al oír eso, la rabia de Alastor se hinchó como un pez globo y me lanzó sus espinas airadas. Me tambaleé de dolor y a punto estuve de perder el equilibrio sobre el suelo de adoquines.

«**Hablas de cosas que superan la capacidad de comprensión de tu mente oligofrénica**», dijo Alastor con frialdad.

Sus palabras no hacían sino corroborar mi suposición, pero opté por dejar las cosas como estaban.

Los tres recorrimos el resto del camino en un silencio incómodo, serpenteando entre los montones de escombros abandonados de las torres derruidas.

No estaba lejos, una vez que nos separamos del grueso de los malignos. Ellos fueron en una dirección, dando la vuelta a la montaña para llegar al refugio de la cárcel, y nosotros tomamos la otra.

La casa de Nightlock se hallaba entre los restos de dos torres. Los edificios, que en su momento debieron de ser imponentes, ahora parecían poco más que los colmillos rotos de un gigante. Sus vestigios se curvaban ligeramente en torno a la casa, enmarcándola como yo haría en un cuadro.

Para llegar a la casa, espaciosa como una mansión, íbamos a tener que subir por una escalera estrecha y zigzagueante que parecía tener una extensión de kilómetros.

Incluso si sobrevivía al ascenso sin desmayarme, dudaba que fuéramos a entrar. Había una torre que hacía las veces de columna vertebral de la casa, ancha y robusta. Unas torres más pequeñas en espiral brotaban de ella en todas direcciones, como los brazos de un cactus. Los pinchos decorativos que sobresalían entre las piedras no hacían sino reforzar esa imagen.

En el punto más alto había una veleta, a la que habían dado la forma de un humano dormido. No. En realidad, no. De lo que tenía forma era de esqueleto humano con una espada clavada en el vientre. Qué divertido.

Di un paso atrás y estiré el cuello para asegurarme de que no fuera un esqueleto humano de verdad.

«**Conozco este lugar.** —La revelación de Alastor estalló en mi interior—. **Es la Casa Grimhold**».

Me volví para decírselo a mis acompañantes —para contarles que quizá podríamos contar con ventaja, por una vez—, pero ambas desaparecían ya por el borde del punto donde el camino coincidía con el foso vacío de la casa.

Los nervios se me pusieron de punta cuando Nell y Flora se dejaron caer al hoyo. Había una estrecha cornisa tallada en la pared del foso, de unos treinta centímetros de ancho, tal vez. A poca distancia, debajo del puente que hacía las veces de punto de partida de la increíblemente larga escalinata de la casa, había una puerta de metal, entreabierta justo lo suficiente para que pudiéramos deslizarnos por ella.

«**Esto no me gusta** —me dijo Alastor mientras yo descendía desde la calle. Nell me sostuvo hasta que toqué la cornisa con la punta de los pies. Tuve que apretarme contra la pared rugosa para poder avanzar lentamente a lo largo de esta—. **Esta era la morada de Bune. Y él mismo me enseñó que lo que parece una bendición es con frecuencia en realidad una invitación al sufrimiento**».

Había un suave chasquido en sus palabras, como si algún recuerdo hubiera aflorado a tiempo para astillarlas.

Las puntas de los dedos se me volvieron blancas de agarrarme al pequeño saliente que teníamos por encima. Polvo y piedrecillas sueltas arañaban el suelo bajo mis pies.

Cerca, una puerta se cerró de golpe, con el estruendo de un cañonazo. Flora se encogió, sobresaltada, y eso bastó para que le resbalara el pie derecho.

Se inclinó hacia delante para tratar de recuperar el equilibrio. Sus ojos emitieron destellos esmeralda intenso y sus labios se separaron, a punto de soltar un grito.

Estiré el brazo y aspiré una bocanada de aire mientras su brazo se escurría entre mis dedos preparados para agarrarla.

—No...

En el último segundo, su mano se agarró con fuerza a la mía. Mi cuerpo tembló por el esfuerzo de aguantar el peso de Flora y a la vez absorber la energía de la caída. Oscilé adelante y atrás, sintiendo como se me separaban peligrosamente del suelo las puntas de los pies, y después los talones, balanceándome.

«Oh, no... Ahora no... En este preciso instante no...».

El borde de la pequeña pasarela se desmoronaba literalmente bajo mis pies. Trozos enteros de piedra retumbaban al caer al fondo del hoyo. Miré hacia abajo mientras trataba de tirar de Flora, que no conseguía estabilizarse. No debería haberlo hecho.

El foso no era muy profundo, pero lo que recubría su fondo eran unas aguas estancadas de color verde hierba y los dientes puntiagudos y nacarados de un monstruo. Parecía como si simplemente se hubiera hundido hasta el fondo y después se hubiera muerto, haciendo que sus restos se convirtieran en una trampa letal con la que tropezarse.

«**¡Le dije que no le diera tanta comida al leviatán!** —gruñó Alastor—. **Qué pena, pobre Goober**».

El aliento se me quedó atrapado en la garganta. Con el rabillo del ojo vi a Nell levantar el brazo, como si fuera a hacer un conjuro, para después quedarse quieta. Sus dedos estirados temblaban y su rostro reflejaba una mezcla de miedo e incertidumbre.

«¡Hazlo! —pensé—. ¡Haz el conjuro! ¡Confía en ti misma!».

La fuerza con la que Flora me agarraba del brazo se intensificó cuando trató de volver a subirse a la cornisa. Su piel verde pálido enrojecía por el esfuerzo.

Se oyeron más portazos y un estrépito de ruedas metálicas sobre nuestras cabezas anunció la llegada de quienes debían de ser los invitados a la cena. Se oían retazos de sus voces mientras cruzaban el puente.

«**¡Suelta a la elfa y que las parcas decidan su destino! ¡Suéltala!**».

Todos los músculos de los brazos y las piernas me temblaban violentamente mientras trataba de levantar a Flora a peso. Mi mundo se tambaleaba peligrosamente. No era capaz de distinguir qué temblaba ahora: yo, Flora, las piedras de debajo de mis pies, o todo a la vez.

Nell, con el brazo extendido todavía, soltó un grito ahogado.

—¡Hazlo! —susurré—. ¡Sea lo que sea, inténtalo!

La voz de Al sonó metálica en mis oídos, desagradable como una nota desafinada.

«¡Ten cuidado, Prosperity!».

Y entonces, sin que pudiera ni siquiera tomar otra bocanada de aire, el suelo desapareció bajo mis pies y caímos.

16

El no viviente
Zachariah Livingston

En el segundo que tardó mi corazón en detenerse, me di cuenta de que no estaba cayendo. Estaba flotando, sostenido por una bolsa de aire que me mecía adelante y atrás como una hamaca.

Nell había conseguido desplazarse desde la cornisa hasta la plataforma más amplia y robusta de debajo del puente. Sus labios se movían, repitiendo silenciosos el conjuro que nos mantenía a flote. El alivio cubría su rostro, pero no llegaba a borrar el miedo que yo había visto antes. No del todo.

Dirigí mi mirada a la izquierda y vi a Flora, que hipaba con suavidad y tenía los ojos clavados en el lugar donde mi mano seguía firmemente agarrada a la suya.

—¿Estás bien? —le pregunté en un susurro.

Abrió mucho los ojos. Por encima de nosotros, en el puente, un maligno exclamó:

—¡Madame Badnight! ¡Está usted aterradoramente radiante! ¿Me permite el honor de acompañarla hasta la casa?

Apreté los labios, sin dejar pasar el aire entre ellos. «No mires abajo... Andad, demonios, andad... No os paréis...». Nos quedamos todos exactamente donde estábamos, suspendidos en la tensión del momento.

Una voz áspera y cavernosa respondió:

—¡Antes me comería las botas, maldito sinvergüenza! ¿Cómo te atreves a robarme mis mejores lagartos de carreras y luego hacer como si no hubiera pasado nada?

«¡Así me gusta, eso sí es un maligno de verdad!», dijo Al, satisfecho.

El rostro de Nell se había vuelto del color de la ceniza. Le temblaba la mano mientras sus dedos se curvaban hacia su palma. Torció la muñeca mientras tiraba de su puño hacia el pecho. El aire que nos rodeaba sufría una sacudida con cada una de sus respiraciones entrecortadas. Una pátina de sudor le empapaba la frente y las mejillas.

—No me gustan las alturas —dijo la clfa. Las flores a medio abrir que salpicaban su cabello se marchitaban ante mis ojos. Los temblores recorrían su piel—. ¿Por qué no me has soltado?

Los pasos rítmicos y pesados de más malignos cruzaron por encima de nosotros. Sus voces eran poco más que un murmullo pasajero.

—Eh, Flora —susurré.

La magia de Nell vibró debajo de nosotros y caímos solo un par de centímetros hacia la muerte que nos aguardaba al fondo del foso. Me tragué el nudo que tenía en la garganta y me obligué a relajar la mandíbula sin apartar los ojos de la elfa. Al parecer, resulta más fácil fingir que eres valiente cuando tienes que hacerlo por otra persona.

—Estamos bien —proseguí—. Saldremos de esta. Nell no nos dejará caer...

Las palabras se me atragantaron cuando el aire que nos sostenía desapareció y caímos dando bandazos como en una turbulencia repentina. Con la misma rapidez, rebotamos hacia arriba, pero no sin que antes Flora se las hubiera arreglado para trepar por mi brazo y rodearme la cabeza y el pecho con los brazos y las piernas.

—Flora... Flor... Aaagh...

Su peso hizo que me inclinara hacia atrás peligrosamente. En algún punto por encima de nosotros, oí a Nell resoplar de esfuerzo y vi un resplandor de magia verde pasar por debajo de nosotros, alisando el aire.

Sin embargo, también sentí un revelador hormigueo abrasador apoderándose de mi brazo derecho. La manera en la que me cosquilleaban los dedos mientras se curvaban en forma de garra y subían hacia el brazo con el que Flora se me agarraba al cuello constituía una clara advertencia de las intenciones de Alastor.

Apreté los dientes y luché contra la sensación del maléfico inundando mis nervios.

«¡Para!».

«¡Nos va a hundir! ¿Por qué morir por ella?».

Si algo había aprendido era que no se podía apelar a la conciencia de un maligno. Era necesario plantear la situación en unos términos egoístas que pudiera comprender.

«¿Por qué despilfarras tus poderes quitándomela de encima si eso hará que necesites aún más tiempo para recuperarlos?».

«**Eso es...** —A Alastor se le quebró la voz—. **Muy astuto, Gusano**».

Nell seguía murmurando el conjuro, en voz tan baja que yo no alcanzaba a oírla, mientras flotábamos hacia ella. No volvíamos atrás, a los restos de la cornisa destruida, sino que avanzábamos hacia la plataforma, más amplia, que había justo delante de la puerta.

En cuanto noté que mis pies tocaban tierra firme, me volví para agarrar a Flora y sujetarla hasta que aterrizó a mi lado.

—¿Lo ves? —le dije—. Hemos salido de esta.

Flora me cogió del brazo y me miró con ojos brillantes y relucientes.

—En serio, en serio, ha salido todo bien —insistí—. Puedes soltarme.

Flora no me soltó.

—Tienes un corazón de oro y un alma singular —dijo con voz solemne—. Tú no eres un maligno, Prosper Redding. Yo te salvaré de tu funesto destino. Yo te liberaré, armada o con las manos vacías, del ser indigno que acecha en tu interior. Aunque tarde siglos, y ya estés achacoso y arrugado, o puede que incluso muerto, Flora la Leaf no se detendrá, ni a comer, ni a descansar. Si desapareces, yo te encontraré. Te seguiré por todos los reinos...

—Esto... —empecé—. Tal vez... Quiero decir... No es necesario, gracias. Pero gracias igualmente.

—... y daré muerte a tus enemigos, y crearé joyas y utensilios que harían que los reyes se hincaran de rodillas y suplicaran ante su belleza...

Flora se arrodilló ante mí sin soltarme la mano. Inclinó la cabeza y apretó la frente contra mis dedos.

—Sí, ya veo... Vaya... —Lo intenté de nuevo—: Es... una pasada. Y totalmente innecesaria.

Se oyó un fuerte resoplido a nuestra espalda y Nell se desplomó contra la pared. Se apretó la frente con la mano. Tenía los ojos muy abiertos detrás de las gafas.

—Casi os... Habéis estado a punto de caeros porque no podía... Tenía demasiado miedo de que no bastara...

—¡Qué maravilla de bruja estás hecha! —declaró Flora.

La vergüenza que había en el rostro de Nell no hizo sino intensificarse. Trató de darse la vuelta.

—Nos has salvado —dije, con el corazón encogido al verla así—. Tu magia...

—No lo digas —me interrumpió Nell rápidamente, haciendo hincapié en el *no*—. En serio. No lo hagas. Podría... Ni siquiera tenía claro que fuera a funcionar. Podríais estar muertos los dos.

—Pero no lo estamos —respondí. Después recalqué—: Y es gracias a ti. Nos has salvado.

Nell se dio la vuelta y puso fin así a la conversación. Se la veía verdaderamente angustiada y yo no sabía qué decir (si es que había algo que yo pudiera decir) para que se sintiera mejor.

«**Mejor abstente de consolarla** —me aconsejó Alastor en uno de sus escasos momentos de lucidez—. **Una cosa es fallarse a uno mismo y otra totalmente distinta fallarles a los amigos**».

Sin embargo, Nell no nos había fallado a nosotros. Eso era lo que yo quería que viera ella.

Flora rebuscó en el interior de su bolso y extrajo la plantita. Una expresión de alivio recorrió su rostro cuando la levantó y la inspeccionó exhaustivamente con la mirada.

—Ya está, ya pasó —le susurró a la planta mientras volvía a acariciarle las hojas. Puede que fuera la falta de luz o que los nervios me jugaran una mala pasada, pero habría jurado que vi la planta tiritar—. Está todo arreglado. No te disgustes.

«Muy bien, entonces».

—¿Adónde conduce? —pregunté mientras me volvía hacia la puerta abierta.

«Es la puerta que utilizaban los criados para darle de comer a Goober, creo».

—¿Conoces bien la casa? —pregunté en voz baja, lo que atrajo las miradas de Nell y Flora.

«Supongo que sí. Tuve que comprar los planos en el Mercado de los Sicarios para uno de los malignos a los que contraté para que se deshicieran de Bune. Ahora que lo pienso, me pregunto si podría pedir que me devuelvan el dinero...».

Nell, viéndome la cara, supo que era mejor no preguntarme nada y optó por volverse hacia Flora.

—¿Estás segura de que esta entrada es segura? ¿Cómo la has descubierto?

La elfa tomó una enorme bocanada de aire, haciendo acopio de todo el que iba a necesitar para alimentar sus pulmones mientras nos contaba la historia, pero se le adelantó otra voz.

—Porque se la he enseñado yo.

—¡Madre mía!

Retrocedí de un salto y choqué con Nell. Ella me sostuvo, aparentemente menos sorprendida que preocupada por ver a un espectro.

—Excelente —dijo el fantasma con voz aburrida—. Había olvidado lo sumamente maleducados que sois los vivos, o quizá sois vosotros quienes habéis olvidado la poca educación que teníais.

Aquel fantasma —aquel espectro— no era un haz de luz ni un sentimiento sobrecogedor de *déjà-vu* ni una voz suave que pareciera venir de ningún lado y de todas partes a la vez. Ni siquiera se parecía al amable espíritu que vivía en la Casa de los Siete Terrores.

Aquel fantasma era un chico como yo.

Un chico vestido con lo que parecían ser ropas de otra época. Llevaba..., ¿sería esa la palabra adecuada? No parecía que llevara la ropa, sino más bien que esta se hubiera convertido en parte de él.

El fantasma, ¿presentaba?, una camisa blanca de manga larga, un chaleco estampado y unos pantalones cortos que terminaban donde empezaban sus calcetines largos, que le llegaban hasta la rodilla. Era totalmente incoloro. Parecía una lámina fina de pergamino blanquecino iluminado por detrás. Incluso su cabello, que debía de haber sido oscuro en vida, era tan pálido y transparente como el resto de su cuerpo.

Su mano se iluminó y se materializó, tan solo por un segundo, cuando la cerró en torno a la puerta. Más que atravesar el metal, lo abrió.

—¡Hola, nuevo amigo Zachariah Livingston! —dijo Flora, adelantándose un poco—. Te presento a Nell y a Pros...

—Me confundes con alguien a quien todavía le corre la sangre por las venas y le importan estas cosas —dijo el chico, en un tono altanero capaz de rivalizar con el de Alastor—. ¿La bruja de la que me has hablado es esa de ahí que se esconde detrás del chico con cara de rata?

«Ay».

«¿Cómo se atreve a calumniarte así? Eres tan atractivo como un murciélago asesino».

—Prosper es un humano de lo más apuesto y caballeroso —intervino Flora muy seria, con las manos en jarras.

—Eh, gracias...

—Él no tiene la culpa de oler tan mal ni de que sus orejas sean como las de un trol —terminó Flora—. No seas desagradable.

—Soy un difunto —respondió el chico, fulminando a Flora con la mirada—. Pienso ser todo lo desagradable que me dé la gana.

—Somos lo que escogemos ser —replicó Flora— y tú estás escogiendo ser un cascarrabias.

El fantasma no se dignó a responder a eso.

—Entrad ahora, o no. A mí me trae sin cuidado que se coman los bichos esos para cenar. Si se dan cuenta de que no estoy, o si disgusto a mi señor, se añadirá automáticamente una década más a mi condena. Y ya llevo tres siglos.

Madre.

Mía.

No era solo un fantasma (o un espectro, como los llamaban Alastor y Nell). Era...

«Tu futuro», completó Alastor con el vestigio de una sonrisa en sus palabras.

Zachariah Livingston, o alguien muy próximo a él, había hecho un pacto con un maléfico cuando aún estaba vivo. Al morir, había tenido que cumplir el trato e ir al Mundo de Abajo a convertirse en sirviente.

—Quiero que la bruja me corte la cadena ahora —dijo Zachariah, cruzándose de brazos sobre su pecho delgado y titilante—. Llevo demasiado tiempo en este reino como para fiarme de los malignos y sus semejantes.

No me había dado cuenta al principio, o por lo menos hasta que lo seguimos al interior del oscuro recibidor que había detrás de la puerta y se convirtió en nuestra única fuente de luz, pero le rodeaba el tobillo una especie de argolla con pinchos. Una cadena aparentemente infinita brillaba detrás de él y revelaba el camino por el que había bajado hasta el recibidor y luego subido por un tramo de escaleras que había cerca.

«**Ah.** —La voz de Alastor sonaba como si acabara de atar cabos sueltos—. **Debió de captarlo mi hermano Bune. Cuando este ya no pudo seguir siendo su señor, el tiempo que debía cumplir por contrato se transfirió a la casa que le había sido asignada como lugar de trabajo. Si la bruja o la elfa le han prometido que pueden romper el pacto, están locas**».

«¿Se puede romper de algún modo? —pregunté—. ¿O solo estás rabioso porque están demostrando que los maléficos no sois todopoderosos?».

«**Una bruja puede romper una cadena de servidumbre si el firmante del contrato original desaparece y el contrato se transfiere a un objeto inanimado, como una casa. Pero la magia necesaria para hacerlo es muy superior a la que Nell tiene a su disposición sin la luna**».

Nell ya estaba cogiendo su libro y buscando en el índice el capítulo correspondiente. Supe cuál era el momento exacto en el que leyó lo que Alastor acababa de decirme.

El aire cenagoso que nos rodeaba alcanzó las gafas de Nell y le empañó los cristales, lo que le dio una excusa para quitárselas y limpiárselas en el dobladillo de la capa. Su mandíbula se movía adelante y atrás, como si no supiera qué decir.

Yo le había dicho que no quería más mentiras entre nosotros, pero esta mentira no era entre ella y yo, sino entre nosotros y el espectro. Y, sobre todo, era necesaria.

Lo lamentaba por Zachariah y sabía que, tanto si el contrato lo había firmado él como si lo había hecho otra persona, estaba pasándolo mal. En ese momento, no obstante, yo tenía que dar prioridad a los vivos.

«**Gusano...** —dijo Alastor, con un matiz extraño en la voz—. **Parece ser que sí eres capaz de sorprenderme, después de todo**».

—De acuerdo —le dije al espectro—. Trato hecho. Pero tenemos que rescatar primero a los suplantadores. Y tienes que ayudarnos a sacarlos de aquí vivos. Después, Nell cortará tu cadena.

La bruja aludida me lanzó una mirada penetrante.

—Me morí de tifus, no de estupidez —me respondió Zachariah.

Frunció sus espesas cejas y me miró con gesto hosco. O tosco. O ambas cosas. De algún modo, ambas cosas.

«**Basta. Ya hemos perdido suficiente tiempo. Déjame hablar a mí, será solo un momento**».

Aunque sabía que no debía hacerlo, le dejé hablar.

—Escucha, esclavo...

Lo aparté rápidamente. «Y ya ha pasado ese momento».

El joven espectro se enfurruñó.

—Ya me parecía que había algo raro en ti. Eres uno de ellos, o lo llevas escondido dentro.

«Dile que es imposible que los otros malignos no se den cuenta de que se ha roto su cadena, ya que el estallido de magia sería demasiado grande. Además, la única manera de hacerlo de verdad es con la ayuda de mi magia, y yo solo la concederé si él hace lo que tú le digas».

«¿Es eso cierto?», le pregunté.

«¿Acaso importa?».

En aquel preciso instante... no importaba. Rápida y calladamente, le transmití aquel mensaje al espectro. Zachariah titilaba en el aire oscuro.

—Muy bien. A falta de algo mejor, me divertiré mucho viendo como fracasáis sin remedio. Me quedaré aquí atrapado un par de siglos más o lo que tarde el Vacío en devorarnos, pero al menos podré echarme unas risas cuando os muráis.

El Vacío. No me había parado a pensar en lo que les sucedería a las almas humanas que estaban al servicio de los malignos si el reino se derrumbaba. Volví a sentir un nudo en la garganta, pero me obligué a ignorarlo hasta que desapareció. No volví a pensar en ello, aunque la inquietud se quedó en mi cerebro como una piedrecilla en el zapato.

Zachariah flotó hacia la escalera situada al fondo de la pequeña estancia, con sus pies casi traslúcidos arrastrándose por el suelo.

—Si la reina consigue salvar el reino, me aseguraré de que alguien se haga con vuestras almas para que os veáis obligados a ayudarme a limpiar todo lo que ensucian las mascotas del señor. Los excrementos son especialmente humeantes en verano.

Aquel muchacho era la alegría de la huerta. Crucé una mirada con Nell mientras lo seguíamos al interior.

Desde detrás de la puerta que había al terminar la escalera nos llegó el sonido de voces susurrantes y el tintineo de la plata. Pero lo que captó toda mi atención fue el olor que flotaba en el aire: el hedor a huevos podridos se desvanecía y lo sustituían aromas que podría haber encontrado en casa. Pimienta. Ajo. Y...

Respiré.

Carne recién hecha.

17

Tiernos bocados

L o difícil no fue encontrar la cocina, sino esquivar el constante ir y venir de espectros que entraban y salían de ella.

Nos quedamos al fondo del recibidor oscuro, iluminado con velas, esperando. Traté de seguir las idas y venidas de los fantasmas para descubrir si seguían algún tipo de orden o ritmo. De momento, no lo había: el ajetreo parecía más bien caótico y los espectros nunca perdían la expresión vagamente aterrorizada del rostro.

Con un esfuerzo visible, se obligaban a materializar sus manos justo lo suficiente para soportar el peso de una montaña de fruta asada, pasteles decorados con algo que parecía murciélagos fritos o un tembloroso montón de gelatina en forma de calavera. En la escurridiza masa rosa flotaban, tiritando a cada mínimo movimiento, insectos que parecían piedras preciosas.

—Veo poca fruta y verdura —murmuró Flora—. Normal que los malignos sean tan agresivos.

Los espectros volvieron a pasar. Sus cadenas de luz flotaban por encima de las sucias moquetas que había entre la cocina y la escalera en espiral que subía al siguiente piso, donde los malignos —y su reina— cenaban.

—¿Y ahora qué? —le preguntó Flora a Zachariah—. ¿Alguno de estos espectros es amigo tuyo? ¿Les podemos pedir ayuda?

Zachariah osciló arriba y abajo en el aire, como si cabalgara a lomos de alguna corriente invisible.

—Claro que no, mema. Estarían encantados de delatarme al nuevo señor de la casa por haberos ayudado. Denunciar las fechorías ajenas sirve para reducir el plazo de los contratos propios. Y antes de que vuestros ridículos corazones palpitantes lo pregunten: la tarea que tengo asignada es barrer los pasillos, arriba y abajo, día y noche. La cadena a la que estoy atado en esta casa no me permite entrar en la cocina.

Me volví a mirar a Nell. Se estaba frotando el mentón y fruncía el ceño mientras trataba de redactar mentalmente el guion de cómo salir airosos de aquella situación.

El olor a comida me hacía sentir un vacío en el estómago y, cuanto más tiempo pasábamos allí, peores eran mis náuseas. Era imposible que ya estuvieran sirviendo la cena; se suponía que teníamos cinco horas de margen y apenas habíamos dedicado un par de ellas a descansar y llegar hasta allí. Yo sabía, por los años de dolorosa experiencia en cenas de celebración en la Casita, la mansión solariega de los Redding, que los cocineros podrían estar preparando algunos de los ingredientes, pero no habrían empezado a guisar tan pronto.

—Creo que ha llegado el momento de informaros de que es probable que ya sea demasiado tarde —dijo el espectro—. Han adelantado la cena dos horas por lo de la evacuación. Ya llevan cuatro platos y solo quedan tres más.

Nell y yo nos miramos horrorizados. Flora gimió y cayó al suelo de rodillas.

«Terminad ya este espectáculo lamentable —ordenó Alastor—. **Los suplantadores siempre son uno de los platos del final. Aún tenéis tiempo de rescatarlos, si os empeñáis».**

Solté aire temblando y alargué el brazo para agarrar a Nell de la muñeca. Sus ojos volvieron a fijarse en mí.

—Alastor dice que aún hay tiempo, que podemos salvarlos.

Dos fantasmas más, ambos ancianos y encorvados, entraron y salieron apresuradamente de la puerta batiente de la cocina. Sus formas se doblaban bajo el peso de las dos bandejas que trataban de mantener en equilibrio.

Una idea me cruzó la mente.

La cadena impedía entrar en la cocina a Zachariah, pero no a nosotros. Y si algo había aprendido viviendo en una casa encantada era que, si no podías ser un muerto viviente, podías interpretar el papel con bastante solvencia.

—Tengo una idea, aunque me temo que no va a gustarte —empecé.

—¿La idea es que me haga pasar por un espectro para entrar en la cocina?

Parpadeé.

—Pues sí.

—No me disgusta la idea —dijo Nell, inclinándose hacia mí hasta que nuestras cabezas casi se tocaron—, pero, por mucho que lamente tener que rechazar un papel tan apetecible, tienes que hacerlo tú.

—¿Yo? —repetí—. ¿Qué? ¿Por qué? ¡La actriz eres tú!

—Sí, pero también soy bruja y tengo que lanzarles un conjuro de congelamiento a los demás espectros para impedir que nos vean y den la voz de alarma —dijo mientras cogía *Fatigas y tormentos*—. Solo necesitamos algún tipo de polvo blanco, como la harina, y tú tendrás que recurrir a tus poderes mágicos como artista, con lo que sea que encontremos, para conseguir que tu aspecto sea igual de espantoso que el de los demás.

—Si te murieras de fiebre tifoidea ya verías lo guapa que estarías —refunfuñó Zachariah—. Además, no se puede congelar a un espectro. No tienen forma física.

—No, técnicamente no se puede —reconoció Nell mientras recorría con el dedo una página de su libro—, pero sí es posible desintegrarlos provisionalmente en un millón de pequeñas partículas de luz y magia y decir que los «congelas» porque suena mejor. —Levantó la vista para mirarme—. Solo estaremos fuera de peligro durante el tiempo que tarden en volver a cohesionarse.

Intenté no suspirar.

—¿Y cuánto suelen tardar?

—Quince minutos —dijo. Después añadió, menos convencida—: Lo tomas o lo dejas.

Eché los hombros atrás y respiré hondo.

«Lo que sea», me recordé a mí mismo.

—De acuerdo. Tendrá que bastarme —dije.

«Si ya has terminado de alardear de tu valentía, busca la despensa que hay a la derecha de la escalera. No sé si encontrarás "arena", pero hay algo que puedes utilizar, si lo que quieres es pintarte aún más pálido de lo que ya eres».

Ese «algo» eran gusanos molidos.

—¿En serio? —le pregunté.

«Se pueden incorporar a una empanadilla de carne, espolvorear en un estofado... Es un ingrediente sumamente versátil».

—¡Contén la respiración! —me indicó Flora mientras Nell levantaba la bolsa por encima de mi cabeza—. Si se te mete en los ojos, te sentirás aún peor de lo que se sintieron los gusanos mientras los molían.

Cerré los ojos con fuerza y me tapé la boca y la nariz con la mano. Pero, en vez de agua, lo que me echaron por la cabeza fue un líquido helado que olía a manzanas podridas y que tras empaparme toda la ropa me caló hasta la piel.

—Uf...

«¡Qué desperdicio de jugo de escarabajo en perfecto estado!».

—Es para que el polvo se quede pegado —explicó Nell. El tono de disculpa de su voz no sonaba exactamente sincero, ya que tuvo que esforzarse por disimular una sonrisa—. Ahora, los gusanos.

El polvo blanco me cayó por encima silbando. La mayor parte chocó contra el suelo y levantó una enorme nube. Nell y Flora se atragantaron con el polvillo y trataron de apartarlo haciendo aspavientos.

Aunque había vuelto a protegerme la cara, inhalé polvo y me puse a toser, golpeándome el pecho para sacarme de los pulmones las alimañas molidas. El polvo no tardó en quedárseme pegado a la piel y la ropa.

Nell me repartió el polvo de gusano molido por la cara y dio un paso atrás para estudiar su obra.

—No hay ningún espejo para que puedas comprobarlo, obviamente, pero creo que ha quedado bien.

Zachariah flotó por detrás de ella, con los brazos cruzados, apartando la mirada de nosotros para dirigirla a los estantes repletos de tarros de hadas en escabeche.

—Seguro que te pillan. No esperes que ninguno de nosotros limpie tus vísceras de las armas de los malignos.

—¡Qué gracioso que eres, Zachy! —dijo Flora, olvidando que era físicamente imposible darle una palmadita en la espalda al espectro—. Pero ¿y la cadena? ¿Los demás no se van a dar cuenta?

—No tenemos tiempo para eso —dije—. Simplemente iré deprisa: los liberaré y a otra cosa. ¿Algún consejo más?

La pregunta iba dirigida a Nell, pero me contestó Zachariah:

—El chef tiene ocho brazos, así que te deseo mucha suerte.

Nell me volvió hacia ella.

—Ve deprisa, compórtate con naturalidad, no mires a nadie a los ojos y utiliza esto...

Me puso un pequeño paquete en la mano. Deshice los nudos de las cintas y observé la sustancia púrpura brillante que contenía. No era el mismo frasco que nos había enseñado antes (la salida de emergencia). Tal vez tenía más confianza en mí de lo que yo creía.

—¿Polvos de distracción? —pregunté.

—No, es aún más potente. Lo cogí de la tienda de Missy, así que no hay duda de que tiene que ser bueno —dijo. Después añadió—: No lo utilices si hay fuego cerca, ¿vale?

—Este tipo de comentarios no me ayudan a sentirme mejor, precisamente —contesté.

—Y también, por si acaso no fuera obvio, acuérdate de que no debe entrarte en la boca ni la nariz —dijo. A continuación, me empujó con decisión hacia la puerta, el pasillo y la cocina que había varias puertas más allá—. ¡Ah! Y que no te entre tampoco en los ojos.

—Por favor, no digas nada más —supliqué.

—¡Buena suerte, Prosper el pastoso! —susurró Flora con bastante fuerza—. ¡Te estaremos mirando!

—No esperes que te enterremos —dijo Zachariah—. Y si tu alma se queda atrapada aquí, que sepas que te tocarán los retretes.

Estupendo.

Esperé a que los espectros hubieran entrado y salido una vez más antes de recorrer sigilosamente el pequeño distribuidor que conducía a la cocina. No sabía qué significaba exactamente la expresión «a hurtadillas», pero me pareció que era lo que estaba haciendo: moviéndome a hurtadillas como un animal nocturno en la oscuridad.

Miré hacia atrás al oír a Nell susurrando algo rápidamente y, luego, tres fuertes chasquidos. El pasillo resplandecía con un mar de centelleantes partículas de magia.

«**Por los reinos...**». Incluso Alastor parecía impresionado por la exhibición.

Nell y los demás se agacharon en una esquina, y ella se inclinó hacia delante solo para decirme sin palabras:

—¡Adelante, adelante!

Deslicé adelante una pierna sobre la larga serpiente bordada en la moqueta, hasta la siguiente alfombra, siguiendo el lomo del reptil hasta llegar a las puertas batientes de la cocina. El olor a ajo era ahora aún más fuerte y se mezclaba con «algo» asado y con un toque agridulce. En el interior repiqueteaban las ollas y las sartenes, por lo que parecía que hubiera un ejército de cocineros y no un único maligno con muchos brazos y... mucho peligro.

Aparte de los sonidos habituales en las cocinas y del frenético tac-tac-tac de un cuchillo sobre la encimera, se oía una voz burbujeante y amortiguada que cantaba:

—*Mirad cómo relucen los animalillos, oíd como los corto ¡tac! con los cuchillos...*

Empujé la puerta para abrirla y me abrasé con la oleada de calor que me rodeó al momento. La estancia era más pequeña de lo que había imaginado antes de entrar y gran parte del espacio del que disponía estaba ocupado por una inmensa cocina de metal que parecía prima hermana de un órgano.

El fuego ardía debajo de las sartenes y cacerolas hirviendo, meciéndolas sobre los fogones. Contuve la respiración mientras los tubos extractores excretaban un humo grasiento y crujientes restos de comida.

—*Su tierna paletilla, sus muslos regordetes, delicias que completan el mejor de los banquetes...*

El maligno que estaba delante de los fogones era un torbellino de brazos delgados y escurridizos, con docenas de pequeñas ventosas en cada uno de ellos. Tenía torso de hombre —de hombre color lila intenso con la cabeza intensamente puntiaguda—. De hecho, su cabeza era tan puntiaguda que el gorro de cocinero que llevaba puesto casi no le cabía. El cocinero tenía dos grandes tentáculos donde una persona habría tenido las piernas. Los otros seis estaban ocupados moviendo cacerolas de sitio, troceando ingredientes o sirviendo sopa en platos hondos con forma de calavera.

Me mantuve a una distancia prudencial de la colección de cuchillos colgados de la pared, que chocaron entre sí ruidosamente como un carillón cuando pasé por delante. Refulgían amenazadores a la tenue luz del fuego. Junto a ellos había un enorme acuario vacío que apestaba a agua salada y moho y que parecía borbotear con su propio calor. Dentro no había ningún pez para que el chef lo preparase...

Claro que no. Ese acuario no estaba destinado a conservar peces o mariscos vivos, sino a mantener vivo al cocinero. Un rastro de babas conducía del acuario al lugar donde el chef trajinaba entre los fogones de la cocina, que tenía cada centímetro libre de su superficie cubierto de cucarachas.

«**Un escila** —se lamentó Alastor—. **¿A qué idiota se le ocurriría contratarlo? Todo lo que toque sabrá a mar envenenado**».

Como si quisiera darle la razón, un pegote de baba lila cayó en una de las cacerolas. El mejunje salpicó y chisporroteó sobre la superficie abrasadora.

—¡Ups! —canturreó el cocinero mientras apagaba con toquecitos de los tentáculos las ascuas humeantes que habían ido a parar a su delantal, ya chamuscado—. *Crujientes mascotas que chillan de pavor, las servimos guisadas con esmero y primor...*

El cocinero no se dio la vuelta ni una sola vez. Bajó uno de sus tentáculos y abrió la puerta del horno.

—¡Casi a punto de alcanzar la temperatura! —declaró, mientras lanzaba una mirada al otro lado de la cocina—. Lo suficiente para que quedéis bien doraditos, pero sin llegar a chamuscaros.

Seguí su mirada hacia las hileras de jaulas y cestas colgadas en la pared opuesta. Aquí y allí vi lagartos y serpientes, en su mayoría felizmente enroscados en torno a un nido repleto de huevos y disfrutando del calor opresivo de la estancia.

Debajo de ellos, un grupo de suplantadores se estremecían de terror al fondo de su jaula.

«La armazón debe de ser de hierro, el único material capaz de anular sus poderes. O eso, o de verdad son tan zoquetes como yo creía por no transformarse en seres capaces de huir».

Vi a Eleanor agitando sus patas hacia el cocinero. El brillo de unas plumas relucientes. El revoloteo de unas alas de polilla. La papada de una rana dilatándose al tomar aire. La silueta de la cola de una serpiente de cascabel.

Pero no vi ningún gatito negro con alas de murciélago.

Se me revolvió el estómago.

—Vamos, vamos, bocaditos —dijo el cocinero. Sus palabras sonaban como si estuvieran cruzando la habitación dentro de una burbuja. Una nueva capa de babas recubrió su piel, como el pus al brotar de una herida infectada—. A ver, ¿por qué lloráis? ¿Echáis de menos a vuestro amiguito? ¿El bichejo temible que intentó rescataros? El señor tenía una petición muy especial para él. Le va a encantar volver a veros, justo antes de que vuestros cuerpecillos crujientes y apetitosos terminen cortados a trocitos y remojados en jugo de escarabajo. ¡Vamos!

Dentro de su jaula, algunos de los suplantadores se pusieron a gimotear y llorar. La cola de la serpiente de cascabel lanzó su propio aviso al aire.

«**Debe de estar hablando de Sapo, el suplantador de la brujita** —dijo Alastor—, **así que es demasiado tarde**».

«No —le respondí con el pensamiento—, el cocinero habla de él como si aún estuviera vivo».

Me aferré a esa idea y me envolví con ella como si fuera una armadura. Sapo estaba vivo y en algún punto de aquella casa. Y me arrancaría la piel a tiras con esas garras suyas si no ayudaba antes a los demás suplantadores.

Fue Eleanor, la tarántula, la que me reconoció. Empezó a hacer una especie de pequeña danza nerviosa con las patas, como si no supiera si alegrarse o asustarse. Me llevé un dedo a los labios mientras fijaba la mirada en la nuca del chef, que estaba lanzando al aire un cazo entero de fideos negros para luego recogerlos en otra sartén.

Di un paso adelante y noté que tenía algo debajo del pie justo antes de aplastarlo.

Crac.

Mi corazón se detuvo en un único y atormentado latido. Unas vísceras negras rezumaron de la cucaracha machacada bajo mi pie. Dejó de oírse el barullo de las jaulas.

Las ollas y sartenes se quedaron quietas sobre los fogones.

Y el cuchillo de carnicero cruzó el aire con un silbido, en línea recta hacia mi cabeza.

18

Un banquete digno de un maligno

El cuchillo voló hacia mí dando vueltas, apuntándome alternativamente con el mango y con la hoja, cuyo metal abollado brillaba como un ojo diabólico. El hormigueo doloroso que me recorrió el brazo me despertó de aquel trance letal. Alastor tomó el control sobre mí y nos lanzó a ambos al suelo.

El cuchillo chocó contra la puerta batiente y la dejó oscilando.

Me puse de pie de un salto y agarré con manos temblorosas la bolsita que Nell me había entregado. Un silbido agudo y penetrante fue el único aviso que tuve antes de que Al lograra hacernos esquivar el siguiente cuchillo estampándonos contra la pared del apestoso acuario.

—¡Cómo te atreves a entrar en mi cocina sin permiso, espectro repugnante! —gorgoteó el chef—. ¡Te caerá un siglo más por esto!

Sin pararme a pensar, abrí la bolsita y le arrojé todo su contenido a la cara... y a las llamas que lamían las cacerolas en los fogones que tenía a su espalda.

Los dos negros ojos del escila parpadearon mientras el monstruo inhalaba el polvo. Todos sus brazos se estremecieron antes de quedarse sin fuerzas.

Cayó sobre los fogones con un golpe espantoso que movió de su sitio todas las cacerolas. Vi su rostro somnoliento apenas un segundo antes de que toda la habitación se llenara de ruido.

Una marea esmeralda de luz y calor explotó desde los fogones, subió al techo y se extendió luego hasta el acuario, que se resquebrajó y rompió. Su pútrido contenido se derramó con fuerza y extinguió las llamas antes de que estas pudieran devorar a los seres atrapados en las jaulas.

Me llevé las dos manos a la boca mientras el cadáver quemado del cocinero se derrumbaba sobre el suelo. Las cucarachas se le echaron encima de inmediato, mordiéndole los tentáculos y llevándose trozos enteros a sus guaridas ocultas en las paredes.

«¡**Bien hecho, Gusano!**».

—Madre mía —dije, con el estómago revuelto—. Voy a vomitar...

Los suplantadores fijaban la mirada alternativamente en mí y en el extremo medio fundido y combado de su jaula. El loro, con las plumas erizadas de indignación, abrazó a la serpiente y se la acercó al pecho.

Las puertas se abrieron de golpe a mi espalda y me di la vuelta con las manos todavía encima de la boca.

Nell y Flora estaban allí, observando los llameantes restos de la cocina. Flotando detrás de ellas, Zachariah levantó una ceja.

—Me estaba... preguntando... por qué de repente olía a calamares fritos... —dijo Nell con un hilo de voz.

—¡Ribbit!

Flora cruzó la habitación corriendo. Al tocar la jaula se quemó las manos. Se le escapó un grito, pero no la soltó hasta que estuvo abierta.

Los suplantadores se desparramaron fuera de la jaula. El loro llevaba la rana entre las garras y la dejó en la cabeza de Flora antes de acariciar con el pico la puntiaguda barbilla de la elfa.

—¡Estaba muy preocupada! —exclamó Flora.

Nell se agachó para recoger a Eleanor y dejó que la tarántula le trepara por los dedos y los brazos.

—Pero... ¿dónde está Sapo? ¿No había más suplantadores?

Flora giró sobre sí misma y se puso a buscar entre las jaulas. Ribbit, el loro, emitió una especie de lamento, pero la elfa siguió buscando, aunque solo encontró plumas y mechones de pelo. Empezaron a caérsele las lágrimas del ángulo de los ojos.

—No hemos sido lo bastante rápidos —susurró—. Todos los demás...

Alastor, por una vez, se quedó en silencio. Y menos mal, porque si me hubiera salido con alguna de sus respuestas de listillo, habría sido capaz de descubrir cómo entrar en mi propio cuerpo para poder estrangularlo.

Cuando el impacto de la pequeña explosión que yo había provocado empezó a desvanecerse, un intenso sentimiento de culpa se me instaló en la boca del estómago. Después de todo, me había equivocado.

Habíamos llegado demasiado tarde. Habíamos dedicado demasiado tiempo a debatir e intentar planificar cuando en realidad deberíamos habernos limitado a actuar. Si habíamos llegado tarde a rescatar a los suplantadores, ¿cómo podía estar seguro de que no le sucedería lo mismo a Prue? ¿Y si la reina se cansaba de esperar o consideraba que bastaba con hacernos creer que Prue seguía con vida?

¿Y si...?

«Ya basta, Prosperity. Mi hermana es cruel, pero también es bastante más astuta de lo que incluso yo me podía esperar. Como has dicho, nunca le hará daño a la chica sabiendo como sabe que es la única manera que tiene de doblegarte a ti —y, por tanto, también a mí— a su voluntad. Ahora deja de hacer el tonto y preocúpate de la brujita, que está sufriendo por su bichejo. Su desolación sabe a lavanda y bien sabes que no soporto los aromas florales».

Tenía razón. A Nell parecía que las rodillas estuvieran a punto de fallarle. Se había quedado negando con la cabeza mientras contemplaba la jaula vacía. Estiré la mano y la agarré del brazo; me impactó lo fría que estaba en aquella cocina sofocante y llena de humo.

—Creo que Sapo está bien —le expliqué rápidamente—. El cocinero ha dicho algo de que Nightlock tenía una petición especial para él y lo obligarían a mirar mientras a los otros suplantadores se los comían. Voy a buscarlo ahora mismo.

—Voy contigo...

Negué con la cabeza, sin dejarle terminar la frase. La adrenalina me subía por el cuerpo. Yo podía hacerlo.

—Flora y tú podéis... idear un plan de contingencia. Buscad un buen lugar donde esconderos hasta que Nightlock se separe de los demás. Seguro que se acerca a investigar por qué ha dejado de salir comida de la cocina, ¿verdad? Lo atraparemos entonces.

—Deberíamos ir juntos —insistió Flora—. La unión hace la fuerza, sobre todo contra un gran número de malignos hostiles.

—No —respondí, cortante, poniendo así fin a la conversación.

No había tiempo que perder. Yo podía encargarme y me encargaría. Solo.

Nell me miró con recelo y abrió la boca para decir algo, pero volví a interrumpirla. Se me había acabado la paciencia.

—Yo lo haré. Si pasa algo y vuelves a quedarte helada, podría ser terriblemente...

En cuanto pronuncié estas palabras deseé habérmelas tragado. Nell hizo una mueca de dolor, como si acabara de abofetearla en toda la cara. Flora bajó la barbilla y entornó los ojos para mirarme desde abajo.

—Lo que quiero decir... —empecé, buscando la manera de suavizar mis palabras—. Mira, es que... Solo intentaba...

«No te retractes de haber dicho lo que de verdad pensabas», dijo Alastor.

—Disculpadme —interrumpió Zachariah, mirándonos con el ceño fruncido—, pero tenía entendido que teníais un poco de prisa. Según mis cálculos, os quedan diez minutos para ejecutar vuestro siguiente plan horrendamente estúpido.

Sus palabras me devolvieron de golpe al momento presente.

—Lleva razón. Ya hablaremos luego. Vamos.

Una vez en el piso de arriba, el pasillo que conducía al comedor se hacía más y más largo. La puerta del final parecía alejarse a cada paso que daba. La bandeja de plata que habíamos sacado de la cocina pesaba más que cuando Nell me había ayudado a apoyármela en el hombro.

Las llamas de los candelabros crepitaban y chisporroteaban cuando yo pasaba por delante. Sus chasquidos resonaban por todo el pasillo.

Miré hacia atrás por encima del hombro, buscando la silueta de Nell, pero las sombras ya la habían ocultado a ella, a Flora y a los suplantadores. El familiar sonido de los cubiertos de plata al chocar con los platos y de voces joviales se escurría a través del torcido marco de la puerta. Podría haber estado a las puertas de una de las cenas de gala de mi abuela: en ellas era igual de probable que hubiera monstruos y yo era exactamente igual de mal recibido.

—... y, por supuesto, el muy tonto, porque mira que hay que ser tonto, creía que yo estaba allí pasando el rato, ¡que recogía basura de los mortales por gusto!

La anécdota provocó un ataque de risa. Alguien daba golpes sobre la mesa. Otro de los malignos ladró, como si quisiera animar al narrador, cuya voz me resultaba conocida, a seguir hablando.

—¡Se puso una bandera creyendo que era una capa! Llevaba una muñeca que él creía que era una sanguijuela amiga suya...

«Un momento...».

«¿De quién está hablando Nightlock? —pregunté—. ¿De ti?».

«¡No! No, claro que no. De quien sea que hablan, debe de ser un memo. Entra, pues. Salva a tu rata con alas».

Esperé un segundo más para templar mis nervios y abrí la puerta de un empujón... para descubrir una habitación rebosante de luz y color.

El comedor era un octógono y cada uno de sus ocho lados estaba apuntalado por un hueso de metal negro curvado. Estaba situado debajo de una bóveda formada por incontables vidrieras de colores. Cada una de ellas representaba a un monstruo distinto, pero las imágenes de amenazadores colmillos y garras quedaban suavizadas por los vestidos de noche con joyas que el artista había creado para las malignas y los magníficos trajes que lucían los malignos.

No cran escenas de batalla, ni siquiera representaciones de las numerosas maneras de matar y mutilar de los malignos, sino imágenes de danzas. En algunos casos, incluso parecía que estuvieran tocando algún instrumento musical.

Reflejaban la dicha de la celebración, no la guerra. Al otro lado de las paredes de cristal, las velas parpadeaban; el vaivén de las llamas hacía que pareciera que las escenas tenían movimiento y se mecían al ritmo de una música inaudible.

Aquello... aquello era obra de un artista de verdad. Qué curioso. Cierta parte de mí había llegado a creer que el arte de verdad no podía existir en un lugar así.

«Es asquerosamente artístico —corroboró Al—. Obra de elfos, sin duda. Esta habitación habría sido perfecta para almacenar veneno, pero Bune la desperdició. No me sorprende que no me dejara entrar nunca. Sabía que me burlaría de este espanto durante siglos».

«¿No sería más bien porque amenazaste con matarlo?», le contesté con el pensamiento.

«¿Qué tiene de particular el asesinato en una familia como la mía? Bune se tomó con deportividad lo de los sicarios, probablemente porque él se las arregló para empujarme desde lo alto de una torre. Digamos que así quedamos empatados».

Hablando de la familia de Alastor, había una notable ausencia en aquella mesa: Pyra. La frustración se apoderó de mí.

—¡Eh, tú! —La voz de Nightlock sonó atronadora desde detrás de una pila de platos y huesos de animales rebañados—. ¡Llevamos una eternidad esperando a que alguien recoja los platos para el postre! ¿Por qué no has venido cuando te he llamado? ¿Voy a tener que alargarte el plazo del contrato?

Me volví lentamente, con las manos fuertemente agarradas a la bandeja vacía apoyada en mi hombro.

Murciélagos decorativos de vidrio pendían sobre la larga mesa de metal, que dividía la estancia en dos. Justo en el centro había reunidas unas gruesas velas blancas que, de algún modo, parecía que sangrasen cera carmesí.

La mayor parte de la luz, no obstante, procedía del techo. Allí había varias esferas de vidrio, brillantes como perlas negras, con hadas minúsculas atrapadas en su interior.

Estas aporreaban su prisión con los nudillos para tratar de escapar, echando chispas de furia.

Delante de cada comensal había un buen montón de platos. Un grendel estiraba el cuello hacia arriba más y más; los huesos y articulaciones de su espalda emitían fuertes crujidos para adaptarse a la transformación. Me observó mientras me acercaba, con su larga nariz apoyada en el último plato. Una hilera de enormes cuervos negros graznaban una canción, acompañados por grillos del tamaño de mi cabeza.

«Adelante —me recordé a mí mismo—, ¡adelante!».

Al poco, el grendel se volvió hacia el comensal de su derecha. Solté un pequeño suspiro de alivio y después empecé a inspeccionar la habitación en busca de algún rastro de Sapo.

Deslicé los pies hacia la maligna más cercana, un ser de piel carmesí con orejas largas y puntiagudas como las de un conejo. Llevaba un vestido muy elaborado que parecía dos tallas mayor de la que le correspondía.

—¡Sigue contando esa historia! No me canso de escucharla. Es más apetecible que cualquier postre que el cocinero pudiera improvisar. Ojalá hubiera venido la reina y pudiera escucharla ella también.

«¡**Duendes, grendels y trasgos sentados a la mesa de un maléfico!**», exclamó Alastor furioso.

Después siguió refunfuñando que si el duende le había robado sus mejores joyas a cierto vampiro, que si el grendel tenía muy mal gusto para los centros de mesa y algo de que ojalá las polillas de los Bosques Viscosos vinieran a devorarlos y dejarlos en los huesos a todos, pero todas esas palabras me sonaban cada vez más lejanas.

Mis ojos fueron a fijarse en una estrecha jaula de hierro que estaba en el suelo, justo al lado de uno de los duendes posados en lo alto de su silla.

Unos ojos verdes relucientes me observaron alarmados a través de los barrotes. Vi refulgir unos dientes blancos y afilados justo un instante antes de oír batir las alas de Sapo.

—¡Oh, sí, sí, cómo me gustaría que hubiera venido! Pero ha considerado que la necesitaban en otra parte. Brindemos otra vez en su honor —dijo Nightlock.

El duende llevaba en la mano algo que parecía un atizador de chimenea. Distraídamente, lo colocó encima de la mesa, con uno de sus extremos apoyado en la llama de la vela más cercana.

En cuanto el extremo en punta del atizador estuvo candente, lo introdujo en la jaula. Sapo aulló de dolor mientras Nightlock cambiaba el atizador por una copa. Avancé a trompicones y, de la rabia, estuve a punto de volcar la bandeja.

—¡Por nuestra malvada reina! ¡Larga sea su cólera!

—¡Larga sea su cólera! —respondieron los invitados.

Se me nubló la vista. Los platos repiquetearon sobre la bandeja.

—Y ahora, os termino de contar —prosiguió Nightlock, interrumpiéndose para eructar—. Como veréis, me lo puso facilísimo. Todo lo que tuve que hacer fue deslizarme dentro de la casa donde estaba el chico...

Aunque llevaba un sombrero puntiagudo en forma de cono azul y su piel cenicienta parecía espolvoreada con purpurina, reconocí aquellos ojos saltones amarillos y aquella nariz redonda, tan roja como si se hubiera pasado el día entero sonándose sus mocos azules en un pañuelo de papel. Se metió más comida en la boca y estuvo a punto de atragantarse con sus desagradables carcajadas.

—Y entonces... entonces me dijo... —Nightlock resopló y apoyó la mano que tenía libre en sus refinados ropajes de terciopelo. Llevaba anillos de oro en todos los dedos y también en el cuerno—. «Podéis dirigiros a mí como "amo y señor", o "eterno príncipe de las pesadillas que acechan en todos los sueños oscuros"».

Alastor empezó a revolverse en mi interior, furioso y herido en su amor propio. Sentí mi mano como si se hubiera convertido en arena ardiente.

«**¡Maldito... lacayo... descerebrado!**».

«¡No! ¡Al!».

Pero la bandeja ya estaba inclinándose hacia delante y todo su contenido se desparramaba directamente sobre la cabeza de Nightlock.

El duende soltó un estridente chillido cuando un plato se hizo añicos contra su hombro y otros fragmentos de vajilla cayeron en su regazo. El señor de la casa y sus invitados se pusieron de pie de un salto, haciendo que sus propios platos tintinearan por la fuerza y velocidad de sus movimientos. El corazón se me encogió en el pecho, estrechándomelo hasta dejarme sin respiración.

—¡Espectro insolente! —farfulló uno.

—¡Menudo lamebotas cara de sapo! Nightlock, ¿estás bien?

—¡Tú, espectro! ¡Te va a caer un siglo más! —masculló Nightlock—. ¡Limpia todo esto ahora mismo!

Yo ya estaba arrodillado en el suelo, fingiendo que recogía los destrozos y los ponía en la bandeja, mientras con una mano buscaba a tientas el pestillo de la jaula de Sapo. Su pata negra señalaba a la derecha y mis dedos recorrieron la armazón de metal hasta que encontré el gozne en forma de gancho que mantenía la puerta cerrada.

—¿Y bien? —gruñó Nightlock—. ¿Qué vas a decir en tu defensa?

El pestillo estaba oxidado y seco. Traté de deslizarlo sin conseguirlo. Sapo lo empujaba insistentemente con la cabeza, pidiéndome que me apresurara.

«Espera —pensé desesperado—, espera un segundo más...».

El pestillo chirrió, cediendo al fin. Los ojos de Sapo relucieron, en una advertencia que me llegó demasiado tarde. Antes de que pudiera tirar de la puerta para abrirla, una mano con garras bajó y se cerró sobre mi muñeca.

19

Una revelación real

El agarre de la grendel era como un hierro de marcar. Me revolví al notar su calor, tratando de zafarme de sus garras, que se me clavaban en la piel y amenazaban con hacerme sangre.

«**Quédate quieto, Gusano** —dijo Alastor—. **Déjame tomar las riendas. Yo me ocupo de esta granuja...**».

—¿Qué tenemos aquí? —dijo la grendel, ladeando la cabeza. Su cuello se estiró hasta formar una U invertida perfecta—. ¡No es un espectro! Huele a...

La puerta por la que yo había entrado desde el pasillo se abrió de golpe con un gran estrépito. Una maligna —a la que yo nunca había visto antes— entró a grandes zancadas, con los hombros echados atrás y la nariz levantada. Llevaba un traje de noche de tela negra brillante, como un cielo nocturno de nuestro mundo, que fluía a su paso.

Todos los tipos de malignos parecían tener como mínimo un rasgo vagamente humano, pero aquella maligna, aquella en concreto, era lo más semejante a un ser humano que yo había visto hasta el momento.

La tersura de su rostro, como de cáscara de huevo, resultaba aterradora: no se arrugaba ni siquiera al enseñar sus puntiagudos dientes. Tenía la piel tan pálida que era casi traslúcida, como si careciese de sangre o venas. Las líneas de su rostro eran prácticamente inexistentes. Una muesca por nariz, una boca sin labios, unas orejas un poco demasiado largas y un poco demasiado puntiagudas. Tenía un ojo azul y el otro negro.

«Pyra».

Me volví, buscando con la mirada la forma de pantera de la hermana de Alastor. Los malignos que estaban en torno a la mesa se sacudieron el estupor de encima y se deshicieron en reverencias y genuflexiones. Incluso la grendel aflojó la garra con la que me sujetaba para alisarse la falda.

«Este es su verdadero aspecto. La forma que adopta como maligna en el Mundo de Abajo».

Se me bloquearon las rodillas. Miré a la grendel para asegurarme de que seguía distraída antes de intentar deslizar la muñeca y la mano fuera de su garra aflojada. Mi corazón se saltó un latido, luego otro.

«Piensa...».

Podría dejarme caer debajo de la mesa, sacar a Sapo de la jaula y entonces...

«¡Ma... majestad!», balbució Nightlock mientras se bajaba de un taburete en equilibrio inestable.

A cada paso que daba en dirección a la reina, hacía una

reverencia. Finalmente, tomó los largos dedos de Pyra en su pequeña mano y le babeó los nudillos.

—No os esperábamos. Me habían dicho que estabais ocupada con los preparativos en Skullcrush. ¿Ordeno al espectro que os ponga un cubierto en la mesa?

—No es necesario —respondió Pyra despreocupadamente—. ¡No voy a quedarme! He venido a buscar a este espectro tan raro y al suplantador. Si eres tan amable de entregármelos, seguiré mi camino.

«**Una reina jamás diría "si eres tan amable"**», observó Alastor, con la voz oscurecida por la sospecha.

Tal vez era la distancia, o el modo en el que la luz de las hadas titilaba en sus esferas de cristal, pero tuve la sensación de que Pyra no movía en absoluto los labios al hablar. Había algo raro en ella.

«**¿Y su voz no es un poco... aguda?**», comentó Alastor.

—Naturalmente, Alteza —dijo Nightlock. Miró más allá de la maligna y añadió—: ¿Habéis venido sola? ¿Y vuestros guardias?

Algo muy raro. Y no éramos los únicos que nos habíamos dado cuenta.

A mi alrededor, los invitados a la cena empezaron a intercambiar miradas de extrañeza. El hechizo de la súbita llegada de la reina estaba desvaneciéndose con rapidez. Incapaz de liberar mi mano, levanté el pie para intentar abrir la jaula con el talón. Sapo intentó ayudarme desde dentro, sosteniendo la suela más firmemente contra los barrotes con la ayuda de sus garras.

«Ya casi lo tengo... —pensé—. Solo un segundo más...».

Nightlock se puso rígido y dio un paso atrás.

—¿Y por qué habéis subido desde la planta del servicio?

—Porque... —Aquella voz remilgada y levemente familiar vaciló—. Porque así lo he decidido. Por eso. Además, ¿cómo osas cuestionarme?

La voz de Pyra era como una columna de humo negro que te nublaba los sentidos. Era regia y exigente, como le correspondía, pero también demasiado aguda, demasiado...

La pared de vidrio del otro extremo de la sala se rompió con un aullido feroz. Varios de los malignos que estaban a la mesa gritaron y chillaron mientras huían en desbandada para evitar los trozos de cristal que chocaban contra las paredes y resonaban sobre la mesa.

La grendel finalmente me soltó para poder volverse y protegerse la cara de los cristales rotos. Me dejé caer de rodillas junto a la jaula de Sapo en el preciso instante en el que los aulladores saltaban por la nueva abertura practicada en el salón.

Desde debajo de la mesa vi la forma desgarbada de Sinstar pasar por encima del borde de la vidriera rota y dejarse caer sobre la moqueta. Barrió la habitación con la mirada de sus numerosos ojos.

—¡No es la reina, imbéciles! —vociferó—. ¡Acabo de dejarla... en la Prisión de Skullcrush!

Visto y no visto, la reina desapareció con un chasquido. En su lugar flotaba una tarántula.

Eleanor, la suplantadora.

Nell salió de un salto de su escondite, detrás de una armadura, y se aclaró la garganta. Pues claro. Ella le había puesto voz a la falsa Pyra. Y Flora no andaba muy lejos: entró corriendo por la puerta de servicio, con los puños ya dispuestos para la lucha.

Y entonces por fin se abrió la jaula de Sapo.

El suplantador no perdió el tiempo. En cuanto quedó libre de su cárcel de hierro, emitió una potente ráfaga de magia que volcó la mesa de comedor. Los invitados echaron a correr, empujándose los unos a los otros en dirección a la puerta opuesta a la de servicio.

Uno de los aulladores se abalanzó sobre Sapo, pero la oleada de magia lo echó atrás mientras un monstruo furioso emergía de aquel torbellino de luz.

Sapo no era simplemente enorme: era descomunal como un animal prehistórico. Sus colmillos se habían alargado y le sobresalían de los labios. Me superaba en altura y su pelaje negro ya no era esponjoso, sino liso y brillante. Con un chillido, golpeó la bóveda con sus alas de murciélago y la dejó hecha trizas. Empezaron a llover trozos de cristal sobre nosotros.

Protegido por sus grandes alas de murciélago, me volví hacia el lugar donde Nightlock había estado hacía apenas unos instantes. El duende se había puesto a cuatro patas y ahora gateaba hacia la entrada de servicio mientras a su alrededor la habitación se sumía en el caos.

—¡Eleanor! —grité, señalando a Nightlock—. ¡Nell! ¡Capturadlo!

Nell estaba ocupada estampándoles una bandeja en la cabeza a los trasgos que corrían hacia ella con los cuchillos de mesa en la mano. La tarántula se desvaneció con su propio fogonazo de luz y reapareció un segundo después con su tamaño habitual multiplicado por cien. Se abalanzó sobre Nightlock de un salto, rodeándolo con las patas hasta crear su propia cárcel.

El otro aullador corrió hacia Nell, pero Sapo lo apartó de un tortazo con su gigantesca zarpa. El aullador gimoteó mientras atravesaba volando el último panel de vidrio que quedaba en pie y desaparecía en el pasillo que había detrás.

Sinstar desenvainó su espada dentada y dio un paso hacia mí, amenazador:

—¡Si mi señora no te quisiera vivo, picajoso, ya estarías mil veces muerto!

—Esto... Voy a buscar al ogro guardián, ¿vale? —dijo otro trasgo, que a continuación se caló el sombrero y huyó por la puerta.

—¡Espectros! ¡Venid a ayudar a vuestro señor! —vociferó Nightlock—. ¡Venid a ayudarme!

«**Patético** —masculló Alastor—. **Dile al gatito grandullón que le arranque los intestinos y se los ponga por collar**».

El otro aullador, dándose cuenta de que no tenía ninguna posibilidad de vencer a Sapo, se buscó un objetivo más pequeño y fácil: Flora. Hizo descender su cuerpo hasta quedar agachado y, con un rugido aterrador, se abalanzó sobre ella con las uñas totalmente extendidas.

—¡Flora! —grité—. ¡Cuidado!

Un fogonazo de luz roja destelló delante de ella y distrajo momentáneamente al aullador. Era Ribbit.

El aullador, sobresaltado, calculó mal la distancia que lo separaba del suplantador y le desgarró el ala a Ribbit en vez de herir a Flora en la cara.

Aterrizó con un fuerte golpe y derrapó por la mesa volcada. Un reguero de sangre brotó al contacto con los cristales rotos esparcidos por el suelo. El suplantador cayó desplomado con un grito de dolor que helaba el corazón.

El horror me cubrió la piel con un manto helado cuando Flora cayó de rodillas y estrechó al suplantador contra su pecho.

—¡Ribbit! ¡No!

Un sonido metálico me hizo volver en mí con una sacudida. Y con auténtico pavor.

Sinstar estaba acorralando a Nell, blandiendo la espada una y otra vez mientras la obligaba a retroceder por la sala. La bruja, con el rostro desencajado por el esfuerzo, sostenía la bandeja como un escudo.

—Toma mi luz... no... guía mi mano, dame... dame...

Un conjuro. No conseguía lanzar un conjuro para defenderse. Cada vez que intentaba empezar uno, parecía cambiar de opinión a media frase. Al final, terminaba pronunciando un embrollo de palabras teñidas de pánico.

Pivoté mientras buscaba por el suelo alguno de los cuchillos que había visto. El corazón me golpeaba la caja torácica. Finalmente, mi mano se cerró en torno a uno.

«¡No! Gusano, quédate quieto...».

—¡Aléjate de ella! —grité, empuñando el cuchillo mientras corría.

—Venga, chaval —dijo Sinstar mientras apartaba a Nell de una patada.

La bruja se estrelló contra el suelo y el aire abandonó de golpe sus pulmones por la violencia del impacto.

—Voy a cortarte un cachito de carne como recuerdo. ¡Necesitamos que respires, no que estés entero! —prosiguió el demonio.

El cuchillo no me tembló en la mano ni una sola vez, pero aun así sentí la ardiente ráfaga de agujas debajo de la piel cuando Alastor trató de hacerse con el control de mi cuerpo. **«Soy un luchador avezado, Gusano. ¡Déjame escribir mi nombre en su pellejo!».** En mitad del jaleo de gritos y de malignos que huían, surgió una nueva voz. Aguda y con tono de advertencia.

—No deberías haberlo hecho...

Con el rabillo del ojo vi a Flora encogerse de dolor. Entre sus manos, el pecho recubierto de plumas de Ribbit subía y bajaba al ritmo de su respiración. Cuando le quitó con mucho cuidado un trozo de cristal del ala que el aullador le había herido, le goteó sangre por las manos.

—No deberías haberlo hecho —volvió a decir Flora, con los ojos brillándole de color verde intenso.

—Flora... —empezó Nell, sobresaltada—. ¿Estás bien?

Una sombra oscura cayó sobre el rostro de la elfa y su piel pareció endurecerse como la corteza de un tronco. Así de rápido, pasó de ser como una flor abriendo sus pétalos a volverse como una espina retorcida. Su voz se hizo más profunda, como si subiera desde una oscuridad antigua, y pareció que tuviera eco. Un escalofrío incontrolable recorrió mi piel.

—Ahora —dijo la extraña voz— toma mi turbación.

«Su... ¿turbación?».

Flora se volvió hacia Nell con un rostro aterradoramente inexpresivo. Las palabras salieron de su boca como un trueno.

—¿Recuerdas lo que te pedí?

Nell la miraba boquiabierta pero asintió con la cabeza y bajó el brazo para tocar la mano que Flora le tendía. La magia salió de la punta de sus dedos y se arremolinó allí donde se congregaba en la palma de la mano de la elfa.

Flora cogió la plantita que llevaba en la bolsa y repartió la reluciente esencia por sus hojas. La planta brilló incluso con más fuerza que cuando la había regado varias horas antes. Tembló mientras se levantaba de la palma de su mano y flotó allí durante varios latidos interminables. Ninguno de nosotros se movió ni dijo nada.

«¿Qué es esto?», le pregunté a Alastor.

«**No lo sé** —respondió Alastor, que sonaba perplejo—. **La ira de la elfa transforma la planta, eso seguro**».

La planta cayó al suelo.

Y allí se quedó, inmóvil.

Flora se agitó y su piel ondeó sobre su silueta mientras se relajaba. El brillo desapareció de sus ojos, igual que la dureza de su mirada. Cuando volvió a ser ella misma, parecía desconcertada.

—¿Qué está sucediendo? ¿Ha funcionado maravillosamente bien?

La miré fijamente.

—¿Se suponía que tenía que pasar algo ahora?

El demonio soltó una risotada chirriante e interrumpió a Flora antes de que esta pudiera responder.

—Elfa, los de tu clase nunca dejáis de decepcionar —dijo Sinstar con desdén—. Me haré una flauta con tus huesos. Al menos así servirás para algo.

—No podrás ni acercarte lo suficiente para intentarlo —replicó Nell—. Ponme a prueba, te desafío...

El temblor empezó como una pesadilla insidiosa. La cubertería de plata y las copas rotas empezaron a estremecerse a nuestros pies y después bailaron sobre las piedras. El marco de metal de la puerta gimió y sus bisagras rechinaron. La casa entera pareció moverse sobre sus cimientos, con las piedras cambiando de lugar mientras las mecía un trueno cada vez más ensordecedor.

Durante un segundo espantoso, tuve el convencimiento de que estábamos todos a punto de ser engullidos por el Vacío.

Pero entonces la magia súbitamente tomó la forma de un tornado de luz centelleante alrededor de Flora, rodeándola sin tragársela.

—¡Flora! —exclamé—. ¿Qué estás haciendo?

—Te... lo... dije... —contestó, con el eco volviendo a apoderarse de sus palabras—. A este reino le vendría bien... más... ¡verde!

Su pequeña planta salió de repente disparada hacia arriba, creciendo rápidamente a medida que absorbía la magia. Pronto alcanzó el tamaño de un autobús escolar y nada —ni nadie— podía hacer nada para detenerla. Un brote se curvó en torno a la mesa y aplastó el sólido metal como si fuera un simple papel. De allí brotaron otras ramitas que serpentearon entre las piedras, las puertas y las paredes, estrangulando todo lo que se interpusiera en su camino.

Nell se incorporó del suelo y agarró el revoltijo formado por Eleanor con Nightlock inmovilizado entre sus patas. Sapo los atrapó a los tres con la cola y los depositó sobre su lomo.

Un trozo de techo cayó y se hizo añicos a mis pies.

Eso era todo lo que Sapo necesitaba ver. Alargó una pata para agarrar a Flora por la capa y la colocó también sobre su lomo, detrás de los demás. Los otros suplantadores, que eran más pequeños, se agarraron a la parte del cuerpo de Sapo que buenamente pudieron.

—¡Prosper! —gritó Nell—. ¡Vamos!

La mampostería se estaba desmoronando y, a medida que cada piso superior al nuestro se desplomaba, llovían más y más muebles e instrumentos y retratos y armas.

Sinstar gritó de rabia y corrió hacia mí entre la lluvia de vidrio y piedras.

La pata de Sapo estaba cubierta de polvo, así que no pude agarrarme bien a su pelo cuando el suplantador empezó a batir sus alas y alzó el vuelo. Más tallos monstruosos subían desde el suelo, trenzándose los unos con los otros y destrozando todo lo que tocaban. Sapo estaba aún lejos de la cúpula, pero me resbalaban los dedos, no podía seguir agarrado...

Nell se dio la vuelta e intentó descender por el lomo del suplantador. Me tendió la mano.

—¡Vamos! ¡Solo un poco más!

—¡No! ¡Ya eres mío, picajoso!

El demonio necrófago saltó de la mesa a los restos de la bóveda. Sus garras se curvaron en torno a mi pie y tiraron de mí hacia abajo.

«¡No! ¡Aguanta, Prosperity!».

El peso del demonio necrófago era excesivo. Pataleé, pero no logré quitármelo de encima. El pelaje de Sapo se me escapó de entre los dedos y lo último que oí antes de caer fue el grito de horror de Nell.

20

La oscuridad
que todo lo devora

Mi mundo se hizo oscuridad, polvo y una voz fuerte e insistente que resonaba dentro de mi dolorida calavera.

«¡...ity!».

No. Yo lo que quería era dormir. Solo necesitaba... descansar... El cuerpo me dolía como si todo él fuera una gran magulladura. Por dentro me sentía como si me hubieran vaciado.

«¡**Prosperity**!».

Todavía no...

«¡**Despierta**! ¡**Prosperity, despiértate ya**!».

Despierta... Despierta al hueso que canta... Una voz familiar se entretejió con aquel pensamiento y, poco a poco, las palabras empezaron a cambiar. A volverse más nítidas. «Despiértate, hueso que canta...». No, hueso que canta, no. Pero algo parecido...

«¡GUSANO! ¡NO VOY A MORIR AQUÍ APLASTADO COMO UNA LOMBRIZ Y TÚ TAMPOCO! ¡DES-PIÉR-TA-TE!».

Los ojos se me abrieron de golpe. Enseguida me quedaron dos cosas muy claras:

1. Seguía con vida pese a no haber conseguido huir de una casa que se estaba derrumbando.
2. Una enorme pared de piedra planeaba a un par de centímetros de mi cara.

—Madre... mía... —solté.

Una red mágica parpadeante era lo único que impedía que varias toneladas de piedras me convirtieran en una papilla ensangrentada. Estaba tan asustado que no me atrevía ni a parpadear por si eso rompía el frágil equilibrio que me rodeaba.

«No... puedo... aguantar... más... —me advirtió Alastor—. LE-VÁN-TA-TE».

El dolor me atravesaba desde la coronilla hasta un dedo del pie que probablemente tenía roto, pero logré salir de debajo de la magia. Me arrastré hacia atrás, como un cangrejo, hasta que choqué con lo que quedaba de la mesa de comedor y me corté la mano con un trozo de cristal.

Alastor emitió un intenso suspiro de alivio mientras la magia se desvanecía y las piedras se desplomaban con gran estrépito.

—Gracias —dije resoplando.

La voz de Alastor era débil:

«Me he salvado... a mí mismo... no me... insultes... con tus sentimentalismos».

Miré a mi alrededor. La planta había destruido Grimhold

hasta sus cimientos. Nosotros habíamos caído en uno de sus niveles inferiores, pero sobre mi cabeza solo había un cielo oscuro repleto de vapor. Los tallos cubrían casi todas las superficies de las ruinas de la casa.

A varios metros, los escombros se movieron. Salté mientras las piedras se desperdigaban por el suelo fracturado, rodando hasta detenerse casi a mis pies. Alastor olfateó una vez, y luego otra.

«Lo que hay que ver... ¿Quién se está poniendo sentimental ahora?», le pregunté.

La presencia de Alastor vibró en mi interior como una alarma.

«**No he sido yo**».

Me volví lentamente y me topé con la visión de un aullador liberándose de los escombros. El perro se sacudió el polvo del pelaje. Sus ojos despedían destellos rojos mientras enseñaba los dientes.

Me levanté del suelo con el corazón en la boca.

«**¡Arriba!** —me apremió Alastor—. **¡Sube!**».

Grimhold, al derrumbarse, se había doblado hacia dentro, creando una forma similar a la de una escalera de gigantes. No había adonde ir, salvo «arriba».

Me subí a la mesa rota, me agarré a uno de los tallos cercanos y lo utilicé para subir hasta la siguiente sección plana de roca. Con la adrenalina corriéndome por las venas era más fácil ignorar el punzante dolor en todo el cuerpo.

«**¡A la derecha!**».

Volví a agarrarme al tallo, me di impulso con el pie sobre la piedra y oscilé hacia la izquierda. El segundo aullador gimió al alcanzar solo el borde de los escombros. Sus zarpas rayaron la piedra, luchando desesperadamente por sostenerse.

El aire me entraba y salía a golpes de la nariz mientras el perro emitía un último lamento antes de que sus patas resbalaran. Cayó entre el vapor a las profundidades.

«**El otro se acerca**», me avisó Alastor.

Incluso sin poder ver al perro diabólico, oí sus agitados jadeos. Su olor, a calabaza podrida, llegó después. Luché por encontrar un punto de apoyo sobre los cimientos arrasados de la casa y trepé por el tallo con ambas manos.

La situación era absurda, ya que todo ese tiempo, incluso con el aullador saltando de una piedra a otra, lo único en lo que yo podía pensar era en la cuerda que colgaba del techo del gimnasio de la Academia Peregrine S. Redding. Aquella por la que yo nunca había sido capaz de subir, ni siquiera con Tyler, el entrenador, pegándome gritos desde el suelo y diciéndome que usara los bíceps.

Me concentré en mi labor, apoyando los pies en el lateral de las piedras.

Finalmente, toqué con los dedos una cornisa. Me di cuenta de que era el lugar donde la casa había estado unida al laberinto de peldaños que conducían a ella desde la calle. Las piernas me temblaron con el último esfuerzo titánico que tuve que hacer para llegar, mitad gateando y mitad arrastrándome, a la superficie lisa del rellano.

Una mano fría me agarró de la nuca y me levantó violentamente del suelo.

«**¡No!**».

—Ya sabía yo que la cucaracha que la reina tiene por hermano no te dejaría morir —dijo con desprecio el cazarrecompensas—, como también sabía que los reinos no serían tan crueles como para negarle a nuestra reina la oportunidad de matarte ella misma.

Rezumaba sangre azul de un corte dentado en un lado de su rostro aterrador. De cerca, su piel manchada parecía un cadáver en descomposición.

—Oye, Sirsang... —empecé.

—¡Me llamo Sinstar! —bufó el demonio.

—Vale, Simsaw —dije.

El pánico me había borrado de la cabeza todos los pensamientos prácticos, salvo el que necesitaba por encima todo. Aquel emergió serenamente de las profundidades de mi memoria, donde lo había almacenado años atrás, cuando la abuela nos había obligado a Prue y a mí a asistir a clases de defensa personal después de que alguien intentara secuestrarnos cuando volvíamos del colegio a casa.

Dejé de arañarle la mano y opté por darme la vuelta y clavarle los pulgares en los ojos.

El demonio gritó de dolor y me soltó para llevarse las manos a la cara.

«**Bien hecho, Gusano**», dijo Alastor.

Me puse de pie y corrí hacia la escalera. Bajé por los escalones a saltos, de dos en dos y de tres en tres. Los pasos de Sinstar golpeaban el suelo detrás de mí, cada vez más deprisa. El aullador que quedaba soltó un ladrido agudo desde algún punto a nuestra espalda, pero la escalera era tan irregular y yo bajaba, bajaba y bajaba tan rápido hacia la calle, que no miré hacia atrás.

Debería haberlo hecho.

El suelo se puso a temblar de nuevo. Los cascotes sueltos

empezaron a rodar ruidosamente por la escalera y el cielo retumbó con una tormenta fantasma. El reino sonaba como si estuviera a punto de entrar en erupción desde dentro... o como si algo descomunal se arrastrara para acabar con él.

El Vacío.

Había sentido mucho miedo antes, cuando Sinstar me había atrapado, pero eso no era nada en comparación con el terror que me invadía ahora.

Las ratas subían montaña arriba formando un destructivo río carmesí. Mientras sus chillidos se intensificaban, fragmentos de escombros de las torres cayeron y aplastaron a la mitad de las ratas de una sola y sangrienta vez.

«No puedo morirme —pensé desesperado—, no voy a morirme, no puedo morirme, no voy a morirme». Mi mente se concentraba en estas palabras a cada paso que daba, hasta que dejé incluso de oír los gritos frenéticos de Alastor resonándome dentro del cráneo. Me arriesgué a mirar atrás y no me sorprendió ver que Sinstar se estaba acercando, demasiado centrado en atraparme como para darse cuenta de la oleada de pura oscuridad que corría tras él mientras devoraba Grimhold y las torres que ya habíamos dejado atrás.

«No va a parar», pensé, tratando de mover las piernas más rápido. Pero no había adonde ir.

Lancé una última mirada por encima del hombro mientras el Vacío arrollaba a Sinstar y lo devoraba con un gruñido de satisfacción.

El aire se arremolinó a mi alrededor en una ráfaga repentina y fuerte. Algo se encajó en torno a mí y se me levantaron los pies del suelo.

Muerto. Estaba muerto.

—¡Prosper! ¡Prosper!

Levanté la mirada abruptamente al oír mi nombre. Sapo me había agarrado entre sus dos enormes patas delanteras. Nell se inclinó desde el cuello del suplantador, ensombrecida por el cielo oscuro.

—¿Estás bien? —me preguntó a gritos—. ¡Aguanta!

Sapo voló en un arco amplio y suave en torno a la curva de la montaña. Una fortaleza en forma de castillo apareció ante nosotros, con fuegos mágicos rugiendo en el interior de los imponentes faroles colgados de sus puertas dentadas. Filas de calaveras repiqueteaban y se bamboleaban desde el lugar donde estaban apoyadas en los pinchos que tenían encima.

Fue como si el Vacío viera la magia arder en el mismo momento que yo. Con la misma rapidez con la que había llegado aquella fuerza tormentosa, amainó. Los temblores aflojaron, pero no sin que antes un último estremecimiento lanzara un rayo de energía por la calle y la fracturara.

El Vacío se había derramado como un bote de tinta, consumiéndolo todo excepto la mitad posterior de la Corona. La fortaleza se alzaba al final de un largo saliente de la montaña. Había un profundo barranco entre la calle y el lugar donde se hallaba el edificio, lo que hacía imposible salvar la distancia a pie.

Unas cuantas piedras en el borde de la calle señalaban el lugar donde debía de haber estado la antigua pasarela. La fachada de la prisión había sido tallada para representar una calavera humana gritando, por lo que pude imaginar que el puente debía de haber pasado a través de la puerta circular que hacía las veces de boca, tragándose a los reclusos para siempre.

La Prisión de Skullcrush. Era la última esperanza del reino y contemplaba el Vacío desde arriba con la valentía insolente de quien sabe que es la última superviviente de su especie. Unos enormes recipientes de cristal destinados a almacenar magia ardían brillantes como piedras preciosas en las órbitas de la calavera de la fachada. Su presencia era la única defensa de los malignos frente a la oscuridad reinante.

Pero el Vacío se daba por satisfecho. De momento.

21

El escenario del destino

Sapo voló bajo y me dejó a la sombra de lo que había sido una torre antes de aterrizar.

—¡Prosper! —volvió a llamarme Nell mientras se deslizaba por el flanco del suplantador—. ¿Estás bien? Te he visto caer y estaba convencida de que habrías muerto...

—Estoy bien —respondí.

De momento lo estaba. Cuando el *shock* de todo lo que acababa de suceder hacía apenas unos segundos se disipara, probablemente terminaría en el suelo hecho un ovillo y sollozando, pero de momento estaba vivo y de una sola pieza y la prisión la teníamos allí mismo. Prue estaba allí mismo. Y teníamos un billete de entrada con los mocos azules.

Fui a ayudar a Flora a bajar. La elfa estrechaba contra su pecho un pequeño bulto con plumas; toda su atención estaba fijada en el suplantador herido. Al mismo tiempo, Nell rodeó con los brazos la enorme cabeza de Sapo. El Murcié-Gato, agradecido, ronroneó sonoramente mientras le acariciaba la cara con el hocico.

—¡Estaba muy preocupada por ti! —dijo Nell con la voz tensa—. No puedes... no puedes irte. ¿Me oyes? No puedes dejarme.

El último suplantador a lomos de Sapo era Eleanor, entre cuyos brazos se retorcía Nightlock sin poder zafarse de la tarántula. Levanté las manos y le dije:

—Rueda a un lado. Yo te cojo.

Tres semanas antes, si me hubieran dicho que me vería hablando con una araña que era casi tan alta como yo y pidiéndole que se lanzase de cabeza a mis brazos, seguramente habría ido arrastrándome a esconderme debajo de una mesa.

Absorbí el peso de Eleanor y el duende con un gruñido y caí de espalda. La araña hizo un pequeño gesto de gratitud con las pinzas, mientras que Nightlock refunfuñó:

—¡Exijo ser puesto en libertad! Gritaré hasta que venga un ogro guardián...

Eleanor le metió en la boca la punta de una de sus patas peludas y lo hizo callar.

—¿Puedes retenerlo unos minutos más? —le pregunté. La tarántula movió todo su cuerpo arriba y abajo, gesto que interpreté como el equivalente arácnido de asentir con la cabeza.

Los demás suplantadores se habían congregado junto a Flora y formaban un círculo alrededor del punto donde la elfa sostenía a Ribbit entre sus brazos y le acariciaba suavemente el pecho cubierto de plumas. Unos gruesos lagrimones le colgaban del ángulo del ojo, a punto de caer.

—Todo irá bien, valeroso amigo —susurró Flora—. Lo sé. Seré muy valiente por ti si tú también lo eres por mí.

—Nell —la llamé.

Señalé al suplantador que la elfa llevaba en brazos. Sapo emitió un suave maullido inquisitivo mientras Nell se acercaba a Flora. Cuando apartó de Ribbit las verdes manos de la elfa, esta se dio la vuelta y se inclinó protectora sobre el suplantador.

—No le va a doler, ni siquiera un poco —dijo Nell.

Se quitó la mochila de los hombros y la dejó sobre el polvo y los cascotes para rebuscar en su interior.

—Ajá, aquí está. Aún queda un poco —dijo Nell mientras agitaba un pequeño frasco rojo.

—¿Qué es? —preguntamos Flora y yo al unísono.

«Huele a rosas. Es veneno, sin duda».

—Es un ungüento curativo —explicó Nell—. Mi madre... mi otra madre lo preparó, así que es lo mejor de lo mejor. No hay nadie como ella en lo que se refiere a las artes de sanación.

Incómodo, fui cambiando de pie el peso del cuerpo. El loro que Flora sostenía en las manos estaba empapado de sangre. ¿De verdad bastaría un ungüento para salvarle la vida?

«No. La muerte está cada vez más cerca. Huelo como se enfría su sangre».

No quise saber qué significaba aquella frase.

—No es solo el ungüento —se corrigió Nell, volviendo a colocarse las gafas en el puente de la nariz—. Tengo un conjuro que funciona con él. ¿Te parece bien, Ribbit?

El suplantador volvió la cabeza hacia ella débilmente y luego miró a Flora con su brillante ojo posterior.

—Le parece bien —susurró Flora con un pequeño hipido.

La elfa sostuvo al loro un poco separado de ella, para que Nell pudiera examinarlo.

Nell abrió el tapón del frasco y utilizó el cuentagotas para extraer un poco de líquido carmesí. Me sorprendió ver que le temblaba la mano mientras hacía caer una, dos y tres gotas sobre la peor de las heridas del suplantador.

—Por el poder que me ha sido conferido, sane con presteza este cuerpo herido. Por el poder de la luna llena, sane sus heridas este ser que pena.

Le cogí de la mano el frasco de ungüento y lo devolví a la seguridad de su mochila. Ribbit no se movió.

—¿Está...? —empecé, con el corazón en un puño.

Flora cerró los ojos con fuerza y negó con la cabeza.

—No. No. Habría vuelto a su forma natural. Pero noto que no va a poder mantener mucho tiempo su forma elegida.

«Qué lástima».

Tardé un instante en darme cuenta de que no había ni una pizca de sarcasmo en el comentario de Al.

«¿Te estás ablandando con nosotros?».

Noté cómo se movía en mi interior, estremeciéndose con solo pensarlo.

«Respeto el coraje y la destreza en la lucha. Ciertamente es una tragedia perder a un buen combatiente, sea de la especie que sea».

Nell se frotó la frente, murmurando algo para sí misma mientras recorría *Fatigas y tormentos* con los ojos, leyendo y releyendo el conjuro. Yo no podía apartar la vista de Ribbit y de la sangre que cubría la piel de Flora.

Tres palabras me daban vueltas por la cabeza, desgarrándome por dentro: «Es culpa mía».

Aquello era culpa mía.

Era yo quien se había puesto al mando, era yo quien había asegurado que conseguiríamos salvar a los suplantadores. Y yo le había fallado a Ribbit, igual que le había fallado a Prue.

Si tuviera poder —poder de verdad— habría sido capaz de evitarlo. Tal vez no era tan malo ansiar el poder, mágico o de otro tipo. Me permitiría salvar a las personas y los demás seres que me importaban. No tendría que quedarme sin poder hacer nada y sintiéndome tan inútil como me sentía ahora.

—Por el poder que me ha sido conferido, sane con presteza este cuerpo herido —repitió Nell mientras movía las manos por encima del ave. Una y otra vez, recitó el hechizo, con la voz atenazada por el miedo—. Por el poder de la luna llena, sane sus heridas este ser que pena.

«Supongo que es algo que jamás podré comprender: el deseo de salvar a otro, aunque sea a costa de tu propio poder. Pero a la brujita le falta la luna —observó Al—. Ya ha malgastado demasiada magia».

Negué con la cabeza mientras apretaba los puños a ambos lados del cuerpo.

«No subestimes a Nell».

—¿Por qué no funciona? —dijo Nell, limpiándose de la cara una lágrima de frustración antes de que cayera al suelo—. Mi madre jamás cometió un error así. Qué vergüenza sentiría si me viera...Para ella sería un bochorno...

«Vergüenza». El dolor se hizo más intenso en mi pecho.

Flora bajó la cabeza mientras acercaba a Ribbit al calor de su pecho.

—Nell, lo has intentado... Es... Es...

El suplantador emitió varios quejidos. Flora abrió mucho los ojos mientras se agachaba y acercaba la oreja al pico del loro.

—No, no, no es necesario, tú descansa... Reserva tus fuerzas.

—¿Qué dice? —pregunté.

—Ribbit intenta... Intenta decirnos que ha oído a unos ogros hablar de tu hermana... algo sobre cuándo actuará Pyra.

Sentí que todo mi cuerpo se disolvía de pánico y desesperación por conseguir cualquier información que Ribbit pudiera tener. Me mordí la lengua. En ese momento lo más importante no era yo, ni Prue, sino Ribbit.

Nell dio un paso atrás con el libro estrechado contra su pecho. No tenía ningún tipo de expresión en el rostro, como si estuviera tan absorta en sus pensamientos que se hubiera quedado atrapada allí.

«A limón —dijo Al en voz baja—. **Su sabor vuelve a ser a limón...**».

El limón significaba tristeza. Desolación.

Es lo que tiene el sufrimiento: nunca es exactamente igual. Justo cuando crees que tienes superado un antiguo dolor, o que por fin te has deshecho de la pena, da media vuelta y regresa a ti con un rostro nuevo y peor. Nell había sufrido al perder a su madre, al creer que podrían haberla salvado y al creer que podría hacerla regresar. Ahora parecía que quisiera mantenerla con vida de otro modo: dando exactamente los mismos pasos que ella.

—Nell —dije, mientras le ponía las manos en los hombros y la volvía hacia mí—. Mírame.

No podía. El tiempo estaba avanzando a un ritmo demasiado rápido y la respiración de Ribbit había dejado de estar sincronizada con él. Se había vuelto más lenta, dificultosa y entrecortada.

—Te lo dice alguien a quien le han repetido todos y cada uno de los días de su vida que no daba la talla y que nunca estaría a la altura de su familia y su apellido —dije—. Todas esas voces que tienes en la cabeza, que te dicen que no sirves para nada, que nunca serás tan buena bruja como tu madre y que jamás vas a ser perdonada por lo que hiciste, mienten.

Al oírlo, Nell por fin me miró. Tenía los ojos rojos de lágrimas contenidas.

—Seguro que tu madre era una persona extraordinaria. Una vez me contaste que ella te había alentado a ser quien tú quisieras ser. Nunca habrá otra persona como ella, del mismo modo que solo puede haber una Nell. Y esta Nell es maravillosa.

Le quité el libro de las manos.

—Cometer errores no es razón para avergonzarse, a no ser que nunca intentes enmendarlos. Creo que únicamente podrías decepcionar a tu madre si renunciaras a ser tú misma e intentaras ser otra persona.

La cabeza de Sapo se movió arriba y abajo en el aire. Le dio un lametazo a Nell a un lado de la cara y la sorprendió tanto que se le escapó una carcajada de sobresalto. Sus ojos verdes centellearon en dirección a mí mientras levantaba una zarpa y me hacía gestos para que continuase.

—Escucha, ya sé que no tenemos tiempo —proseguí— y,

la verdad, no sé gran cosa sobre el Mundo de Abajo, ni siquiera sobre el de arriba, el de los humanos. A estas alturas, podrías decirme que las brujas se comen sus propias verrugas para desayunar y yo me lo creería.

—No —respondió Nell—, pero sí que las usan para predecir el futuro.

—De acuerdo, ¿lo ves? —dije al instante—. He aquí lo que sí sé, sin embargo: «El mundo entero es un escenario, y todos los hombres y mujeres son simples actores». Solo tienes que creer en ti misma.

La cara de Nell perdió su mirada vacía, que fue sustituida por una de gran extrañeza.

—No es eso lo que significa esa cita de Shakespeare. Lo que quiere decir es que todos nosotros somos peones en el inmenso proyecto del destino y que, en realidad, no tenemos ningún control sobre él.

—Bueno, es la única cita de Shakespeare que conozco, así que haz como si te estuviese alentando a recordar que eres una bruja, la bruja de la Casa de los Siete Terrores, y solo porque no salga la luna, solo porque hayas tropezado, no significa que eso deje de ser cierto y que no tengas ningún poder.

«Termina de una vez, Gusano».

—De manera que, aunque no sé gran cosa de prácticamente nada, hay algo que sí sé: te vi hacer magia en Salem. En todas las ocasiones funcionó y creo que fue porque no tenías miedo de que fallara. Jamás dudaste de lo que eras capaz de hacer —dije—. Así que, incluso si ahora dudas de ti misma, yo sé que yo creo en ti. Siempre creeré en ti.

Nell se quedó mirándome y, poco a poco, parte del dolor empezó a desaparecer de su rostro. Se miró las manos y separó los dedos. Sus labios se hicieron más finos en un gesto de determinación y reconocí su manera de echar los hombros atrás.

—No voy a fallar —dijo, con una voz que sonaba más segura—. Nací con este poder. Lo tengo para utilizarlo. —Respiró hondo—. Estoy preparada.

22

Toda la verdad

Ninguno de nosotros se movió. Junté las manos detrás de la espalda y me estrujé los dedos para afrontar el último de mis temores. Ribbit estaba empezando a desvanecerse delante de nuestros ojos; sus alas relucían mientras se disolvían lentamente en brillantes motas de magia.

—Voy a intentarlo de otra manera —anunció Nell—. Conozco otro conjuro de sanación, tal vez combinándolos...

—Haz la prueba—susurró Flora.

Nell colocó las manos en torno al lugar donde la elfa acunaba a Ribbit y cerró los ojos. Hablaba con voz lenta y, a la vez, tan fría y reconfortante como la luz de la luna llena.

—Hermanas de la noche, venid de una en una, traednos la luz sanadora de la luna... Por el poder que me ha sido conferido, sane con presteza este cuerpo herido...

Nell ni siquiera había terminado de recitar el conjuro cuando empezó a irradiar magia entre sus manos y las de Flora. La neblina luminiscente se hizo más compacta y se dividió en varios haces. Como si Nell la hubiera enhebrado por el ojo de una aguja, la magia empezó a entrar y salir de la pequeña forma de Ribbit, como si la cosiera. Le rozó el borde de las plumas y la acarició con su poder delicado.

Una fina hebra de magia salió de mi pecho y se abrió camino por el aire, para luego disolverse en el resplandor más amplio que envolvía a Ribbit e intensificar su fulgor.

Me quedé mudo de asombro. ¿Alastor...?

El conjuro de sanación carecía del calor furioso de algunos de los hechizos más explosivos de Nell. La magia que rodeaba a Ribbit era opalescente y contenía un millar de arcoíris minúsculos. Era tan reconfortante como la luz de la luna.

Nell no paró de recitar hasta que la magia se desvaneció y sus partículas titilantes se marcharon con el viento y se dispersaron.

Por un instante, nadie se movió.

—¿Ribbit? —susurró Flora.

El suplantador emitió un suave suspiro de satisfacción. Me incliné sobre el hombro de Flora y observé como el loro levantaba el ala que había tenido maltrecha y apoyaba el pico en ella. Un momento más tarde, Ribbit se puso a roncar.

—Ha sido... —empecé, mientras me invadía la euforia.

—¡Absoluta y extraordinariamente asombroso! —dijo Flora, dando saltos arriba y abajo. Al darse cuenta de que estaba moviendo a Ribbit, paró—. ¡Nell, eres un ciclo! La

Madre Elfa se equivocaba, ¡las brujas no sois unas egoístas irresponsables ni una lacra para los reinos!

A Nell se le borró la alegría de la cara.

—¿Qué dices?

«**¿Podemos volver a lo de arrancarle las entrañas a Night-lock?** —preguntó Alastor, bastante amablemente para ser él—. **Me daría rabia que el gatito se lo zampara antes de que tuviéramos la oportunidad de enseñarle a ese gusano la pinta que tiene por dentro**».

«¿Gusano? Creía que ese apelativo me lo dedicabas a mí en especial».

«**Para dedicarte un mote en especial tendrías que ser alguien especial... Gusano**».

Volví a mirar a Flora, sabiendo que preguntárselo era egoísta y que Ribbit necesitaba descansar, pero el suplantador ya había superado lo peor. Prue, en cambio, no.

—¿Podría Ribbit acabar de contarnos lo que estaba intentando decirte sobre mi hermana y Pyra?

A la elfa no pareció gustarle demasiado la idea, pero despertó al suplantador el tiempo suficiente para que gorjeara algunas palabras.

—Los ogros han dicho que Pyra tiene que llevar su plan a la práctica en los próximos dos días —me tradujo Nell—. Y que si no nos encuentra antes a nosotros, empezará a hacerle daño a tu hermana.

Me sentí como si se me hubiera helado la piel.

—Entonces tendremos que actuar aún más rápido.

Me dirigí hacia donde estaba el duende, atrapado entre las patas de Eleanor. La tarántula aflojó el agarre, pero siguió manteniendo las patas bien juntas, aprisionando al duende contra el suelo. Sapo se inclinó sobre sus zarpas delanteras y sacó las uñas entre las patas de Eleanor. Jugaba con Nightlock.

—Es un asco, ¿verdad? —le dije mientras me agachaba para ponerme a su altura—. Me refiero a lo de quedar atrapado en la trampa que alguien te ha tendido.

—¡Su... suéltame enseguida! —farfulló Nightlock—. ¡Soy el asesor especial de su majestad! Os vamos a detener a todos por maltrato... Bueno, a ti no, bruja, a ti te mataremos, por supuesto. Y a ti también, muchacho, para completar el plan de mi señora. Y a la elfa también, supongo... Bueno, las cosas pintan bastante mal para todos vosotros, la verdad.

—Deja que se levante, El —dijo Nell mientras le daba un golpecito en la pata a Eleanor.

La suplantadora volvió la cabeza y miró a Nell vacilante, pero hizo lo que le pedían. El duende se sacudió el traje arrugado y luego salió disparado hacia la derecha. Sapo alargó la zarpa y lo agarró por el cuello de la chaqueta. Después volvió a arrastrar a Nightlock hasta nosotros.

Nell se agachó a mi lado.

—Tienes dos opciones. Una es por las buenas: tú nos dices dónde está la entrada secreta a la prisión y nosotros te dejamos marchar sano y salvo. La otra es por las malas.

Nightlock abrió la boca y dejó al descubierto unas protuberancias amarillas en el lugar de los dientes.

—Estás en mi reino, brujita. No tengo por qué decirte nada. No, no tengo por qué.

—¿De verdad? —dijo Nell sonriéndole con dulzura.

Se formó un remolino de magia verde en torno a su muñeca y su mano mientras le tocaba el cuello al duende con la punta del dedo. *Fatigas y tormentos* estaba en el suelo, apoyado en la mochila.

«**¿Qué hace?**».

«**¿**Un conjuro**?**».

Alastor debió de reconocer ese tipo de magia, porque tomó aire abruptamente.

«**No. Es algo peor**».

—Di la verdad, dila sin desbarajustes, o te hincharán la garganta los embustes —recitó Nell, sonriendo de un modo que me dio miedo incluso a mí, aunque solo fuera un poco—. Di la verdad, dila bien mientras respiras, que no broten de tu boca más mentiras. Di la verdad, dila bien y no te asustes, o la garganta se te hinchará de embustes. Di la verdad, mas no seas aguafiestas, no la digas sobre aquel a quien detestas.

El duende volvió a farfullar algo y se llevó la mano al cuello, que tenía rodeado por un aro de magia.

—¡Una maldición! ¡Me has lanzado una maldición! Eres una... —Sus palabras quedaron ahogadas y al momento fueron sustituidas por otras—: bruja bellísima... ¡No! Quiero decir, ¡sí! Este duende...

Los ojos empezaron a salírsele de las órbitas. Cerró sus labios con fuerza y, abatido, emitió unos sonidos guturales.

—¿Acabas de...? —empecé.

Nell se encogió de hombros. Sí, acababa de hacerlo. Le había lanzado una maldición al duende para que hiciera precisamente lo que no estaba dispuesto a hacer: decir la verdad.

«**Y eso no es todo** —dijo Alastor, impresionado muy a su pesar—. **Ha especificado que no puede decir la verdad so-**

bre nosotros, de modo que, incluso si lograra huir, no podría contarle a nadie que nos ha visto ni dónde encontrarnos. Es... brillante».

«Caramba, Nell».

—¿Cuánto durará? —pregunté.

—Pues no lo sé. Tal vez —dijo mientras se agachaba y miraba a la cara al duende, que estaba temblando— para siempre. Aunque a lo mejor soy buena y te retiro la maldición, si colaboras.

Nightlock inspiró aire con ansia, tiritando por el esfuerzo de contenerse.

—Ha dicho que le pareces bellísima —le dije a Nell—. Diría que alguien tiene un admirador...

Lanzó el brazo y me alcanzó en el pecho.

—Concéntrate.

—Vale, vale —dije. Me dirigí al duende—: ¿Sabes dónde está la entrada secreta?

Al duende se le hincharon las mejillas como el cuello de una rana toro por el esfuerzo de no decir nada. Me acerqué y le pinché con el dedo en un moflete. Con fuerza.

El aire y una palabra salieron a la vez de su boca.

—¡Ssssí! —Se puso ambas manos encima de la boca y empezó a mover los ojos frenéticamente, mirándonos de forma alternativa a Nell y a mí—. Pero no la encontraréis, no, ¡no la encontraréis! ¡No puede descubrirse solo con palabras!

«Ah, me encanta esta maldición, la de mostrar sin hablar».

«¿En qué consiste?», pregunté.

«Uno de mis antepasados supo proteger esa entrada con inteligencia. La manera de entrar no se puede expresar con palabras, sino que te la tienen que enseñar».

—¿Y eso qué quiere decir? —preguntó Nell.

—Tiene que enseñarnos cómo entrar —contesté—. La explicación con palabras está sujeta a una maldición. Nightlock no puede decirnos dónde está la entrada.

Nightlock emitió un sonido como el de una tetera hirviendo.

—¿Ese pasadizo se lo ha tragado ya el Vacío?

Flora se colocó en el espacio que había entre Nell y yo. Bajé la vista hacia la elfa.

—¿Vienes con nosotros? Creía que querrías llevar a los suplantadores de vuelta al reino de los humanos.

—El último espejo está dentro de la prisión, ¿no es así? Además, tú me has ayudado, Prosperity Redding, y ahora voy a ayudarte yo a ti —dijo Flora. Volviéndose hacia el duende, blandió nuevamente su aro con espinas y agitó el puño delante de la nariz bulbosa de Nightlock —. Contéstame, duende asqueroso.

—Tranquila —dije con una risa nerviosa—. No queremos que te enfades otra vez...

—¿Otra vez? ¿A qué te refieres, Prosper? —preguntó Flora, con la extrañeza apoderándose de su rostro una vez más—. Yo no me enfado. Yo voy al lugar de las centellas.

«Está claro que le falta un hervor».

—Lo de la voz y la energía esa en la casa... —Negué con la cabeza—. Da igual. Contéstale, Nightlock.

El duende tenía la cara de color azul brillante; la baba y los mocos le goteaban hasta las manos.

—Estácercaysigueabierta... No... Quiero decir... ¡Aaaah!

—El duende nos enseñó los dientes, fuera de sí—. No pienso ir ahí abajo. Es muy... muy oscuro.

«**Le da miedo esa entrada. Averigua por qué**».

—¿Por qué temes el camino secreto de entrada a la prisión? —pregunté.

El duende se puso colorado del esfuerzo por reprimir su respuesta.

—Mi padre desapareció allí, como les ha sucedido a muchos otros duendes enviados a limpiar ahí abajo. No hay luz que permita ver.

Un estrépito lejano cruzó el cielo.

Se nos estaba acabando el tiempo.

—Enséñanos dónde está la entrada y te dejaremos marchar —dije rápidamente—. No tendrás que venir con nosotros.

«**¡No seas tonto! ¡Necesitamos que nos guíe también por dentro de la prisión!**».

«Lo sé —le respondí con el pensamiento—. Se llama mentir».

Alastor se quedó callado. Me lo tomé como una señal para seguir adelante.

El duende levantó la vista y me miró, pensativo. Detrás de él, Nell parecía tener algo que añadir a la conversación. Negué rápidamente con la cabeza, pero eso solo acentuó su confusión.

—¿No... no me obligarás a acompañarte a las profundidades? —insistió Nightlock—. ¿Este duende te enseña la entrada y ya es libre?

—Sí —respondí—. ¿Ves qué fácil es hacer lo correcto?

—Sí, es lo correcto —dijo Nightlock asintiendo con la cabeza—. Así te entregaré directamente a mi reina y señora, y se pondrá muy contenta conmigo.

—Claro que sí —dije, poniendo los ojos en blanco—. Condúcenos a nuestra destrucción.

El duende se enderezó y volvió a sacudirse la ropa. Los suplantadores y Flora se colocaron detrás de mí. Por más nervioso que estuviera ante la perspectiva de intentar asaltar una prisión de máxima seguridad con todo un ejército de seres mágicos, era consciente de que los suplantadores iban a ser mucho más útiles que yo para rescatar a Prue. Entre todos encontraríamos el espejo y volveríamos juntos al reino de los humanos. Nadie iba a quedarse atrás.

Nightlock andaba un paso por delante de mí, surcando los escombros de las torres destruidas con su nariz respingona levantada. Cruzó la calzada y señaló una boca de tormenta que había en la calle. Como en aquel reino las tormentas no existían, de repente tuve un mal presentimiento con respecto a aquella abertura.

«¡Han construido alcantarillas!».

«¿La última vez que estuviste aquí aún no existían?».

«No. Los malignos que vivían en los peldaños debajo de la prisión debieron de quejarse de la porquería que rebosaba de Skullcrush, y se derramaba sobre sus casas y sus cabezas, lo suficiente como para conseguir que les construyeran una. Es probable que esté conectada con todo el sistema de alcantarillado de la montaña».

—Aquí está —anunció Nightlock—. Esta es la entrada que buscáis. Feliz desaparición a todos.

—¿Hay algo ahí abajo que debiera preocuparnos? —le pregunté.

El duende contuvo el aliento, sopesando sus palabras.

—La oscuridad.

Como había aprendido el arte de las preguntas sin escapatoria y sabía que debía ser muy específico, reformulé la pregunta:

—¿Hay algo peligroso ahí abajo que podría matarnos? Esta vez, el duende respondió más rápido.

—Las aguas residuales. No caigáis en ellas.

«**Hmm**».

—¿Estás seguro de lo que vamos a hacer? —preguntó Nell mientras me agarraba del brazo—. Tal vez deberíamos ser más directos. ¿Y si le pedimos a Sapo que nos lleve volando hasta la torre más alta?

Me alejé un paso.

—Estoy seguro. Ese sitio está abarrotado de malignos. Han evacuado las calles inferiores para venir aquí, ¿recuerdas? La única manera de encontrar a Prue es entrando a escondidas.

Nell negó con la cabeza, escéptica.

—Si tú lo dices...

Nightlock se alejó de nosotros mientras miraba a Sapo con recelo. Me abalancé sobre él, lo agarré por debajo de las axilas y lo arrastré hasta el estrecho desagüe.

—¿Qué... qué haces? —balbució Nightlock, tratando de zafarse de mí mientras lo obligaba a meterse en aquel agujero—. ¡Has dicho que me dejarías en libertad! ¡Has dicho que este duende no tendría que bajar a la oscuridad! ¡Por favor, por favor! ¡Te lo suplico, mortal!

—Que tú no puedas mentir —le dije mientras le soltaba las manos—no significa que no pueda hacerlo yo.

El duende cayó en picado y aterrizó con un grito de dolor y un golpe sordo. Buena señal. Eso significaba que había algún tipo de plataforma o pasarela justo debajo de nosotros.

—¡Prosper!

Nell me miraba atónita. Incluso Flora negaba con la cabeza. Me puse a la defensiva. No teníamos tiempo para discutir por algo así.

—Saldría corriendo y avisaría a los demás malignos de que vamos hacia allí —les dije—. Esta es la única manera.

«Exacto».

¿Por qué el único que estaba de acuerdo conmigo era Alastor? Habría sido totalmente estúpido por mi parte dejar marchar a Nightlock solo porque le daba un poco de miedo la oscuridad. Yo no tenía por qué justificar mi decisión, sobre todo teniendo en cuenta que la vida de Prue pendía de un hilo. Tal vez no fuera una conducta muy elegante, pero yo lo hacía por una buena causa.

Fui el siguiente en deslizarme por la pequeña abertura. No tenía ningunas ganas de seguir viendo la cara de contrariedad de Nell.

La plataforma era viscosa e irregular. Tuve que apoyarme para no resbalar mientras miraba a mi alrededor. Desde arriba se filtraba un poco de luz, apenas la suficiente para ver una pasarela a lo largo de un lado del túnel.

Las aguas residuales que fluían junto a la pasarela avanzaban centímetro a centímetro, llenas de porquería y excrementos. Olía mil veces peor que el resto del Mundo de Abajo, un olor que para mí redefinía el término *apestoso*. Aglomeraciones de basura y moho recubrían su superficie, amenazando con obstruir el túnel en el punto donde se curvaba detrás de la plataforma para adentrarse en lo más profundo del oscuro vientre de la montaña.

«A ti esto debe de encantarte», le dije a Al mientras levantaba los brazos para ayudar a Flora a bajar. Si la luz del sol y la menta hacían que se le revolviera el estómago, aquella combinación debía de ser la gloria para él.

Pero Alastor estaba muy quieto. Muy callado.

—¡Puaj! —exclamó Nell, tapándose la nariz y la boca mientras aterrizaba en el suelo.

Los suplantadores estaban justo detrás de ella. Sapo tuvo que volver a su tamaño habitual para caber por el desagüe y no parecía estar muy contento al respecto.

Nightlock estaba en cuclillas varios metros por delante de nosotros en la pasarela, con las manos sobre sus orejas protuberantes. Sus ojos reflejaban la poca luz que había y refulgían como los de un gato cuando me miraba. Tenía el rostro desencajado de puro odio.

Una gruesa burbuja de agua se formó sobre la superficie de estiércol para luego estallar como un chicle mientras cierta criatura delgada de huesos brillantes nadaba por debajo.

—Tampoco está tan mal —murmuré.

Otra burbuja repugnante explotó a mi derecha.

Varios pasos más adelante, otra.

Y pocos pasos después...

Las aguas residuales empezaron a borbotear, como si estuvieran hirviendo.

Nell se estremeció y se frotó los brazos.

—Me siento como si alguien acabara de pisar mi tumba.

Al pasar de la plataforma a la pasarela, los suplantadores fueron convirtiéndose en nubecillas de luz centelleante. Sus formas originales. Flora ahogó un grito, alarmada, y se acercó a ellos. Revoloteaban todos a la vez, como un enjambre, arremolinándose con un ritmo asustado.

—En lo más oscuro de la noche oscura, venga a mi mano la luz más pura —susurró Nell. No sucedió nada. La respiración se le quedó trabada en el cuello—. Se acabó. ¡Se me ha terminado la magia!

Las aguas residuales de la alcantarilla formaban grandes olas a nuestro lado, obligándonos a pegarnos a la pared del túnel mientras subían a lengüetazos por encima del borde de la pasarela. Nightlock soltó una carcajada grave que resonó sobre las piedras.

—¿Hay algo más que no nos hayas contado? —le espeté.

Había justo la luz suficiente para ver la sonrisa de satisfacción que se dibujaba poco a poco en la cara del duende mientras contestaba con absoluta sinceridad:

—Sí.

23

Los selkies de las alcantarillas

Me abalancé sobre el duende, pero Nell me agarró del brazo y me arrastró hacia atrás. Nightlock echó a correr y se escondió en un pequeño hueco junto a la pasarela. Sus carcajadas eran delirantes, burlonas.

—¡Os dije que temierais la oscuridad! ¡Os dije que tuvierais cuidado con las aguas residuales! ¡Solo tiene que sobrevivir el muchacho! —canturreaba.

—¡Rata de cloaca! —rugí—. ¡Voy a tirarte al agua...!

«¡Hazlo! ¡Arráncale las orejas! ¡Córtale el cuerno que le queda!».

—Prosper, mira —dijo Nell, señalando hacia el fondo del túnel.

Había una figura pálida sin ninguna prenda de ropa ni, al parecer, un solo pelo en el cuerpo. Pero su silueta me resultaba familiar. De hecho, era aterradoramente familiar.

A pesar de todo lo que había visto ya, me quedé sin aliento.

—¿Es eso... un humano?

—No —respondió Flora con voz temblorosa—. Es un selkie.

Un momento. Yo ya sabía lo que eran los selkies: unos seres mitológicos con piel de foca que se deshacían de dicha piel y se convertían en humanos cuando pisaban tierra firme. La familia Redding había hecho un cursillo acelerado de folklore cuando uno de mis tíos abuelos experimentó una ruptura con la realidad, declaró que era un selkie e intentó vivir desnudo en una playa del cabo Cod durante una temporada. Ahora ya estaba mucho mejor.

La figura pálida vino hacia nosotros. Se tambaleaba como si dudara a cada paso de que sus pies desnudos fueran a poder sostener todo su peso. Ladeó la cabeza mientras nos observaba y se frotó los brazos con sus manos palmeadas hasta el lugar donde unas aletas pequeñas y escamosas le sobresalían justo por debajo del codo. Su piel cerosa se tensaba sobre sus músculos nervudos y sus huesos.

Pero los ojos. Qué ojos.

Eran perfectamente redondos, sin párpados y de color carmesí.

—Ho... hola, selkie viscoso, digo... vigoroso —dijo Flora, forzando una voz alegre—. Me llamo Flora y soy del clan de los elfos Greenleaf. ¿Te acuerdas de los elfos? Tus antepasados y los míos eran amigos. Se llevaban a las mil maravillas. ¿Y si hacemos lo mismo? ¡Me encanta tener nuevos amigos! ¿A ti también?

Una gota de cieno de alcantarilla me cayó justo encima de la cabeza y me provocó un escalofrío.

«¿A esta mema se le ha olvidado que los elfos expulsaron a los selkies del reino de los humanos y los obligaron a venir a este?».

«¿Por qué?», pregunté mientras retrocedía un paso, luego otro, hasta quedarme pegado de espalda a la pared, al lado de Nell.

A Nell se le cayó la capucha cuando se apretó contra mí. El olor a podrido se hacía más intenso a medida que el selkie se nos acercaba, lo que despertaba en mí una sospecha espantosa tras otra.

El humanoide de piel grisácea y carente de pelo sonrió a Flora, dejando al descubierto todos y cada uno de sus centenares de dientes en forma de cuchillo.

«Descubrieron que les gustaba el sabor de la carne humana».

Me lancé hacia delante, agarré a Flora de la capa y tiré de ella hacia atrás. El selkie cerró los dientes de golpe y los hizo rechinar, tambaleándose mientras avanzaba hacia nosotros. El agua negra, cubierta de moho y desechos, se arremolinó con violencia. De sus profundidades emergieron unas cabezas calvas de color gris, que salieron a la superficie como huesos huecos olvidados.

—Disculpe —dijo Flora, negando con el dedo—, ¡no es así cómo se hacen amigos!

La voz de Alastor saltó a mi garganta:

—**¡No están aquí para hacer amigos! Deben de haber venido a este lugar porque los alcaides de Skullcrush lanzan a las alcantarillas los cadáveres de los malignos que mueren.**

¡Un suministro constante de carne en proceso de descomposición!

Volví a tirar de Flora cuando el selkie lanzó un golpe con gran violencia. Una mano húmeda salió del agua y se cerró en torno a mi tobillo. Aquel selkie no se había transformado del todo: la parte de su cuerpo que permanecía debajo del agua correspondía a la de una foca enorme. Di patadas e hice movimientos circulares con el pie para tratar de zafarme de aquella mano viscosa, resoplando del esfuerzo.

Las aguas residuales no eran oscuras únicamente por la falta de luz o por la porquería que contenían. Estaban repletas, casi sin solución de continuidad, de focas. La masa de animales marinos se retorcía mientras buscaba alimento con verdadero frenesí.

No había nada que los suplantadores pudieran hacer. Se desplazaban de un lado a otro en torno a nosotros, revoloteando ansiosamente. Los selkies se volvían y revolvían para esquivarlos, haciendo chascar los dientes mientras los miraban.

—¿A alguien se le ocurre qué podríamos hacer? —grité mientras golpeaba al selkie con el talón del otro pie hasta que me soltó con un chillido desgarrador—. Alguien, quien sea... ¡Cualquier sugerencia será bienvenida!

—Yo no sé nada sobre ellos —dijo Nell con voz entrecortada—. ¡Según Goody Elderflower, los selkies fueron una de las clases de malignos que se extinguieron!

—No son malignos, Nellie —puntualizó Flora pacientemente—. Son descendientes de las hadas, que a su vez descienden directamente de los Antiguos...

—Una clase de historia fascinante, pero ¡mejor nos lo cuentas cuando no estemos a punto de morir! —la interrumpí.

Vi con el rabillo del ojo algo que se movía. Era un selkie que se había subido a la plataforma y reptaba sobre su vientre hacia el hueco donde se escondía Nightlock. El duende estaba agazapado en un rincón, gritando, mientras el selkie hacía rechinar sus dientes a pocos centímetros de su nariz.

«**Muy bien** —dijo Alastor furioso—. **Es lo que se merece**».

—¡Prosper!

El grito de Nell estaba teñido de ira. Me volví justo cuando ella me apartaba de un empujón para arrojarle al selkie una botella vacía. Los trozos se le clavaron en la espalda y los ojos. Mientras el monstruo aullaba de dolor y se retiraba a las profundidades de las aguas de cloaca, Nell cogió a Nightlock en brazos y lo levantó.

—¿Qué haces? —le pregunté.

Nell se volvió como un torbellino, con la cara enturbiada de ira.

—¿Qué haces tú? ¿De verdad ibas a quedarte ahí quieto y dejarlo morir?

La palabra apareció en mi mente como una sombra. «Sí».

Un sentimiento repentino de vergüenza me empezó a arder en la boca del estómago, pero la furia apagó sus llamas rápidamente.

«**Has hecho bien** —insistió Alastor—. **Eso habría eliminado el peligro de que revelara nuestra presencia. No se merece ni el aire que respira**».

Negué con la cabeza, aunque cierta parte de mí susurraba «sí, sí, sí». Nightlock era la razón por la que Prue había ido a Salem, lo que lo convertía en una de las razones por la que se la habían llevado al Mundo de Abajo... Sin embargo, ¿se merecía ser despedazado y devorado por un monstruo asesino?

—¿Se puede saber qué te pasa? —me preguntó Nell, con el duende abrazado a su cuello como un niño pequeño.

Al oír sus palabras se me revolvió el estómago e hice una mueca de dolor.

—Tú no lo entiendes...

—No sé quién pretende ser este «nuevo» Prosper —añadió—, pero ahora mismo lo único que veo al mirarte es lo último que esperaba ver: un Redding.

Me invadió la ira. Aparté a un selkie de una patada y di un pisotón lo bastante fuerte como para oír el chasquido de un hueso roto.

Nell no lo entendía. No era la vida de su hermana la que estaba en peligro.

—Haré lo que sea necesario para proteger a mi familia —le dije—. Sea cual sea el precio.

Dentro de mi mente, Alastor se asustó.

«¿Qué... acabas de decir?».

—¿Qué pasa? —pregunté, con la frustración volviendo a apoderarse de mí—. ¿Ahora tienes tú un problema conmigo, precisamente tú, de entre todas las criaturas abyectas?

«No... es que has... es solo que no eres la primera persona que pronuncia esas palabras».

Lo ignoré, del mismo modo que hice caso omiso de la cara de enfado y pena de Nell. Yo sabía lo que hacía y, sobre todo, sabía por qué lo hacía.

—¿De verdad quieres discutir por esto precisamente ahora? —le solté mientras esquivaba a un selkie que reptaba hacia mí—. ¿Justo ahora que estamos a punto de morir?

—No estáis a punto de morir, bichos de sangre caliente —dijo una voz exasperada desde arriba—. Aunque podríais estarlo pronto, si no hacéis exactamente lo que yo os diga.

24

A la Torre de Irás
y No Volverás

Lo primero en aparecer fueron unos zapatos de hebilla, seguidos de unos calcetines y de unos pantalones cortos abombados. Zachariah descendió a través de la oscuridad de la alcantarilla como una estrella fugaz. Su forma traslúcida brillaba en todo su esplendor mientras flotaba en el aire a poca distancia de las aguas fétidas, sin llegar a tocarlas.

—¡Zachy! —exclamó Flora—. ¡Has sobrevivido!

El espectro inclinó la cabeza a un lado y la miró con rabia.

—Ya estoy muerto. Eso no hay nada que pueda cambiarlo, palurda.

Su silueta brillaba más intensamente por el enfado, chamuscando la oscuridad, hasta inundar de luz el túnel.

—Espera... —dijo Nell—. ¡Sigue así, Zachariah!

No entendí a qué se refería hasta que empezó el griterío. En cuanto los alcanzaba la luz, los selkies se retorcían de dolor. El mismo que había estado intentando clavarle los dientes en la garganta a Flora se tapó los ojos con uno de sus brazos del color de la cera y se lanzó al agua.

Las revueltas aguas residuales se arremolinaban y daban lengüetazos a la pasarela mientras los selkies intentaban adelantarse, rodearse o pasar los unos por encima de los otros para huir del brillo intenso de Zachariah.

Nell dejó en el suelo a Nightlock, que estaba temblando, y el duende se derrumbó sobre la pasarela.

—Mo... monstruos mo... mortales —balbuceó.

—Este monstruo mortal te acaba de salvar la vida —dijo Nell mientras se señalaba a sí misma en el pecho con el pulgar. Me lanzó una mirada penetrante y añadió—: Y según Goody Elderflower, los duendes honran las deudas de vida.

Nightlock se sorbió los mocos, pero no le llevó la contraria a Nell.

—Estás en deuda conmigo —dijo Nell mientras lo agarraba por su sucia chaqueta de vestir y lo levantaba hasta colocarlo a la altura de sus ojos. Los suplantadores revoltearon a su alrededor, lanzando destellos para subrayar sus palabras—. Y exijo que la pagues. Vas a guiarnos a través de este túnel y no le dirás a nadie dónde estamos, ni siquiera si descubres cómo sortear la maldición que te he echado.

El duende temblaba de furia pero asintió con la cabeza. Nell lo dejó sobre las piedras viscosas.

—¿Esta alcantarilla está maldita?

Nightlock volvió a asentir con rabia.

—Sí. Arrebata la magia a quienes entran en ella y los deja indefensos. Si sobrevives al camino hasta la prisión, te la devuelve.

Menos mal. Los suplantadores se fueron como un rayo hacia el fondo del túnel, ansiosos de llegar al final y recuperar sus formas elegidas.

—Pues entonces... vamos allá —dijo Zachariah con tozudez.

Flotaba a pocos centímetros de las aguas residuales, haciendo que los selkies allí atrapados chillaran cuando les pasaba por encima.

—Espera, espera —dije, corriendo para poder seguirle el paso—. ¿Qué haces aquí? ¿Cómo has sabido dónde encontrarnos?

—He venido porque tenemos un trato, ¿no es así?

El muchacho fantasma me miró por encima del hombro. La culpa volvió a aguijonearme, oprimiéndome el pecho. Yo había hecho lo que debía, pero ni Nell ni Flora parecían entenderlo. Me miraban con una mezcla tan poderosa de decepción e inquietud que me sentía como si me estuvieran envenenando.

Con todo el caos que había supuesto tratar de huir de Grimhold mientras se derrumbaba, ni siquiera me había acordado de Zachariah. Tampoco me había parado a pensar en lo que les pasaría a los espectros vinculados a la casa.

«Lo único que veo al mirarte es lo último que esperaba ver: un Redding».

Las palabras de Nell se me clavaban en la conciencia como una hilera de dientes. No era... No era cierto. Yo no me parecía en nada a mi familia. Solo estaba intentando ser...

Más valiente. Más fuerte. El tipo de persona de quien no se reirían.

—Yo también me había olvidado por completo de él —le susurró Flora a Nell, aunque en voz alta.

—Normalmente, cuando susurras algo es porque no quieres que te oigan, ¿sabes? —dijo Nell—. Es la razón de ser de los susurros.

Flora abrió mucho los ojos.

—¿De verdad? Yo creía que era porque hablar así es más divertido. —Bajó la voz hasta convertirla en un susurro áspero y prosiguió—: ¿Estás segura? Hablar así es sin duda más divertido, ¿no lo ves?

Lo que hay que oír —comentó Nell sin más.

—Habéis huido de nuestro acuerdo, pero por primera vez en trescientos años me ha sonreído la suerte: la destrucción de la casa ha hecho que mi contrato quede anulado y yo sea libre —dijo Zachariah con frialdad—. Así que ahora exigiré algo que aún no he decidido.

«Es verdad —dijo Alastor al hacer memoria—. **Los contratos pueden expirar antes de tiempo si alguna de las partes muere o si el lugar al que estaban vinculados queda destruido**».

—Una advertencia que no os merecéis: os perseguiré hasta que se me ocurra qué puedo exigiros y no podréis dormir hasta que mi petición sea atendida.

—A mí me parece justo —dijo Nell—. ¿Puedo hacerte una pregunta? ¿Cómo sabías que aquí había selkies y que tienen aversión a la luz?

Zachariah jamás perdía su expresión de amargura.

—Lo sabía porque a los espectros nos hacen ir a tirar la basura de los señores a las bocas de alcantarillado y los bichos estos siempre retroceden al vernos.

Mientras avanzábamos por el túnel, hacia los suplantadores que nos esperaban más adelante, la forma de Zachariah emitió una especie de chisporroteo varias veces. Me recordaba la chimenea que teníamos en casa, el modo en que el calor y la llama que empezaban a extinguirse recuperaban todo su esplendor en cuanto echábamos más leña al fuego.

—Lo siento —masculló.

—Eso me lo han dicho muchas personas —empezó Zachariah—. Mi madre, mientras ella y mi hermano pequeño, que aún era un bebé, agonizaban en su lecho de muerte. Mi padre, cuando me puso a trabajar con un granjero al que le gustaba molerme a puñetazos. Incluso el propio granjero, cuando hizo un trato con un maléfico e intercambió mi vida tras la muerte por un barril de cerveza que no se acabara nunca.

—Eso es...

«Terrible». La palabra sonaba demasiado trivial como para pronunciarla en voz alta.

«Bune siempre hacía tratos con los peores especímenes del reino —dijo Alastor con desagrado—. Le parecían una presa fácil».

—Estoy intentando rescatar a mi hermana —le dije mientras apoyaba el mentón en el pecho—. Solo trato de hacer lo correcto.

Zachariah cruzó sus fantasmagóricos brazos sobre el pecho y miró fijamente hacia delante. Al parecer, nadie quería mirarme a la cara. Incluso Alastor estaba callado.

—Es curioso, ¿verdad? —dijo el espectro. Sus palabras resonaron en las piedras oscuras—. Hacemos cosas de las que jamás nos habríamos creído capaces cuando consideramos que es por una buena causa.

Al final del túnel, Nightlock señaló a regañadientes una trampilla camuflada entre la curvatura de las piedras.

—¿Adónde conduce? —pregunté.

Encontré el picaporte y tiré de él con firmeza. Tuvimos que aunar esfuerzos Flora, Nell y yo para conseguir que la pesada puerta se abriera lo suficiente como para que pudiéramos pasar todos. Los suplantadores, con sus formas incorpóreas, la atravesaron flotando los primeros e iluminaron la escalera de caracol donde nos esperaron.

Cuando llegué al último descansillo, donde había otra puerta entreabierta, estaba ya sin aliento. Miré a través de la rendija y conté quince latidos antes de abrir la puerta empujándola con el hombro...

Y encontrarme cara a cara con un ogro.

Retrocedí de un salto y levanté las manos para defenderme. En vez de capturarme, el ogro se limitó a taparme la boca con la mano. Luego se inclinó. Sus ojos brillaban con un tono verde sobrenatural que me resultaba conocido.

—¿Sapo?

El ogro se relamió los sobresalientes colmillos inferiores y asintió con la cabeza. El ogro Sapo me soltó al mismo tiempo que los demás suplantadores, con un leve chasquido, adoptaban la forma de distintos malignos: ogros, licántropos y demonios necrófagos.

—Buena idea —dije.

—¿Qué ves? —susurró Nell mientras asomaba la cabeza—. ¿Algo?

No se veía gran cosa, más allá de los suelos y las paredes de piedra gris y de los faroles encendidos con sus tenues llamas mágicas de color verde. Se oía el ruido del metal chocando con más metal en algún punto cercano, pero incluso las voces que había oído antes se habían convertido en poco más que un murmullo sordo.

Negué con la cabeza y le hice un gesto para que entrara.

—¿Dónde estamos? —le pregunté a Alastor en un susurro—. ¿Reconoces este lugar?

«**Siempre he entrado en Skullcrush por la puerta principal, Gusano. Esto debe de ser un pasadizo para los guardias situado debajo de las celdas, supongo**».

Un lamento descendió por el techo bajo. El pasadizo era tan estrecho que tuve la sensación de que podría haberlo cavado algún antiguo prisionero que hubiera conseguido escapar tiempo atrás.

Con todo, ni siquiera las circunstancias adversas y escalofriantes en las que nos encontrábamos me permitían mantener a raya la creciente emoción que sentía.

Por fin estábamos aquí. Prue se encontraba a mi alcance. Y teníamos el reino de los humanos a tan solo un espejo de distancia.

«**¿De verdad?** —preguntó Alastor en voz baja—. **Qué fácil debe de ser todo para ti, sabiendo que tu reino está esperándote intacto**».

Apreté la mandíbula.

«Yo no tengo nada que ver con lo que está sucediendo aquí. No tengo la culpa de que tu reino esté desapareciendo».

No quería pensar en lo que significaría que el Vacío destruyera el reino de Alastor después de que huyéramos de allí y regresáramos a casa. No quería pensar en los miles de malignos que estaban aquí. No quería pensar en lo que sucedería si fracasábamos y Pyra conseguía matarnos a Alastor y a mí para salvar a todos los demás seres del Mundo de Abajo.

Lo único que quería era encontrar a Prue y volver a casa.

—Vale, yo sugiero que sigamos a las voces —dijo Nell mientras giraba a la derecha.

Después descolgó uno de los faroles de la pared, a pesar de que Zachariah seguía reluciendo a su lado.

Sacudí los hombros, tratando de quitarme de encima la sensación de la presencia de Al en mi cuerpo. Cuando me di cuenta por primera vez de que lo tenía dentro, en Salem, sentía apenas un leve soplo de aire en la punta de las terminaciones nerviosas. Ahora lo notaba como si me estuvieran restregando por la cara la suave cola de un zorro.

«Me pregunto por qué será, Gusano —comentó en tono de burla—. Si no hubiera consumido mis poderes en salvar tu despreciable vida, ahora ya sería libre. Tal como estamos, te quedan apenas unas horas».

Eso ya lo veríamos.

Al otro extremo del pasillo sonó un rugido que resonó hasta nosotros a través de la piedra. Algo se puso a dar golpes en respuesta; cada impacto retumbaba con tanta fuerza que sentía su eco en mis huesos.

«Prosperity —dijo Alastor en voz baja—, creo que deberíamos abandonar este nivel de la prisión...».

Zachariah se detuvo a un centenar de metros por delante

de nosotros y se quedó quieto junto a una enorme pared de metal oscuro. La puerta y todas sus cadenas repiquetearon e hicieron volar por los aires la gruesa capa de polvo que las cubría. Me llevé las manos a las orejas con fuerza cuando lo que fuera que hubiese ahí dentro volvió a aullar.

—Madre mía —solté.

¿Qué podía ser lo suficientemente grande y pesado como para mover la puerta de la celda un par de centímetros, por no hablar de la abolladura en la hoja de metal, cerca del lugar donde flotaba Zachariah? La puerta volvió a chirriar cuando el prisionero se lanzó como un ariete contra ese mismo punto, como si pudiera atravesarla nada más que con su fuerza de voluntad. El espectro observaba el metal deformado sin dejar traslucir ninguna emoción.

Nightlock se escondió detrás de Nell mientras decía:

—Aquí hay cosas más antiguas que la memoria y más oscuras que la noche más cerrada. Muchos duendes han sido enviados a limpiar estos niveles profundos. Pocos han regresado.

Como indicaba su nombre, él había nacido para servir aquí, en este lugar espantoso. No era de extrañar... No era de extrañar que hubiera intentado con todas sus fuerzas no tener que volver aquí.

Noté que la mirada de Nell volvía a posarse en mí, pero no quise devolvérsela.

La siguiente puerta que encontramos conducía a una escalera. La abrí varios centímetros entre los quejidos de sus goznes oxidados. Solo teníamos que seguir subiendo, ¿verdad? Al final llegaríamos a la torre que buscábamos.

«Prue —pensé mientras me frotaba la cicatriz que nuestra abuela me había dejado en el brazo izquierdo; aquella noche en la mazmorra parecía que hubiera tenido lugar en otra vida—, estoy en camino. Estoy a punto de llegar».

Se llevaría la sorpresa de su vida cuando viera que nada más y nada menos que el desastre andante que tenía por hermano gemelo surgía de la oscuridad para rescatarla del caos provocado por el maligno centenario que había en su interior.

«**Por favor. Como si tú no tuvieras ninguna responsabilidad. Deberías haber cuidado de tu hermana. Yo me limité a aprovecharme de tu imprudencia con los embusteros de los Bellegrave**».

Apreté la mandíbula.

«¿Igual que cuidaste tú de Pyra, permitiendo que tu familia la encerrara en aquella torre?».

Menuda ironía que su hermana hubiera encarcelado a la mía en el mismo lugar.

Ironía... o un anzuelo lanzado deliberadamente.

—Creo que tu hermana está volviendo a trolearnos —dije en voz baja.

«**Mi hermana tiene muchos defectos, pero no es un trol**», dijo Alastor disgustado.

—¿Qué hacemos con el duende? —le preguntó Flora a Nell, en un susurro, mientras se aferraba a la capa con más fuerza—. ¿Y si nos delata?

—No os delataré —dijo Nightlock—. He dado mi palabra.

Habíamos pasado por delante de varias celdas vacías. Tal vez pudiéramos... dejarlo allí abajo.

«**Estoy de acuerdo. Una sabia decisión**».

De golpe me sentí irritado.

«¡Deja de estar de acuerdo conmigo!».

—Eleanor, ¿podrías asegurarte de que cumpla su palabra? —preguntó Nell.

El ogro Eleanor asintió con la cabeza y trató de corretear como lo haría una araña con sus nuevas piernas gruesas como columnas. Nightlock ahogó un grito al sentir que lo levantaban en volandas.

—No hay nada que un duende se tome más en serio que una deuda de vida... —empezó, pero la voz se le cortó cuando Eleanor volvió a agarrarlo, lo estrechó contra su pecho y le tapó la boca—. ¡Mmmmh! ¡Suéltame!

—He leído la letra pequeña del capítulo de Goody Elderflower sobre las deudas de vida, tramposo —dijo Nell—. Ponía que solo estás en deuda conmigo, lo que significa que podrías permitir tranquilamente que murieran los demás.

Nightlock se desplomó, derrotado, y se quedó mirándole la nuca a Nell cuando esta se volvió y siguió adelante.

Subí la escalera que llevaba al siguiente piso de dos en dos. Subí, subí y subí por todos los niveles de la cárcel hasta que, finalmente, las voces que bajaban a la deriva como las plumas de un cuervo pasaron a estar al otro lado de una puerta. En esta ocasión, al espiar a través de los barrotes, no vi más escaleras. Vi malignos. Por todas partes.

La sala era inmensa y estaba dividida por una escalera que a su vez se dividía en dos tramos que subían cada uno en una dirección. Debía de haber como mínimo doscientos malignos sentados juntos sobre el suelo cubierto de hollín. Sus pertenencias estaban apiladas en montones desperdigados a su alrededor.

Muchos sostenían una gran cantidad de ropa entre los brazos y sollozaban o gemían ruidosamente, con hombros temblorosos, sobre los lujosos tejidos. Varios trasgos trataban de apilar una serie retratos encima de los montones de prendas creados a toda prisa. Junto a ellos, una ogresa yacía cuan larga era sobre un camastro, con un bebé ogro acurrucado contra su pecho. Aparté la mirada, pero rápidamente la volví a dirigir hacia allí.

La ogresa no dormía. Inclinado sobre ella, un maligno con dos cuellos y dos cabezas le vendaba la frente, que le estaba sangrando, con una larga gasa blanca.

No era la única que estaba herida. A la tenue luz que emitían los faroles no mágicos situados en torno a la entrada, vi por fin a los malignos que ayudaban a los heridos o limpiaban los escombros y cascotes que habían caído de la estatua y las paredes cercanas.

En el centro exacto de lo que en su momento debió de ser un espacio oscuro y cavernoso se alzaba la estatua de un león que rugía. La parte superior de su cuerpo se había agrietado y desprendido, dejando tras de sí solo cuatro patas bajo las que se escondían varios malignos pequeños.

«La desesperación...», dijo Alastor con voz sorda.

Una tormenta de intenso dolor y un asombro ligero como una pluma se desplazaron a través de mí como dos vientos empujándose el uno al otro. Lo que fuera que sintiese Alastor al ver a los malignos que nos rodeaban era la suma de muchas emociones a la vez.

«El sufrimiento que saboreé en las alcantarillas, aquel del que estuve encantado de alimentarme... no era el de los prisioneros», concluyó.

—Odio a los malignos, pero todo esto me parece espantoso —susurró Nell.

—¿Por qué? —preguntó Zachariah—. ¿Por qué debería importarte? Las brujas y los malignos sois enemigos acérrimos, ¿no?

Nell volvió la cabeza bruscamente y le replicó con tranquilidad:

—Las brujas también tenemos corazón. No todos los malignos persiguen a los humanos o intentan entrar en nuestro reino.

Les pedí que se callaran justo cuando una voz detrás de la puerta empezó un gemido gutural de tristeza.

—No va a detenerse —dijo un trasgo a todo el mundo y a nadie en especial. Algunos de los malignos que estaban cerca de él lo miraron y asintieron con la cabeza en señal de aprobación. El trasgo, cuya túnica de peltre combinaba con los destellos de su piel plateada, se había llevado la mano a la oreja, que le sangraba y a la que parecía faltarle la mitad—. El Vacío no va a detenerse nunca.

—¡No digas eso! —respondió otro con un bufido—. ¡La reina va a salvarnos a todos!

En mi interior, algo empezó a tiritar. La intensidad del sufrimiento de Alastor adquirió una textura única, como nunca antes la había sentido, que me laceró y me dejó el corazón con miles de pequeños cortes.

«Se ayudan entre ellos —dijo casi sin voz—. **Se dan ánimos. No creía que eso fuera posible entre seres como nosotros».**

«Siempre es posible ayudar a los demás», le respondí.

La piel me hormigueaba por dentro con su intenso dolor. En ese momento, con Alastor atrapado en el torbellino de sus sentimientos ante la evidencia innegable que nos rodeaba, me compadecí de él.

—Larga sea su cólera —intervino otro maligno—. Ella hará retroceder el Vacío. ¡Lo hará!

Sin embargo, ¿podría Pyra conseguirlo sin los poderes de Alastor? ¿Sin matarme a mí?

«¿Cómo se llega a la Torre de Irás y No Volverás?», le pregunté a Alastor.

Se quedó en silencio.

«¡Alastor! —rugí en mi cabeza—. ¿Es subiendo por esa escalera?».

El maléfico contestó tras otro largo silencio insoportable.

«Sí. Subiendo por esa escalera y un sinfín de escalones más».

Cientos de malignos se interponían entre la torre y yo, pero yo podía hacerlo. Yo podía.

—De acuerdo —susurré, agachándome junto a la puerta. Me puse la capucha en la cabeza y volví a repetir esas palabras, tanto para mí mismo como para los demás—. De acuerdo... Al, tú vas a tener que guiarme, pero los demás deberíais quedaros aquí...

—Prosper... —empezó Nell.

—No, no te pongas a discutir —repliqué—. Puedo hacerlo.

—Prosper —repitió Nell, esta vez un poco más alto.

El ogro Sapo me hizo volverme otra vez hacia la abertura de la puerta.

—Si tu cabezonería te lo permite, fíjate en el guardia que hay al pie de la escalera —susurró Nell.

Busqué con la mirada entre los malignos que iban de un

lado para otro. Cuando encontré al guardia al que se refería Nell, lo supe enseguida. La oscura armadura parecía tragarse su pequeña silueta y cada vez que se daba la vuelta, el yelmo le resbalaba en diagonal sobre la cabeza.

El guardia se volvió y recorrió la habitación con la mirada. En una mano llevaba una espada corta y en la otra un farol con una vela dentro. Su tenue luz era más que suficiente para hacer brillar el largo rizo pelirrojo que se le había escapado del yelmo.

El alivio estalló en mi interior como una luz de bengala. Y, sin embargo, en el instante inmediatamente posterior, un sentimiento muy mezquino y muy desagradable se deslizó sigilosamente dentro de mí. Me vi a mí mismo, así como a mi imagen de héroe, deshincharse.

—Ha vuelto de la Torre de Irás y No Volverás —dijo Flora, con los ojos muy abiertos y relucientes.

Pues claro que había vuelto. Era Prudence Fidelia Redding.

Y se había rescatado a sí misma.

25

Un reencuentro echado a perder

—¿Qué hacemos? —preguntó Nell, alejándose un paso de la puerta, mientras yo me apoyaba pensativo en la pared—. No podemos llamarla para que venga sin que nos oiga alguien...

—Si no conseguimos que nos vea —dije—, iré a buscarla y la traeré aquí. Tiene que haber tantos malignos moviéndose por todas partes que nadie se fijará en una figura envuelta en una capa, ¿verdad?

«Por supuesto. Las figuras que merodean encapuchadas nunca levantan sospechas».

Nell tampoco parecía muy convencida.

Antes de que nadie pudiera aportar una idea alternativa, el ogro Sapo entrelazó su enorme brazo con el mío y nos hizo cruzar la puerta y adentrarnos en el vestíbulo de la prisión.

Oh. «Qué buena idea, Sapo». Me estaba proporcionando la cobertura que necesitaba: tanto en sentido literal, al taparme con su cuerpo inmenso, como figurado, al crear una coartada para que estuviéramos allí. No éramos más que un guardia y su prisionero. Con el rabillo del ojo vi que algo largo y sedoso de color negro surcaba el aire.

—La cola —le recordé.

Dio varios pasos atrás arrastrando los pies y, con un segundo chasquido aún más leve que el anterior, hizo desaparecer la cola de gato.

Los sollozos y lamentos de los malignos nos acompañaron mientras caminábamos entre los montones de pertenencias rescatadas. Estaban absortos en su propio dolor, pero yo me ponía más nervioso a cada paso que daba. Demasiados ojos. Demasiado riesgo de ser visto. Intenté obligar a Prue con la mente a volverse hacia nosotros, pero su rostro se mantuvo tozudamente inclinado hacia otro lado.

Y entonces, sin previo aviso, se volvió y echó a correr escalera arriba, no abajo.

Abrí la boca, dispuesto a llamarla, pero no había manera de hacerlo sin firmar mi propio certificado de defunción. Me volví hacia donde habíamos dejado a los demás, pero debían de haber visto lo que había sucedido y ya se habían puesto en marcha.

La ogresa Eleanor iba en cabeza, con Nightlock —que se retorcía y probablemente había sido amordazado— debajo de una capa. Los demás suplantadores la seguían. Todavía se los veía incómodos en sus formas de malignos. En cuanto llegaron a la escalera, echamos todos a correr. Zachariah nos adelantó como un rayo.

En la parte superior de la majestuosa escalinata había un largo pasillo con celdas vacías. En el extremo opuesto nos esperaban tres enormes puertas de metal; la del centro estaba ligeramente entreabierta.

—¿Es esa la puerta que conduce a la Torre de Irás y No Volverás? —le pregunté a Alastor.

No me contestó.

—Al —susurré de nuevo—, ¿cuál es?

«**No lo sé**», respondió débilmente.

—¿Qué puerta es, Nightlock? —preguntó Nell.

El duende suspiró con energía y lo confirmó:

—La del centro.

Di un paso adelante pero la voz de Nell me detuvo.

—Espera —dijo.

Se puso la mochila delante y desató los nudos. Enseguida encontró el frasco oscuro que yo ya conocía. Vi centellear su contenido plateado.

—¿La salida de emergencia? —pregunté.

—Por si acaso —susurró en respuesta, sin dar más detalles.

Levanté el pesado pestillo de la puerta y, con ayuda de Nell, la arrastré para abrirla. Tras ella, la escalera parecía una espina dorsal torcida; sus escalones eran tan blancos como huesos descoloridos.

—¿Prue? —llamé—. ¡Prue!

Nell me hizo callar.

—¿Dónde están los guardias? Y, ahora que lo pienso, ¿por qué ha venido aquí?

—Es muy raro —dije. Miré atrás para asegurarme de que no nos había seguido nadie—. Al, ¿deberíamos preocuparnos?

El silencio del maléfico me vibró en los oídos, moderado únicamente por el sonido de la respiración entrecortada de todos los demás. Me irritó los sentidos y despertó la inquietud en mi pecho.

Cuando llegamos al punto más alto de la torre, mis piernas parecían a punto de derretirse. Nell y yo nos apoyamos en paredes opuestas del hueco de la escalera, peligrosamente cerca de bajar rodando por todos aquellos escalones que acabábamos de subir.

Flora llegó fresca como una rosa y prácticamente salvó de un solo salto los últimos escalones.

—Esto es... espeluznante —dijo Nell mientras miraba a su alrededor.

—¿Prue? —volví a llamarla—. Soy yo... Tenemos que salir de aquí...

La única respuesta a mis palabras fue el chillido de una rata que corrió a esconderse en un agujero de la pared. Por encima de nosotros, miles de arañas minúsculas pululaban por el techo, arrastrándose las unas por encima de las otras para cruzar el marco de la puerta y entrar en la celda.

Una extraña luz carmesí se filtraba a través de una trampilla en el techo. Nell extendió la mano debajo de un haz especialmente intenso de dicha luz, como si pudiera atraparlo con la palma de la mano como un chorro de agua. Aunque estábamos a gran altura y el cielo era oscuro, nos rodeaba un aire sofocante por el calor que emitía algo que reconocí como magia.

Había una escalerilla de metal desvencijada apoyada en la trampilla de metal situada en el techo, que nos invitaba a entrar en la única celda de la torre. Agarré un peldaño y empecé a subir.

—¿Estás seguro de que quieres...? —empezó Nell—. Da igual.

Por más extraño que hubiera resultado no encontrar guardias apostados a lo largo de la escalera de la torre, cierta parte de mi mente se dio cuenta de que era aún más raro que la puerta no tuviera cerradura. Haciendo un último acopio de fuerzas, la empujé con el hombro y a punto estuve de hacer una celebración triunfal cuando se abrió de golpe.

Me protegí los ojos con la mano y esperé un poco a que se adaptaran a la inundación de luz de color rojo sangre. Tras reptar del último peldaño de la escalerilla al suelo, me puse de rodillas. Y me quedé helado.

—¿Qué... es eso? —susurró Nell desde la escalera.

La energía que crepitaba sobre nosotros iluminaba su rostro.

Alastor ahogó un grito. El rumor de su conmoción se puso a dar vueltas en mis oídos e hizo que el miedo estrechara sus garras en torno a mí. No supe distinguir si me hablaba a mí o consigo mismo cuando dijo:

«El dolor aquí es inmenso. Su mancha resuena a través de los siglos».

La celda era la más grande de todas las que habíamos visto, pero estaba llena de relámpagos de aquella misma energía carmesí perturbadora. Corrían sobre nuestras cabezas y disparaban a la esfera que flotaba, como un pequeño sol, por debajo del tejado de la torre. La masa de magia palpitaba como si poseyera un pulso propio y destellaba peligrosamente con cada latido.

—¿Prue? —la llamé mientras la buscaba—. ¿Dónde estás?

«Esta energía es la de los maléficos... Me resulta familiar, casi como si...».

—¿Prue? —volví a llamarla—. ¿Dónde estás?

Seguramente nos habíamos equivocado de camino en algún punto, o quizá existía otra salida oculta. Porque Prue no estaba allí.

Crucé la habitación para mirar a través de su única ventana y buscar la silueta de mi hermana a lo lejos.

Vistos desde allí arriba, los efectos del Vacío eran aún más acusados. Sin embargo, en cierta época, Pyra debió de tener desde aquella ventana unas vistas amplísimas.

Debió de ser el peor de los tormentos, ¿verdad? Tener todo tu reino extendiéndose a tus pies y aun así estar demasiado lejos para tocarlo. Ver todos los días todo aquello que nunca podrás poseer. Normal que fuese como era: aquella celda narraba la historia de su origen como villana.

«No es una villana —dijo Alastor con frialdad—. **Es... Es...».**

—¿Dónde está? —preguntó Nell.

—No lo sé —contesté, frustrado—. Tenemos que separarnos para buscar. Tiene que haber alguna vía de escape por algún lado.

Detrás de mí, Flora y los suplantadores siguieron a Nell mientras esta subía por la escalera. Verlos a todos bañados por aquella luz escalofriante hizo que se me pusieran los pelos de punta. Ese sentimiento se intensificó cuando vi a Zachariah pasar disparado por el aire en dirección a una estrecha plataforma de piedra que rodeaba la habitación. Se quedó quieto y, por primera vez, vi en su cara algo distinto al desdén.

Vi el horror.

Retrocedí paso a paso, intentando ajustar mi línea de visión para ver lo que Zachariah observaba tan fijamente.

—¿Qué pasa?

Cuatro estatuas se alzaban sobre la plataforma como gárgolas. Sus rostros estaban tallados con expresión de profundo sufrimiento. Incluso la forma de su cuerpo parecía atormentada, como si la piedra hubiera estado viva en algún momento y hubiera sentido cada golpe del cincel. Su visión era terrorífica, pero resultaban aún más extraños los rayos de magia que parecían salir de ellos. Cada uno de aquellos hilillos relucientes chisporroteaba al pasar por encima de nosotros para ir a alimentar la esfera.

«No son estatuas —dijo Alastor con voz ronca—. Son mis hermanos».

—¿Tus hermanos? —repetí—. No, es evidente que los han...

Nell vino a mi lado corriendo. Me limité a señalar la pasarela, demasiado horrorizado para poder decir nada.

—¡Mmmpf! —Un sonido amortiguado nos alcanzó desde el otro extremo de la habitación—. ¡Promper! ¡Promper!

Me volví lentamente. Mis ojos siguieron la curva del nivel más alto de la torre hasta que, finalmente, se posaron sobre Prue.

Llevaba la misma ropa que en Salem. Tenía la cara manchada de tierra y sudor y estaba atada y amordazada.

Pero eso era imposible... La habíamos visto...

La esfera ardiente se puso a palpitar de verdad, con el chirrido del metal al enfriarse demasiado rápido. Se plegó sobre sí misma, envolviendo cada una de sus capas con otra y otra y otra...

Un dolor agudo y cegador me perforó el cráneo. Me apoyé, tambaleándome, en la pared más cercana y me apreté la base de la mano contra la frente. Nell y Flora estaban de espaldas a mí, contemplando aquel espectáculo de luz y energía. Me acerqué a trompicones a la abertura en el suelo, intentando frenéticamente tirar de la escalerilla a través de ella. Tenía que llegar hasta Prue...

—Se está solidificando —observó Nell con la vista levantada hacia la esfera.

—Como un diamante —dijo Flora con solemnidad—. El calor y la presión la convierten en algo nuevo. En la llave de sangre.

—¿En qué sentido es eso una llave? —preguntó Nell volviéndose hacia la elfa—. ¿Cómo puede usarse para entrar en el reino de los Antiguos?

Sentí un fuerte tirón en mi interior. Una fuerza invisible me arrastró hacia la esfera en proceso de solidificación, haciendo que mis pies se deslizaran por el suelo. Cuando levanté las manos, sus bordes parecían humedecidos, como si me los hubiera pintado con acuarelas.

«Tenemos... que... salir... de aquí... —dijo Alastor con voz entrecortada—. **Ella quería que viniéramos. Sabía que vendríamos. Mi poder... Noto como me abandona...**».

Luché contra aquella fuerza de atracción, tratando de liberarme de su agarre. Todo a mi alrededor se volvió borroso. Después, no sé muy bien cómo, caí e impacté con fuerza de rodillas contra suelo. Apenas sentí el golpe. Bajo la punta de mis dedos, el suelo estaba marcado con rayas que se difuminaban y después recuperaban su nitidez a cada latido.

No eran simples rayas trazadas al azar, sino palabras. Repasé sus bordes con las manos mientras el miedo me atravesaba a cada forma angulosa. Algunas de las muescas estaban talladas con profundidad en el suelo, puestas allí con un odio paciente y cruel. Otras se habían ido desgastando por las pisadas o el paso del tiempo, o sencillamente habían sido tachadas. Las palabras formaban espirales y eran las únicas sombras en la estancia llena de luz. *Puñal, sílex, podrido, escamoso, tallado, aullido...* y otras que no pude descifrar. Parecía que hubiera líneas que conectaban algunas de ellas, mientras que otras estaban atravesadas por arañazos. No tenían apenas sentido al combinarlas: puñal sílex, podrido escamoso, tallado aullido y...

La sangre empezó a burbujearme en las venas. El pulso me golpeaba con tanta fuerza en la cabeza que se me empezó a nublar la vista. El dolor volvió a expandirse detrás de mis sienes y esta vez me hizo gemir.

«Presta atención —me ordené a mí mismo—. Mira, mira...».

Cierta combinación de letras aparecía escrita una y otra vez, desperdigada por el suelo. Su rastro terminaba justo entre las dos palmas de mis manos.

—Prosper, ¿estás bien? —me preguntó Nell. Su voz sonaba como si estuviera muy lejos—. ¿Sabes qué significa esto? Espera... ¿Qué te pasa?

Alastor bufó. Un cosquilleo abrasador se apoderó de mi brazo derecho mientras el maléfico me obligaba a acercarme la mano a los ojos y trataba de forzarme a meter en ellos mis dedos índice y pulgar. Empujé para resistir a su presión, al aguijón de su magia ardiente.

«¡Vete de aquí! ¡Vete ya!».

—Por fin habéis llegado —dijo una voz suave entre las sombras del otro extremo de la torre.

Yo debía de estar alucinando porque... Porque quien hablaba tenía el aspecto de Prue. Era Prue, ataviada con una armadura de maligno que le iba grande, solo que... Uno de sus ojos era negro puro y el otro azul. Junto a ella, una viuda carmesí reptaba llevando en las manos una bandeja de plata con un único frasco encima. El rostro de la mujer serpiente estaba cubierto por el mismo velo de siempre.

—Tras saber que habíais suplantado mi identidad —dijo la falsa Prue—, no pude resistirme a devolveros el favor.

Abrió el frasco y se tragó su contenido. La viuda carmesí volvió a recoger el envase y pasó reptando por delante de nosotros en dirección a la abertura en el suelo. Siseó y le tocó la mejilla a Nell con su larga lengua. La bruja miró al frente, con los puños cerrados a ambos lados del cuerpo.

La falsa Prue empezó a dar sacudidas; las extremidades se le pusieron rígidas y la piel se le hinchó como si por debajo le hirviera la sangre. En cuestión de segundos, su rostro, su pelo y su piel se habían derretido y formaban un charco de sangre en el suelo.

—Ahora —dijo Pyra en su forma auténtica y aparentemente inofensiva—. ¿Empezamos?

Alastor gritó en mis oídos; su grito sonó como pinchos atravesándome el cerebro:

«¡**Corre!**».

Oí un golpe seco y ruido de objetos al repiquetear cuando Nell dejó su mochila en el suelo. Fue lo último que vi antes de que todo empezara a fundirse a negro. Mientras me derrumbaba sobre la piedra implacable, mi mejilla fue a caer sobre una de las palabras rayadas en el suelo por las garras de Pyra mucho tiempo atrás. Me aferré a mi último atisbo de conciencia e hice encajar la última pieza del rompecabezas.

Las notas escritas en el libro del Erudito en el mercado... Mis pesadillas...

«**Gusano** —empezó el maléfico, cuya voz vibraba de pánico—. **Prosperity...**».

No era capaz de distinguir entre mi emoción y su terror. Se mezcló todo a la vez dentro de mí hasta hacer que mi corazón se pusiera a palpitar cada vez más y más y más rápido.

Los sueños que había tenido... Los malignos utilizaban los sueños para comunicarse, según me había dicho Nell. Ese sueño, el de la pantera, lo había tenido muchas veces. El felino me acechaba sigiloso, observándome con ojos de hambre. Y esas palabras que me había dirigido una y otra vez... «Despierta al hueso que canta...».

Había visto a esa misma pantera en la vida real, hacía apenas unos días. Era Pyra. Y al reproducir sus palabras sin el velo de la somnolencia, las oí de un modo distinto. Muy parecido y, aun así, con una diferencia crucial.

Yo tenía razón. Las palabras no habían sido una pista que Pyra me daba, sino una orden para su hermano. Despierta. «Despierta».

Pyra le había estado ordenando que volviera del único modo en que era posible obligar a un maligno a hacer algo en contra de su voluntad.

Usando su verdadero nombre.

«**¡Tú no sabes nada!** —exclamó Alastor, con la voz tensada por la angustia—. **¡Tú no sabes nada!**».

Y ahora yo también lo sabía.

26

Recuerdos perdidos en el tiempo

Desde hacía ya demasiado tiempo, Alastor se había ido acostumbrando a la sensación de estar atrapado en una habitación oscura con los pensamientos de un humano como única compañía. Pero ahora se daba cuenta de que lo aguardaba una sensación mucho peor: la de estar disolviéndose lentamente en gránulos de energía, la de ser devuelto a la oscuridad del Entremundos convertido en poco más que polvo. Cavó más hondo en la mente del muchacho para esconderse, luchando contra la absorbente fuerza de atracción de la llave de sangre que amenazaba con arrebatarle la vida.

«Todavía no, todavía no he terminado...».

—¡... pierta! ¡Despierta!

Los pensamientos de Prosperity se habían convertido en nubes de color e incertidumbre. Su dolor y su pena ya no eran suficientes ni por asomo para reponer lo que la llave de sangre le había quitado.

Aquel dolor intenso volvió a trepanarle la cabeza al muchacho. Se apretó la mano contra el cráneo, como si pudiera hacer desaparecer esa sensación a la fuerza.

—Me parece que voy a vomitar...

El dolor hacía que arrastrara las palabras y a Alastor, al oírlo, se le removió algo por dentro.

—Está notando los efectos de la llave de sangre —dijo la elfa con voz glacial.

—Ciertamente—corroboró Pyra—. Y ahora me habéis traído la última pieza que necesito para acceder al reino de los Antiguos.

Nightlock se escabulló de los brazos de Eleanor y se deslizó hasta el suelo.

—¡Todo gracias a mí, Majestaaaad!

Pyra le propinó tal manotazo que lo tiró al suelo, por donde Nightlock resbaló hasta terminar cayendo por la trampilla.

Varios ogros, con las brillantes bandas de color naranja que los identificaban como miembros de la Guardia de la Reina, pasaron a presión a través de la pequeña compuerta. Todos a una, los suplantadores volvieron a sus formas elegidas, con la magia estallando a su alrededor mientras se estiraban y se convertían, entre chasquidos, en seres mucho más grandes, de dimensiones monstruosas. Los ogros se limitaron a sostener sus espadas sin dejar de sonreír.

—Hace siglos desde la última vez que estuviste aquí, ¿verdad, hermano? —ronroneó Pyra—. ¿Qué opinas del nuevo interiorismo que he escogido para mi celda de juventud? A mí me parece gloriosamente lúgubre.

«Tengo que hablar con ella —le dijo Alastor al chico—. **Déjame hablar».**

El muchacho estaba aturdido, pero accedió a la petición. «De acuerdo. Pero nada más. Al menos de momento».

—Viniste una vez a visitarme a esta celda, ¿lo recuerdas? —preguntó Pyra. Empezó a caminar de un lado para otro debajo de la llave de sangre que flotaba sobre ellos—. Me desperté y te vi observándome desde la pasarela que tenemos encima. Habías entrado por una puerta que yo no sabía que existía. Nunca hablaste, ni una sola vez, en ninguna de las ocasiones en las que te imploré que me ayudaras. Que me liberases.

—**Era por tu propio bien, para protegerte** —respondió Alastor—. **Nuestros hermanos querían matarte porque creían que eras una vergüenza para la familia. Creían que nunca serías capaz de manifestarte bajo la forma de un animal.**

Pyra señaló con desdén la cáscara que antaño había sido Bune.

—Gritaron más de lo que jamás llegué a hacerlo yo, cuando los encerré aquí. Pero su sacrificio es lo que ha permitido al reino gozar de una segunda oportunidad. La manera de hacer retroceder al Vacío reinante.

Alastor miró a un lado, hacia el otro extremo de la estancia, donde la joven bruja y la elfa se habían resguardado de espalda contra la pared. Los suplantadores formaban una barrera protectora entre ellas y los ogros, pero el maldito MurciéGato echó a volar y recuperó a la pelirroja hermana del chico. En cuanto el suplantador cortó las ataduras de Prue de un solo zarpazo, la muchacha se subió agradecida a lomos de Sapo.

—Es la única manera, hermano —dijo Pyra—. Sé que tú también lo ves. ¿Por qué no acceder al reino de quienes se esconden, de quienes han acumulado su magia durante milenios y han dejado que todos los demás nos apagáramos?

Alastor cerró el puño derecho del chico. La verdad que había en las palabras de Pyra despertó algo en él, una sensación de certeza que revoloteó como las alas de una polilla.

Su reino estaba amenazado. En ruinas. Alastor vio el dilema con absoluta claridad: o se sumía él en la oscuridad, o su reino sería devorado por ella. Un rey sin reino no gobernaba sobre nada ni nadie: era un idiota con un tocado ridículo, absurdo.

—Los Antiguos son sabios y omniscientes —exclamó la elfa, furiosa—. ¡Habéis esquilmado el reino! Podríais haber cambiado vuestra conducta siglos atrás, haberos distanciado de vuestra necesidad de magia, pero erais demasiado codiciosos, demasiado...

Sapo colocó a Prudence Redding al lado de Nell, quien tuvo que contener a la muchacha para evitar que corriera hacia su hermano.

—¡Prosper! Prosper, ¿me oyes? —lo llamó, tratando de zafarse de Nell—. ¿Qué le pasa? ¿Qué le habéis hecho?

Pyra miró a los ogros por encima del hombro.

—Haced que se calle, ¿entendido? Podéis deshaceros de la elfa si queréis, pero aseguraos de guardar sus orejas. Quedarán de lo más elegante bañadas en plata líquida para usarlas como pendientes, ¿no os parece?

Los suplantadores gruñeron y gritaron en señal de protesta y cerraron filas en torno a Prudence.

Flora entornó los ojos como había hecho la otra vez antes de soltar a sus plantas monstruosas en Grimhold. Alastor tal vez habría aconsejado a su hermana que no pusiera a prueba la fortaleza de Skullcrush, sobre todo después de la sacudida que le había propinado el Vacío, pero una voz humana chillona lo interrumpió.

—Ni se te ocurra —advirtió Nell—. Además, menuda ordinariez. ¿Unos pendientes hechos con orejas? Pero ¿a ti qué te pasa?

A Alastor lo irritaron aquellas palabras. A su hermana no le pasaba nada malo, no como a la hermana del humano, que tenía el pelo asquerosamente rojo y la piel llena de manchas. Pyra, en cambio, era temible y temida.

Pyra volvió su rostro impasible hacia la bruja. Su risa era como el chillido de los murciélagos asesinos al cruzar un cielo sin estrellas.

—Echa un vistazo a tu alrededor, niña. Este es el lugar que me hizo como soy, que forjó mi carácter. Está más allá de tu capacidad de comprensión.

—¿Te crees que eres la única a la que encerraron y que tuvo que ver cómo el mundo seguía girando sin ella? —preguntó Prudence Redding, a quien le temblaba la voz—. Vivir todos los días sin saber qué va a ser de ti... Si te irás una noche a la cama y ya no te despertarás, si alguna vez tendrás amigos, si podrás ver el mundo más allá del árbol que hay en el jardín de tu casa...

Pyra entornó sus ojos negros.

—Las vidas humanas son insignificantes. Llegan y se van

en un abrir y cerrar de ojos. ¡Tus problemas no son comparables a los míos! Ni ahora ni nunca.

No. Un humano no podía comprender la vida de los malignos, las pequeñas eternidades que les habían sido concedidas para sembrar la confusión y provocar el caos. Cada reino tenía su papel; los malignos siempre habían tenido por objeto poner a prueba y derrotar a los humanos y por eso se les habían concedido los dones que poseían: su fuerza superior, sus rostros extraordinariamente hermosos, su magia innata... Todo eso les había sido concedido por una razón. Los humanos solo podían generar energía a través de la fuerza de sus emociones, en particular del miedo. ¿Qué sentido tenía su existencia?

¿Por qué el reino de los humanos se mantenía en pie mientras el de los malignos se derrumbaba?

Pyra se volvió, moviendo nuevamente los dedos en dirección a Prudence y los demás. Uno de los ogros dio un paso adelante con el asa de su hacha firmemente agarrada con las manos. El suplantador en forma de ave extendió sus alas para proteger a la bruja y a la muchacha.

Pero no antes de que Alastor pudiera haber jurado que había visto a la bruja inclinarse hacia delante para susurrarle unas palabras a la hermana de Prosper y ponerle algo en la palma de la mano.

—Hermano, sé que sientes lo mismo que yo, que has visto el sufrimiento de nuestros súbditos. ¿Permitirías que nuestro mundo fuera destruido solo porque no fuimos extraordinariamente audaces, porque tuvimos miedo de alcanzar el vasto poder que podría y debería ser nuestro?

«Al, no puedes estar hablando en serio», le llegó la voz incrédula de Prosper. Alastor notó que el muchacho empezaba a ponerse en pie de nuevo, que luchaba por recuperar el control de su mente y su cuerpo, pero el maléfico aún no había terminado.

No. No había hecho más que empezar. Y tenía sus propias preguntas.

—**Hacernos con el poder de los Antiguos amenaza el orden de las cosas** —dijo Alastor—. **Entrañaría el riesgo de que cayeran todos los reinos, ¿no es así?**

Pyra emitió un ruido de disgusto.

—¿Eres un humano o eres un maligno, hermano? Si esto hace que desaparezcan todos los reinos, pues adiós muy buenas, digo yo. Si nosotros no podemos vivir y medrar, que no lo haga nadie.

«Al, dime que no le compras lo que te está vendiendo —dijo el muchacho—. Esta señora ha perdido el norte. ¿Arriesgarse a destruir todos los seres vivos por la mera posibilidad de que su plan funcione? Es completamente absurdo».

No. Era maligno. Un nuevo tipo de malignidad que Alastor valoraba positivamente.

Se sentía como si aquel velo de dudas silenciosas y constantes se hubiera levantado de su mente. Ahora Alastor podía ver las cosas con claridad, colocar ante sí todas sus opciones como colocaría sus mejores cubiertos de mango de hueso a la hora de la cena.

Sobre todo, comprendía a su hermana. Ahora entendía que todo lo que había hecho había sido para salvar el reino, a falta de otra alternativa viable.

El momento de ayudar a los humanos y a la elfa había llegado a su fin; no podía seguir haciéndolo mientras pudiera ser a costa de su propio reino. La cuestión de quien se sentaría en el Trono Negro podría retomarse más adelante, una vez estuviera resuelta la cuestión de su supervivencia. Alastor se apoderó de la voz del chico, listo para utilizarla de nuevo, pero sucedió algo curioso.

La elfa, aquel ser vivaz y abominable de sonrisa demasiado fácil, se transformó una vez más. Su piel se convirtió en una máscara desapasionada en la que sus ojos brillaban como llamas mágicas.

Abrió la boca y, en vez de la voz melosa que Alastor se había acostumbrado a esperar, surgió otra más profunda, como el fluir relajante de un río.

—No os va a salir bien.

La joven bruja dio un respingo y se volvió hacia la elfa muy sorprendida. La joven humana no podía dejar de mirarla, observando su pelo floreado y su expresión airada sin dar crédito a sus ojos.

Incluso Pyra se quedó sin aliento, apenas un instante, aunque se recuperó rápidamente y replicó:

—Los elfos sois expertos en cosas que no salen bien, ¿verdad?

El rostro de la elfa no dejó traslucir la más mínima emoción ante la burla de Pyra. En el silencio subsiguiente, una sonrisa lenta, triunfante, se abrió paso en él.

—Hace tanto tiempo ya... El paso de miles de años ha reducido a polvo los recuerdos traicioneros. Vosotros, los maléficos, habéis maldecido a los de vuestra clase para que olviden. Os habéis maldecido a vosotros mismos. No habéis sido capaces de asumir la verdad de vuestra existencia. —Flora volvió su mirada llameante hacia el muchacho. Hacia Alastor—. El momento de nuestra venganza ha llegado al fin. Malignos, estúpidos, estáis en presencia de una Antigua que os dice que vuestro plan no saldrá bien. La llave de sangre no va a abrir el reino de los Antiguos, pues estáis en él ahora y ya habéis asegurado su destrucción.

A Alastor, posiblemente por primera vez en su vida, no se le ocurrió nada que decir. Soltó una risotada, pero su sonido se apagó sin que nadie se sumara a ella. Los ogros guardianes se movían, inquietos, sin entender muy bien lo que estaban oyendo.

—¡Embustera! —rugió Pyra.

—¿Los elfos... sois los Antiguos? —logró decir Nell.

—No lo entiendo —dijo Prudence Redding, mirando de uno en uno a todos los presentes en aquella celda—. ¿No había cuatro reinos?

—No, siempre ha habido solo tres —respondió la elfa con satisfacción—. Hace siglos, los elfos creamos nuevos reinos, fuimos seres artesanos que plantamos la simiente de mundos nuevos. Diseñamos los paisajes, medimos las montañas, soñamos con los seres que crearíamos para habitar en ellos. Cuando descubrimos el reino de los humanos en uno de nuestros viajes, nos enamoró. Su verde intenso. Sus aguas transparentes. Lo utilizamos como base del reino que diseñaríamos para que fuera el nuestro. Un mundo perfecto para los elfos, con árboles altos como torres y madrigueras donde cuidar de nuestros retoños. Donde todas las piedras serían talladas con esmero y todas las flores alimentadas amorosamente. Fue un reino de paz. De luz. Hasta que llegaron los malignos.

—Todo eso son meras fantasías —dijo Pyra, señalando a Flora con una mano con garras—. ¡Guardias, capturad a esa elfa entrometida!

Flora levantó el puño y la magia crepitó por sus nudillos. Los ogros dieron un paso atrás, alarmados. ¡Cobardes!

—Si miento, decidme... ¿Cómo es que no recordáis la fundación de vuestro reino? ¿Por qué su relato no consta en vuestro *Libro de los malignos*, en ninguno de sus tomos? ¿Por qué ninguno de vosotros, maléficos, recuerda por qué y cómo llegaron al poder vuestros antepasados?

—Na... **nacieron teniendo ya el poder** —protestó Alastor.

Sí, claro. Y qué más.

Pyra, sin embargo, estaba extrañamente callada. De joven le había expresado dudas parecidas a Alastor. En aquel momento, su hermano se había salido por la tangente: le había dicho que la historia de los malignos era mantenida en secreto para que nadie pudiera cuestionar su legitimidad y hegemonía. Pero en realidad se había limitado a repetir lo que su padre le había dicho a él.

—Los malignos estáis absolutamente convencidos de vuestro poder, de vuestro derecho a devorar la magia —prosiguió Flora—, pero no sois más que un error que cometimos los elfos en un plan por lo demás perfecto. Desbaratasteis nuestro proyecto, nuestro hermoso reino.

—¿Qué quieres decir? —preguntó Nell.

—Deseábamos de todo corazón tener trato y trabar amistad con los humanos —dijo Flora—. Pero tenían un lado oscuro. Ira. Ambición. Codicia. Los elfos no somos así. Creímos que podríamos salvarlos, mejorar su diseño, quitándoles esos sentimientos negativos. Pero... se trataba de un aspecto profundamente arraigado en ellos. La oscuridad siempre regresaba. Y los sentimientos que arrancábamos de los humanos terminaban manifestándose en forma de seres. De monstruos.

De malignos.

No... No... Imposible. ¿Los malignos eran los desechos de la ruindad humana? El orgullo de Alastor se tambaleó.

El muchacho llevaba tanto tiempo callado que Alastor había empezado a albergar esperanzas de que hubiera perdido el conocimiento y fuera a quedarse en ese estado.

Pero Prosper se puso a hablar lentamente, elaborando lo que acababa de comprender.

«Tiene todo el sentido del mundo, en realidad. Sé que no quieres creerlo, pero tal vez sea por eso por lo que los malignos solo pueden crear magia a partir de emociones humanas como el miedo y la ira. Es como si... respondierais a esos sentimientos porque nacisteis de ellos».

«¡No hables de cosas que jamás comprenderás!».

—Tratamos de enseñaros a los malignos nuestra manera de actuar —continuó Flora—. Para proteger a los humanos, os prohibimos a los malignos entrar en su reino y os lanzamos una maldición de glamur a todos para que ningún humano pudiera veros.

«Qué estrategia más absurda —dijo el chico—. A todo el mundo le da mucho más miedo lo que no puede ver».

La observación del muchacho era sorprendentemente perspicaz. Alastor había dado por supuesto que eran las brujas las que habían lanzado los glamures y evitado que los humanos pudieran ver a los malignos, pero la razón de todo ello apenas le había preocupado, ya que los maléficos podían sortear la maldición manifestándose en forma de animales. Los demás malignos simplemente habían aprendido a aprovechar su invisibilidad lo mejor posible para aterrorizar a los humanos y llevarse toda la magia que pudieran gracias a su miedo.

—Pero los malignos fuisteis volviéndoos inquietos, destructivos. Asesinasteis a los de mi clase para quedaros con su reino —dijo la elfa sombríamente—. Los que sobrevivimos nos vimos obligados a huir al mundo de los humanos a través de nuestros espejos. Los maléficos que lideraron la rebelión accedieron al conocimiento sobre cómo crear los portales y lo acapararon para estar seguros de que solo ellos pudieran crearlos. Pero eso seguía sin parecerles suficiente, así que lanzaron una maldición de olvido sobre los demás malignos para asegurarse de que no recordaran lo sucedido. Para que ningún maligno pudiera cuestionar su dominio.

Bueno... Eso sonaba bastante a la manera de ser de los de su clase, si Alastor tenía que ser sincero. Pero su hermana sacudía la cabeza mientras un grito de negación y de furia se abría camino por su garganta. Lo liberó en forma de rugido.

—¿No me creéis? —añadió la elfa—. Entonces, ¿de qué otro modo podría yo saber que vuestra primera antepasada no poseía una forma animal, que mezcló su linaje con un simple pooka y que destruyó a todos los demás malignos verdaderamente capaces de cambiar de forma para que sus hijos y herederos no tuvieran rivales?

Alastor se sentía como si estuviera en equilibrio sobre la punta de una cerilla, a punto de caer en la perplejidad más absoluta. Nadie... Nadie fuera de su familia sabía nada de todo eso. La presencia de un pooka en las pocas estirpes de maléficos que quedaban era el secreto más celosamente guardado de los de su clase.

Pyra, por supuesto, también lo sabía. Puede que los demás hubieran interpretado su actitud silenciosa e inmóvil como una consecuencia de su estupefacción, pero su estado de ánimo estaba cambiando y fluía a través de ella como un furioso río de lava. Estaba fuera de sí.

—Eres una Antigua —rugió— ¿y aun así no salvas el reino? ¿Permitirás que sea devorado y los seres que creaste, destruidos?

Flora entornó los ojos mientras anunciaba con gran satisfacción:

—Sí. Es lo que os merecéis. Fuisteis un error. Siempre habéis sido un error.

Algo en esas palabras suscitó una ira sorprendente en el muchacho, pero Alastor se sentía extrañamente tranquilo. Su reino estaba al borde de la desaparición, su hermana lo despreciaba y una elfa —¡una elfa!— acababa de poner patas arriba su concepción del orden del mundo. Pero había una cosa que Alastor nunca jamás había llegado a perder al enfrentarse a la confusión y el caos: la iniciativa. Su capacidad de improvisar, de cambiar de planes a una velocidad vertiginosa, nunca le había fallado.

Y ahora eso iba a salvarlo.

—**Hermana** —empezó, mientras sus pensamientos se arremolinaban como el contenido de un reloj de arena—, **puedes quedarte con mi poder, por más debilitado** —esta palabra la escupió— **que esté. Como prueba de mi voluntad de colaborar, ahora sacrificaré voluntariamente la mayor** parte de mi poder y únicamente me quedaré el suficiente para seguir con vida. Incluso incompleta, la llave de sangre podría utilizarse con un objetivo distinto.

«¿Al?». La voz de Prosper era débil pero cada vez menos. Alastor sintió que sus pensamientos se dispersaban casi con la misma rapidez con la que conseguía hilvanarlos.

—Sigue —dijo Pyra con los brazos cruzados.

—Solo necesitamos un nuevo reino, ¿verdad? —prosiguió Alastor—. La llave de sangre tiene magia en cantidad más que suficiente para abrir una brecha entre nuestro reino y el de los humanos.

—¡No! —exclamó Nell.

«¡Alastor!». El muchacho luchó por arrebatarle al maligno el control sobre su cuerpo y recuperarlo para sí mismo.

—Los humanos son débiles y su mundo es mucho más vasto que el nuestro —dijo Alastor—. ¿Acaso no podríamos rehacerlo? Los malignos están hechos para gobernar. Nuestro destino es someter a nuestra voluntad a la humanidad y sus almas.

La sonrisa de Pyra era como la curvatura de la hoja del arma blanca más letal.

—No me había planteado esa opción. Lo rápido que ese espantoso cielo azul oscurecería en cuanto se lo ordenáramos. Cómo se quedaría de esa manera para siempre.

—Los humanos serían fáciles de manejar. Son sumamente vulnerables ante las enfermedades y el miedo...

Era como en los viejos tiempos: Pyra y él burlándose de los seres inferiores de los demás reinos. Alastor logró, por fin, arrastrar el cuerpo del muchacho de nuevo bajo sus pies. Tal vez fueran capaces de llegar a algún tipo de acuerdo, con ella como asesora suya...

Mientras observaba la sonrisa de superioridad de su hermana, Alastor comprendió que un nuevo destino se desplegaba ante él.

No había sido humillado por los Redding sin motivo. No había perdido siglos de vida en la oscuridad del Entremundos sin ninguna finalidad. Todo aquello había sido como un camino tortuoso de seda de araña negra. Un camino hacia delante reluciente de posibilidades.

Alastor no solo iba a vengarse de los Redding. Iba a forzar a toda la humanidad a pagar sus deudas.

La elfa despertó de su trance y se sacudió de encima los últimos vestigios de poder.

—¿Os he contado mi historia? —Sus ojos se dirigieron al muchacho, y Alastor sintió desprecio por su empalagosa cara de preocupación—. ¿Prosper...? ¿Qué ha sucedido?

—¡Ahora, Prue! —gritó la joven bruja.

Alastor y su hermana se dirigieron como un torbellino hacia el grupo de humanos atemorizados en el preciso instante en que la muchacha echaba el brazo atrás y arrojaba al suelo un frasco negro.

—¡Plata antigua, plata cierta, conviértete en una puerta! —gritó Nell.

La bruja levantó ambos brazos y una bola titilante de magia verde empezó a crecer entre sus manos. Luego la arrojó sobre el caos de polvo y cristales rotos.

El aire se llenó de un humo asfixiante. Las piedras cayeron de las paredes y los techos se precipitaron como una catarata mientras la torre se mecía. Pyra se vio lanzada varios metros hacia atrás y aterrizó con tanta fuerza que se quedó aturdida momentáneamente.

La bruja y la elfa se subieron a lomos de Sapo y luego colocaron a Prudence Redding detrás de ellas.

Mientras lo invadía la furia, Alastor pensó que no, que no iban a arruinarle los planes ahora, después de haber hallado una salida con su hermana. Una salida que le iba a permitir salvar su reino y recuperar el temor y el respeto de sus súbditos.

—¡Detenedlo! —gritó Pyra.

Por encima de ellos, la magia crepitaba en torno a la llave de sangre. Ardía con una intensidad que habría matado a cualquier ser vivo que osara tocarla, sobrecargándole las venas y quemándole todo el cuerpo.

Para sorpresa de Alastor, aquellos estúpidos mortales no hicieron ademán alguno de querer tocarla o llevársela. No. Solo les preocupaba escapar.

—¡Prosper! —lo llamó Nell—. Tiene que abrirlo él. ¡Dile a Alastor que abra el espejo!

Las espirales de plata líquida se mezclaron en el suelo como un charco y formaron un lustroso espejo. Qué lista era la brujita, qué lista. Sabía que en varias partes del Mundo de Abajo no tendrían fácil acceso a un espejo y había hallado la manera de sortear ese obstáculo: utilizando un conjuro para crear uno.

Pero con lo que no había contado, al parecer, era con la respuesta de Alastor.

—**No.**

27

Conjuros
hechos añicos

«No». La frágil ilusión a la que me había aferrado, creyendo que aquella historia podría tener un final distinto, se rompió finalmente en mil pedazos. Aquella respuesta era tanto una declaración de principios como de intenciones: a partir de aquel momento, ya no íbamos a seguir colaborando, ni siquiera para sobrevivir.

Entre su reino y el mío, Alastor había escogido el suyo. Yo sabía que, en un momento u otro, sucedería algo así. No estaba decepcionado. Ni siquiera sorprendido. Pero había confiado en que...

¿En qué? ¿Había confiado en que se despertaría y decidiría hacer lo correcto? ¿En que éramos amigos?

Los ogros cruzaron la celda con gran estruendo y saltaron a las paredes para intentar escalar por ellas. Los demás suplantadores echaron nuevas alas y se unieron a las figuras descomunales de Sapo y Ribbit, que volaban en torno a la llave de sangre. El ardiente nudo de magia me atraía y debilitaba mi cuerpo cada vez más. Teníamos que salir de allí. Enseguida. Sapo voló aún más alto y echó a un ogro al suelo de un golpe.

—¡Rómpeles el espejo, Clockworm! —vociferó Pyra dirigiéndose al otro ogro—. ¡Destrózalo!

—¡Prosper! —gritó Nell—. ¡Dile que se dé prisa!

Alastor se desplazó por mi interior, introduciéndose en mis venas como un rastro de fuego danzante.

No iba a soltarme.

Con las fuerzas que me quedaban, traté de derribarlo. Si conseguía dominarlo, someterlo, quizá podría...

Un momento.

De repente me di cuenta. Podía ordenarle que lo hiciera. Yo conocía el nombre secreto que le puso su madre cuando nació, el que permitiría a cualquiera —maligno, humano, elfo— doblegar su voluntad.

«Hazlo —gruñó Alastor al ver mis pensamientos—. **Termina de convertirte en lo que siempre has estado destinado a ser: el heredero del legado de Honor».**

La sangre me latía a un ritmo duro, acelerado. Eso era el poder. Aquella simple palabra era en sí misma poder. Era la varita mágica que podía terminar con todo, si escogía utilizarla. El as bajo la manga al que podía recurrir con solo darle la vuelta.

Poder.

Un nombre. Con solo pronunciar aquel nombre podría forzar a un demonio de ochocientos años a realizar cualquier cosa que yo quisiera obligarle a hacer, incluso anular los contratos a los que estábamos sujetos Nell y yo.

«Lo hago para salvar mi mundo —repliqué—. Hago lo que debo...».

«**¿Por una buena causa?**», terminó Alastor con frialdad.

Una capa de hielo cristalizó en torno a mi corazón. El eco de las palabras de Zachariah llegó hasta mí. «Hacemos cosas de las que jamás nos habríamos creído capaces cuando consideramos que es por una buena causa».

Estaba... En todo momento, desde que había llegado al Mundo de Abajo, había justificado lo que había hecho recordándome a mí mismo que era todo para rescatar a Prue. Incluso ahora, si utilizaba su nombre sería para que pudiéramos huir, para arrancar el poder de Alastor de las garras de Pyra durante el tiempo suficiente para que el Mundo de Abajo desapareciera de una vez por todas. El reino de los humanos nunca más iba a tener que volver a ver a ningún otro maligno.

Lo único que tenía que hacer era usar aquel nombre. Lo tenía allí mismo, en la punta de la lengua, quemándome como si me hubiera metido en la boca un caramelo de pica-pica. Una palabra. Seis sílabas.

«**Dilo** —me desafió Alastor, furioso—. **Dilo, Gusano asqueroso. Te crees que eres tan bueno, tan honrado, que los humanos tenéis todos los escrúpulos de los que carecemos los malignos... A fin de cuentas, no eres mejor que Honor**».

Eso no era cierto. Negué con la cabeza y, respirando hondo, recorrí las tinieblas brumosas de mi propia mente.

Regresé de golpe a mi propio cuerpo y me hice con el control de este como si me estuviera poniendo ropa limpia. Alastor me había clavado las garras en el cerebro y, mientras retrocedía, me las hundió aún más para intensificar el dolor. Su resentimiento acumulado hizo hervir el contenido de mi vientre y provocó que la bilis me quemara en el esófago.

«Yo no soy Honor —respondí—. Nunca he sido como él y nunca lo seré».

«La diferencia es que él tenía lo que tú no has tenido hasta ahora —respondió Alastor sombríamente—. **El poder siempre se tiene a costa de otros, Prosperity Redding. Eso es lo que escoges. Y tienes que vivir sabiéndolo».**

Negué con la cabeza, tratando de despejar el eco de sus palabras.

«Yo no soy como Honor».

«Solo era cuestión de tiempo».

Honor había matado a una muchacha inocente. Había destruido a una familia entera para llenarse los bolsillos y extender su influencia.

«Todo para salvar a su propia familia. Como tú te propones hacer ahora. Vamos, Gusano. Sométeme a tu voluntad».

¿En qué consistía llegar demasiado lejos, si de lo que estábamos hablando era del fin del mundo? ¿Yo no podía hacer esto, esta nimiedad? Él era un maligno. Vivía para causar tormento... Así pues, ¿qué importancia tenía que yo le diera a probar su propia medicina? No sería ni más ni menos que lo que él tenía previsto hacerme a mí tras poner sus minúsculas garras en mi alma...

Mi alma. El trato.

—¡Pásame el arco! —le gritó un ogro a otro—. Les disparé.

—No tenemos tiempo —le espetó Pyra.

La maligna cerró los ojos y levantó los brazos por encima de su cabeza. Hilillos de magia empezaron a salir de la esfera, envolvieron sus pies e hicieron que se elevaran por encima del suelo. Estaba volando sin alas.

Lo cual resultaba de lo más injusto, teniendo en cuenta todo lo sucedido.

«Tienes que hacerlo —le dije a Alastor—. Llevar a Prue de vuelta al mundo de los humanos era uno de los términos de nuestro acuerdo. Si no abres el portal de espejo, estarás incumpliendo tu propio contrato... lo que implica que mis obligaciones contractuales pierden toda validez y eficacia».

No estaba muy seguro del significado de todas esas expresiones del mundo de los negocios, pero había oído a mis padres utilizarlas en conversaciones telefónicas y sonaba todo muy oficial.

Alastor emitió un sonido entrecortado.

—¡Date prisa! —gritó Zachariah—. ¿A qué esperas? ¿Una citación oficial?

—O nos ayudas o rompes el contrato —le dije a Alastor en voz baja. Pyra se volvió hacia nosotros, pero yo seguí presionando, cavando—. Me dijiste que nunca rompes un contrato. ¿Qué sucede si lo haces? ¿Pierdes la magia que se creó cuando ambos lo aceptamos?

«**Te limitarás a usar mi verdadero nombre para obligarme a romper el contrato**».

«¿Acaso lo estoy utilizando ahora? —dije—. Podría hacerlo, pero si haces lo que te pido por voluntad propia, si mantienes lo pactado, no lo haré...».

«**Mientes**».

Por encima de nosotros, Sapo gritó y se lanzó en picado contra un ogro, con las garras extendidas como cuchillos. Mis pensamientos se aceleraron. «El trato era que lleváramos a Prue de vuelta al mundo de los humanos. Si no abres el espejo ahora mismo, estarás infringiendo los términos del contrato y perderás la magia que obtuviste con él. Pero la necesitas, ¿verdad? Para liberarte de mi cuerpo».

Alastor gimió.

—¿Qué le estás diciendo? —quiso saber Pyra—. ¿Qué te ha prometido, humano?

—¡Prosper, date prisa! —exclamó Nell.

La joven bruja se aferró al cuello de Sapo mientras el suplantador levantaba las patas delanteras para evitar el corte de la hoja punzante del hacha de un ogro. Prue le propinó una patada en la cara a otro de los guardias cuando este saltó hacia ellos.

De la escalera de debajo llegaban gritos y el ruido del metal al chocar contra la piedra. Los soldados que se dirigían a la celda subían corriendo la interminable colección de peldaños. Estaban cada vez más cerca, el suelo vibraba cada vez con más fuerza por su impulso.

La voz de Alastor sonó extrañamente formal, casi forzada, cuando dijo: «**Cumpliré lo pactado. Acércate al espejo y tócalo**».

Las piernas me pesaban como si fueran de plomo, pero conseguí recorrer, mitad arrastrándome, mitad corriendo, la escasa distancia que me separaba del espejo. Caí de rodillas y coloqué la mano entera sobre el cristal aún caliente.

—¡Alastor! —gritó Pyra—. ¡Esperaba que me traicionaras, pero me sorprende que te haya llevado menos de dos minutos!

Una ráfaga de magia me recorrió el brazo y fluyó después por mis dedos. Alastor permaneció en silencio mientras el cristal se ondulaba y se abría el portal.

Sapo y los demás suplantadores no perdieron el tiempo. Antes incluso de que me diera tiempo de llamarles a gritos, se lanzaron en picado hacia el espejo. Tanto Flora como Prue gritaron al notar el pronunciado descenso. El hacha del ogro volvió a oscilar y estuvo a punto de alcanzar a otro ogro, que se había lanzado contra el pecho del suplantador.

—¡La mano! —gritó Nell mientras se inclinaba a la izquierda y estiraba el brazo hacia mí.

Sus dedos se cerraron en torno a mi muñeca. La fuerza y la velocidad a la que Sapo descendía en picado estuvieron a punto de luxarme el hombro mientras me arrastraba de cabeza a través del espejo.

Un aire oscuro y frío nos azotó en todas direcciones mientras dábamos vueltas en tirabuzón a través del pasaje impreciso y borroso que nos rodeaba. Antes de que pudiera inspirar aire suficiente para gritar, salimos disparados por el otro lado del portal.

Nell me soltó al fin y pasé junto a ella como un cohete antes de estamparme contra el borde de algo que, afortunadamente, era mullido. Los demás no tuvieron tanta suerte. Chocaron con una alfombra de color azul celeste, con las extremidades entrelazadas entre sí de tal manera que parecían una de esas quimeras con varias cabezas del libro de mitología griega de mi padre. Los suplantadores recuperaron sus dimensiones habituales con una sinfonía de chasquidos.

—¡Ay! ¡Flora!

—¡Sapo, me estás chafando con la pata!

—¿Qué tipo de habitación es esta?

Zachariah flotaba sobre todos ellos, dando vueltas en círculo alrededor del papel pintado a rayas, las estanterías, la cómoda alta y blanca donde solían estar todas las fotografías y recuerdos que ahora habían quedado desperdigados por el suelo. Los pósteres de Heart2Heart.

El espejo de cuerpo entero, que aún se estaba ondulando, en un ángulo de la habitación, justo al lado de la puerta que conducía a nuestro baño compartido.

Se me heló la sangre.

Alastor se echó a reír.

—Un momento... —dijo Prue con voz aturdida—. ¿Qué estamos haciendo en mi habitación?

—¿Has...? —empecé, con la preocupación devorando todos mis demás pensamientos—. ¿Has abierto un espejo de regreso en Redhood?

«He conectado el portal abierto con este espejo porque he pensado que te gustaría ir de visita a tu casa. Verla por última vez».

Nell se puso de pie, respirando con dificultad.

—¿Mamá? —dijo Prue mientras se dirigía hacia la puerta—. ¿Papá?

La agarré del hombro para que se quedara quieta. Después señalé el espejo. El portal seguía abierto y su superficie de azogue relucía con malicia.

Docenas de figuras oscuras surgían de sus profundidades y avanzaban a través de la cortina de vapor. El estrépito de sus voces, que rugían y aullaban de emoción, me hizo sentir como si mi piel quisiera despegarse de mis huesos.

—¡Ciérralo! —grité—. ¡Alastor!

«En nuestro acuerdo se estipulaba que yo debía ayudarte a rescatar a tu hermana y abrir un portal para que pudiera regresar al mundo de los mortales —dijo Alastor con voz venenosa—. **No me comprometí a cerrar el portal de nuevo».**

Me llevé las manos a la cabeza y me tiré de los pelos. Aquello no estaba pasando. Aquello no podía estar pasando.

—No va a hacerlo —les dije a los demás.

Me habría dado un puñetazo en la cara a mí mismo por todos los segundos absurdos desperdiciados en creer que, finalmente, había conseguido llevarlo a mi terreno.

Cada maligno se convirtió en una docena y cada docena en un centenar. Ogros. Licántropos. Demonios necrófagos. Verdes, plateados, rojos, grises, violeta. Con escamas, con pelo, con colmillos, con garras. La magia iluminaba el júbilo, teñido de desdén, de sus rostros.

«No hagas esto —le supliqué—, ¡por favor!».

«Tu desesperación es exquisita al paladar».

Nell se agachó bruscamente para coger su mochila y la puso del revés para hacer caer lo poco que quedaba dentro. Solo había dos frascos vacíos que repiquetearon sobre la moqueta. El espejo empezó a traquetear contra el suelo; su superficie se onduló como si estuviese hirviendo cuando las garras de un ogro la rozaron, examinándola.

—¡Que alguien haga algo! —gritó Prue. Agarró uno de sus trofeos ecuestres y lo blandió como si fuera un garrote.

—Yo puedo... Solo el maléfico puede cerrarlo, pero yo puedo ponerlo en otro... ¡Yo puedo ponerlo en el Entremundos! —Nell se frotó las manos enérgicamente, como si quisiera encender la magia—. Ábrete, puerta de las maravillas...

Incluso yo me di cuenta de que algo no iba bien cuando en la palma de sus manos no apareció el habitual resplandor de la magia. Nell bajó la vista hacia sus dedos y después la levantó, horrorizada, hacia la luz del sol que entraba por la ventana. Y lo supe. Supe sin una sola palabra que a Nell acababa de terminársele la magia.

«**Ahora empieza lo bueno** —dijo Alastor, regodeándose—. **Abandona toda esperanza, Prosperity Redding, pues la esperanza te ha abandonado a ti**».

La mano del ogro atravesó el cristal; sus dedos danzaban, burlones, como si nos saludaran.

—¡Corre! —exclamé. Agarré a Prue del brazo y tiré de ella hacia la puerta del dormitorio—. ¡Corre!

Pero ya era demasiado tarde. Detrás de nosotros, los monstruos irrumpían en el pasadizo como un enjambre de avispones furiosos. Y no había nada que yo pudiera hacer, salvo observar como mis pesadillas regresaban a casa.

ENERO DE 1693
LOCALIDAD DE REDHOOD
PROVINCIA DE LA BAHÍA DE MASSACHUSETTS

Tras un año de ausencia para solucionar el asunto de los troles con aspiraciones que, por milésima vez, habían intentado arrebatarle el trono a su padre, Alastor regresó al reino de los mortales.

Enseguida se dio cuenta de que estaba perdido.

El camino que recorría a través de los espejos para ir a visitar a Honor Redding había desembocado siempre, en los dos últimos años, en el bosque próximo a la humilde morada del mortal. Esta vez, sin embargo, Alastor se encontró en una especie de biblioteca oscura. Giró sobre sí mismo preguntándose si se habría equivocado de camino y salido por accidente a través de un portal distinto del previsto. Pero reconoció el hedor del lugar, el familiar olor a humano de Honor y su familia. Solo había cambiado todo lo demás.

El marco de madera del espejo, el que había tallado el propio Honor, era ahora de oro exquisitamente labrado. La superficie borrosa del cristal presentaba en el centro una grieta que Alastor ya conocía.

Aquella estancia era casi tan grande como la totalidad de la primera vivienda de Honor. Unos hermosos estantes decoraban tres de las paredes; la cuarta estaba cubierta por un costoso papel pintado de imitación tela que parecía brillar a la luz del fuego de la chimenea. El escritorio situado en el centro relucía gracias al barniz. Alastor se subió encima de un salto y dio unos pasos sobre su nítida superficie hasta que encontró un montón de cartas apiladas con pulcritud junto a un tintero de plata.

Todas las misivas iban dirigidas a Honor Redding.

Alastor fue desde la silla hasta el gran ventanal, mientras la sorpresa se apoderaba de él. Afuera brillaba la luna y, si volvía un poco la cabeza, podía ver como la casa había sido ampliada y remozada con piedra. Pudo distinguir la silueta de los establos. Un carruaje.

—Es extraordinario, ¿verdad?

Honor estaba de pie en el umbral de la estancia. Le brillaban los ojos. Cerró la puerta tras él y avanzó por una alfombra ricamente ornamentada en cuya importación probablemente había invertido una pequeña fortuna.

—Todo esto en solo un año —dijo Honor mientras se le acercaba para quedarse junto a él delante de la ventana—. Imaginaos dónde estaremos el año que viene. Vuestra magia ha funcionado. A medida que crecía el odio y la envidia de los Bellegrave, también aumentaban sus intentos de perjudicarnos, que no han hecho sino traernos una fortuna aún mayor.

Alastor debería haber sentido cierto orgullo por lo que su magia había conseguido, pero en aquel momento solo se sentía capaz de mirar fijamente al hombre. Una incertidumbre desagradable y creciente empezó a despertarse en él. Honor iba arreglado y llevaba un traje bien cortado. Alastor estaba seguro de que si miraba directamente las hebillas de los zapatos de aquel hombre, vería su rostro reflejado en ellas.

No obstante, había... una especie de dureza en el rostro de aquel hombre, una dureza que no había existido antes, ni siquiera cuando se había enfrentado a la muerte.

—Es... —Alastor buscó la palabra adecuada. La mirada del hombre fue haciéndose más penetrante durante el tiempo que el maléfico alargó aquel silencio y, a pesar de su condición de ser superior, a Alastor se le erizó la piel de temor instintivamente—. Extraordinario, en efecto.

«Inesperado» era la palabra que había querido decir en realidad.

—Poco después de vuestra última visita me ofrecieron ser socio de una empresa comercial. Llegó una tormenta a la costa que hizo estragos en todos los barcos menos los nuestros. Los beneficios han sido inmensos y, en consecuencia, Redhood ha prosperado.

Alastor se puso rígido.

—Creía que esta era la localidad de South Port.

Honor se encogió de hombros y se inclinó sobre su escritorio.

—Yo la he transformado. He construido nuevas infraestructuras para que la comunidad disfrute de ellas, he añadido nuevos hogares y familias, he incrementado nuestras cosechas. ¿No debería cambiar también su nombre?

—Por supuesto —concedió Alastor—. Es justo.

Era lo que cualquier maligno habría hecho.

La tensión abandonó los hombros del mortal y volvió a su rostro su habitual sonrisa. Alastor estaba seguro de que se acercaban las preguntas de rigor y había preparado historias amenas que contar, incluida la anécdota de su hermano quedándose atrapado en un tonel de jugo de escarabajo. Tras las agotadoras batallas contra los troles, Alastor estaba deseando escuchar también algunos relatos sobre la estupidez humana.

—Tengo algunas ideas para vos —empezó Honor con los ojos enfebrecidos, brillantes de emoción—. He esperado durante tanto tiempo a que regresarais que he tenido meses enteros para hacer planes sobre cómo proteger esta riqueza. Cómo hacerla crecer. Cómo hacer que el apellido Redding pase a la posteridad. Ahora, más que nunca, los Bellegrave recelan de cómo he conseguido que cambie nuestra suerte. Hay que solucionar este asunto antes de que las noticias de nuestra reciente prosperidad lleguen al norte.

Alastor se quedó quieto.

Ah. Así que aquella visita iba a ser puramente de negocios. Por un momento, Alastor se preguntó de verdad si estaría soñando aquel encuentro. La leve sensación de tener la piel erizada se convirtió en un millar de agujas clavándosele por todo el cuerpo. No podía entender por qué. ¿No era esto lo que él siempre buscaba? ¿Aumentar el número de contratos, con términos cada vez más ambiciosos, para poder seguir forrándose de magia?

Y, sin embargo...

Y, sin embargo, pensó, aquel hombre era Honor Redding. El mortal que a él le había parecido que era diferente.

—¿Por qué os inquieta eso? —preguntó Alastor, manteniendo un tono despreocupado—. ¿No os beneficia disuadir a vuestros posibles enemigos de enfrentarse a vos difundiendo historias sobre vuestro gran poder?

Honor negó con la cabeza.

—La histeria se está apoderando de la colonia. Hay un miedo atroz a todo lo sobrenatural o demoniaco. Las murmuraciones son suficientes para condenar a muerte a una persona. Y no hace más que empeorar con el tiempo. Podrían acusarme de brujería.

Alastor emitió un remilgado sonido de disgusto.

—Yo no soy ninguna bruja.

—Yo lo sé, pero el mundo no —dijo Honor—. Debo tener cuidado.

—¿Qué tenéis en mente para los Bellegrave? —preguntó Alastor mientras enroscaba la cola—. ¿Una maldición para que no puedan hablarle de vos a nadie?

La frente de Honor se arrugó mientras el hombre tamborileaba distraídamente con los dedos sobre su hermoso escritorio.

—No. Deseo que perezcan. Todos.

A Alastor se le revolvió el estómago.

—¿Queréis que los mate?

—No es necesario que mueran a manos de vos, sino... ¿una pestilencia por ventura? —sugirió Honor—. Algo que no despierte sospechas y tampoco empañe nuestra buena reputación, por supuesto. Haremos como si los ayudáramos, como si los cuidásemos, y después los enterraremos. A todos.

Alastor se volvió para mirar por la ventana. Su corazón de piedra le estaba latiendo en la garganta. Lanzar pulsiones de muerte era una empresa desagradable, ciertamente, pero ya lo había hecho con anterioridad. Aunque no tan a gran escala.

—Debo confesar... —Alastor se contuvo cuando estaba a punto de decir «amigo»—. Debo confesar que me sorprendéis con esta petición.

La máscara de frialdad volvió a deslizarse sobre el rostro de Honor.

—No veo por qué. Fuisteis vos quien me animasteis a seguir los deseos de mi corazón.

El maléfico intentó no amedrentarse. Se sentía como si lo estuvieran partiendo en dos. ¿Por qué debería sentir ni una pizca de remordimiento ahora, cuando aquel humano confirmaba al fin sus peores sospechas sobre los mortales? No había excepción alguna, ni siquiera entre quienes aseguraban creer en otra manera mejor de vivir.

Al final, todos eran corruptibles.

—Lo que me habéis proporcionado no es suficiente —insistió Honor—. Quiero más. Para mí mismo. Para mi familia. Para nuestro futuro.

Más, más, más. El apetito de los humanos era voraz.

—En este nuevo contrato, deseo que hagáis que la prosperidad de la familia Redding sea permanente, que dure mientras los Redding existan sobre la faz de la Tierra.

Alastor separó los labios.

—Un don tan duradero exigiría más de lo que estáis dispuesto a entregar.

—¿Qué exigiría?

No podía ser que sucediera esto, pensó Alastor. Honor entraría en razón en cuanto oyera el precio que el maléfico le ponía.

—Las almas de toda vuestra familia, de todos aquellos que posean una sola gota de sangre Redding ahora y en los años venideros. Tras su muerte, servirán en mi reino.

El hombre ni siquiera pestañeó.

—Acepto.

A Alastor se le pusieron los ojos como platos.

—¿De verdad?

Honor se cruzó de brazos y lanzó una mirada a un retrato inacabado de él que había al otro lado de la biblioteca.

—Todo aquel que disfrute de los beneficios del acuerdo debe soportar también sus costes.

El maléfico sabía que podía lanzar aquella maldición y que contemplarla sería hermoso y terrible. Sabía que podía hacer que el apellido Redding fuera conocido en todo el reino. Sabía, también, que la cantidad de magia que generaría aquel contrato supondría que sus hermanos no podrían desafiarlo jamás. Tal vez podría utilizar parte de esa magia para ayudar a su hermana a manifestar su forma animal, si tal cosa era posible.

Y, sin embargo, pensó de nuevo. Y, sin embargo.

—¿Tenemos un pacto? —preguntó Honor con avidez.

—Sí —respondió Alastor—. Lo tenemos. Os concederé lo que deseáis.

Honor sonrió. Alastor no pudo soportar verlo. Bajó de un salto del alféizar de la ventana y cruzó rápidamente la habitación. Antes de que Alastor entrara en el espejo, Honor habló por última vez.

—No iréis a convertiros también en un problema para mí —dijo el hombre, mientras su voz se endurecía—, ¿verdad, Alastor?

Alastor sabía que ya no podría volver a ese lugar. Ahora ya no quedaba nada que Honor pudiera ofrecerle. Sus negocios, así como cualquier otra cosa que pudiera haber habido entre ellos, habían llegado ahora a su fin.

Y, sin embargo, cuando tres meses más tarde oyó la voz de Honor invocándolo a través de los espejos, vaciló apenas un momento antes de acudir a la llamada. Tal vez hallaría a un hombre que había entrado en razón y deseaba anular su último contrato. Tal vez el humano deseaba charlar sobre sus cosas, como antaño.

Pero cuando Alastor llegó a la localidad de Redhood, lo que halló fue la muerte y el fuego.

28

Los malignos
de Redhood

Cada sábado y cada domingo, con lluvia o sol, nieve u ola de calor, las gentes de Redhood, Massachusetts, se congregaban en el cenador situado en la plaza del pueblo. Teóricamente, para tomar café, escuchar a un cuarteto de cuerda interpretar las mismas cinco canciones y disfrutar del «ambiente» de su hermoso pueblecito natal. En realidad, esos encuentros servían para enterarse de los cotilleos.

Los chismes jugosos sobre dramas y traiciones siempre habían sido moneda corriente en Redhood, y no había cotilleo más valioso que las vicisitudes de la familia Redding.

Lo que se traía ahora entre manos la anciana señora con sus normas interminables e inflexibles. Por qué tantos miembros de la familia habían salido de la nada para asistir a un Día del Fundador que en principio era como cualquier otro. Y, si tuviera que jugar a las adivinanzas, adónde habían ido los gemelos Redding que fuera tan importante como para dejar de asistir a clase durante casi dos semanas.

Cada fin de semana sin falta, las encantadoras casas con sus históricos letreros indicadores se vaciaban en el corazón de Redhood. Con el sol brillando y el vigorizante aire otoñal, nadie osaría desperdiciar la oportunidad de hablar del tiempo antes de compartir, casi sin aliento, información sobre sus vecinos y amigos, e intercambiarla después por otra que los hiciera sentirse sabios y poderosos.

Ello suponía que nadie iba a perderse la visión de los dos miembros más jóvenes de la familia Redding corriendo por Main Street con el aspecto de estar recién salidos de una feria medieval y el polvo de sulfuro amarillo de un reino demoniaco rodeándolos todavía.

Al menos, pensé, los lugareños no podían ver a los suplantadores, a Flora ni a Zachariah. Pero el glamur también implicaba que no podrían ver a los malignos cuando finalmente se decidieran a salir de mi casa, y yo no tenía claro si eso era bueno o malo.

—El... cuarteto de cuerda... —logró articular Prue entre jadeos—. Había olvidado completamente qué día era...

—¡Busca a papá y mamá! —le respondí.

Incluso yo sabía que las posibilidades de que nuestros padres estuvieran sentados tan tranquilos tomándose un café mientras sus dos únicos hijos estaban desaparecidos eran minúsculas. Lo más probable era que estuvieran en la Casita, con nuestra abuela y todos los demás, pero para llegar hasta allí teníamos que cruzar el cenador y la plaza. Y si no estaban en la Casita... les esperaba una sorpresa muy desagradable cuando volvieran a casa.

Yo había sido demasiado cobarde para mirar atrás cuando el ruido de cristales rompiéndose y los gritos de alegría nos persiguieron por el camino del jardín. El estrépito de los muebles al caer y el sonsonete de Pyra —«¡Corred, humanos, corred! ¡A ver hasta dónde llegáis!»— no había hecho sino acrecentar mi miedo.

El aire vibraba a nuestro alrededor y hacía que hasta el último pelo de mi cuerpo estuviera en posición de firmes. Nell se volvió; sus ojos escudriñaban la calle. Si hubiese parpadeado, me lo habría perdido. Un manto de magia recubrió el aire como el *flash* de una cámara y provocó que mi visión del mundo se volviese, momentáneamente, como el negativo de una foto.

—¿Qué has hecho? —pregunté—. ¡Alastor! ¿Qué ha sido eso?

Se quedó callado, pero sentí su confusión frotándose contra mi mente como papel de lija.

—No puede haber sido nada bueno —dijo Prue mirando a Nell.

La bruja se limitó a negar con la cabeza y se volvió hacia Flora. Pero Flora ya no estaba allí.

—¿Flora? —dijo Nell—. ¿Dónde estás?

Había estado con nosotros en la casa y yo me había ido asegurando de que nos siguiera el ritmo. Sapo maulló preocupado y señaló los bosques situados más allá de Main Street. Era el único suplantador que seguía con nosotros. Los demás habían adoptado formas de ave para salir volando en todas direcciones en busca de ayuda. Eleanor se dirigía a Salem para alertar a Missy y su aquelarre. Yo quería creer que las brujas llegarían a tiempo, pero tal como iban las cosas, suerte tendríamos si seguíamos respirando al cabo de diez minutos.

«**Ahora la Antigua os ha abandonado también**».

Cerré los ojos con fuerza y sacudí la cabeza mientras me invadía una oleada de furia. Después de todo lo que habíamos pasado juntos, no me podía creer que Flora se hubiera esfumado y nos hubiera abandonado a nuestra suerte.

—Vamos. No hay tiempo que perder. Si quiere encontrarnos, lo hará.

Redujimos la velocidad al acercarnos al cenador. Las dulces notas del cuarteto de cuerda interpretaban una canción que prometía la primavera, no el invierno que se aproximaba. Había varios cochecitos de bebé aparcados al borde del parterre de hierba; los bebés estaban en el regazo de sus progenitores, que a su vez estaban sentados en los bancos de hierro forjado del parque o sobre las mantas de pícnic de cuadros escoceses.

Agarré a Nell de la capa por la espalda y tiré de ella para acercarla a la cobertura protectora de los árboles que hacían fila en Main Street. Cerca de allí, la campanilla del Pilgrim's Plate sonó cuando alguien salió del café.

—Un momento —me dijo Nell de repente, mientras miraba a nuestro alrededor—. También hemos perdido a Zachariah.

Me volví y escudriñé el aire y los edificios cercanos. Tenía razón. No se veía su cara de malhumor por ningún lado.

«**Tus aliados te abandonan. ¿Cuánto tardará la bruja en hacer lo mismo?**».

El ruido de la música y la cháchara procedente del parque flotaban entre nosotros. Tomé otra gran bocanada de aire y disfruté del dulce aroma del puesto cercano, donde se vendían castañas asadas.

Los letreros de madera pintada colgados de las tiendas empezaron a chirriar, oscilando adelante y atrás en sus goznes de metal. En la bandeja sobre la que se enfriaban, las castañas azucaradas empezaron a separarse las unas de las otras. Harry, el asador, levantó la vista y se apartó de los ojos el pulcro sombrero de uniforme.

«Oh, no».

«**Oh, sí**», bufó Alastor.

La música de los violines se detuvo de golpe. El cenador rechinó y se le soltó una teja, que impactó contra una de las calabazas de Halloween iluminadas que rodeaban la estructura, y después rebotó. Algunas personas se levantaron de las mantas y buscaron el origen de aquel estrépito lejano que se aproximaba.

La muchedumbre ahogó un grito colectivo cuando el café y la sidra se derramaron por encima del borde de las tazas y vasos. Los padres apartaron a los hijos del lugar donde habían estado jugando mientras dirigían la mirada en todas direcciones.

—¿Oís eso? —preguntó alguien.

—¿Un terremoto? —aventuró otra persona—. Suena casi como...

Y entonces, como si una mecha encendida hubiese conseguido al fin pegarse a una bomba, un enorme estruendo estalló a lo lejos. Viento mezclado con polvo y hojas rojas hechas jirones, trocitos de calabaza, sombreros de bruja decorativos y cuerdas con luces en forma de fantasma cruzaron la plaza del pueblo como un tsunami.

Me lancé sobre Prue para protegerla de un trozo de valla blanca de estacas que se había salido del sitio y volado contra ella.

Como en una última respiración agónica, todos los árboles de la plaza del pueblo se deshicieron de las hojas que les quedaban. La ráfaga hizo caer al suelo a varios de los vecinos de más avanzada edad y muchas de las personas que estaban cerca corrieron a socorrerlos. Otras se quedaron mirándose fijamente las unas a las otras, desconcertadas.

«**Vienen** —canturreó Alastor—. **¡Vienen!**».

Respiré hondo e hice acopio de todo el coraje que había conseguido reunir en el Mundo de Abajo. Después me di la vuelta y eché a correr por la calle que nos separaba de la plaza del pueblo.

—¡Corred! ¡Tenéis que salir todos de aquí! —grité.

Si hubiera sido algo planeado, tal vez me habría detenido a pensar:

1. En el aspecto que tenía.

2. En el olor que desprendía.

3. En cómo la gente de Redhood, con su pelo perfectamente peinado y sus bufandas y jerséis de cachemira, podría reaccionar.

Dejaron lo que estaban haciendo; hasta ahí todo bien. Dejaron lo que estaban haciendo y se quedaron mirándome.

—¿Ese es...? ¿Ese es Prosper Redding? —preguntó alguien.

—Imposible —respondió su amiga.

—¡Marchaos de aquí! —grité—. ¡Es peligroso! ¡Marchaos!

El redoble de un tambor, irregular, descontrolado y antiguo, llenó el aire, haciéndose más fuerte y rápido hasta infectar los latidos de mi corazón y acelerarlos también.

«**Ahora** —dijo Alastor— **empieza lo bueno**».

29

En casa otra vez

El horrendo vapor llegó antes que ellos. Amarillo y tóxico, como si el Mundo de Abajo hubiera eructado el contenido putrefacto de su vientre.

Después vino el cántico, el sonsonete burlón de su «¡na, nananá, na, nananá!».

Cantaban como un violín desafinado al que le faltaran la mitad de las cuerdas mientras sus figuras oscuras atravesaban la niebla. El vapor acariciaba la calzada de adoquines con dedos nauseabundos.

El golpeteo metálico de un grendel que hacía chocar dos tapas de cubo de la basura de plata marcaba el ritmo de sus pasos. Estaban alegre y monstruosamente descoordinados. Algunos avanzaban rápidamente a cuatro patas, otros iban saltando, unos pocos daban zancadas sobrenaturalmente largas. A Pyra, sin embargo, no se la veía por ningún lado.

El ogro que estaba al frente de la horda se estiró hasta su altura máxima y dio una estocada con su garrote en el aire. Las risotadas y los cánticos se detuvieron de inmediato.

Prue me agarró del hombro, cada vez más fuerte. Al final me dolía.

—Hay tantos... —dijo.

Tardé un segundo en darme cuenta, y no fue hasta que a Alastor se le escapó, sorprendido, un «**Imposible, pero si ella...**».

Ahora que volvíamos a estar en el mundo de los humanos, con el glamur que hacía invisibles a los malignos, Prue, en tanto que persona sin magia, no debería haber sido capaz de ver a los malignos. Ahora que lo pensaba, quizá fuera algo que llevábamos en la sangre, o tuviera algo que ver con el pacto de Honor, porque Prue también había podido ver a los malignos en Salem.

El verdadero problema, no obstante, era que Prue no era la única humana que los veía.

Cuando la marea de ratas carmesíes pasó apresuradamente entre las piernas de los malignos, retorciéndose y revolviéndose mientras corrían hacia la plaza del pueblo, los vecinos de Redhood abrieron la boca y soltaron, todos a la vez, un grito de los que hielan la sangre.

Nell y yo nos miramos. Ni siquiera pude articular la pregunta.

—¡No lo sé! —dijo—. Debe de ser lo que hemos notado antes: ¡han quitado el glamur!

El *quién* y el *porqué* los dejamos de lado, eclipsados por el terror del momento. Al haber solo una entrada y salida de la plaza, los vecinos de Redhood se echaron hacia delante a ciegas, desesperados por encontrar una escapatoria. Piso-tearon las calabazas cortadas decorativamente hasta redu-cirlas a puré, resbalaron sobre las hojas húmedas del suelo y se empujaron los unos a los otros para huir. Los músicos se aferraron a las barandillas del cenador elevado como si estu-vieran en el puente de un barco que se hunde.

Se me tensaron todos los músculos del cuerpo al oír sus espantosos gritos de terror. Los niños —bebés pequeños— se echaron a llorar. Me resultaba imposible distinguir dón-de terminaba un grito y empezaba otro.

—No. ¡No! ¡Odio este maldito pueblo! —Harry, el chico del carrito de las castañas, se arrancó el sombrero y lo tiró al suelo—. ¡Nadie te da ni siquiera las gracias! ¡Salvaos voso-tros mismos!

Echó a correr hacia el lado opuesto de Main Street pero no llegó muy lejos. Las ratas y una manada de lagartos del tamaño de un cocodrilo invadieron rápidamente la calzada tras él, lo hicieron caer al suelo y se lo llevaron. Un instante más tarde, su carrito se volcó también.

Los malignos rompieron filas y se desperdigaron con gri-tos estruendosos. Los ogros se dirigieron estrepitosamente hacia las tiendas y las casas de Main Street blandiendo ha-chas, garrotes y palos. Los trasgos se precipitaron hacia la pla-za del pueblo entrelazando los brazos para bloquear la sali-da. Aunque apenas les llegaban un poco por encima de las rodillas a los humanos, gruñían y hacían castañetear sus dientes al mismo tiempo que sacudían y ondeaban sus her-mosos ropajes. Los pocos vecinos que habían logrado esca-par del embotellamiento del parque fueron arrastrados ha-cia atrás por el cogote.

La imagen del señor Wickworth, mi profesor, hiperventilando mientras dos licántropos lo agarraban de la americana y lo llevaban hacia el lugar donde estaban presos los demás fue como una patada en el estómago. Las pocas personas que trataron de golpear con sus bolsos y mochilas a los trasgos que bloqueaban la salida fueron derribadas al suelo de inmediato.

Prue nos tomó del brazo a Nell y a mí y nos arrastró donde nadie pudiera vernos, detrás del carrito de las castañas volcado. Jadeaba con dificultad, pero su rostro reflejaba la determinación más absoluta.

—Bueno, por lo menos no se los están comiendo.

De eso era de lo que yo había tenido miedo de verdad. Los malignos arañaban y mordían a sus presas, pero solo para contenerlas. Era casi como si supieran que obligar a los vecinos de Redhood a ver cómo destruían su mundo sería un castigo mucho peor que la muerte.

O bien tenían previsto utilizar a estas personas con otros fines.

Los licántropos daban saltos para destrozar los letreros de madera de las calles. Fueron cayendo las paredes de madera, de ladrillo, de piedra. Los ogros bajaban la cabeza como toros y cargaban contra todos los escombros. Los trasgos rompieron la luna de la tienda de ropa preferida de mi abuela, The Fair Lady, y salieron a los pocos minutos luciendo sus mejores trajes y chalecos.

Los duendes treparon por el cenador y arrancaron la madera de color blanco prístino tabla a tabla. Las ratas demoniacas se comían las rosas y las demás flores para después vomitarlas sobre los zapatos de los vecinos aterrorizados que las rodeaban.

En cuestión de minutos, Main Street quedó irreconocible.

Me quedé allí de pie, observándolo todo. Incapaz de detenerlos. Incapaz incluso de moverme.

«¿Qué hago?».

Explotaron unos cristales varios metros a mi izquierda cuando los malignos reventaron un escaparate. El dolor me abrasó el hombro izquierdo y me hizo caer de donde estaba. Prue y Nell salieron disparadas hacia la izquierda y fueron a refugiarse detrás de un coche.

«**¡Gusano! ¡Cuántas veces tengo que decirte que huyas de la destrucción antes de que te destruya!** —dijo Alastor furioso—. **¡Mira ahora lo que te has hecho!**».

Ya no creía ingenuamente que Alastor pudiera preocuparse por mí más allá de su propia necesidad egoísta de que mi cuerpo siguiera con vida. Las vibraciones de ira que me reverberaron por la sangre lo confirmaron.

Mordiéndome el labio, me obligué a mirarme el hombro. Un vidrio roto de la longitud de mi mano sobresalía en el lugar donde me había atravesado el músculo y la piel, deteniéndose al llegarme al omóplato. De la zona de alrededor de la herida salía a borbotones la sangre, que me empapó la camiseta y la capa en cuestión de segundos.

«**¡Y menos mal que no se te ha ido a clavar en un pulmón, estúpido mortal!**», vociferó Alastor.

Con mucho cuidado, para evitar cortarme con sus bordes punzantes, me saqué el pedazo de vidrio. Hizo un ruido de vacío espantoso. Se me nubló la vista.

«¿Qué hago? ¿Qué hago? ¿Qué hago?».

—¡Dos para mí!

—¡Cinco para mí! ¡Dale a la vieja bolsa de huesos y serán seis!

Las tejas le dieron al señor Davenport en la parte posterior de la cabeza e hicieron caer de bruces al anciano, que trataba de huir por Main Street. A los trasgos que había en el tejado del restaurante aún les quedaba un buen montón de tejas y ya estaban apuntando a su siguiente víctima humana.

Un perro gañó cerca de allí. El labrador de la familia McKillip corrió a toda velocidad y saltó sobre las ratas que aún obstruían la calle. Reconocí los aullidos posteriores; el sonido me atravesó la piel y me hizo traquetear los huesos.

Eran aulladores.

Una jauría de aquellos enormes perros negros salió corriendo tras el labrador, ladrando y gruñéndose entre ellos para ser los primeros en atrapar a su presa. Los gritos procedentes de la plaza del pueblo se reanudaron en cuanto los lugareños los vieron.

«Reza para que Pyra no haya invocado a los demonios necrófagos guerreros para que la acompañen en su marcha victoriosa sobre el mundo de los humanos —dijo Alastor—, **o nadie saldrá de aquí con vida».**

Me presioné con la mano el corte del hombro y me recordé a mí mismo que debía inspirar y espirar. Un grendel pasó de largo, empujando uno de los cochecitos de bebé abandonados. En su interior había un trasgo de piel plateada con una corona de juguete sobre las orejas. Saludaba con la mano a los humanos aterrorizados que pasaban por su lado, como si fuera una reina. Lo seguía otro trasgo cuyo cochecito estaba lleno de todas las calabazas que había ido encontrando.

Varios de los duendes estaban los unos sobre los hombros de los otros para tratar de volver a levantar el carrito de las castañas; se abalanzaron sobre el fruto seco endulzado, pero enseguida lo escupieron con asco. En cuestión de segundos, una horda de hadas adictas al azúcar descendieron sobre ellos y se quedaron flotando en el aire mientras se llenaban los brazos de castañas.

—No, no puedes, Sapo —susurró Nell—. ¡No puedes! ¡Hay demasiados!

El suplantador luchaba en la prisión de sus brazos, tratando de zafarse de ella.

Incluso él trataba de hacer algo. Lo único que estaba haciendo yo era quedarme allí sentado viendo como el pueblo de ensueño que era Redhood se derrumbaba a mi alrededor.

No podía hacer otro trato con Alastor para que echara a los malignos. El maléfico ya tenía todo lo que quería de mí. Ya no me quedaba nada que ofrecer como incentivo.

Había lo de su verdadero nombre... Pero, de algún modo, sentía que si lo utilizaba sería como dar el paso definitivo para cruzar un puente que se estaba desmoronando lentamente a mi espalda. Si iba más lejos, jamás podría regresar a un lugar donde me sintiera a gusto conmigo mismo.

«¿Ni siquiera para salvar a tus amigos? —susurró una vocecita—. ¿A tu familia? ¿A todo el reino?».

No. No podía obligar a nadie a hacer algo en contra de su voluntad. Ni siquiera a Alastor.

Me había dicho a mí mismo en el Mundo de Abajo que todo lo que estaba haciendo era por una buena causa, pero al hacerlo me había traicionado a mí mismo. No iba a repetirlo.

Me llevé las manos a la cara y traté de bloquear los gritos de los habitantes de Redhood, los chasquidos y crujidos de las casas y negocios al ser reducidos a escombros llameantes.

La verdad se abrió paso, dura e implacable. Incluso si yo obligaba a Alastor a ordenar a los malignos que volvieran al Mundo de Abajo, no serviría de nada. No lo consideraban su líder. Solo harían lo que Pyra les pidiera.

—¿Hay algún teléfono que pueda usar por aquí cerca? Confío en que Eleanor la haya encontrado, pero si no es así, por lo menos podré hablar con Missy —le oí decir a Nell—. Ella y el aquelarre de Salem están a solo unas horas de distancia... Podrían mandar a algunos de los malignos al Mundo de Abajo.

Prue sonó tan derrotada como yo me sentía:

—En cuestión de horas, en Redhood ya no quedará nada en pie. Para entonces, los malignos ya se habrán extendido por todos los pueblos de los alrededores.

Eso significaba que habría todavía más gente en peligro. Que perderían sus casas. Tal vez, incluso la vida.

«He sido yo».

Si hubiera controlado mejor a Alastor en Salem y adivinado sus planes... Si Prue no hubiera sido secuestrada... Si yo no le hubiera ordenado a Alastor que abriera el espejo...

«En efecto, Gusano. Es culpa tuya. Has hecho honor a tu apellido Redding. Fíjate en cuánto dolor y destrucción has causado a las personas a quienes dices querer».

Yo lo único que quería era hacer lo correcto —salvar a mi familia—, pero al hacerlo me lo había cargado todo.

¿Dónde estaban mis padres? ¿En la Casita o de viaje? ¿Tenía alguna importancia, mientras no estuvieran aquí? Recorrí con la mirada el pueblo donde había crecido. El lugar incómodo, rígido y perfecto que siempre me había hecho sentir como si llevara un calzado dos números por debajo del que me correspondía. Las personas que me habían insultado y me habían dicho que no servía para nada, que no me merecía la familia en la que había nacido ni el apellido que yo jamás había pedido llevar. Pero si despejaba esos sentimientos, lo que quedaba era algo muy distinto. Algo que podría haber sido amor. Me froté la frente con el dorso de la mano y me tragué el nudo que tenía en la garganta.

Era como el cuadro oculto de Da Vinci que habían encontrado en aquel castillo de Italia, cubierto por veinte capas de cal. La oscura verdad de Redhood y los Redding había quedado oculta por el paso de los años, escondida durante tanto tiempo que en su lugar había podido crecer una fealdad de distinto tipo.

La única manera de salvar el pueblo era volver a empezar. En el pasado de Redhood no había nada de lo que enorgullecerse, pero sí se podía hacer algo con su futuro. Si sobrevivía.

Si no estaba dispuesto a utilizar el nombre de Alastor, solo veía otra opción para salvar nuestro reino de la aniquilación.

Sapo consiguió al fin zafarse de los brazos de Nell y, con un chasquido, volvió a su forma más grande y amenazadora. De un gruñido, logró que varios trasgos se desperdigaran. Un hatajo de duendes se puso a tirarle comida cruda desde

dentro del escaparate roto del Pilgrim's Plate. El suplantador volvió la cabeza en todas direcciones mientras entorna-
ba los ojos.

—¡Sapo! —susurré.

Agachado detrás de uno de los últimos bancos de Main
Street que aún seguían en pie, lo llamé con un gesto de la
mano. El suplantador vino a mi lado a toda velocidad y bajó
un ala para evitar que pudieran verme los malignos que había en el parque.

—¿Puedes llevar a Nell y Prue a la Casita? —le pregunté—. Prue conoce el camino. Ellas y todos los demás que
estén allí pueden ir a las habitaciones de seguridad.

Aunque esas estancias disponían de equipos de protección de primera calidad, habían sido diseñadas para res-
guardarnos de ladrones, asesinos y secuestradores humanos, no monstruos procedentes de otra dimensión. Con
todo, valía la pena intentarlo.

Nell y Prue tenían las cabezas muy juntas; probablemente estaban diseñando un plan. Sapo arrugó el hocico en una
inusual demostración de incertidumbre, pero no intentó
detenerme.

Lentamente, di un paso atrás, en dirección contraria a
Nell y Prue, y luego otro, hasta haberme escondido detrás
de la última pared que seguía en pie del Pilgrim's Plate.

«**¿Qué haces, Gusano?**», me preguntó Alastor.

Cuando se dieran cuenta de que me había marchado,
sería demasiado tarde para impedírmelo.

«Busco a mis padres», contesté, pensándolo al mismo
tiempo que lo decía. Me salió bien.

El truco consistía en no pensar en ello para que Alastor no pudiera saber lo que me proponía. Solo iba a funcionar si lograba evitar que se lanzara a controlar mi cuerpo otra vez.

Un paso y después otro, y después eché a correr. Al segundo de pasar por delante de una de las mansiones más antiguas de Main Street, un ogro irrumpió en el porche y arrancó de cuajo la puerta y el marco entero de esta de un solo golpe de su garrote con pinchos.

—¡Otra vez! —gritó otro ogro desde dentro.

Se subió de un salto a una araña de cristal de varios siglos de antigüedad y la echó abajo con una lluvia de cristales relucientes.

Nell y Prue salieron disparadas de detrás del coche, dando gritos de guerra. Corrieron hacia el lugar donde los duendes habían rodeado a varias familias y rociado a sus bebés con sus babas azules.

«La carne joven es siempre la más tierna».

Sapo salió tras ellas y se elevó en el aire. Cogió a las dos muchachas con las zarpas y apartó a los duendes propinándoles latigazos con la cola.

No quería seguir viendo nada de todo aquello. Me obligué a mí mismo a hacer un esprint de órdago. Al poco, estaba bajando por Apple Lane y yendo de cara hacia mi propia casa, que se hallaba al final de la calle.

Siempre me había gustado que viviéramos al final de una pequeña calle sin salida. Eso significaba que yo podía contemplar Main Street, que era perpendicular a nuestra calle, desde la ventana de mi dormitorio. Siempre me había hecho sentir como si tuviera un asiento en la cima del mundo.

Las casas de Apple Lane habían sido construidas en parcelas grandes y tenían patios separados por árboles y matas de arándanos silvestres. Sus fachadas coloniales, blancas y perfectamente simétricas, se distinguían únicamente por el color de las persianas: algunas eran verdes, otras rojas, otras azules. Las nuestras eran negras.

Aquellas persianas, así como el resto de la parte delantera de la casa, habían sido arrancadas por completo.

Mis pasos se fueron ralentizando hasta detenerse mientras levantaba la mirada. Me apreté con la mano el hombro, que me dolía, y la sangre fresca y pegajosa.

Era como observar la antigua casa de muñecas de Prue. De un modo u otro, Pyra y los demás malignos habían levantado la madera, el ladrillo y las ventanas, y habían cortado limpiamente la fachada del edificio. Los pocos vecinos que se habían arriesgado a convertirse en unos marginados quedándose en casa en vez de ir al concierto estaban de pie en sus respectivos porches tapándose la boca con las manos.

—Prosper, ¿eres tú? —me habló el señor Featherton—. No vayas ahí, hijo, ¡es muy peligroso!

Estuve a punto de echarme a reír. Pero mi aspecto era el de alguien que hubiera bajado por una chimenea sucísima disfrazado de mago, así que consideré que probablemente sería mejor no parecer más desquiciado de lo imprescindible.

—Un escape de gas —respondí débilmente.

Metiéndome las manos en los bolsillos de la capa, que estaba destrozada, protegí mis pensamientos de Alastor lo mejor que pude mientras seguía bajando por la calle adoquinada. Una de las farolas titiló débilmente y echó una chispa cuando pasé por debajo. Los fragmentos de enlucido y cristal estaban desparramados por todo el patio delantero; las cortinas y las mantas habían sido lanzadas sobre los árboles próximos.

«Qué bonito, ¿verdad? Imagínate lo que haremos con tu mundo cuando lleguen todos los demás malignos».

Jamás.

La llave de sangre estaba en la torre, inacabada. Si yo regresaba a través del portal abierto, podría destruir el espejo y su pasadizo desde el otro lado. Yo me quedaría atrapado en el mundo de los malignos, pero lo mismo le sucedería a la llave de sangre mientras ella y toda la magia cercana se consumían hasta extinguirse.

Cuando el Vacío cayera sobre Skullcrush, no solo se nos llevaría con él a la llave y a mí, sino que también salvaría al reino de los humanos de un destino peor.

«Gusano... ¿Qué estás haciendo aquí en realidad? —preguntó Alastor con la voz cargada de suspicacia—. **Llevo en tu cabeza el tiempo suficiente como para saber que a estas alturas debes de estar pergeñando algún plan descabellado».**

Lo ignoré. Crucé el vestíbulo y entré en la cocina. Los malignos la habían arrasado: había ollas tiradas por todas partes y paquetes de pasta y harina rotos. La mesa donde habíamos compartido tantas comidas, riéndonos y contándonos cómo nos había ido el día, la habían partido en dos y arrojado después contra las estanterías del salón. Cuadros de valor incalculable habían sido embadurnados de salsa de tomate o arrancados de sus marcos. Alguien había dibujado una cara sonriente con cuernos en el polvo que recubría el televisor.

Todas las fotografías familiares que habían decorado la escalera —algo que mi abuela siempre había considerado «antiestético» y «plebeyo»— estaban hechas trizas. Aparté con el pie los marcos rotos que me iba encontrando en cada peldaño y seguí subiendo por la escalera. El corazón me atronaba en los oídos.

Era... Era lo que había que hacer.

Era lo único que se podía hacer.

Prue no había necesitado que yo la rescatara y nunca lo necesitaría. A mis padres aún les quedaría una hija. El resto de mi familia se alegraría de que yo desapareciera.

«¿Prosperity...? ¿Qué ideas son esas? ¿Qué piensas hacer?».

Sacudí la cabeza para despejar la mente. En el último descansillo, me detuve el tiempo suficiente para mirar hacia mi habitación, pero la puerta estaba cerrada y se había quedado igual. Al girar a la derecha volví al dormitorio de Prue, al desastre, al espejo.

A la persona que me había derrotado allí.

Se puso de pie. Había estado sentada en el único punto del colchón que los malignos no habían destripado. El relleno de este, así como las plumas de la almohada de Prue, aún revoloteaban por el aire como copos de nieve. Algunas pequeñas motas habían caído en sus cabellos del color del acero y espolvoreaban su moño apretado. Detrás de ella, la pared más lejana presentaba un enorme boquete que revelaba la destrucción desde arriba.

Instintivamente, traté de alisarme el pelo y de limpiarme la suciedad de las mejillas con los hombros. No parecía tener mucho sentido estirar lo que quedaba de mi capa chamuscada, pero aun así mis manos lo intentaron.

La habitación apestaba a flores y vainilla, olores que se mezclaban con el hedor sulfúrico de los propios malignos. Las botellas de perfume hechas añicos crujieron bajo mis pies cuando me agaché a recoger una fotografía de mi familia entre los pedazos de marco y cristales.

Estaba exhausto, pero cuando mi abuela se volvió hacia mí afronté su mirada resuelta sin bajar la cabeza.

—Ahora, Prosperity —dijo mientras juntaba ambas manos delante de sí misma—, tengo que hablar contigo.

30

De abuelas
y monstruos

—¿Qué haces aquí?

Mi abuela estaba delante de mí. Ahí mismito. A todo color. Respirando. Hablando. Pero era como si mi cerebro no pudiera asimilar esa realidad. Me sentía como si estuviera atascado en algún lugar dentro del portal de espejo, entre distintos destinos, dando vueltas y más vueltas en una voltereta absurda. Tan pronto estaba del derecho como del revés.

Mi abuela estaba ahí mismito. En los escombros de lo que había sido el dormitorio de Prue. No en una habitación de seguridad de la Casita. No encerrada con todas sus joyas, sus pieles y sus reliquias familiares. Ahí mismito, con restos del destrozo por encima.

—¿Qué crees tú que estoy haciendo? —dijo, con voz tan glacial y refinada como siempre—. Estoy cuidando de la familia. Puede que no sea una Redding de nacimiento, pero siempre he sabido que acabaría siendo la guardiana de la familia. He notado que el portal estaba abierto y he venido a buscaros a Prudence y a ti para llevaros a un lugar seguro.

El corte que mi abuela me había hecho en el brazo izquierdo con un cuchillo maldito me palpitó. Reprimí las ganas de tapármelo con la mano derecha.

—La verdadera pregunta es: ¿qué haces tú aquí? —insistió—. Creo que podría adivinarlo; no obstante, prefiero que me lo confirmes tú.

«Sí, Gusano. ¿Qué haces aquí?».

—Estoy asumiendo mi responsabilidad—respondí. La herida del hombro me escoció. Por un momento me quedé sin habla—. Por los errores que he cometido y por lo que hizo nuestra familia hace trescientos años. Voy a ponerle fin de la única manera que se me ocurre.

Redhood siempre había pertenecido a los Redding. Nuestros antepasados lo habían fundado con sangre y todos los que habían ido detrás habían contribuido, inconscientemente o a sabiendas, a ocultar la verdad de lo sucedido. Lo que le hicieron a la muchacha que utilizaron para atrapar a Alastor. A la familia Bellegrave. A todo aquel que amenazara con destruir esa vida y ese legado.

Yo incluido.

Ser un Redding significaba heredar una historia, pero también compartir la responsabilidad de la culpa.

El principio de aquella historia era Redhood. Su final también sería Redhood.

Sacrificándome a mí mismo no les devolvería la vida a quienes la habían perdido, pero por lo menos podría salvar a quienes todavía estaban vivos.

—Ah —dijo mi abuela—. Ya veo.

—No, no lo ves —repliqué con aspereza—. Lo único que ves y de lo único que te preocupas es de ti misma. De la familia Redding. Incluso ahora, solo has venidos a buscarnos a Prue y a mí, ¿verdad? ¿O también ibas a intentar llevar a un lugar seguro al resto del pueblo?

Se volvió y miró fijamente el espejo. La oscuridad del centro del portal.

—No seas ridículo, Prosperity. La familia siempre es lo primero.

—¿No te das cuenta? ¡Ese es el problema! —dije—. ¡Por pensar así es por lo que estamos metidos en este lío! No podemos seguir huyendo de lo que hicimos. No podemos seguir tratando de ocultarlo cerrando filas ante cualquiera que no tenga nuestro mismo apellido. Cuidar de Redhood es nuestra responsabilidad, y eso incluye a todos sus habitantes.

Mi familia me había decepcionado en tantas ocasiones que no sé por qué me dolió tanto el silencio de mi abuela en aquel momento. Tal vez era sencillamente incapaz de cambiar.

—¿Dónde están papá y mamá? —pregunté—. ¿Están en la Casita?

Mi abuela negó con la cabeza.

—Se han ido a Salem esta mañana. Tras seguir el rastro de Prudence y descubrir a dónde se había marchado, hemos podido deducir lo sucedido. Iban a esperaros allí, por si acaso regresabais a través del mismo espejo que habíais utilizado para marcharos. Yo, sin embargo, tenía la corazonada de que el maléfico os llevaría de vuelta a Redhood.

—Pues entonces has tenido más vista que yo —murmuré, tambaleándome un poco. De repente sentí mucho calor.

—Siéntate, niño —dijo mi abuela, sin ni una sola pizca de ternura en la voz—. Estás a punto de desmayarte.

—No, yo no...

La oscuridad se apoderó de mi visión, ahogando la voz frustrada de Alastor: «¡**Ahora no**!».

Cuando volví a abrir los ojos, estaba bocabajo en el suelo, con una de las almohadas de recaudación de fondos para la fundación Heart2Heart debajo de la cara.

«¡**Por fin**!», me espetó Alastor.

No podía haber estado inconsciente mucho tiempo. La luz del sol que se filtraba en la habitación era igual de fuerte que antes de que me cayera al suelo. Cambié de postura, tratando de calmar los calambres de mis músculos doloridos. Una brisa fresca procedente de la ventana se me deslizó por debajo del cuello de la camiseta, lo que significaba que ya no llevaba la capa. Tenía el hombro agarrotado, tan agarrotado que no podía ni moverlo. Me lo toqué y noté la venda que me habían puesto.

«Pero ¿qué...?».

Lo sucedido en las últimas horas me volvió de golpe a la memoria. Ahogué un grito mientras me daba la vuelta. No lo había soñado. Mi abuela seguía de pie delante del portal de espejo abierto, canturreando en voz baja mientras colocaba unas cuantas piedras en el suelo.

—Vamos a enviarte a otro sitio, ¿de acuerdo? —dijo.

«**No**...», soltó Alastor.

Me puse en pie de un salto. Toda la sangre volvió a abandonarme la cabeza a la vez y me tambaleé.

Una bruja. Mi abuela, la que martirizaba a cualquiera que osara saltarse sus estúpidas normas o empañase su imagen de perfección matriarcal. La que nunca sonreía, salvo que fuera a costa de otra persona.

Durante todo ese tiempo había sido una bruja de verdad, no solo en el sentido figurado del término.

Eso explicaba muchas cosas y, sin embargo, en realidad seguía sin explicar la mayoría de ellas. Pero cuando volví a mirar a mi abuela, la vi.

Llevaba su habitual moño apretado pero, en vez de un traje, se había enfundado en un largo abrigo de terciopelo verde. Junto a la cama de Prue estaba su propio cesto de costura. Y, por si acaso alguien dudaba de a quién pertenecía, le había puesto un monograma con sus iniciales: CWR.

Hizo chascar los dedos para indicarme que debía acercárselo. Me encorvé, sorprendido de la fuerte presión de su peso sobre mis brazos ya doloridos. Al pasárselo, en vez de los cordeles y alfileres que cabía esperar, oí el repiquetear del metal al chocar contra el vidrio.

Levantó la tapa y rebuscó entre su contenido. Una única arruga apareció entre sus cejas grises mientras extraía un largo cuchillo decorativo.

Di un generoso paso atrás.

Mi abuela levantó la vista hacia mí.

—Después del discurso que me has dado, no me gustaría que ahora te abandonara el coraje. Este cuchillo se utiliza únicamente en conjuros ceremoniales. Dame la corteza de sauce, por favor.

Afortunadamente, los frascos del cesto de costura estaban etiquetados. Le entregué el que me pedía y observé como disponía una variedad de plantas y polvo azul eléctrico en el suelo, delante del espejo. Las sombras lejanas de los malignos que se acercaban dejaron de repente de ser tan lejanas.

«**No puede cerrar un espejo que he abierto yo** —dijo Alastor—. **Disfrutaré observando sus fútiles intentos. De todos modos, qué más da. Pyra ha traído consigo la llave de sangre. Siento su presencia furiosa en este reino**».

Una palabra muy poco elegante que a mi abuela no le habría gustado lo más mínimo me cruzó la mente. Por supuesto que se había llevado la llave consigo. Pyra no era tonta. Jamás dejaría algo tan valioso lejos de su vista.

Dejé caer los hombros mientras soltaba aire con fuerza.

—Creía que solo los maléficos podían abrir y cerrar portales.

El truco de Nell para volver a abrir el portal que conducía al Mundo de Abajo había funcionado porque ella había podido repetir el conjuro de Alastor. Volver a lanzar el mismo conjuro ahora no tendría ningún sentido porque el portal ya estaba abierto. Eso hacía que resultara muy curioso que mi abuela tomara el cuchillo ceremonial con la mano derecha y se pusiera directamente en el camino de cualquier monstruo que estuviera a punto de salir explosivamente de su ondulante superficie plateada.

—No voy a cerrar el portal —respondió mi abuela—, sino a desviarlo a otra dimensión.

«**¡No, ni hablar!**».

El hormigueo de Alastor haciéndose con el control de mis piernas y de mi brazo derecho llegó tan rápido que me quemó el aire en los pulmones. Antes de que pudiera pelear para recuperar el control, mi brazo estaba cogiendo impulso y mi puño enardeciéndose con una potencia insólita mientras se acercaba a la parte posterior de la cabeza de mi abuela.

«¡No!».

Dos aros de frío metal me cayeron encima de las muñecas y se cerraron. Mi abuela ni siquiera había necesitado volverse para sacar las esposas del cesto de costura y dirigirlas flotando hacia mí. El poder de Alastor se desvaneció de mi brazo, haciendo que me sintiera como si toda la sangre lo hubiera abandonado de golpe.

«Esta... Esta... ¡mujerzuela con nariz de cerdo!».

Mi abuela hizo una inclinación de cabeza y dio una estocada en el aire con la daga ceremonial.

—Diosa de los viajes, diosa del amanecer, llévate este objeto maldito, hazlo desaparecer.

Arrastró el cuchillo alrededor del borde exterior del marco del viejo espejo. Mientras se movía, la daga se iluminó de magia esmeralda desde la punta hasta la empuñadura. El aire de alrededor se oscureció mientras el espejo se despegaba y retorcía como papel mojado.

—Llévate este objeto maldito —repitió mi abuela. Una horda de licántropos tomó forma en el centro del espejo, arañando el suelo para correr cada vez más rápido al ver que su puerta de acceso a Redhood desaparecía—. ¡Hazlo desaparecer!

Mi abuela dio una última estocada, justo en el centro de lo que quedaba del espejo, y la oscuridad formó un remolino, que fue engulléndose a sí mismo más y más, hasta que en el lugar donde había estado el espejo solo quedó un agujerito negro, y después nada en absoluto.

«No es que me impresione demasiado», dijo Alastor, con un leve temblor en la voz.

—Madre mía —dije yo—. Ha sido asombroso.

Mi abuela apartó de una patada los ingredientes del conjuro y paseó entre el desastre de ropa estropeada y libros destrozados con los hombros echados atrás y la cabeza alta.

—Necesito que entiendas algo —dijo, mientras apoyaba una mano en uno de los postes de la cama de Prue—. Nunca se me han dado bien los asuntos del corazón. Rara vez me he permitido a mí misma ser tierna desde que mi propia madre murió combatiendo a los malignos. Para proteger a esta familia, he estado siempre en guardia. Pero he llevado las cosas demasiado lejos, eso está claro. Incluso ahora veo que tienes miedo de mí.

—Viniste hacia mí con un cuchillo —le recordé—. Sin explicarme lo que estaba sucediendo. Eso alarmaría bastante a cualquiera.

Salvo a ella, comprendí de repente.

—Es cierto. Y cuando te dije que esperaba que fueras tú quien cargara con el peso del maléfico, fue por rabia y miedo, y por eso te pido disculpas.

Ante eso, no supe cómo reaccionar.

—No ha sido la única vez —le dije, odiando el nudo que tenía en la garganta—. Nada de lo que hago ha sido nunca lo bastante bueno para ti ni para nadie más de la familia.

—Todo lo que siempre he querido ha sido que tu hermana y tú tuvierais la fuerza suficiente para enfrentaros a las pruebas de la vida, sobrenaturales o de cualquier otro tipo. Siempre he temido que la enfermedad del corazón de Prudence fuera una consecuencia de que el maléfico estaba alimentándose con su vida. Incluso después de que se curara, me quedé preocupada por si carecía de la fuerza suficiente para hacer frente a esta ingrata tarea y terminaba recayendo, o por si la perdíamos porque yo no encontraba la manera de poner fin a todo esto.

Solté aire, temblando.

—¿Y creíste en serio que yo sí podría manejar la situación?

—Es una de las pocas cosas en las que es incuestionable que he tenido razón —respondió—. Lo he confirmado no solo al saber que habías seguido a tu hermana al Mundo de Abajo, sino esta misma tarde, cuando has estado dispuesto a volver a ese sitio tú solo para afrontar su oscuridad. Me has hecho preguntarme qué habría hecho yo en tu lugar. Me has enseñado mi propio orgullo monstruoso y como este, muy probablemente, habría podido ocasionar nuestra caída.

Jamás imaginé que reconocería lo mal que se habían portado conmigo ella y mi familia a lo largo de los años, y mucho menos esperé una disculpa sincera. Quería disfrutar un poco del momento, saborearlo, pero no había tiempo. No era que el pasado no importase, sino que el futuro estaba en juego.

—Toc, toc, toc, toc, toc...

Ambos nos volvimos rápidamente hacia el ventanal. Algo se movía a lo largo de los bordes del marco, probándolos.

Caminé hasta allí, indicando a mi abuela que se quedara atrás. Ella me miró y levantó las cejas antes de empujarme tras ella, con la mano levantada y centelleando ya de magia. La ventana se abrió sola. Mi abuela perdió todo el color del rostro al ver el loro de vivos colores que se posó en el alféizar.

—Ribbit —soltó al fin.

El suplantador volvió la cabeza a un lado y la estudió. Mi abuela le devolvió la mirada. Las manos le temblaban cuando las extendió hacia él. Entonces me di cuenta. Fue como un mazazo. Incluso Alastor estaba anonadado.

«¿**El suplantador era suyo?**».

Durante un segundo, nadie se movió. Después Ribbit emitió un débil arrullo y se alzó del alféizar, pasó de largo de los dedos de mi abuela y fue volando a posarse en su hombro. El suplantador frotó su cabeza con plumas contra la mejilla de mi abuela. Yo habría jurado que en los ojos de la mujer había lágrimas.

Y pensar que durante todo ese tiempo yo creía que le habían extirpado los conductos lacrimales.

—Sí —dijo, sin duda mostrándose de acuerdo con algo que Ribbit le había dicho—. Convocaré al aquelarre, pediré disculpas por todas las crueldades que les dije al separarme de ellas y ya veremos si vienen a ayudarnos. Y entonces terminaremos con esto. Juntos.

—Mi querida Catherine —dijo otra voz desde el umbral—, ya estamos aquí.

31

Caprichos peligrosos y una curiosidad irresponsable

Elma Hazelwood, la anciana de ochenta y ocho años que vivía en la casa torcida de Mather Street y que todo el mundo creía que tenía una ardilla por mascota, estaba en el umbral.

Colgado del brazo llevaba un cesto de mimbre idéntico al de mi abuela. Su mata de pelo blanco se le enroscaba alrededor de la frente y las orejas, haciendo que pareciera que llevaba un gorro anticuado.

—¡Madre mía! La verdad es que todo sería más fácil si voláramos en una escoba. ¡Ah, hola, cariño! —Elma me dedicó una sonrisa afectuosa—. Tienes aspecto de haber sufrido algún percance.

—Elma —dijo mi abuela, con tono de sorpresa—, pero ¿cómo has...?

—Un grupo de suplantadores bastante asustados me ha

visto en mi jardín. Y, en fin, he oído los gritos de terror. Las demás me han enviado a averiguar tu ubicación —dijo la señora Hazelwood—. Se alegrarán de verte, Catherine.

Mi abuela levantó el mentón y asintió bruscamente con la cabeza, pero no parecía muy convencida. Seguí a las dos mujeres por un camino serpenteante a través del bosque de detrás de la casa. Allí había cinco mujeres más vestidas con un abrigo verde. Todas se quedaron en silencio cuando nos acercamos.

—Bueno —dijo una que se parecía sospechosamente a la cocinera televisiva Agatha Dennard, «la maga del sándwich»—, ¡cuánto tiempo sin verte! ¿Sigues teniendo el corazón tan duro y feo como una verruga?

Mi abuela acarició el suave pecho cubierto de plumas de Ribbit con un dedo.

—¿Y tus maldiciones siguen siendo tan chapuceras como un furúnculo reventado?

—¡Uf! ¡Como en los viejos tiempos, señoras! —intervino una voz desenvuelta.

Reconocí también a aquella mujer. Se llamaba... Barbie. Sí, así se llamaba. Barbie vivía en un pueblo llamado Glenbrook, que tenía más árboles que habitantes. Dirigía su propia pequeña empresa de transportes.

Me sorprendió menos verla a ella que a su enorme camión de color rosa flamenco aparcado en la carretera limítrofe que separaba Redhood de la población vecina. Estaba sentada en el asiento del conductor de su camión de doce ruedas, con el mentón apoyado en la mano mientras observaba como otras integrantes del aquelarre apilaban piedras para formar una pequeña pirámide.

—¡Que no se os olviden los pétalos! —gritó.

—¿Cuándo me he dejado yo algún ingrediente de un conjuro? —contestó, también a gritos, la señora Wu, la bibliotecaria del pueblo—. ¿Cuándo, eh, Barb?

—Señoras —dijo mi abuela, con tono comedido—. ¿Están terminados ya los demás túmulos de protección?

La señora Dennard pareció aliviada por el cambio de tema.

—Sí, por supuesto. Uno en cada extremo del pueblo. Solo falta recitar las palabras mágicas.

—¿Es ese el muchachito del que nos han hablado los suplantadores? —preguntó Barbie, asomándose fuera del lado del conductor de la cabina del tráiler.

Tenía el pelo de un rojo tan intenso que casi podría haber sido considerado un tono de púrpura. Se había cortado las mangas de su largo abrigo de terciopelo, lo que dejaba al descubierto unos brazos musculosos impresionantes y una colección de tatuajes sobre su piel oscura. La camiseta que llevaba debajo del abrigo también era sin mangas y en ella se leía el mismo lema que en su camión: «Transportes Barbie – rapidez y eficacia».

Mi abuela me condujo hasta el camión, con las manos aún agarradas al asa trenzada de su cesto de costura.

—Te presento a la señora Barbara Elderflower —dijo mi abuela—. Irás con ella a rescatar a los habitantes del pueblo y a llevarlos a la Casita.

—¿Por qué a la Casita?

Alastor resopló disgustado, lo que me hizo sentir aún más curiosidad por la respuesta.

—Gracias al contrato original con el maléfico, la Casita y todo su terreno están protegidos. Los malignos no pueden cruzar los muros que señalan los límites de la finca.

—Y entonces, ¿cómo voy a poder cruzar yo ese límite? —pregunté. De repente, caí en la cuenta y añadí—: ¿Cómo he podido cruzarlo hasta ahora?

Mi abuela soltó un pequeño resoplido de impaciencia.

—Le di a la casa una gota de tu sangre cuando eras un bebé para que te reconociera para siempre como miembro de nuestra familia.

—Ah. Espera... ¿Qué? Una gota de sangre... Se la diste a la casa... Pero ¿cómo?

Entrecerró los ojos.

—Pero puedo anular la invitación en cualquier momento. Mientras lleves puestos los brazaletes de hierro, no debería haber ningún problema.

Los miré alternativamente a ella y al enorme camión y, con un sentimiento de desazón, me di cuenta de cómo íbamos a recoger a la gente del pueblo.

—¿Y vosotras? ¿Qué estáis intentando hacer aquí fuera?

—No es algo de lo que debas preocuparte. Y ahora, vete —dijo mi abuela.

Se dio media vuelta y se marchó con las demás.

Barbie pareció compadecerse de mí mientras me subía a la cabina del camión.

—Es un conjuro de protección multiplicado por mil. Los malignos no van a poder salir y nadie más va a poder entrar. Y ahora, abróchate el cinturón, que vienen curvas.

—¿A qué te refieres con lo de que no van a poder salir? —pregunté.

—Exactamente lo que te acabo de decir —respondió Barbie mientras ponía el vehículo en marcha—. Estamos sacando al pueblo del transcurso normal del tiempo y creando a su alrededor una especie de burbuja con un vacío inmenso que desafía las leyes de la física.

No veía que aquello pudiera ser posible, pero en aquel momento tampoco me importó. Como mínimo, mis padres estarían a salvo fuera de Redhood. Eso era bueno.

Solté aire, temblando, cuando Barbie se apartó del arcén y se incorporó a la carretera. Vi como el resto del círculo de costura levantaban los brazos al aire. Un pequeño cocodrilo con plumas en la cabeza —el suplantador de Barbie— saltó del salpicadero a su cesto. El suyo se veía un poco más deteriorado, pero por lo demás era idéntico a los otros. Hasta que me fijé en sus iniciales y me quedé helado.

«BZE».

—Un momento... ¿Barbara Z. Elderflower? —dije muy lento.

—Barbara Zelda Elderflower, para ser exactos —respondió—. ¿A qué viene esa cara?

—¿Eres la autora de *Fatigas y tormentos: guía para brujas sobre cómo afrontar la maldad y el caos*, segunda edición? —concreté.

—¡Ah, pero si es muy antiguo! —A Barbie se le iluminó el rostro—. ¿De dónde has sacado un ejemplar? El Aquelarre Supremo dejó de publicarlo porque decían que fomentaba «caprichos peligrosos y una curiosidad irresponsable», ¡ya ves tú!

—¡A mi amiga le encanta! —le dije.

Nell se iba a morir.

Bueno, en sentido figurado.

—¡Genial! Tendrás que presentarnos.

Los muñequitos de jugadores de los Red Sox que tenía

en hilera en el salpicadero se echaron a temblar cuando Barbara aumentó la velocidad. Mi asiento rebotó y me sentí lanzado a la izquierda cuando aceleró al máximo. En cuestión de minutos pisábamos los primeros adoquines de Main Street.

—Muy bien, ahora presta atención. Las cosas van a ponerse feas y ruidosas, y si se incendia algo dile por favor a tu abuela que no ha sido culpa mía. —Barbie bajó su ventanilla y se asomó todo lo que pudo—. ¡Corred si apreciáis vuestras vidas repugnantes, sanguijuelas chupamagia!

Volvió a meterse en la cabina y pulsó el botón de encendido del equipo de música. A través de los altavoces instalados en el camión empezaron sonar campanadas de iglesia a todo volumen. Armoniosas y bellísimas campanadas de iglesia.

«¡AAAH!», chilló Alastor, dando vueltas por dentro de mi cabeza.

—¡Más alto! —le grité a Barbie.

La bruja parpadeó y chasqueó los dedos. Un destello de magia saltó de estos al salpicadero y el sonido de las campanas se intensificó hasta el punto de que tuve que taparme los oídos.

—¡Aguanta! —me gritó.

Los ogros se apartaron de un salto de la calzada cuando el camión la recorrió a toda velocidad. Los malignos que se estaban repartiendo el botín a la puerta de las tiendas saqueadas se desplomaron al oír las campanas. Los neumáticos echaron humo cuando Barbie pisó el freno e hizo que resbaláramos por los adoquines con una maniobra que yo solo había visto en las películas de *Fast and Furious*. El enorme camión dio una sacudida mientras nos deteníamos junto al bordillo que rodeaba la plaza del pueblo.

—¡Quédate aquí! —me ordenó Barbie. Se desabrochó el cinturón y bajó de un salto a la acera ennegrecida—. ¡Vamos, gente, subid todos al camión!

El camión se tambaleó cuando la bruja abrió la puerta posterior y toda la gente entró en tromba. Yo observaba fijamente el reloj del salpicadero con los dedos rígidos sobre los reposabrazos, y el corazón parecía que se me fuera a salir por la boca. Finalmente, la puerta del camión se cerró de golpe.

—Menudo festival —dijo Barbie, sin aliento, mientras volvía a subirse a la cabina.

Me quedé pegado al asiento cuando volvió a pisar a fondo el acelerador.

A medida que nos alejábamos del centro del pueblo, las calles se hacían más estrechas y serpenteaban entre los árboles. Barbie giraba con rapidez y brusquedad suficientes como para hacer que me llevara las manos al pecho.

El cambio llegó tan sutilmente que no fue hasta que nos hubimos adentrado en el bosque que rodeaba la Casita cuando me di cuenta de que el mundo se había oscurecido. Barbie se inclinaba hacia delante, estirando el cuello para echarle un vistazo al cielo entre los árboles. Un relámpago verde restalló sobre la pesada cara inferior de las nubes.

—¿Ese conjuro es vuestro? —pregunté, gritando para que me oyera por encima de las campanadas.

—¡Me temo que no!

Barbie forzó aún más la máquina, hasta que el motor se puso a temblar con gran estrépito debajo del capó.

—¡Cuidado! —exclamé.

Las personas que iban detrás no tenían cinturón de seguridad ni nada a lo que agarrarse. ¿De qué serviría haberlos salvado si después salían todos de allí con la mitad de los huesos rotos?

Atravesó el bosque un grito lo bastante estridente como para ahogar el sonido de las campanadas a todo volumen que emitía el camión.

Unas sombras oscuras corrían entre las hileras irregulares de árboles que nos rodeaban. Sus formas desgarbadas se tragaban el suelo, cubriendo las distancias prácticamente a la misma velocidad que el camión. Una de ellas se apartó de las demás y saltó a la puerta del copiloto del camión. Me bastó con ver el largo mechón de pelo, los ocho ojos y la boca que casi le ocupaba la cabeza entera: mi cuerpo reaccionó antes de que mi cerebro pudiera hacerlo.

Abrí la puerta y me revolví en mi asiento para echarlo a patadas con todas mis fuerzas. Barbie se dio cuenta enseguida y giró bruscamente a la derecha. El maligno —el demonio necrófago— se aferró a la puerta, haciéndola oscilar hacia fuera con su peso. Otro maligno como él saltó hacia mí con un cuchillo espantoso en una mano y la otra tendida. Desde tan cerca, vi que se habían taponado los oídos con tela y hojas para anular el efecto de las campanadas.

Barbie dio un nuevo volantazo brusco a la derecha e hizo chocar la puerta contra un arce centenario. Yo me encogí hacia el salpicadero cuando el primer demonio cayó de la puerta como un mosquito y terminó debajo de las ruedas del vehículo. Se me revolvió el estómago cuando las ruedas del camión dieron un salto y superaron la sobrenatural banda de frenado.

Cuando dio el último giro para incorporarse a Redding Lane, Barbie no esperó a que se abrieran las puertas de seguridad de la Casita. Las atravesó a toda velocidad.

Los demás demonios necrófagos rebotaron violentamente como si hubieran chocado contra una puerta que estuviera cerrándose y por la que nosotros sí hubiéramos logrado escabullirnos. El aire que rodeaba la verja vibraba poderosamente, pero eso no era nada en comparación con el espectáculo luminoso del cielo.

—Y eso —dijo Barbie, señalando el manto de centelleante magia verde que ardía entre las nubes sobrenaturales como un océano en llamas— sí es nuestro conjuro.

32

Ravenfeather

Los vecinos de Redhood estaban todos un poco mareados cuando los ayudaron a descender de la parte posterior del camión. Pero seguían de una sola pieza, por fortuna.

Bajé poco a poco, dejándome empapar por el sonido de las campanas grabadas. Sonaban sobre el terreno boscoso que rodeaba la casa y expulsaban a algunas de las sombras. Pero no a la que yo tenía dentro.

Respiré hondo y levanté la vista hacia la mansión señorial que teníamos delante. Tras las semanas que había pasado entre una casa encantada de verdad y prisiones escarpadas decoradas con calaveras, los tres pisos de la Casita ya no me provocaban un escalofrío de terror. Mientras andaba sobre la grava del camino que conducía a la puerta principal, me pregunté si la casa se habría vuelto más pequeña de algún modo durante mi ausencia.

Los habitantes de Redhood vagaban alrededor de la parte delantera de la casa aturdidos. Probablemente, muy pocos de ellos habían cruzado las puertas de la entrada exterior en todas las décadas que llevaban viviendo en el pueblo.

—Se suponía que había una estatua de oro de la anciana señora Redding justo al lado de la puerta —susurró alguien.

—Es decir... Hay como un ochenta por ciento menos de gárgolas de lo que esperaba, teniendo en cuenta lo malvados que son —dijo otra voz.

—¿Qué estamos haciendo aquí? Es culpa suya, ¿verdad? Ellos han atraído a los monstruos...

—No, ellos siempre han sido unos monstruos...

Eché la vista atrás, por encima del hombro. Los habitantes de Redhood vacilaban en el camino de acceso, a pesar de que Barbie les hacía gestos para que se acercaran a la acogedora puerta de la casa, que estaba abierta. A la mayoría parecía que el terror les hubiera arrancado la vida, por cómo miraban hacia atrás, hacia el lugar donde las siluetas oscuras se movían a lo lejos, por detrás de las verjas de hierro.

Tres golpes secos procedentes de la entrada anunciaron la llegada del mayordomo de cabello canoso de la Casita. Aparentemente impávido ante las masas arañadas, magulladas y sucias que tenía ante sí, se inclinó hacia delante apoyado en su bastón y ladeó la cabeza. Su rostro no perdió en ningún momento su expresión de leve desagrado.

—La cena está lista y hemos habilitado espacios para dormir. Si alguien necesita asistencia médica, el doctor Feeny les ruega que se dirijan a la cocina, donde serán tratados por orden de urgencia. La señora Redding me ha pedido que les diga que si prefieren ser la cena de un monstruo antes que disfrutar de la excelente cena que les hemos preparado, están invitados a marcharse por la misma puerta por la que han entrado. De lo contrario, les rogamos que disfruten de su estancia aquí hasta que el tema de los monstruos quede resuelto.

En realidad no habría hecho falta que añadiera nada después de la palabra «cena». Los vecinos fluyeron a su alrededor como un río forzado a desviar su curso para adaptarse a la presencia de una roca que lleva allí, inmóvil, desde los albores de los tiempos.

Barbie y yo esperamos a que la riada de humanos hubiera entrado apresuradamente en la casa antes de empezar a subir los peldaños. Para entonces, el cielo iba acercándose lentamente a la noche, pasando del azul a un tono tétrico. El enorme farol colgado sobre la majestuosa puerta de entrada tituló cuando pasamos por debajo.

Aunque Barbie sorteó al mayordomo, cuando me llegó a mí el momento de hacer lo mismo Rayburn dio un paso y se interpuso en mi camino. Traté de apartarme y él se movió en el mismo sentido. A tan poca distancia, los mechones de pelo blanco de sus orejas y del interior de sus orificios nasales se notaban mucho.

—Ah, Rayburn —dije lentamente—. Cuánto tiempo, eh, ¿verdad?

Si no recordaba nuestra interacción en Salem, cuando Nell le sopló a la cara un puñado de polvo mareante en el parque, sin duda alguien le había contado lo sucedido. En vez de mirarme como a una mosca que es necesario ahuyentar, ahora lo hacía como si yo no fuera mejor que una araña venenosa que debiera ser aplastada a toda costa.

—¡Prosper!

Esquivé a Rayburn a toda prisa, agachándome para pasar por debajo de su brazo extendido, y me adentré en la calidez de la casa y su aroma característico: olía vagamente a cerrado, a madera pulida, a moqueta antigua.

Nell corrió hacia mí por el gran vestíbulo, sin fijarse en los lugareños que se quitaban el abrigo y aceptaban paquetes de comida de manos del servicio. Sapo, que había vuelto a su tamaño habitual, galopaba tras ella para ir a su paso.

Apenas tuve ocasión de mentalizarme antes de que se estrellara contra mí y me lanzara los brazos al cuello. Tenía el pelo frío y mojado por la ducha que debía de haberse dado y llevaba puesta ropa de mi hermana.

—¿Prue también está aquí? —le pregunté.

—¡Sí! ¿Adónde has ido? Ya era lo bastante malo que Flora y Zachariah se hubieran marchado, pero cuando has desaparecido nos hemos asustado de verdad. Sapo ha insistido en llevarnos volando hasta aquí y después tenernos aquí prisioneras. Pero, ahora en serio, ¿adónde has ido?

Opté por disimular, decidido a evitar la pregunta en vez de mentir directamente.

—¿Habéis conseguido contactar con Missy?

—La magia está interfiriendo con todas las señales de telefonía móvil —respondió Nell—. Tenemos órdenes de comer algo e ir a dormir.

La miré incrédulo.

—Lo sé. Pero no se equivocan. —Nell suspiró—. Prue ha comido un bocadillo y se ha quedado dormida en la biblioteca en plena discusión sobre por qué no necesitábamos descansar. Y van a pasar varias horas como mínimo antes de que mis poderes recuperen su capacidad completa. Por cierto —añadió mientras me pellizcaba el brazo lo bastante fuerte para que se me escapara un grito—, ¿cómo es posible que no me contases que tu abuela formaba parte del famoso aquelarre de Ravenfeather? ¿Cómo es posible que yo no cayera en ello?

—¿Cómo lo sabes? —le pregunté.

—He reconocido a sus otras integrantes. Además... ¿Ribbit? ¡Qué fuerte! ¡Eso sí que no me lo esperaba!

—Yo tampoco —confesé mientras salíamos de la casa para tener un poco de intimidad—. ¿El aquelarre de Ravenfeather es famoso o algo?

—¡Sí! ¡Pueden rastrear su linaje hasta la fundación de Massachusetts! Creía que se habían trasladado más hacia el oeste, pero ya veo que no. Missy se va a poner verde envidia. Le encantan los ensayos de Agatha Dennard...

Barbie había vuelto a subirse a la cabina de su camión para recuperar su cesto de costura y precisamente estaba cerrando cuando nos vio.

Nell se quedó helada.

—Pero si es... —susurró.

—Lo sé —dije.

—No, no lo entiendes. Es que es...

—Lo sé.

Nell parecía como si estuviera a punto de desmayarse o de empezar a pellizcarse a sí misma.

—Hola otra vez, jovencito —dijo Barbie mientras se nos acercaba—. ¿Es esta la amiga de la que me has hablado antes?

Nell se llevó las manos a la boca con fuerza, como si tuviera miedo de lo que pudiera salir de ella. En aquel preciso instante lo único que podía articular era una nota aguda.

—Esta es Nell Bishop —le expliqué—. Su madre era miembro del aquelarre de Salem y su otra madre sigue siéndolo.

—¡Ah, entonces debes de ser la hija de Tabitha! —dijo Barbie, pasándose el cesto de un brazo al otro para poder tenderle la mano—. Me llegó la noticia de que tu madre había fallecido. Lo siento muchísimo, pequeña. Yo también perdí a mi madre antes de presentarme a las pruebas.

Nell se apartó las manos de la cara lentamente. Tenía los labios apretados, formando una línea angustiada. Barbie le puso una mano en el hombro y se acercó a ella.

—¿Qué tal si me ayudas a revisar mis provisiones y ver qué más podríamos necesitar? —propuso—. Me encantaría que me contaras más cosas sobre tu madre y sobre cómo está todo exactamente.

Nell asintió con la cabeza, pero se contuvo. Se volvió a mirarme.

—Voy a buscar a Prue para ver cómo está y asegurarme de que no le haya pasado nada verdaderamente espantoso en el Mundo de Abajo —dije—. Además, tienes que contarle a Barbie todas las novedades que hemos descubierto para que pueda incluirlas en su próximo libro.

Por encima de los rizos de Nell, Barbie me guiñó el ojo.

Los tres entramos en la casa juntos, pero enseguida nos separamos para tomar distintas direcciones. Barbie y Nell fueron a la sala de estar delantera, más pequeña, normalmente reservada para recibir a las visitas que no le caían bien a mi abuela cuando esta quería asegurarse de que se dieran cuenta. Yo pasé de largo de las numerosas salas llenas de familias envueltas en mantas delante de chimeneas encendidas. Me recordaban desagradablemente a las familias de malignos que habíamos visto en la prisión de Skullcrush.

Prue había mencionado en Salem que los Redding se habían dispersado para buscarme, pero no parecía que hubieran regresado muchos a Redhood antes de la invasión de los malignos. Vi a varios primos segundos aquí y allí, la mayoría de los cuales me miraron horrorizados al verme pasar, pero a ninguna de mis tías ni de mis primos hermanos.

Mantuve la mirada al frente mientras me dirigía a la escalera, haciendo caso omiso de la presión de los ojos que no veía sobre mí. En el borde de mi campo de visión, las llamas de las velas de las paredes temblaron.

«No hay ninguna vela encendida».

Volví la vista, pero los destellos de luz tenue habían desaparecido. Un leve escalofrío me recorrió la espalda mientras seguía avanzando. Voces susurrantes cruzaron el pasillo y me siguieron mientras subía por la escalera como una brisa desagradablemente fría.

Yo no supe distinguir si procedían de los vivos o de los muertos vigilantes de la Casita.

Ni siquiera en una casa llena de poderosas brujas y con un conjuro de protección mi mente me permitía dormir. Me duché, me cambié de ropa y después simplemente eché a andar. Subí y bajé por los pisos, entrando y saliendo de las habitaciones, de la buhardilla hasta el sótano. Hacía horas que todo el mundo había sido enviado a dormir con la barriga llena y una explicación amable de lo que eran los malignos. Por eso me sorprendió encontrar a otra persona despierta en el gran salón.

Nell estaba en el centro de la lujosa alfombra de la estancia, debajo de la claraboya. La luz de la luna, suave y plateada, caía sobre ella mientras absorbía todo el impacto de los centenares de retratos de la familia Redding que abarrotaban las altísimas paredes. Miró hacia mí mientras me acercaba a ella. Su expresión era inescrutable.

—Vaya. Tu familia —dijo en voz baja— es tan... grande.

—Por decirlo de alguna manera —respondí secamente.

Nell no se rio. Deslizó los dedos por la alfombra desgastada.

—Siempre estábamos solo mamá, Missy y yo. Y también su aquelarre. Henry dice que él es el último de los Bellegrave, pero supongo que en realidad la última soy yo.

Pese a la antigüedad de la familia Bellegrave y lo pronto que se habían asentado en América, ellos no tenían paredes recubiertas de antepasados con historia. Ni cuadros pintados por los artistas famosos de la familia. Ni una casa solariega donde reunirse en vacaciones todos los años sin falta.

Alastor y Honor Redding se habían encargado de que fuera así.

En vez de sentarme, fui hasta un retrato con un enorme marco de oro que tenía toda una sección solo para él. El brazalete de hierro que llevaba en la muñeca derecha se deslizó hacia abajo cuando cogí el bolígrafo que reposaba sobre el libro de visitas que mi abuela insistía en tener disponible. Le quité el tapón y me di golpecitos con el bolígrafo en los labios.

Sin poder contenerme, me puse de puntillas y le dibujé cuernos y un mostacho enroscado al rostro circunspecto de Honor Redding.

Cuando Nell contuvo una carcajada, la añadí una cola puntiaguda detrás para terminar de completarlo.

—Ahora —dije—. Por fin refleja al hombre que realmente fue.

Me dejé caer a su lado sobre la alfombra para admirar mi obra. Durante un rato, ninguno de los dos dijo nada.

Nell se abrazó las rodillas contra el pecho y se miró las uñas de los pies, pintadas de color azul turquesa.

—He... He hablado de todo esto con Barbie. Me ha convencido para que asuma la responsabilidad de mis errores y afronte el Aquelarre Supremo, pase lo que pase. Me ha dicho que ella y el aquelarre de Ravenfeather al completo hablarán bien de mí.

—Es fantástico —respondí con sinceridad.

—Será un poco menos fantástico si deciden arrebatarme mis poderes en vez de mandarme una temporada a la Academia Media Luna —dijo—. Pero Barbie me ha contado algo que ha hecho cambiar mi punto de vista sobre el asunto. Resulta que conoció a mi madre porque las dos tuvieron que presentarse ante el Aquelarre Supremo el mismo día para dar explicaciones de lo que habían hecho. Barbie se había escabullido a hurtadillas al Mundo de Abajo, pero consiguió que solo le cayera una privación provisional de magia por lo útil que era la información que obtuvo. Mi madre, en cambio, estaba allí porque había utilizada sus poderes para ayudar a un licántropo atrapado en nuestro reino a curarse para que pudiera regresar al Mundo de Abajo.

—¿Y eso no lo sabías? —le pregunté.

Nell negó con la cabeza.

—No. Pero ha hecho que me dé cuenta de lo rígidas y anticuadas que son las normas. Mi madre hizo algo que alguien había decidido siglos atrás que estaba «mal», pero se negaron a ver que lo hizo con la mejor intención y al final logró que el licántropo regresara al Mundo de Abajo.

—¿La castigaron? —pregunté.

—Sí. Había sido designada para formar parte del Aquelarre Supremo. Su integrante más joven. Pero le retiraron la designación por su «falta de criterio». No sé si conmigo tendrán piedad, pero como mínimo podré decirles lo que pienso de sus normas cuando las vea en persona. Podré dar argumentos a favor de introducir cambios en nombre de todas las brujas.

—Si existe alguien capaz de dar un discurso bien razonado, vehemente y perfectamente declamado eres tú —dije—. ¿Quieres apoyo moral? Yo podría ir a darte apoyo moral, ¿o le han echado alguna maldición al edificio para convertir a los intrusos en ranas en cuanto cruzan la puerta?

Nell puso los ojos en blanco, pero sonreía.

—Eres un buen amigo, Prosper Redding.

—Tú eres una amiga aún mejor, Nell Bishop —le dije—. Tenías razón cuando me llamaste la atención en las alcantarillas. Lo siento. Yo solo... quería ser distinto esta vez. Quería hacer lo correcto, pero lo único que conseguí fue convertirme en un estúpido.

Nell chocó su hombro con el mío.

—Lo sé. Pero que quede claro que el antiguo Prosper no tenía nada de malo. Si no te importa, ¿podrías devolvérmelo?

Cerré los ojos y moví las manos por delante de mi cara.

—A ver... ¡Hecho!

Cuando volví a abrir los ojos, los rostros serios y aburridos de numerosos Redding que me habían antecedido me fulminaron con la mirada desde sus marcos dorados. La ligereza de mi corazón desapareció cuando recordé algo.

—Antes de que se me olvide o de que nos invada otra horda de malignos, hay algo más que tengo que decirte —confesé—. He descubierto el verdadero nombre de Alastor.

Dentro de mí, sentí la presencia de Alastor enroscándose más fuerte sobre sí misma.

Nell se enderezó.

—¿Qué? ¿Cuándo?

—En la torre. Era uno de los nombres escritos en el suelo con arañazos. Estuve a punto de utilizarlo para obligarlo a abrir el portal de espejo. Podría haberlo utilizado para forzarle a cerrarlo. Y no lo hice. Tenía que conseguir que lo hiciera utilizando los términos de nuestro acuerdo.

—¿Por qué? —preguntó Nell.

Me pasé la mano por el pelo y después me lo agarré con ambas manos.

—No lo sé... Fue una cosa que dijo, lo de que yo me estaba convirtiendo en Honor. Sencillamente... no pude hacerlo. Lo siento.

—Lo comprendo.

—Sé que estoy siendo ridículo...

—No, no lo eres —dijo Nell—. Pienso constantemente

en lo que dijo Flora, lo de que los malignos fueron tiempo atrás una parte de nosotros. Que yo sepa, no son capaces de hacer un bien auténtico, pero sí sé que nosotros sí lo somos. Elegir no esclavizar a otro ser y no doblegarlo a tu voluntad no te convierte en una mala persona. Te convierte en Prosper. Además, el aquelarre quiere intentar llevar al máximo número posible de malignos al Mundo de Abajo y después aguardar al Vacío. Tal vez los contratos queden cancelados automáticamente si...

—¿Si queda destruido su reino entero? —terminé—. Tampoco me parece bien.

—No —corroboró, frotándose la frente—. No está bien.

Me tumbé en la alfombra y miré el manto centelleante del conjuro de protección a través de la claraboya de la sala. Nell hizo lo mismo con las manos apoyadas en el estómago.

—Saldrá todo bien —dije mientras cerraba los ojos—. Lo solucionaremos.

En pocos segundos perdimos el contacto con el mundo y nos quedamos dormidos.

Atrapado en la mente sin sueños del muchacho, el príncipe Alastor del tercer reino estaba ansioso.

Era una manera ignominiosa de describir su actual situación de innoble aprieto, pero tendría que ser suficiente hasta que se le ocurriera otra mejor. El muchacho y la brujita se habían quedado dormidos y nadie había ido a despertarlos. Ahora, a falta de otra cosa, si algo tenía Alastor era tiempo para pensar. Sobre el chico. Sobre la llave. Sobre su familia. Sobre su reino.

Pero incluso las horas estaban menguando, pasando como nubes atrapadas en el viento.

Intentó hacer fuerza contra las contenciones de hierro, probando el brazalete que la bruja le había puesto al muchacho. Fuera, el tañido infernal de las campanas de iglesia proseguía y las protecciones que él mismo había establecido siglos atrás en aquella tierra permanecían en vigor. Alastor supuso que debería sentirse orgulloso de ello, en cierto modo. Hubo un tiempo en el que su poder era tan incuestionable como carente de rivales. Ningún maligno había osado desafiarlo, ninguno hasta su hermana. Al final, el plan de Pyra había resultado ser perfecto. Todo lo que había tenido que hacer era elegir al ser que él jamás creería capaz de superarlo —un humano— y sembrar las semillas de la traición a cambio de lo que deseaba.

Ahora Alastor volvía a encontrarse en la mansión señorial construida sobre los cimientos de la falsedad y la codicia de Honor, y el retrato mutilado de este lo miraba desde arriba.

Cuando Alastor y el hombre se conocieron, Honor y su esposa vivían en poco más que una sencilla choza de madera. Sus peticiones habían empezado siendo muy pequeñas, muy humildes. Después habían enseñado los colmillos y el precio se había vuelto más sombrío. Destruid a los Bellegrave. Concedednos riqueza y prosperidad infinitas.

Prosperidad. Prosperity.

¿Y qué era lo que le había pedido el muchacho? «Ayúdame a salvar a mi hermana».

Puso a prueba de nuevo las contenciones de hierro y sintió el dolor en el hombro del chico. Era porque resultaba un incordio, se dijo a sí mismo, y porque le dificultaría las cosas una vez que hubiera hallado la manera de zafarse de los brazaletes de hierro, por lo que Alastor envió un remolino de magia sanadora a la herida. Justo la necesaria para cerrarla. Al muchacho le iría bien tener algunas cicatrices más.

El hecho de que las brujas hubieran interrumpido la sincronización entre el pueblo y el transcurso del tiempo en el reino de los mortales sería todo un reto a superar, pero él estaba dispuesto a afrontarlo con tal de completar su acuerdo con Pyra y salvar el Mundo de Abajo. Aunque no la había visto, Alastor sentía a Pyra cerca, acechando el perímetro de la extensa parcela de la finca. Era tan implacable como el cielo negro de su reino. Los malignos se estaban congregando en torno a ella. Era el principio de lo que prometía terminar siendo una tormenta feroz.

Poco había que Alastor deseara más fervientemente que ver desaparecer la fortuna de los Redding y a los descendientes de Honor suplicando clemencia de rodillas. Poco, aparte de salvar su propio reino.

No había sido sincero del todo con el chico. Aunque ninguna de las partes podía infringir los términos de un contrato con un maléfico, el contrato podía anularse... si ambas partes lo aceptaban. Él nunca había conocido a ningún maléfico que se planteara tal cosa —renunciar voluntariamente a magia potencial— hasta ahora. Al tratar de destruirlo, Honor había dejado clara su intención de poner fin al pacto. Y ahora Alastor daría su respuesta.

Fuera de los muros de la propiedad, la llave de sangre latía, hambrienta de magia. Como aún no había recuperado su verdadera forma, Alastor no podía enviarle un sueño a su hermana para comunicarle su plan. Su mensaje tendría que hablar por sí mismo.

Supuso que el hecho de que los Redding vieran derrumbarse su mundo debería ser suficiente para saciar su rencor de siglos.

Mientras buscaba la antigua y frágil atadura de magia, Alastor se preguntó durante cuánto tiempo oiría los latidos del corazón del muchacho llenándole los oídos. Si siempre lo llevaría en su mente, como el eco de una pesadilla.

Después, con la misma facilidad con la que había establecido el contrato con Honor trescientos veinticinco años atrás, Alastor lo rompió.

33

En el bosque

La casa me estaba llamando.

Los viejos huesos y articulaciones de la Casita parecían inquietarse cada vez más a medida que avanzaba la noche, como si tuvieran que adaptar su postura para dar espacio a las nuevas familias que dormían en su interior. A los muros les encantaba jugar con las tormentas, las viejas ventanas chirriaban con cada azote del viento y las paredes absorbían los truenos y se dejaban sacudir hasta sus cimientos.

Yo siempre había odiado las noches en las que Prue y yo teníamos que quedarnos a dormir aquí. Nunca conseguía quitarme de encima la sensación de estar siendo observado, ni siquiera después de que los numerosos ocupantes de la casa se fueran todos a dormir. Incontables generaciones de los Redding habían vivido allí y quizá algunos de ellos simplemente no habían querido marcharse del todo.

—¿... per?

Mi mente somnolienta volvió a captar la voz, distinta de los murmullos de la casa. Le lancé una mirada a Nell, pero estaba acurrucada de lado, recostando la cabeza en el brazo. Por un instante no supe dónde estaba.

—¿Prosper? Prosper...

Vale, no eran imaginaciones mías. Me puse de pie y me froté los ojos. Con cuidado de no despertar a Nell, caminé por el gran salón hacia la entrada. La voz sonaba como si procediera de las ventanas en voladizo de la sala de estar menos solemne...

«**¿Qué haces?** —me preguntó Alastor—. **¿Oyes a un viento fantasmal pronunciar tu nombre y corres hacia él?**».

«¿Tú también lo has oído?».

Alastor volvió a refugiarse en su silencio mientras yo inspeccionaba la sala, mirando debajo del sofá y detrás de las sillas, incluso dentro del guardarropa.

«No importa —pensé—, definitivamente estás oyendo cosas».

Me dirigí a las ventanas y levanté la vista hacia la magia desparramada por el cielo. La fría noche se filtraba a través de las delgadas hojas de cristal, pero era agradable. Todo lo que tenía en la cabeza estaba difuminado y borroso, y sentía la temperatura de mi piel diez grados más alta de la cuenta.

La cortina de terciopelo de mi derecha ondeó y, antes de que a Alastor le diera tiempo a ahogar un grito, el filo cortante de un cuchillo me apretó el cuello.

No podía volverme a mirar sin que el cuchillo se me clavara más hondo. Pero estábamos lo suficientemente cerca de un vidrio oscuro como para poder ver en él el reflejo de Henry Bellegrave. Sus largos cabellos claros estaban enmarañados. Me obligó a darme la vuelta sin apartar el cuchillo de mí.

«Maldito imbécil de baja estofa —masculló Alastor—. Quítate el brazalete de hierro, Gusano. Déjame terminar lo que empecé hace siglos».

—¿Qué haces aquí? —le pregunté.

—Terminar con esto —respondió Henry.

Echó el puño hacia atrás y después lo lanzó contra mi cara.

Se acabó lo que se daba, Prosper.

De algún modo, antes incluso de abrir los ojos, supe exactamente dónde estaba.

Allí el aire era más frío y transportaba un leve aroma a humo procedente de los árboles que nunca habían llegado a recuperarse del todo del fuego que había tenido lugar allí siglos atrás. El viento soplaba entre las ramas de color gris manchado como si fueran flautas discordantes.

«¿Estás despierto ahora?».

Abrí los ojos apenas una rendija, tratando de absorber la visión del bosque sin alertar a los malignos a los que oía andar sobre la tierra cercana. Una pesada capa de niebla se arrastraba perezosamente sobre el suelo. De vez en cuando, la sombra de un maligno aparecía en ella para luego volver a desvanecerse.

El lado derecho de la cara me latía al mismo ritmo que el pulso y yo notaba como me iba saliendo un cardenal enorme. Clavé los dedos en la tierra blanda y húmeda que tenía debajo.

«Creo que... vamos a tener que colaborar —le dije a Alastor con el pensamiento—. Por última vez. No es demasiado tarde para corregir el rumbo que hemos tomado».

«**Solo los humanos creéis en ese tipo de ensoñaciones** —replicó Alastor—. **Ahora ha llegado la hora de los malignos**».

—Noto tus pensamientos aunque no pueda oírlos. —La voz sedosa de Pyra nos alcanzó entre la insidiosa neblina. Al cabo de un instante, la propia Pyra apareció en forma de pantera. La llave de sangre flotaba en el aire detrás de ella, tiñendo el bosque de una luz de color rojo sangre—. Olvida cualquier plan de última hora que puedas estar tramando. Ya es demasiado tarde.

La voz de Alastor me saltó a la boca antes de que yo pudiera impedirlo.

—**Al fin estás aquí y podemos empezar. He cancelado mi contrato con los Redding, lo cual ha anulado el conjuro de protección sobre su finca. Los humanos son todos tuyos.**

—Espléndido —dijo Pyra mientras les hacía señas a los ogros que había por allí.

Los ogros se dirigieron hacia nosotros pisando fuerte por el bosque.

—¿Por qué? —susurré—. ¿Por qué vas a hacer algo así? En esa casa hay niños. Ellos no tienen nada que ver con todo esto.

Alastor tardó en contestar.

«**Así es... Y su miedo me dará la última pizca de poder que necesito**».

—Humano —dijo Pyra mirando por encima del hombro—, acéptalo. No tenemos mucho tiempo.

Henry Bellegrave salió de detrás de unos árboles cercanos y se me acercó renqueante. Me levanté precipitadamente del suelo, pero antes de poder ponerme de pie, una mano descomunal me agarró por el cogote. A duras penas pude dar una patada antes de que el ogro me envolviera la cintura con su otro brazo y me inmovilizara contra su enorme pecho. La piel de algún animal muerto mucho tiempo atrás que el ogro llevaba puesta me picaba.

—Pensé que te gustaría visitar el lugar de la que iba a ser tu tumba hace tres siglos —le dijo Pyra a su hermano—. Observé, desde allí, como la bruja y los Redding trataban de asarte vivo. Podría haber construido otra pira, pero después de aniquilar a las familias de vampiros terminé aburriéndome de ellas.

Con razón nunca me había sentido a gusto en aquel lugar. Todo lo malo sucedido allí con la muerte de una muchacha inocente había marcado para siempre aquella parte del bosque.

La llave de sangre brilló aún más fuerte, palpitando de forma amenazadora. Volví a notar aquella desagradable sensación de tirantez en mi interior, que fue creciendo en intensidad hasta que la cabeza terminó latiéndome al mismo ritmo, sentí que todo se ponía a dar vueltas a mi alrededor y, finalmente, se me nubló la vista. Traté de sobreponerme al pánico, pues sabía que solo serviría para proporcionarle a Alastor la magia que necesitaba, pero no pude evitarlo.

Estaba solo. Se me encogió el corazón al pensarlo. Alastor seguía dentro de mí, pero yo estaba solo como no lo había estado en mucho tiempo.

—**¿Qué piensas hacer?** —preguntó Alastor a través de mí.

—Termina, Bellegrave —ordenó Pyra—. Así podrás dar por cumplido tu contrato. Pero no vayas demasiado rápido.

Quiero que mi hermano se alimente del dolor durante el máximo tiempo posible. Necesito que recupere todo su poder antes del sacrificio.

Me sentía como si mi cabeza tuviera el doble de su tamaño normal. Me obligué a mirar hacia arriba, forzando el cuello. A través del velo de la niebla y la desorientación, vi los cabellos claros de aquel hombre brillando como llamas a la escalofriante luz de la llave de sangre.

—Te diría que lo lamento —señaló Henry con el cuchillo refulgiendo en su mano—, pero tu familia y su contrato han matado a un sinfín de miembros de la familia Bellegrave, pisoteándonos cada vez que mis antepasados creían que podrían empezar una nueva vida. Por ello, al menos un Redding merece morir... lenta y dolorosamente.

—**Espera** —empezó Alastor.

Aquella palabra me supo a plomo. La presencia de Alastor estalló dentro de mí en forma de electricidad estática y chispas.

El cuchillo se hundió en mi vientre.

No fue el dolor lo que me asustó, sino su ausencia.

Me atraganté con la siguiente bocanada de aire mientras observaba la sangre caliente derramándose fuera de mi cuerpo y manchando la mano de Henry. Este se la miraba con sus ojos grises azulados muy abiertos tras los finos cristales de sus gafas. Su mandíbula se movía en silencio, adelante y atrás; la turbación estrangulaba sus palabras antes de que tuvieran ocasión de abandonar su garganta.

—Yo... —empezó, trabándose con esa única sílaba—. Yo...

Yo, yo, yo... Él no estaba pensando más que en sí mismo. Yo estaba pensando en todos los demás.

Quién encontraría mi cadáver ahí fuera, cuando todos los malignos hubieran terminado su trabajo macabro.

Quién le contaría lo sucedido a mi padre.

Quién le sostendría la mano a mi madre en el funeral.

Quién convencería a Nell de que no había sido culpa suya.

Quién se aseguraría de que Prue... de que Prue...

Cada vez me resultaba más difícil aferrarme a aquellas imágenes confusas. La luz que había en ellas empezó a atenuarse y el martilleo en mis oídos fue haciéndose más lento. Me dolía cada bocanada de aire que tomaba.

Cada bocanada.

«No quiero morirme».

«No vas a irte —dijo Alastor—. **¡Lo prohíbo!»**.

Un huracán de dolor, miedo y furia desesperada me invadió. Ahogó el último de mis pensamientos y siguió creciendo más y más, alimentándose a sí mismo hasta que la presión dentro de mi pecho apretó y se retorció y ya no pude respirar más. Ya no podía respirar más.

Un dolor agudo me desgarró por dentro y se disparó por mi sangre. Me sentía como si...

«Me estoy partiendo en dos».

No era capaz de distinguir si los gritos que oía eran míos o de Alastor. Una luz brilló detrás de mis párpados cerrados y tuve que obligarme a abrirlos de nuevo para observar la extraña magia que salía del centro de mi pecho y se propagaba furiosamente entre la oscuridad de los bosques.

—¡Prosper!

El grito de Nell sonó como si hubiera viajado desde la otra punta del mundo.

Henry retrocedió tambaleándose y se llevó el brazo a la cara para protegerse los ojos. Los malignos empezaron a alejarse del claro a toda prisa, gritando y aullando por la intensidad de la luz.

«¿Qué es esto? ¿Al? ¡Alastor!».

Pyra separó los labios y dejó al descubierto una hilera de colmillos.

Apenas la vislumbré antes de que la luz carmesí de la llave de sangre chocara con la mía e hiciera saltar chispas de magia entre nosotros.

La presión y el dolor se atenuaron y se llevaron la luz con ellos. Puntos luminosos de todos los colores se arremolinaban en mi campo de visión, como si me hubieran tatuado aquella energía en la retina.

El ogro me soltó por fin y me dejó caer en la tierra húmeda que tenía debajo. La parte delantera de mi camiseta estaba empapada de sangre. Las pocas fuerzas que pudieran quedarme se marcharon sin rumbo como los últimos destellos de magia en el cielo sin estrellas.

Oí voces —voces humanas— llamándome, gritando algo que no conseguí entender. Justo detrás de las hileras de malignos, se habían congregado el aquelarre de brujas, sus suplantadores y Nell, que observaban a los amenazadores malignos.

Mi abuela levantó los brazos y los árboles que nos rodeaban crujieron como huesos rotos, doblándose de tal modo que sus afiladas ramas rodearan a los malignos. Sus raíces se levantaron del suelo mientras Barbie los guiaba adelante, haciéndolos restallar como látigos en el aire.

Y un pequeño zorro blanco se sentó en el suelo, tiritando, y me miró con los ojos muy abiertos. Uno azul y el otro negro.

—¿Alastor? —dije.

Hilos de energía de la llave de sangre se lanzaron contra él y lo envolvieron hasta que se ahogó y se puso a patalear con unas extremidades tan débiles como las de un recién nacido. Su forma, que apenas un segundo antes había sido tan sólida y pálida como una perla, titilaba como una llama a merced del viento.

—Maravilloso —dijo Pyra riéndose—. Al final ha funcionado. Ahora ha llegado la hora de que cumplas tu parte del trato. Dale tu poder a la llave de sangre. Demuéstrame que eres distinto a nuestros hermanos. A nuestro padre.

Alastor extendió sus pequeñas garras y las clavó en la tierra blanda, avanzando a rastras desesperadamente a pesar de que la llave de sangre lo atraía en dirección contraria.

—Pero... el chico...

Qué joven sonaba fuera de mi cabeza.

Sonaba... asustado.

—Allí, ¿no lo ves? —le dijo Pyra a Alastor, burlona. En sus formas animales, ella era mucho más grande que su hermano. Lanzó adelante una de sus patas e inmovilizó a Alastor con la facilidad de un depredador a punto de darse un festín largamente esperado—. Sabía que no lo harías. ¡Cobarde!

—¡Prosper! —Mi abuela me llamó desde algún punto entre los árboles. Algo de colores vivos revoloteó sobre su hombro. ¿Tal vez Ribbit?—. ¿Qué está pasando? ¿Qué ves?

—Creo —dijo Pyra mientras los músculos de su cuello formaban ondas— que la devoraré primero a ella. No es que quede mucha carne en sus viejos huesos, pero destruir un reino despierta el apetito y tendré que aprovechar lo que haya.

—Yo he cumplido con mi parte del trato —dijo Henry Bellegrave con voz tensa—. He cumplido, ¿no lo ves? Déjame libre. ¡Déjame libre!

Pyra movió una zarpa en dirección a él.

—Pues entonces lárgate.

El brillo de unos cabellos claros fue todo lo que alcancé a ver antes de que Henry Bellegrave diera media vuelta y echara a correr como alma que lleva el diablo.

—¡No! —gritó Nell—. ¡Detenedlo!

Alastor apartó la mirada y sus ojos volvieron a fijarse en los míos. Su mirada descendió desde mi frente hasta el charco de sangre que se estaba formando sobre las hojas caídas.

«Por favor —le dije con el pensamiento. Tenía los labios entumecidos—. Por favor, ayúdalos... Sácalos de aquí...».

El blanco de los ojos de Alastor centelleó. Su mirada se hizo más penetrante, como si estuviera tomando una decisión.

«Quédate quieto, Prosperity. Seguimos conectados, pero durará apenas algunos instantes más».

Un hilo tenue de magia verde se manifestó poco a poco entre nosotros y empezó a brillar con una intensidad cada vez mayor. El extremo que me llegaba hasta el pecho retrocedió súbitamente y a continuación avanzó de golpe, como una serpiente al ataque.

Cerré los ojos con todas mis fuerzas y tensé todos los músculos de mi cuerpo a fin de prepararme para el dolor que se avecinaba.

Jamás llegó.

Volví a abrir los ojos y observé perplejo que ese mismo hilo luminoso había empezado a coserme, entrando y saliendo de mi cuerpo. Remendándolo. La magia dejaba tras de sí una cálida sensación de cosquilleo que producía a la vez entumecimiento y sosiego.

—Resulta, Gusano —dijo Alastor, cuya voz era poco más que un susurro—, que he decidido cuidar de cierto joven humano.

«¿Qué...?».

El brillo que me rodeaba fue disipándose. Bajé la mirada y toqué el agujero ensangrentado de mi camiseta. La piel de debajo tenía el tono rosado brillante de la piel joven y saludable.

Era imposible, pero...

La forma de Alastor se estremecía y titilaba delante de mí. Trató de desdoblar las patas y sostenerse en pie, pero no parecía capaz de mantener el equilibrio. Di un paso adelante para ayudarlo, pero Pyra se interpuso en mi camino moviendo su cola de pantera.

—Cerdo inmundo, bobalicón, chiflado por los humanos —le espetó Pyra con desdén—. ¿Desperdicias tu poder, la magia que prometiste entregarme a mí, para curar al chico? ¿Consumes tu vida por él? ¡No te lo permitiré! Yo te ordeno, Hus...

Otra voz rugió a través de la noche, derramándose sobre las siluetas agónicas de los árboles, envolviendo el claro como una sombra.

—¡Basta!

34

Honor entre los Redding

Zachariah bajó flotando entre los árboles y materializó sus manos a voluntad para agarrar con ellas la llave de sangre que flotaba en el aire. La luz carmesí hizo brillar su pequeña silueta aún más intensamente de lo que lo había hecho en las alcantarillas del subsuelo de Skullcrush. Una expresión extraña, casi de angustia, cubrió su rostro cuando las venas de magia lo envolvieron y empezaron a clavarse en su silueta.

—¡Zachariah, no! —exclamó una voz aguda y dulce—. ¡Te absorberá a ti también!

Flora salió disparada de entre los árboles situados a nuestra derecha; sus ojos refulgían con aquel verde antiguo y aterrador. Zachariah soltó un grito de dolor cuando la llave de sangre le disolvió los brazos. Pyra se lanzó a por la piedra luminosa mientras esta caía, pero Flora estaba más cerca y era más rápida.

Como si la elfa la hubiera llamado para que se dirigiera hacia ella directamente, la llave de sangre descendió por el aire describiendo un arco y terminó flotando entre sus manos. Todo rastro de la amable elfa había desaparecido, sustituido por un rostro endurecido por el poder y el odio. El que correspondía a un Antiguo.

En un latido, nos rodeaba un bosque a oscuras. En el siguiente, cientos de ojos verdes brillantes aparecieron en los espacios oscuros que separaban los árboles. Los elfos —los Antiguos— avanzaron; sus pasos eran como una suave lluvia de otoño sobre las hojas caídas. Hasta que, finalmente, se detuvieron y formaron un círculo ininterrumpido que rodeaba el claro. La luz carmesí de la llave de sangre iluminaba sus pequeñas siluetas.

Los Antiguos presentaban distintas dimensiones, formas y tonalidades de verde terroso y marrón. Algunos llevaban consigo arcos y flechas, mientras que otros iban provistos de pequeños cuchillos con incrustaciones; todos levantaron sus armas al acercarse a los maléficos. La línea que formaban alcanzaba una profundidad de cuatro o cinco elfos en algunos puntos. Incluso los ogros, los licántropos y los demonios necrófagos se apiñaron en el centro del círculo para alejarse de los recién llegados.

—¿Estás bien? —le pregunté a Zachariah.

El muchacho todavía se estaba observando las manos fijamente, viendo como poco a poco recuperaban su forma. Finalmente, miró hacia donde yo estaba y levantó una ceja blanca al ver mi camiseta empapada de sangre.

—A lo mejor harías bien en preocuparte por tu propia vida, breve y amenazada —respondió.

Los malignos hicieron rechinar sus colmillos y blandieron sus zarpas amenazadoramente en dirección a los Antiguos. Estaban de espalda a las brujas allí congregadas y mi abuela, que jamás dejaba pasar la oportunidad de llevar la iniciativa, no me decepcionó.

—¡Ahora, señoras! —gritó.

Nell y las mujeres del aquelarre de Ravenfeather abrieron sus puños cerrados y lanzaron una nube de polvo centelleante hacia los malignos.

—Entrad confiados en el vientre del sueño —recitaron—. No opongáis obstáculo, ni grande ni pequeño...

De uno en uno, los malignos fueron cayendo al suelo, encorvados los unos sobre los otros, formando pilas de escamas y pelo. Pero no estaban muertos. Incluso a la distancia a la que yo me hallaba, resultaba obvio que seguían respirando.

—¡No! —aulló Pyra—. ¡No! ¡Levantaos, malignos! ¡Asistid a vuestra reina!

Pero los mismos monstruos que habían cruzado atropelladamente la barrera entre los reinos apenas unas horas antes ahora ni siquiera movieron un dedo al oír sus palabras. La neblina que los rodeaba se levantó y cubrió sus siluetas durmientes. Pyra dio un paso atrás y sus zarpas resbalaron por la tierra mojada del bosque. Sus ojos alternaban rápidamente entre los Antiguos y el aquelarre.

Flora se acercó más la llave de sangre y deshizo el camino hacia uno de los Antiguos que había allí cerca. Este era más alto que ella y tenía las extremidades delgadas y nudosas como ramas. Su piel, a diferencia de la de Flora, que era lisa y casi como la cera, tenía la textura de una corteza áspera.

Las hojas que se le agitaban en el pelo habían adquirido tonalidades otoñales, rojizas y doradas.

—Os presento al patriarca del clan de los Greenleaf —anunció Flora. Su voz resonaba como si estuviéramos en una cueva y no al aire libre—. Ha acudido en tu ayuda, Prosper Redding, en agradecimiento por tu colaboración en el rescate de los suplantadores. —Se volvió envarada hacia el Antiguo—. Patriarca, esta es la llave de sangre de la que os he hablado.

Su voz sonó como un crujido, como el lamento del viento entre los árboles maltratados que nos rodeaban:

—Eso veo. Sigue estando incompleta.

—No por mucho tiempo —replicó Pyra—. Este reino es nuestro, hierbajo. Vamos a arrancaros de raíz de este mundo, como ya hicimos en su momento con vuestro reino.

—No lo creo —dijo el patriarca—. Llevamos siglos esperando este momento. Ahora vais a tener que pagar por lo que les hicisteis a los de mi clase.

Alastor se quedó donde estaba, hecho un ovillo sobre la tierra blanda. Su forma titiló, más débil ahora que hacía tan solo un segundo. La llave de sangre seguía arrebatándole la poca magia que le quedaba.

Me apoyé en las manos y las rodillas para incorporarme y, finalmente, me puse en pie.

«Aguanta», le dije mientras me arrastraba por el suelo.

Si conseguía apartar la llave de sangre del patriarca, podría destrozarla de algún modo...

—No toques la llave, Prosperity Redding —retumbó la voz del elfo.

—¡Tenemos que destruirla! —le dije—. Alastor está demasiado débil. Va a quitarle toda su magia hasta que no le quede nada.

—Flora me ha contado tu historia. —El patriarca parecía no entender nada—. Tu verdugo yace derrotado como consecuencia de sus propias triquiñuelas malvadas.

—Déjalo, Gusano —intervino Alastor con un hilo de voz—. Siempre he... cuidado de mí mismo... y así seguiré haciéndolo...

—Pues menos mal que me tienes a mí para ayudarte ahora con esto —dije.

Después me volví hacia el Antiguo. Los demás se congregaron a su alrededor, mirándose entre sí. Los ojos del patriarca brillaban.

—¿Te preocupas por el maléfico con el que tienes un contrato por toda la eternidad? ¿No deseas su muerte? Si se queda sin magia, tu contrato desaparece.

—Yo ya sabía dónde me metía cuando acepté el trato —dije—. Yo lo acepté. Fue una decisión mía y asumo mi responsabilidad. No estoy buscando una salida fácil. No digo que no haya hecho cosas horribles en el pasado, pero no es tan malvado como creéis. Es...

No podía utilizar la palabra *bueno*, o más bien *mejor*, pero Alastor no era el mismo maléfico que yo había conocido en Salem. En los últimos días, algo había cambiado. Me había salvado, pese a saber lo que supondría para él perder su magia.

El patriarca estiró su brazo nudoso, disgustado.

—Son perversos por naturaleza. Eso no se puede cambiar. Os quitamos el glamur a los vecinos de Redhood para que lo vierais, para que pudierais protegeros mejor de sus violentos ataques. Mira a tu alrededor, Prosperity Redding. Fíjate en el daño que han provocado en tan poco tiempo. Imagina que sucediera lo mismo en el mundo entero.

Así que eso había sido el toque de magia que habíamos notado antes de que los malignos arrasaran Main Street.

—Entonces, ¿vais a permitir que nos destruyan? —gritó Pyra, con la voz quebrada, mientras lanzaba una de sus zarpas hacia el patriarca.

Con un gesto de la mano de este último, las raíces de los árboles cercanos se levantaron del suelo y capturaron a la maléfica. Pyra se revolvió y rompió algunas de las ataduras, pero estas no hacían más que reproducirse una y otra vez, hasta que la reina de los malignos quedó completa y absolutamente enjaulada.

—¡Maligna insolente! —bufó el patriarca—. Los malignos habéis tenido más de trescientos años para comprender por qué os acechaba el Vacío y salvar a vuestro reino de la destrucción. Los malignos mataron a nuestros mayores, a nuestros hermanos y hermanas. No veo por qué deberíais ser merecedores de nuestra piedad ahora.

Pyra rugió y la emprendió a cortes con la jaula nuevamente. Cada vez que lograba partir una raíz, otra ocupaba su lugar. Aun así, se negaba a darse por vencida.

—Los demás y yo habíamos confiado en que fueras distinta al resto de tu familia —dijo el elfo—. Al final, lo único que hiciste fue apropiarte de la corona a través de la sangre y el sufrimiento de los demás y demostraste no ser mejor que ellos.

—¡Castigué a quienes habían gobernado con crueldad sobre los demás malignos! —protestó Pyra—. ¡Solo a quienes se lo merecían!

—Sigues sin verlo, ¿verdad? Les has arrebatado la vida y la magia a tus hermanos y te has pasado siglos reuniendo los otros componentes de la llave de sangre. Has perpetuado un círculo vicioso, cambiando únicamente los participantes. En vez de mirar hacia dentro y analizar de verdad la insensatez con la que los malignos devoraban toda la magia disponible, buscaste una solución en el exterior: la acumulación de un poder que no os correspondía a los malignos.

—No —dijo Alastor débilmente, mientras intentaba ponerse en pie—. No, eso no es cierto, oh, insigne Antiguo. Ella hizo lo único que ni mis hermanos, ni mi padre ni yo fuimos capaces de hacer: asumió la responsabilidad de lo que le estaba sucediendo al Mundo de Abajo.

—Oh, no te rebajes, hermano —le espetó Pyra—. No se merecen tantas contemplaciones.

—No —dije—, Alastor lleva razón. Los malignos sí que intentaron cambiar. Tal vez fuera demasiado tarde, pero demostraron que eran capaces de renunciar a su magia y de ayudarse los unos a los otros.

—Pero solo para salvarse a sí mismos —apuntó el patriarca—. No se estaban sacrificando por una buena causa.

Me enderecé y vi a Nell avanzando sigilosamente entre los árboles, intentando acercarse a mí.

—¿Qué es una «buena causa» en esta situación? Vosotros queríais facilitaros las cosas en vuestra relación con los humanos y por eso, sin querer, creasteis a los malignos. A continuación lanzasteis una maldición de glamur para que los humanos no pudieran verlos, solo que se os volvió en contra. Después perdisteis el control sobre los malignos porque nunca intentasteis aceptarlos tal como son y actuar en consecuencia. Y ahora, en vez de responsabilizaros de los seres que creasteis, vais a permitir que vuestro experimento implosione.

—¿Y qué querrías que hiciéramos, muchacho? —preguntó el patriarca casi con sarcasmo—. Los malignos y los elfos no pueden convivir. Eso ha quedado sobradamente demostrado.

—¿Estás seguro? —repliqué—. Porque estoy razonablemente seguro de que una bruja, un maligno, una elfa, un humano y un espectro nos hemos aliado hace menos de veinticuatro horas y hemos trabajado juntos con buenos resultados. Si nosotros hemos podido hacerlo, ¿por qué no podríais vosotros intentar empezar de cero? ¿Por qué no...? No tenéis por qué vivir con los malignos, pero sí que podríais intentar enseñarles a cultivar magia en su propio mundo, a racionalizar su uso para que no tengan que volver a enfrentarse a este problema en el futuro.

—Pensad en ello, por favor —dijo Nell, que pasó a toda prisa entre los malignos durmientes para ponerse a mi lado. Me echó un vistazo para comprobar rápidamente que estuviera ileso. Yo hice lo mismo—. Nadie es perfecto, pero eso no significa que los malignos no puedan aprender. De hecho, para poder crecer hay que cometer errores.

Alastor tiró de la atadura que nos unía, como si intentara aprovechar mi fuerza o alimentarse de mi miedo. Se volvió y contempló el bosque, capturando la imagen de su ruina y destrucción.

«Todo empezó aquí —pensé— y aquí tiene que terminar».

—¿No lo veis? —prosiguió Alastor, que finalmente había logrado ponerse en pie. Su forma se materializó apenas lo suficiente para dar un tembloroso paso adelante—. Todos somos culpables de las decisiones que nos han llevado lejos de los caminos que queríamos transitar. Yo hice un trato con un hombre desesperado en este mismo bosque, un hombre cuyo único deseo era salvar a su familia del hambre y el infortunio. Empezamos con la mejor intención y hacemos concesiones. Cuando un castillo se está derrumbando, no te detienes a buscar la rendija con la que empezó todo, sino que tratas de mantener en pie, sea como sea y lo mejor que sepas, las paredes agrietadas.

—No veo ninguna prueba de este cambio en los malignos del que todos habláis —replicó el elfo, burlón, mientras las hojas de la cabeza se le secaban y caían.

Alastor se volvió hacia su hermana. Pyra permanecía agazapada y lista para saltar, con los ojos fijos en la llave de sangre que flotaba entre las manos del patriarca.

—Tienes a mi hermana justo delante de ti, patriarca de los elfos. Pyra se dio cuenta de algo que todos los demás pasamos por alto: que había muchos malignos bondadosamente malvados que eran tratados con condescendencia y desdén nada más que por ser quiénes eran, no por sus méritos. Las tradiciones no deberían mantenerse cuando tienen las raíces podridas.

Pyra miró hacia él.

—Solo he intentado proteger a todos los malignos, no únicamente a los de nuestra clase.

El patriarca negó con la cabeza.

—Es una buena reina —insistió Alastor.

—Hermano... —Pyra trató de intervenir—. No sirve de nada, no van a escucharnos...

Alastor abundó:

—Ha ido demasiado lejos en este caso, pero es una buena reina. Una reina que se puso a sí misma en segundo lugar y priorizó la salvación de su reino.

Me volví para ver la reacción del Antiguo. El corazón me palpitaba con fuerza en la base de la garganta. El patriarca se volvió a su vez y fijó en mí su brillante mirada esmeralda.

—Suponiendo que deseáramos reconstruir su reino, los malignos se han encargado de que ya no dispongamos de la magia suficiente para ello.

—Tenéis la llave de sangre, ¿no? —dije mientras la señalaba con un movimiento de la cabeza.

En el interior de su jaula de raíces, Pyra se puso de pie y aspiró una gran bocanada de aire. Albergué un rayo de esperanza al observar que el patriarca no rechazaba la idea de inmediato. De hecho, parecía que se la estuviera planteando.

—En su estado actual es demasiado inestable —dijo al fin el patriarca, mirando a Flora.

La elfa asintió con la cabeza, dándole la razón.

—Si volvemos a trasladarla a través del pasadizo —dijo Flora—, es probable que estalle y destroce las fronteras entre los distintos reinos. Tendríamos que redistribuir su energía en fragmentos más pequeños y equilibrados.

Zachariah avanzó flotando.

—Desearía ponerme humildemente a vuestro servicio. ¿No podría absorber yo al menos una parte de su energía?

—¿Qué? —dije—. Espera un momento, eso tiene pinta de ser peligroso...

—Sigo estando muerto —me recordó.

—Es perfectamente posible que funcione —dijo el patriarca con los ojos aún más brillantes—. Los espectros son la esencia de la magia que los humanos llevan en su interior. Por ello, la energía te aceptaría como recipiente.

—O bien —intervino Flora con voz sombría— podría incinerarte por completo, impidiéndote pasar al otro lado.

—No, es demasiado arriesgado —empecé.

—Aun así, quiero intentarlo. —Zachariah se volvió para mirarme desde arriba. Había perdido el gesto de amargura de sus labios. Se lo veía tranquilo, seguro de sí mismo—. Prometiste devolverme el favor, Prosperity Redding, y ahora te lo reclamo, puesto que me he hartado de tus quejas. Permíteme tomar esta decisión por mí mismo sin tener que soportar tus objeciones.

Tuve que morderme literalmente la lengua para no decir nada. El estómago se me empezó a revolver más y más, hasta que un sudor frío recorrió mi piel. Aquello no era justo. Zachariah tenía derecho a que se le garantizara la manera de pasar a la otra vida de forma segura.

—Echo de menos a mi familia —dijo Zachariah en voz baja—. Tengo muchas ganas de reunirme con ellos y ver sus rostros una vez más. Seguro que me entiendes. Deseo quedar libre para seguir adelante. Salir de este círculo vicioso en el que jamás pedí entrar.

Salir del círculo. Esas tres palabras resonaron a través de mi mente. «Salir del círculo». Las ruedas del destino no solo nos hacían avanzar, sino que además nos aplastaban bajo su peso. Teníamos que pararlo. Algo debía cambiar.

—Si sale mal, no podrás ver a tu familia —dije—. Es demasiado para un solo espectro. Tiene que haber otra manera de hacerlo.

—Sí, es demasiado para un solo espíritu. No obstante, no lo es para toda una familia.

La brisa transportó hasta nosotros aquella voz hueca e hizo que me envolviera los sentidos como un escalofrío repentino.

—Por todos los reinos, pero ¿qué...? —dijo mi abuela.

Pero incluso sus palabras quedaron eclipsadas cuando el aire que nos rodeaba se puso a brillar. Los elfos que había a nuestro alrededor se estremecieron cuando docenas de espectros los atravesaron. La hilera de brillantes seres fantasmales llegaba hasta la Casita, de donde procedían sin lugar a dudas. Había centenares de espectros; puede que incluso millares.

Aspiré una gran bocanada de aire y oí a Alastor hacer lo mismo.

—Madre... mía —logró articular Nell con voz ronca.

Los espectros iban ataviados con todo tipo de vestidos, gorros, sombreros y zapatos con hebilla. Algunos vestían prendas modernas; otros, solo el fino camisón o pijama que probablemente llevaban puesto al morir. Recuerdos, anécdotas y álbumes de fotos cruzaron mi mente a toda velocidad como en una película a cámara rápida.

El asombro y la incredulidad me asaltaron desde todos los flancos. Abrí la boca, pero no pude hablar. Aquellos rostros eran los mismos de los retratos que cubrían las paredes del gran salón.

Eran mis antepasados.

«**Claro...** —En mi cabeza, la voz de Alastor estaba teñida de sobreentendidos. De asombro—. **Honor incluyó en su contrato las almas de todos los Redding que lo sucedieran.**

Mientras yo estuve durmiendo, ninguna de esas almas pudo ser recuperada y transportada al Mundo de Abajo. Se quedaron todas aquí, durante todos estos años, atrapadas en el mundo de los vivos».

El espectro que estaba al frente era el de una mujer con un vestido de la época colonial que llevaba de la mano a un niño pequeño. El espectro del niño me miró y en él no vi muerte. Solo vi vida.

—¿Silence? —susurró Prue, acercándose—. No puede ser...

Pero sí lo era. Su espectro no se parecía en nada al retrato triste y rígido de ella colgado en el gran salón, el que se había quedado en un pequeño marco sin adornos a lado del de Honor, mucho más lujoso. Los espectros que nos rodeaban la miraron expectantes.

Silence me dedicó una sonrisa cálida. Su mirada era afectuosa y llevaba el pelo suelto y largo hasta los hombros. Y ya no guardaba silencio:

—Deseamos quedar liberados de esta tierra maldita. Que se nos conceda la oportunidad de seguir adelante. ¿Podemos ayudar con esta última tarea antes de poner fin a esta historia?

Incluso el patriarca de los elfos tenía los ojos como platos.

—Podéis. No obstante, es probable que ni con toda la magia de la llave de sangre se pueda reconstruir más que una parte del reino.

—Entonces, tal vez, ¿podríamos entregarle una parte de nosotros? —preguntó Silence—. Les ayudaremos a plantar una semilla que puedan alimentar y cuidar en el futuro. Solo pedimos dos cosas.

Cambié mi peso de un pie al otro y observé con inquietud la forma titilante de Alastor.

—Adelante —dijo el patriarca.

—En primer lugar, debéis hacer una promesa inquebrantable de ayudar a reconstruir el reino lo mejor que podáis —dijo Silence—. Y, en segundo lugar, queremos que la reina de los maléficos entregue la totalidad de su propia magia innata. Como gesto de buena voluntad.

—¿Qué? ¡No! —gritó Alastor—. Si lo hace, no podrá manifestar su forma animal, ni abrir espejos, ni suscribir contratos. ¡Puede que jamás la recupere!

La dura expresión y los ojos brillantes del patriarca se volvieron hacia Pyra.

—Yo acepto estas condiciones en representación de los Antiguos. Si tú también lo haces, les pediré a las brujas que creen un espejo para nuestro regreso al reino que en su momento fue el nuestro.

Pyra emitió un sonido sordo y lúgubre.

—Los malignos aquí congregados... ¿no correrán la misma suerte que yo?

—No, ellos no —respondió el patriarca.

—Sí... —Pyra clavó sus zarpas en el suelo. Pese a la belleza terrible de su forma, y su fuerza, se echó a temblar—. Sí, me someto humildemente a ser castigada.

La maléfica bajó la cabeza ante Silence.

—En tal caso —dijo el patriarca mientras hacía un gesto al aquelarre—, empezad.

Agarré a Nell del brazo mientras Barbie daba un paso adelante y lanzaba un frasco parecido al que habíamos utilizado para escapar de la Torre de Irás y No Volverás. El polvo se solidificó sobre el suelo del bosque y crepitó mientras se convertía en plata brillante. Flora dio unos pasos entre los malignos que dormían para tocar la resplandeciente superficie del espejo y abrir un portal.

El patriarca se volvió hacia Zachariah mientras sostenía la llave de sangre.

—Los espectros deben agruparse como si fueran una sola alma. Yo contribuiré a guiar a la magia hacia vuestro interior para que podáis transportarla.

Un espectro me atravesó flotando y me provocó un escalofrío. Di un paso atrás para dejarles más espacio en el claro. De uno en uno, fueron entrelazando sus brazos, creando así un círculo brillante tras otro, como los anillos concéntricos del tronco de un árbol. De uno en uno, fueron suavizando la expresión de sus rostros hasta reflejar algo que podría haber sido paz. Todos, excepto un único espectro. El último en dar un paso adelante.

Honor.

Tampoco él se parecía en nada al hombre vanidoso y arrogante de su retrato, aquel que miraba al exterior del lienzo y te desafiaba a negar su éxito. El espectro era el de un anciano quebrado tras una pequeña eternidad dedicada a vagar por un pueblo que llevaba su nombre y cargaba con el peso de todos sus secretos sombríos.

Alastor levantó la vista y cruzó su mirada con la de Honor mientras el espectro de este se quedaba quieto a su lado. Durante un instante largo y silencioso, no habló ni se movió. No había ira. No había sufrimiento. No lo entendí, y es posible que tampoco tuviera por qué entenderlo.

Honor bajó la cabeza.

—Mi corazón flaqueaba y mi fe se tambaleaba.

Alastor asintió con la cabeza y cerró los ojos mientras Honor se unía a los demás espectros. No miró mientras estos se estiraban para alcanzar la llave de sangre al unísono. En un suspiro, su luminiscencia pasó del carmesí al esmeralda más puro. La magia se hizo astillas y voló hacia los espectros como las chispas de un fuego incontrolado. Empezaron a dar vueltas, cada vez más y más rápido, hasta que la piedra se agrietó por el centro y la magia restante, temblando por la presión acumulada, explotó como polvo cósmico.

Y mientras la magia les besaba la frente y los pómulos, los espectros fueron retirándose en dirección al portal y deslizándose por este, hasta que solo quedó Zachariah.

—Es probable que nos veamos pronto —dijo, un instante antes de desaparecer—, pero no demasiado, espero.

Tragué saliva y asentí.

El claro se quedó a oscuras. En silencio.

Di un paso atrás y me apoyé en Nell. Me lanzó una mirada de preocupación pero no dijo nada, ni siquiera cuando las integrantes del aquelarre pasaron entre los malignos que dormían y se nos acercaron.

—¿Y bien? —dejó caer mi abuela, que no era de las que se andan con rodeos—. Doy por hecho que vas a necesitar que te ayudemos a quitarle todo su poder a la maléfica. Puede hacerse con el conjuro creado por Goody Prufrock, por supuesto, pero si te propones trasladar tú mismo la magia a otro lugar, te sugiero que utilices algún tipo de recipiente para no consumirla accidentalmente.

El patriarca se quedó observándola fijamente, a lo que mi abuela respondió aguantándole la mirada.

—Te aseguro, Goody Redding, que soy perfectamente capaz de hacerlo yo mismo.

—Esa es nuestra chica —murmuró Barbie—. Siempre buscando pelea con fuerzas mitológicas de la creación.

Flora agitó las manos y apartó las raíces que rodeaban a Pyra. La pantera avanzó unos pasos, con la cabeza alta, mientras aguardaba su castigo.

—Espera —dijo Alastor, dando un paso adelante con sus patas inestables. Miró alternativamente a su hermana y al patriarca de los elfos—. Me gustaría ofreceros un pacto alternativo.

—No pongas a prueba mi paciencia, maligno —le advirtió el patriarca.

—He cerrado tantos acuerdos que sé muy bien cuando uno vale la pena. Creo que lo que voy a ofrecerte te resultará igual de atractivo, o puede que incluso más —dijo Alastor—, y sin infringir los términos de la promesa que le has hecho a Silence Redding.

El Antiguo, inmóvil, le devolvió la mirada.

—Adelante.

—En vez de quitarle su poder a Pyra —dijo Alastor mientras doblaba las patas delanteras para hacer una reverencia—, os ofrezco lo que queda del mío.

35

El verdadero nombre

—¿**C**ómo? Nell se dio la vuelta hacia mí, estupefacta.

—¿Lo he oído bien?

—Al —dije con una risa nerviosa—, no puedes hacer eso. No seas idiota.

—Jamás, hermano —se negó Pyra—. Puedo aceptar mi propio castigo. No necesito tu protección...

—No necesitas mi protección —aceptó Alastor— y probablemente no la hayas necesitado nunca. Sin embargo, los demás malignos te necesitan a ti. El reino te necesita. Yo tal vez habría sido un rey ilustre, de los que imponen el terror y la desesperación, pero incluso yo me doy cuanto de que ahora soy... superfluo.

¿Superfluo? Esto tenía que ser un truco de los suyos. Debía de habérsele ocurrido alguna salida inteligente de esta situación, o quizá había descubierto una fisura por la que eludir su castigo.

—Muy divertido, Alastor —dije—. Todo este tiempo, a cada momento, lo único que querías era recuperar tu reino. Esa era tu razón para ayudarme, ¿verdad? Y aún no te he ayudado a conseguirlo, ¿recuerdas?

—Sigues queriendo anular el contrato, ¿verdad?

—Sí, pero...

Alastor se limitó a devolverme la mirada. Tenía un ojo claro y el otro oscuro.

—Entonces estamos de acuerdo. Te libero de las obligaciones que se especifican en nuestro contrato. Suprimo toda expectativa de que seas mi sirviente. Te libero. Te libero. ¡Te libero!

Una ráfaga de calor centelleante recorrió mi cuerpo desde la coronilla hasta las puntas de los dedos de los pies.

—¿Qué...? Alastor...

Se limitó a volverse.

—No creo que sea una buena ida —le dijo Nell mientras se agachaba para mirar al zorro a la cara.

La joven bruja estiró el brazo y atravesó con él la forma fantasmal de Alastor. Flora se acercó por detrás de ella y recuperó su apariencia normal. En esta ocasión, enseguida dedujo lo que había sucedido mientras se hallaba en su otro estado.

—Maléfico malhechor —dijo Flora—, todavía no has manifestado una forma física completa. Lo único que queda de ti es tu magia. Si la entregas, desaparecerás. No podrás regresar.

Nell se volvió y buscó con la mirada la confirmación de

las brujas, quienes formaron un corrillo, como una masa de terciopelo verde, para poner en común sus conocimientos. Finalmente, mi abuela asintió con la cabeza.

—Esto es absurdo —dije ásperamente—. ¿Es que todo el mundo ha perdido la cabeza?

Sapo se posó en mi hombro y se quedó allí en equilibrio. Me presionó la mejilla con una de sus zarpas y sacudió la cabeza levemente.

Alastor inclinó la cabeza hacia el patriarca de los elfos.

—¿Estás de acuerdo? Goody Redding, ¿aceptas ocupar el lugar de tu antepasada y consentir en su nombre la modificación del pacto?

—Lo estoy —respondió el patriarca.

—Sí, acepto —dijo mi abuela con los ojos entornados—. A enemigo que huye, puente de plata.

Un sonido como el de la electricidad estática me llenó los oídos. Observé con horror creciente la escena que se desarrollaba ante mí y, aun así, siguió pareciéndome irreal.

—¡Esperad! —dije.

¿Por qué nadie se daba cuenta de que no era justo?

«¿Qué está pasando aquí? ¡Alastor!».

El maléfico no me miró.

—¿Qué significa esto? —preguntó Pyra—. ¿Por qué lo haces?

—No es gran cosa —contestó Alastor—. No me ha dado tiempo a recuperar toda mi magia, pero puede que sirva para reparar algo de nuestro mundo. Y, tal vez, pueda servir como disculpa por no haberte ayudado, siglos atrás, cuando más me necesitabas.

—Hermano...

—Permíteme hacerlo —dijo Alastor—. Y utiliza una pequeña parte de mi magia para devolverles la vida a nuestros hermanos. Son de gustos e inteligencia pésimos, lamentablemente, pero también merecen una oportunidad de cambiar.

No, no. Aquello no era justo.

—Se está haciendo tarde y hay que devolver este pueblo a los humanos. —El patriarca se acercó a Alastor—. Agáchate.

El aquelarre formó un círculo a su alrededor. Nell se volvió a mirarme antes de entrelazar sus manos con Barbie y mi abuela. La sangre retumbaba en mi cabeza, hasta el punto de impedirme oír las palabras del conjuro que recitaban. La magia surgía de algún punto de su interior y se unía en el centro del círculo que formaban. Los elfos se dirigían al espejo y saltaban por él para emprender el viaje al Mundo de Abajo. Al poco tiempo ya solo quedaban el patriarca y Flora. La elfa me sonrió con tristeza.

Aparté la vista de ella y volví a mirar a Alastor, que tenía su pequeña cabeza levantada. Estaba sentado regiamente sobre las hojas de otoño, con la cola enroscada en torno a sí mismo como un signo de interrogación. A poca distancia, Pyra emitió un sonido sordo y lúgubre.

Nell y las demás brujas se pusieron a recitar. Avancé un paso para acercarme a la figura titilante de Alastor, pero Prue dio un salto y me puso el brazo delante del pecho. Traté de apartarme, de zafarme de ella, pero mi hermana se mantuvo firme.

—Ha intentado destruir a nuestra familia —me recordó—. Te habría matado.

Pero no lo había hecho.

—No es justo —dije. Los ojos me escocían y me picaban—. ¡No es justo!

La silueta de Alastor empezó a desdibujarse. A desvanecerse.

«No te vayas».

La primera vez que había visto a Alastor había sido reflejado en la superficie de un cristal oscuro. Su brillo había sido más intenso que el de la llama de la vela que yo llevaba en la mano. Qué pequeño me había parecido entonces, con el pelaje erizado y los colmillos relucientes. Dominado por un odio feroz.

Ahora, cuando finalmente se volvió a mirarme, estaba quieto y silencioso como la luna a medianoche.

Tenía que preguntarle por qué. Necesitaba saber por qué hacía eso...

«No te vayas —repetí—. No te vayas».

No había tiempo suficiente.

Nunca había tiempo suficiente.

No. Tenía que haber otra manera. Había... Yo podía... Yo podía salvarlo...

En el último instante antes de que desapareciera, oí su voz vagando por mi mente una última vez.

«Adiós, Prosper Redding. No eres lo que tu familia pueda haber hecho de ti ni, al parecer, yo tampoco».

36

Ni aquí ni allí

Era raro, morirse.

Alastor nunca había pensado en ello. No en serio, por lo menos. Imaginaba que algún día la muerte le pondría su huesuda mano en el hombro, y él sentiría un pinchazo frío, y todo habría terminado. Pero siempre se había negado tozudamente a creer que pudiera no ser infalible. Había rechazado de todo punto la posibilidad de que la muerte le tendiera una trampa y lograra hacerle caer en ella. Ni siquiera cuando los Redding intentaron reducirlo a cenizas dejó de aferrarse a la vida con todas sus fuerzas.

No, decidió. No había de qué preocuparse. No tenía nada de raro, morirse. A la larga, todo el mundo llegaba al final de su vida, independientemente de si era al cabo de horas, días, años, décadas o siglos. Todas las cosas que empezaban llegaban a su fin de forma natural. Era raro, sin embargo, ceder al impulso de dejarse llevar. Tomar una última bocanada de aire y entregarse al Más Allá.

Bueno, eso sería si a los malignos se les permitía acceder al Más Allá. Aquella era otra de las cosas en las que nunca había pensado, ni siquiera mientras estaba atrapado en el Entremundos, donde nada estaba ni vivo ni muerto, sino a la espera, como un aliento largamente contenido.

De momento, no había nada a su alrededor. Ni sonido, ni luz, ni aire que respirar, ni tierra en la que apoyar los pies. Fluía de espalda, a la deriva.

«Escúchame», le susurró una voz al oído.

Hizo caso omiso de la voz y se concentró en la corriente que lo hacía avanzar poco a poco. ¿Por qué tenía que ser tan exasperantemente lenta?

«Tú no quieres irte».

Por supuesto que no quería irse, pero había aceptado hacerlo. Puede que aquella fuera la única buena decisión que había tomado en sus muchos siglos de edad y en las numerosas vidas distintas que había tenido en ellos. Había sido un príncipe, sí, pero en sus primeros cien años había sido estudiante; en otros siglos, un espadachín; y en sus últimas centurias, un conseguidor de almas. Había varias cosas que podría haber probado con unas cuantas vidas más. Por ejemplo, ¡ser escultor! Escultor de hermosos ponis en miniatura, en todo tipo de posiciones de combate maravillosas.

«Puedes vivir todas esas vidas. Y más. Solo tienes que volver».

Uf. ¿Iba a tener que pasarse toda la eternidad soportando esa conciencia inoportuna y entrometida? ¿Y por qué tenía que ser su voz tan parecida a...?

Tenía su nombre en la punta de la lengua. El recuerdo de un rostro lo acechaba. Un rostro que recordaba lejanamente al de una rata, aunque eso les sucedía a todos los humanos. «¡Alastor! ¡Escúchame! ¡No te vayas!».

—¿Por qué no? —le preguntó a la nada en un susurro. No había sitio para él. Ahora ya no. Ni en su reino, que ya no lo necesitaba, ni en el mundo de los humanos, que ahora le resultaba incomprensible y que ya no deseaba someter.

«En la vida, no todo te viene dado. Tenemos que decidir quiénes vamos a ser y hacernos nuestro propio lugar en el mundo».

Aquello sonaba tedioso y, sin embargo...

Alastor trató de volverse para descubrir el origen de aquellas palabras. Para tirar del último hilo mental que lo conectaba. Lo buscó en la oscuridad, sin encontrar nada más que aire. Nada que lo hiciera reducir la velocidad. Nada que hiciera que dejara de sentirse como si se estuviera disolviendo en aire y polvo.

«Te ordeno que regreses. —La voz del muchacho resonó a través de la oscuridad—. Te ordeno que regreses con nosotros».

No era suficiente. No iba a ser suficiente. Alastor sintió un último tirón en el pecho y entonces...

«Te ordeno que regreses, Husoqueencanta».

Lo oyó.

«¡Te ordeno que regreses, Husoqueencanta!».

No podía negarse.

Mientras la oscuridad infinita exhalaba y lo devolvía al lugar del que procedía, Alastor supuso que todavía le quedaba como mínimo una vida más que vivir, después de todo.

37

Hermanos y hermanas

omó forma entre la niebla, arremolinándose a la vez que las chispas de magia que seguían flotando cerca, negándose a dejarse llevar por la brisa. Alastor, a pesar de haber sido arrastrado de regreso al reino de los humanos, estaba más difuminado que antes y era aún más pequeño, del tamaño de un cachorro recién nacido. Sus ojos permanecían cerrados, como si pudiera volver a pasar de un profundo sueño al sueño eterno en cualquier momento. El ritmo de inspiración y espiración de su aliento era demasiado veloz, demasiado acelerado.

Prue ahogó un grito. Sus brazos se aflojaron lo suficiente como para que yo lograra soltarme por fin. Me dejé caer de rodillas junto a Alastor. Ni siquiera levanté la vista cuando el patriarca tomó la magia del maléfico y desapareció a través del espejo, arrastrando tras él a Flora, que se mostraba reticente.

—Vamos —dije. Alastor ya no estaba dentro de mí y su «muerte», al parecer, había cortado la última hebra de conexión mental que manteníamos. Los últimos vestigios de su presencia, la atadura que me había permitido ordenarle que volviera a la vida, se había roto a su regreso. Su fuerza había sido como un rayo atravesándome desde la coronilla hasta los dedos de los pies—. Vamos, Al... Despiértate y ponte a gritarme... Échame en cara que no haya tenido en cuenta lo que tú deseabas... Que haya roto mi promesa de no utilizarlo...

—¿Cómo es posible? —preguntó Nell, mirando a su alrededor.

Las demás brujas parecían igual de sobresaltadas por la reaparición de Alastor.

—¿Está vivo? —preguntó Pyra mientras se inclinaba hacia delante. Tocó suavemente a su hermano con la pata, tratando de despertarlo—. ¿Hermano? Hermano, ¿me oyes?

—A duras penas —susurré.

Pyra fijó su mirada en mí.

—Lo has obligado a regresar. Has utilizado su verdadero nombre. Ni siquiera a mí se me había ocurrido hacerlo.

—Lo he intentado —dije—. Pero parece como si estuviera a punto de irse otra vez...

El rumor de las hojas y unos gemidos profundos y repentinos hicieron que un escalofrío me recorriera la espalda. Los malignos empezaron a despertarse de su sueño sobrenatural.

—¿Qué ha pasado? —gruñó un ogro mientras se ponía en pie tambaleándose—. ¿Quién...? ¡Brujas! ¿Qué habéis hecho? ¿Dónde está la reina?

Un licántropo se golpeó el pecho con una pata y convocó a los demás a su alrededor con un aullido penetrante.

Pyra echó la cabeza atrás y gritó:

—¡Dejad de luchar!

—¡La llave de sangre! —exclamó una maligna.

Se trataba de una duende. Se puso a rastrear la tierra más cercana, tratando de olfatear los fragmentos de piedra.

—¡Mira! ¡El zorro! —rugió otro maligno—. ¡Es el príncipe perdido!

Un trasgo dio una voltereta por encima de las cabezas de los ogros y aterrizó a menos de medio metro de nosotros. Blandió sus garras para que la reina las inspeccionara.

—¿Lo abro en canal en vuestro honor, majestad?

Pyra saltó por encima de la silueta tumbada boca abajo de Al y rugió:

—Mi hermano nos ha salvado a todos. Lo trataréis con respeto cuando volvamos al Mundo de Abajo a través del espejo que las brujas nos han facilitado. Los Antiguos están allí, esperándonos.

Fue como si hubiera golpeado a todos sus súbditos en la cabeza con una piedra.

—¿Para cenar? —preguntó uno de los licántropos, esperanzado.

La reina negó con la cabeza.

—Majestad... —dijo uno de los ogros mientras le lanzaba una mirada al garrote que sostenía—, ¿qué hay del caos y la destrucción?

—Han llegado a su fin —respondió Pyra—. Nos marchamos ahora mismo, antes de que salga el sol.

Pese a la escasa consistencia de la forma de Alastor, Pyra pudo agarrarlo del cogote.

—Un momento —dije, acercándome a él.

La pantera echó la vista atrás y me miró por encima del hombro.

—No puedo. Debe ser devuelto a nuestro reino para sanar. Si no, volverá a desaparecer otra vez. Tu orden es la única razón por la que se ha aferrado a un hilillo de magia para sobrevivir.

—¿Cómo sabré que está bien? —pregunté.

Pyra ladeó la cabeza.

—De algún modo, Prosperity Redding, sospecho que lo sabrás.

Los malignos salieron ordenadamente del bosque, cada uno de ellos visiblemente más contrariado que el anterior. Algunos hicieron además de arremeter contra las brujas, gruñendo ante los rostros impávidos de estas. Otros arañaron los maltrechos árboles, tratando de derribarlos con petulancia.

—Por cierto, brujita —dijo Pyra, volviéndose, en el momento en que ella y Alastor se disponían a atravesar el espejo—, verás que el contrato de tu padre ha quedado anulado. Él, no obstante, sigue siendo la maldición que has tenido la desgracia de sufrir.

—Ah, sí —replicó mi abuela con frialdad. Pasó de largo de nosotros, siguiendo la senda que Henry Bellegrave había tomado al salir huyendo—. Creo que volverá a aparecer más bien pronto que tarde.

—¿Qué va a hacerle? —preguntó Nell, encogiéndose con los brazos encima del pecho.

Mi abuela se volvió hacia ella. No era una mujer suave; jamás se convertiría en una de esas abuelas de pelo blanco como la nieve que preparan galletas y te enseñan a hacer punto y a cuidar las plantas. Pero tampoco tenía por qué serlo. Por dentro, mi abuela era de acero, y eso era lo mejor para proteger a la familia.

—Perseguiré a tu padre con todos los recursos a mi alcance y lo llevaré ante la justicia. Si no es en los tribunales de la justicia humana, en los del Aquelarre Supremo. No puedo perdonarlo. Ha intentado matar a mi nieto.

Nell asintió con la cabeza y tragó saliva.

—No obstante —prosiguió mi abuela—, me gustaría tratar de compensar las injusticias del pasado ofreciéndote a ti, la última heredera de los Bellegrave, lo que tú quieras. La suma de dinero que tú digas. El sueño que desees ver cumplido.

Nell se quedó estupefacta en un primer momento, pero no tardó mucho en hacer su petición.

—Lo único que quiero es que mi padre renuncie a su patria potestad sobre mí para que Missy pueda ser declarada mi tutora legal. Oficialmente. Pero es posible que ni siquiera usted sea lo bastante poderosa como para conseguirlo.

—Eso da igual; yo haré cuanto esté en mi mano —respondió mi abuela—. Alguien me ha alentado a pasar página del extenso libro que narra la historia de nuestra familia. Estoy ansiosa por conocer las numerosas posibilidades de la hoja en blanco y todas las maravillas que quizá algún día llegue a contener.

—Hay muchas maneras excelentes de empezar —dijo Nell—. «Había una vez». «Érase que se era». «En tiempos de Maricastaña». «Cuando las ranas tenían pelo y las gallinas tenían dientes...».

Le puse la mano en el hombro a Nell mientras volvíamos hacia la Casita.

—¿Y qué te parecería sencillamente «Que el pasado sea nuestro prólogo»?

Pero mientras echaba la vista atrás por encima del hombro y veía a mi abuela asentir con la cabeza, las palabras en sí parecieron importar menos que el hecho de saber que yo participaría en la construcción de ese relato.

Prue y la mitad del aquelarre regresaron a la Casita para informar a la gente del pueblo de que en el plazo de una hora ya podrían volver a sus casas, aunque yo en realidad no lo veía factible, teniendo en cuenta cómo estaba todo. Mi abuela solo había hecho un gesto con la mano y dado instrucciones estrictas para que se sirviese a todo el mundo un té dejado en infusión a una temperatura de cien grados centígrados exactamente y se les ofreciese lo que quisieran para desayunar.

A Elma le correspondió la tarea ingrata de elaborar algún tipo de explicación de lo sucedido. Lo último que oí fue que se debatía entre una alucinación colectiva causada por un escape de gas de proporciones épicas o la verdad, que era solo un poco menos creíble. Al final, todo el aquelarre estuvo de acuerdo en no lanzar un conjuro de olvido sobre el pueblo. Lo que todos necesitábamos era, precisamente, recordar.

Mi abuela condujo a la otra mitad del aquelarre, a través del bosque, hasta las ruinas de Redhood. Nell y yo andábamos unos pasos por detrás de ellas, observando como iniciaban el proceso de desmontar las piedras protectoras y el conjuro que aún ardía sobre nosotros.

—¿Sabes? —dije, sintiendo que empezaba a ponerme colorado. Me aclaré la garganta y forcé la voz para que sonara relajada. Despreocupada incluso—. Podrías quedarte. Aquí, me refiero. En Redhood, el hogar de los pasteles de Silence. Si por algún motivo necesitaras un lugar donde pasar el verano o las vacaciones de primavera, o las de otoño, o las de invierno, si es que deciden enviarte a la Academia Media Luna, o si quisieras quedarte para siempre...

Dije estas últimas palabras muy deprisa. La nube de cabellos oscuros de Nell enmarcaba su expresión de extrañeza.

—Debería dedicar mi tiempo libre a cuidar de la Casa de los Siete Terrores y decidir qué hacer con ella.

Mis esperanzas se desinflaron.

—Ah. Vale.

—Y Missy tiene la tienda —me recordó—. De momento viviré con ella y, si hay suerte, tu abuela nos ayudará a que sea todo legal.

Vale. Vale. ¿Podría ser más tonto?

Me di cuenta de repente, por primera vez, de que Alastor no iba a contestarme. Tomé otra bocanada temblorosa de aire y me froté las manos en los lados de los vaqueros.

—Es estupendo —dije, tratando de sonreír—. Me alegro mucho por ti.

Me alegraba. De verdad.

—Me vas a echar de menos —dijo, mientras poco a poco se le dibujaba una sonrisa en el rostro—. Me vas a echar de menos muchísimo.

—No, para nada —respondí demasiado rápido.

—Sí, sí lo harás —insistió Nell. Echó la cabeza atrás para observar cómo el conjuro de protección se desintegraba en un millón de brillantes fragmentos de energía, que cayeron sobre nosotros como gotas de lluvia y se le quedaron pegados al pelo como purpurina verde—. No importa lo lejos que estemos. Tú eres mi amigo y yo soy tu amiga. Y punto.

—Punto y final —confirmé.

—Fin de la historia.

—Fundido a negro.

Aproximadamente una hora más tarde, Missy había llegado a Redhood conduciendo frenéticamente, justo detrás de los vecinos del pueblo que se habían quedado fuera de este a consecuencia del conjuro protector y se habían pasado varias horas desconcertantes buscando la manera de llegar. Después de que Nell la presentara al aquelarre de Ravenfeather, se marcharon las dos a casa para empezar a preparar el juicio de Nell.

Mientras veíamos a la gente del pueblo pasear, contemplando el espectáculo mágico que se desplegaba a su alrededor, Prue y yo nos sentamos en mitad de la plaza del pueblo, en los escalones del cenador destruido.

Habíamos sacado la bandeja de castañas asadas del carrito abandonado y las devoramos mientras observábamos cómo Redhood volvía a reconstruirse mágicamente. Los ladrillos del juzgado se colocaron los unos encima de los otros y volvieron a unirse con mortero. El ventanal frontal del Pilgrim's Plate brilló mientras sus fragmentos de vidrio se levantaban del suelo y volvían a unirse para formar los paneles de cristal. Sobre nuestras cabezas, la magia trabajaba a toda velocidad para volver a armar el techo del cenador.

—Eh, Prosper... —dijo Prue de repente—. Acabo de darme cuenta de que no te he dado las gracias por haber ido a buscarme... ahí abajo.

Seguí con la mirada fija en las castañas.

—No estoy muy seguro de haber hecho gran cosa, aparte de tener una enorme parte de culpa de que te secuestraran, para empezar.

—No fue culpa tuya. Yo no debería haber ido a Salem sola, pero no estaba muy segura de qué era lo que andaba planeando la abuela. Pensaba que trataría de impedírmelo. Pero lo que yo quería decir es que... todo esto ha hecho que me dé cuenta de que me has apoyado mucho. —Soltó una risa débil y triste—. Bueno, prácticamente siempre, sobre todo antes de que me operaran. Y yo no te he apoyado a ti. No te he apoyado de verdad.

—Es diferente —protesté.

—No lo es —dijo Prue—. Y te prometo que de ahora en adelante haré mejor las cosas.

—No necesito que me cuides —repliqué—. No necesito que siempre intervengas y me rescates cuanto tengo un problema o me meto en un lío. Y sé que yo tampoco tengo que estar siempre pendiente de ti. Está bien que las cosas no sigan siendo iguales que cuando éramos pequeños. Nada ni nadie se queda siempre igual, y eso es bueno.

Prue asintió con la cabeza.

—Sí. Creo que en eso llevas razón. Sin embargo, Prosper, hay cosas que nunca cambiarán. Lo de que seamos gemelos. La rabia que le dan a la abuela las servilletas dobladas en forma de animal. Papá cantando desafinado en el coche. Y todo eso también es bueno.

Un SUV azul que nos resultaba familiar viró por el lateral de la plaza. Quien fuera que estuviese al volante frenó en seco y dejó el coche torcido en mitad de la calle. La cabeza de nuestra madre, con su brillante pelo pelirrojo, fue la primera en aparecer, inspeccionando la plaza. Vi cómo ahogaba un grito al vernos y deseé fervientemente haber pensado en cambiarme la camiseta empapada de sangre.

—¡Por fin! —exclamó Prue, mientras se frotaba las manos para quitarse los restos de castaña y azúcar—. Qué ganas tengo de volver a casa.

Nuestros padres corrieron hacia nosotros, gritando nuestros nombres y dejando caer sus bolsas y abrigos para poder cruzar más rápido la hierba y los bancos que nos separaban. Las hojas de otoño volvían a estar en sus ramas a la dorada luz de primera hora de la mañana y las acariciaba una brisa fresca.

Sonreí y me puse de pie.

—Yo también.

Espejito, espejito

Si algo había que el pueblo de Redhood pudiese hacer mejor que ningún otro era guardar un secreto.

Cuando el aquelarre terminó su labor, Main Street y los barrios cercanos volvían a estar exactamente igual que antes de los destrozos. No había un solo ladrillo, ni una sola tabla, fuera de lugar. Los mismos toldos a rayas volvían a estar desplegados. Los setos y las flores que habían quedado hechos trizas se habían replantado y podado cuidadosamente para que recuperaran su magnificencia habitual.

Al principio, los habitantes de Redhood tenían muchas ganas de hablar de lo sucedido. Se referían a ello como «el incidente» o «aquella vez que... ya sabes». Las historias de fantasmas se hicieron más frecuentes, relatadas en susurros en los pasillos de los colmados. Los fotógrafos aficionados vagaban por los bosques de noche en busca de pruebas de que todo aquello no había sido un elaborado sueño colectivo. Un rastro de aquella magia resplandeciente y crepitante se le deslizaba a alguien por la mejilla, o le brillaba en los ojos.

Puede que el recuerdo que todo el mundo guardaba de aquella jornada fuera desvaneciéndose al mismo tiempo que la magia, porque la vida en Redhood no tardó en volver a ser tan tranquila como siempre. Se reanudaron los encuentros populares. Se organizaron desfiles. En el instituto volvió a celebrarse el concurso anual de pasteles de Silence para recaudar fondos.

El único que se negaba tozudamente a volver a la normalidad era yo.

Antes sentía que no podía ir a ninguna parte sin que los susurros me persiguieran a cada paso. La mayor parte del tiempo, para mí eso suponía mantener la cabeza gacha en los pasillos del instituto o buscar algún rincón escondido donde poder almorzar solo sin que nadie me arrojara nada.

Ahora yo seguía estando solo y todavía se oían susurros, pero me daba igual lo que dijeran de mí. Si no podía ser yo mismo —si Prosper Redding no podía pasar el rato en el aula de arte de la Academia Redding y trabajar en sus proyectos, si no podía decir lo que quería decir ni hacer lo que quería hacer—, ¿qué sentido tenía entonces pasar por lo que había pasado?

Sabía que mis padres estaban preocupados por mí. Les había contado lo que había sucedido durante las semanas que estuve desaparecido. Omití la peor parte, básicamente para que no me encerraran de por vida en una habitación de seguridad ni tuvieran pesadillas por las noches. Pero a veces, muy tarde, oía sus conversaciones en voz baja viajar desde el conducto de la ventilación del salón hasta mi dormitorio. «¿Qué podemos hacer por él? ¿Cómo podemos estar seguros de que de verdad está bien?».

En esos momentos, no obstante, por quien más debían preocuparse era por ellos mismos. La suerte de la que mi familia había disfrutado durante siglos se equilibró de repente. Los negocios de la familia empezaron a bajar la persiana por falta de apoyo y problemas financieros, mientras que el camino a la fama y la riqueza se llenó de curvas y baches inesperados. Nada verdaderamente desastroso o letal, por lo menos, pero nuestro futuro ya no era tan seguro como lo había sido en su momento. Yo no quería que nadie tuviera que preocuparse por mí, encima. Yo estaba bien.

De verdad.

Los días de tranquilidad se convirtieron en semanas y después en meses. Y, así de sencillamente, el libro de las estaciones empezó el capítulo del invierno.

Una noche de diciembre, cuando el pueblo brillaba como una bola de nieve con la primera tormenta invernal, una ráfaga de aire cálido y maloliente cruzó mi dormitorio.

Abrí los ojos y vi un pequeño zorro blanco posado en mi escritorio. Su cola larga y sedosa se movía adelante y atrás haciendo frufrú sobre mis deberes de matemáticas por terminar. El espejo de la pared que tenía detrás se estaba ondulando.

Volví a cerrar los ojos y me di la vuelta. Pero al instante me incorporé de golpe y me llevé la mano al corazón, que me latía acelerado.

—Madre mía —dije, mientras el susto se convertía en alivio.

No había vuelto a saber nada más de él, ni visto señal alguna de que estuviera bien. Y ahora lo tenía allí. Como si tal cosa.

—Duermes hecho un ovillo, como un gusanito, igual que siempre —dijo Alastor con cierta ternura—. Resulta reconfortante lo predecibles que sois los humanos.

A su alrededor, dispuestas con elegancia como en la mejor de las galerías, estaban mis figuritas ecuestres de porcelana. El zorro levantó una de sus patas y acarició el cuello largo y curvado de la más cercana. La caja en la que dormían al fondo de mi armario había sido arrastrada hasta el centro de la habitación y estaba abierta de par en par. Sin más luz que la de la luna filtrándose entre las cortinas, pude apreciar la profunda huella de dientes en la tapa.

—¡Qué gracioso! —dije—. ¿Me estabas viendo dormir? Se me ponen los pelos de punta solo de pensarlo, la verdad.

—Los malignos damos miedo, y los humanos, pena —dijo Alastor mientras se limpiaba la zarpa—. No podemos ir contra nuestra naturaleza.

—¿Podrías por lo menos cerrar el portal antes de que se cuele el primero que pase? —me quejé mientras me daba la vuelta para ahuecar la almohada—. Todavía me sigo encontrando pelos y plumas por toda la casa.

Me tumbé de espalda, me tapé con las sábanas e hice como si cerrara los ojos. Si Alastor hubiera podido oír mis latidos, se habría dado cuenta indefectiblemente de que no estaba dormido.

—¡Qué osadía! —exclamó el zorro—. Ni se te ocurra descansar mientras hablo contigo. ¿No echas de menos tenerme dentro de tu cabeza? Yo desde luego no tengo nada en contra de comunicarme a través de los sueños.

Abrí los ojos y me incorporé con un gemido. De hecho era sorprendente que, en vez de hablarme en sueños, hubiera viajado hasta el mundo de los humanos. A no ser, claro, que hubiera venido a conseguir contratos con otros humanos desprevenidos.

—¿Qué necesitas, Al?

—¡Al! ¿Cuántas veces...? —La voz del zorro se quebró, lo que lo obligó a parar y aclararse la garganta—. Hay un asunto en el reino que... Me gustaría conocer tu opinión al respecto.

La cama absorbió el peso ligero del zorro sin ni tan siquiera un leve hundimiento del colchón. Traté de controlar mi pulso para que no se me desbocara en las venas al oír sus palabras. Conque un asunto, ¿eh?

—No tendrás pulgas, ¿verdad? —le pregunté mientras me apoyaba en los codos.

El maléfico me enseñó los dientes.

—Como te decía, me gustaría conocer tu opinión sobre cierto tema, si es que la trágica sucesión de acontecimientos vitales te deja algo de tiempo libre. Tu opinión y la de la brujita. Pero la de la elfa no, ella desde luego no está invitada. Y lo mismo digo del suplantador. Y no traigas tampoco a la arrogante Redding pelirroja. Demostró no servir para nada, aparte de para salvar su propio pellejo.

—Conque un asunto, ¿eh? —Ladeé la cabeza—. Al... ¿No será que... nos echas de menos?

—¡Cla... claro que no! —balbuceó el zorro. Su ojo azul parecía brillar más que antes—. Es... Es un problema aburrido. Estoy demasiado ocupado para poder encargarme de él. No puedo perder el tiempo tratando con espectros díscolos. Y simplemente he pensado que vosotros, como sois humanos, a lo mejor conseguís razonar con ellos. La elfa no está invitada.

—Eso ya lo has dicho. —Me rasqué la cabeza, intentando alisar los pelos que se me habían puesto de punta—. ¿Le has preguntado a Nell si ella puede?

Yo me escribía con Nell todos los días. En la Academia Media Luna no le dejaban tener móvil, por si lo de verse obligada a ir a un internado y estar lejos de su familia no era castigo suficiente, pero había conseguido hechizar un par de cuadernos para que todo lo que se pusiera en uno de ellos quedara reflejado también en el otro, como en un espejo. Yo podía escribirle una nota o dibujar algo que hubiera visto y, automáticamente, aquello aparecía en las páginas de la libreta de Nell en Nueva York.

—He pensado que tal vez podrías mencionarle tú el tema a ella —dijo el maléfico, en cuyos ojos se reflejó cierta inquietud—. Los lugares donde viven las brujas están...

—¿Bien protegidos? —terminé. Cogí mi teléfono e hice como si tecleara en él mientras decía—: ¡Hola, Nell! ¿Estás ocupada? Alastor necesita nuestra ayuda para salvarlo...

El zorro emitió un pequeño grito y se abalanzó sobre el teléfono, al que logró dar un golpe.

—Vale, vale —dije—. Solo era una broma. ¿Eres capaz de afrontar el fin de tu mundo pero no soportas una broma?

Alastor frunció el ceño mientras se sentaba en la otra punta de la cama.

—¿Cómo te van las cosas? —le pregunté con cautela—. ¿Todo bien?

—Las cosas me van espantosamente bien como consejero principal de la reina, muchas gracias —respondió Alastor con un majestuoso movimiento de la cola—. Todos nuestros súbditos me temen, me respetan y se arrodillan a mi paso...

—O sea, que siguen haciéndole caso solamente a Pyra —lo interrumpí entre bostezos. El zorro se quedó boquiabierto y, antes de que le diera tiempo a replicar indignado, añadí—: Debe de ser duro. Solo tienes que seguir demostrándoles que te preocupas por ellos. Y por *preocuparse* me refiero a la manera que sea que tengáis los malignos de hacerles saber a los demás que no queréis que se mueran.

Los ojos del zorro se arrastraron hasta el lado de la cama.

—Tú que eres plebeyo, ¿podrías decirme si los demás plebeyos suelen preferir obsequios o indulgencia?

—Las dos cosas, normalmente —contesté—. Eso sirve tanto para los humanos como para los malignos. También te recomiendo que no los llames plebeyos. Ni súbditos.

Volvió a mirarme directamente.

—¿Y cómo se supone que tengo que referirme a ellos?

—¿Qué tal amigos? O... conciudadanos del Mundo de Abajo.

Los labios del zorro se curvaron en un gesto de profundo desaliento.

—¿Y por qué no siervos? ¿O vasallos?

—Estoy razonablemente seguro de que no son más que sinónimos de plebeyo —dije—. ¿Por qué no dejas que sea Pyra quien se comunique con ellos y tú te encargas del trabajo que se hace entre bastidores? Gánate su cariño asegurándote de que... ya sabes, de que puedan comer y no corran peligro de, no sé, que los ataque una plaga invasora de lombrices de lava.

—Las lombrices de lava son muy lentas y tontas, Gusano —respondió Alastor pacientemente—. Pero entiendo lo que quieres decir y me dignaré a tenerlo en cuenta.

Levanté el pulgar en señal de aprobación.

—¿Qué te pasa en el dedo? —preguntó—. ¿Lo tienes roto? ¿Por qué lo pones así?

Suspiré.

—No pasa nada.

Alastor volvió a subirse al escritorio de un salto y dio pasos con cuidado alrededor de los ponis.

—Oirás mi llamada cuando sea la hora, cuando la luna llena brille en lo más alto y el viento sople áspero y frío.

—¿Te refieres al martes que viene? —dije—. Todavía hay clase. ¿No podrías esperar al viernes, cuando empiecen las vacaciones de invierno? Tengo que fingir que ignoro que este pueblo se fundó con la ayuda de un demonio y terminar mi trabajo de historia sobre los primeros años de existencia de Redhood.

El maligno suspiró.

—Humanos.

—Oye, Al —lo llamé mientras se dirigía al espejo ondulante—. Lamento decírtelo, pero eres mi amigo.

El grueso pelaje blanco del zorro se erizó con el estremecimiento del maligno.

Volví a dejarme caer sobre la almohada, me di media vuelta y traté de contener una sonrisa. Fuera, la nieve empezó a caer, acumulándose sobre el alféizar de mi ventana, tan silenciosa como mi mente.

Y cuando me desperté por la mañana, la única señal de que Alastor había estado allí era una pequeña huella de una zarpa sobre el polvo de mi escritorio y la oscuridad nueva e incitante que ardía en el centro del cristal plateado del espejo.

Agradecimientos

A mis plastas cargantes y cansinos favoritos (¡es broma!). A causa de los misterios de la producción editorial (es decir, de la manera en que se imprime y corta el papel), no pude incluir una página de agradecimientos en *El monstruoso relato de Prosper Redding*, así que os ruego que me permitáis dar las gracias brevemente a todas las personas que me han ayudado a hacer realidad esta serie de libros.

En primer lugar, gracias a mi madre, Cyndi, por haberme contado todas las historias verdaderamente escalofriantes de su niñez en Massachusetts. Puede que me hayan provocado pesadillas durante años, sobre todo la de la valla del cementerio, pero ha valido la pena, sin ningún género de dudas, porque me han ayudado a idear cómo escribir estos libros extraños y oscuros de mi corazón. Por cierto: gracias también por facilitarme hasta el último detalle sobre cómo es el otoño en Nueva Inglaterra, puesto que me obligaste a crecer en un estado donde apenas hay cambio de estaciones, más allá de pasar de «fresquito agradable» a «bochorno abrasador» y viceversa.

Gracias también a mi hermana, Steph, por ayudarme a dar a conocer la serie y por haber sido un apoyo tan maravilloso cuando más lo he necesitado. Todo mi cariño para Daniel y Hayley también, por supuesto.

Le envío un caldero lleno de golosinas a Susan Dennard como agradecimiento por todas sus aportaciones e ideas mientras imaginaba la logística de este mundo. Muchas gracias, Sooz, por leer los borradores iniciales del primer libro y ayudarme a hacer más perspicaz el relato. Asimismo, muchas gracias a Anna Jarzab por sus maravillosos comentarios iniciales y por no dejarme olvidar que tenía esta historia en el disco duro esperando a que llegara su momento.

Mi agradecimiento más monstruoso a todo el equipo de Disney Hyperion por ayudarme a... esperad... ¡llevar estos libros al mundo de los vivos! Tenéis un talento sobrenatural y hacéis vuestro trabajo endiabladamente bien. Laura Schreiber, ¡tú eres la reina de los malignos! Muchísimas gracias por haber visto el potencial de estos libros y por ayudarme a descubrir cómo conseguir que las historias fueran a la vez emotivas y divertidas. Brindo por ti con mi mejor cáliz de jugo de escarabajo. También agradezco mucho las aportaciones de Emily Meehan y Mary Mudd, así como el intenso trabajo y el apoyo de Seale Ballenger, Marci Senders, Dina Sherman, Holly Nagel, Elke Villa, Andrew Sansone, Jennifer Chan, Guy Cunningham, Meredith Jones, Dan Kaufman,

Sara Liebling, Cassie McGinty y Mary Ann Naples. ¿Y ventas? Chicos, ¡sois de miedo!

Gracias, como siempre, a mi agente, Merrilee Heifetz, por sus consejos tremendamente fabulosos y por su apoyo. Rebecca Eskildsen, ¡eres increíble! Gracias por dejarme embrujar tu bandeja de entrada y llevarme por el buen camino.

Y, por último, gracias a las numerosas velas con aroma a calabaza que sacrificaron sus vidas para que yo pudiera escribir estos libros en plena canícula y rodeada de cactus.

ALEXANDRA BRACKEN

Ha sido número 1 en la lista de superventas de *The New York Times* por sagas como Mentes poderosas y Pasajera. Nació y se crió en Arizona, y se trasladó a Virgina para estudiar Historia y Lengua inglesa en el College of William & Mary. Tras haber trabajado varios años en el sector editorial, actualmente se dedica a escribir a tiempo completo. Es muy posible pillarla enfrascada en la creación de su próxima novela en su pequeño y encantador hogar, que siempre está a rebosar de libros.